INEZ CORBI

Die Gärten von Heligan

Spuren des Aufbruchs

INEZ CORBI

Die Gärten von Heligan

Spuren des Aufbruchs

ROMAN

lübbe

Dieser Titel ist auch als E-Book erschienen

MIX
Papier aus verantwortungsvollen Quellen
FSC® C014496
FSC
www.fsc.org

Originalausgabe

Textredaktion: Ulrike Brandt-Schwarze, Bonn
Umschlaggestaltung: Kirstin Osenau unter Verwendung von Illustrationen von © shutterstock: evannovostro | majeczka | poomooq | Ana Gram | randy andy | travelfoto | Marina Andrejchenko | Gizele | © Flower design sketch gallery; © arcangel: Lee Avison
Satz: two-up, Düsseldorf
Gesetzt aus der Arno
Druck und Einband: GGP Media GmbH, Pößneck

Printed in Germany
ISBN 978-3- 404-18419-4

1 3 5 4 2

Sie finden uns im Internet unter luebbe.de
Bitte beachten Sie auch: lesejury.de

Der Garten schlief.
Was einst von kundiger Hand gepflanzt worden war,
wurde von der sich ausbreitenden Wildnis aufgenommen.
Wurde eingesogen in den ewigen Kreislauf aus Werden
und Vergehen.
Wurde vergessen.
Siebzig Jahre lang schlief der Garten und wartete auf den
Moment, bis ihn jemand wiedererweckte.

1

LEXI

St Austell, Cornwall, Ende Februar

Das Erste, was Lexi auffiel, als sie an diesem Sonntag aus dem Zug stieg, war der Geruch. Es roch nach Fisch und schwach nach Salz – vollkommen anders als in London. Das Zweite waren die Palmen. Natürlich wusste sie, dass aufgrund des Golfstroms in dieser südwestlichsten Ecke Englands Palmen wuchsen – aber es nur zu wissen und dann tatsächlich zu sehen, waren zwei verschiedene Dinge.

Allerdings passte das Wetter so gar nicht zu den Palmen. Ein kräftiger Wind beugte die Wedel, wehte Lexi feinen Sprühregen ins Gesicht und zerrte ihr ein paar helle Haarsträhnen aus der Kapuze, zwei Möwen kreisten schreiend über ihr. Sie kämpfte mit ihrem Gepäck und verfluchte stumm ihren großen Koffer, an dem eine Rolle blockierte. Vermutlich hatte sich ein Steinchen im Rad verkeilt. Und jetzt drohte auch noch die schwere Reisetasche von ihrer Schulter zu rutschen. Lexi blieb stehen und schaute sich um.

An der hölzernen Fassade des Bahnhofs blätterte weiße Farbe ab, vor dem Gleis standen ein paar eckige, rot angestrichene Kübel mit weiteren Palmen.

Niemand außer ihr war hier ausgestiegen. Für einen Moment überfielen sie Zweifel. War es wirklich richtig gewesen hierherzukommen? Rasch suchte sie den Bahnsteig ab, blickte hinter sich, wie so oft in letzter Zeit. Nein, da war sonst keiner. Doch: ein

Mann mit Kappe, der jetzt langsam auf sie zu geschlendert kam. Auch Lexi setzte sich wieder in Bewegung.

»Mr Woods?«, fragte sie, als sie ihn erreicht hatte.

Der Mann – älter, mit freundlichem Gesicht unter der karierten Kappe – nickte. »So ist es. Und Sie sind Mrs …«

Andrews, hätte Lexi fast reflexartig gesagt. Emilia Andrews.

Sie räusperte sich. »Davies«, gab sie zurück. »Aber sagen Sie doch Lexi zu mir.«

»Alles klar«, sagte der Mann. »Ich bin Edwin. Edwin Woods.«

»Ich hoffe, Sie haben nicht zu lange gewartet, Mr Woods.«

»Edwin.« Als er lächelte, legte sich sein breites Gesicht in viele kleine Fältchen. Er deutete auf die Uhr am Bahnhofsgebäude, die kurz nach zwei Uhr nachmittags zeigte, und sagte noch etwas, allerdings mit einem so breiten kornischen Akzent, dass Lexi Mühe hatte, ihn zu verstehen.

»Wie bitte?«

»Fast pünktlich«, wiederholte er und griff nach ihrem Koffer. »Geben Sie mal her. Mein Auto steht gleich da drüben.«

Mr Woods' – Edwins – Wagen war ein alter dunkelgrüner Ford, dessen Beifahrerseite erhebliche Kratzspuren aufwies. Entweder war der gute Mann ein schlechter Autofahrer, oder er hatte schon öfter in die Hecken ausweichen müssen. Was auch nicht wirklich vertrauenerweckend war.

Kaum saß sie neben ihm, verengte sich etwas in ihrer Kehle. Sie war allein mit einem fremden Mann. Am liebsten wäre sie wieder ausgestiegen. Dann riss sie sich zusammen. Ein fremder Mann war nicht das Problem. Und Edwin Woods wirkte ungefähr so bedrohlich wie ein Teddybär.

Dennoch umklammerte sie ihre Tasche fester und tastete unauffällig von außen nach dem kleinen Sprühfläschchen darin. Das Wissen, dass sie ihr Pfefferspray dabeihatte, beruhigte sie etwas.

Edwin startete den Motor, der nach einem ungnädigen Stottern einmal aufheulte und dann zögernd ansprang.

»Sehr nett von Ihnen, mich abzuholen«, zwang Lexi sich zu sagen.

»Kein Problem. Ist ja nicht weit. Und bei dem Wetter schickt man keinen Hund vor die Tür.«

»Regnet es schon lange?«, fragte Lexi. Eigentlich war ihr gar nicht nach Reden. Aber Reden half gegen die Angst.

»Oh, wir hatten einen ziemlich nassen Februar«, nahm er bereitwillig das Gespräch auf. »Aber jetzt steht ja der März vor der Tür, da wird es wohl besser werden.«

Der Regen hielt an, der Himmel sah aus wie stumpfes Spülwasser. Sie fuhren durch den Ort, bogen an einer Tankstelle nach rechts und folgten dann einer fast schnurgeraden Landstraße. Kaum hatten sie St Austell verlassen, wurde es grüner und ländlicher.

Die Heizung lief, die Scheibenwischer arbeiteten sich laut quietschend am stärker werdenden Regen ab. Es wurde schnell feuchtwarm im Wagen, und Lexi spürte, wie die Anspannung ein wenig von ihr abfiel. Nur ein wenig. Nicht genug, um nachlässig zu werden.

Die Hecken, die die Landstraße säumten, wurden erst höher, dann verschwanden sie und gaben den Blick frei auf eine hügelige Wiesenlandschaft voller Schafe mit schwarzen Köpfen, denen der Regen nichts auszumachen schien. An vielen Bäumen erblickte Lexi Knospen, und in einem Garten blühte schon eine Magnolie.

Irgendwo bog Edwin nach rechts in eine schmale Straße ab, kaum mehr als ein besserer Feldweg, und bald darauf wusste sie, woher die Schrammen an der linken Wagenseite stammten. Die Straße wurde immer schmaler, die Hecken zu beiden Seiten höher. Vor einer uneinsehbaren Kurve fuhr Edwin langsamer, und kaum waren sie hindurch, kam ihnen ein anderes Fahrzeug entgegen. Ein Trecker, der fast genauso breit wie die Straße war. Lexi hielt die Luft an, aber Edwin bremste nur gelassen, legte den Rückwärtsgang ein und fuhr geschickt zurück bis um die Kurve, wo er in einer schmalen Haltebucht zum Stehen kam – nicht ohne etwas dorniges Gestrüpp zu streifen, das knirschend über den Autolack kratzte. Der Trecker fuhr an ihnen vorbei, der Fahrer nickte Edwin zu, der die Hand hob, dann ging die Fahrt auch schon weiter.

Sie war noch immer in England, aber es fühlte sich an, als wäre sie auf einem anderen Planeten.

Die Woods Lodge war in Wirklichkeit noch schöner als auf den Bildern im Internet: ein einsames, am Ende eines Feldwegs gelegenes Country House im Regency-Stil, umgeben von einem großen Grundstück mit hohen Bäumen. An der steingrauen Fassade des verwunschen wirkenden Gebäudes wanden sich verästelte Zweige von Glyzinien empor, die hübsche Eingangstür hatte ein Sprossenfenster mit blau eingefärbten Glasscheiben.

Es hatte aufgehört zu regnen. Lexi stieg aus – und blieb stocksteif stehen, als ein bunt gefleckter Mischlingshund schwanzwedelnd auf sie zustürmte. Von einem Hund hatte nichts auf der Website gestanden.

»Das ist Watson«, sagte Edwin. »Er tut nichts.«

Lexi rang sich ein gequältes Lächeln ab und versuchte unauffällig, das Tier von sich fernzuhalten. »Weiß das auch der Hund?«

Der Witz war alt, aber Edwin legte sein Gesicht in freundliche Falten.

»Watson ist sehr zutraulich, und er liebt Gäste. Bis vor Kurzem hatten wir noch einen zweiten Hund, Holmes, aber der ist gestorben. Watson, aus!« Der Hund legte sich nieder, sein Schwanz klopfte auf den gekiesten Boden der Einfahrt. »Sehen Sie: Er ist lammfromm.«

»Wenn Sie es sagen …« Lexi wollte gerade nach ihrem Gepäck greifen, als ein schriller Schrei ertönte. Sie zuckte zusammen.

»Und das ist Chester«, erklärte Edwin gelassen. »Auf den müssen Sie aufpassen, der mag es nicht, wenn Sie seinen Damen zu nahe kommen.«

»Seinen Damen?«

»Unseren Hennen. Chester ist unser Hahn, und er verteidigt sein Harem nach Kräften.«

»Herzlich willkommen!«, rief in diesem Moment jemand, und Lexi drehte sich um.

Eine ältere Frau mit modischer Kurzhaarfrisur trat aus dem weiß gestrichenen Wintergarten, der sich direkt ans Haus anschloss.

»Ich bin Mrs Woods, aber sagen Sie ruhig Millicent zu mir, das tun alle.« Die Frau wischte sich die Hände an der geblümten Schürze ab und nickte ihr freundlich zu. »Hatten Sie eine gute Anreise?«

»Ja, danke. Ihr Mann war ja so liebenswürdig, mich vom Bahnhof abzuholen.«

»Das tut er gern, nicht wahr, Edwin?«

Edwin brummte eine gutmütige Zustimmung.

»Und nun kommen Sie, meine Liebe«, sagte Millicent. »Ich zeige Ihnen Ihr Zimmer, und dann wird es Zeit für eine gute Tasse Cream Tea, nicht wahr?«

»Sehr gern.«

Lexi folgte ihrer Wirtin die steile, mit einem hellbraunen Teppich belegte Treppe hinauf zu ihrem Zimmer. Auch hier erwartete sie Regency-Pracht – der Traum eines jeden Cornwall-Touristen. Das Zimmer mit eigenem Bad hatte einen Kamin und war mit geblümten Vorhängen und passender Bettwäsche ausgestattet. Als wäre die Zeit stehen geblieben. In einer Jane-Austen-Verfilmung hätte es vermutlich kaum anders ausgesehen. Das Zimmer war teurer, als sie es sich eigentlich leisten konnte, aber für die ersten Tage würde es schon gehen. Lexi hatte sich diese Pension ausgesucht, weil sie zum einen nicht weit von St Austell mit seinem Bahnhof lag, und zum anderen, weil ihre neue Arbeitsstelle von hier aus mit dem Bus erreichbar war.

Kaum war Lexi allein, ließ sie ihren Koffer neben dem hohen

Bett stehen und öffnete das alte Sprossenfenster. Es ließ sich nur schwer und leise ächzend nach oben schieben.

Neben ihrem Fenster ragte ein riesiger Baum ohne Blätter auf, doch an den Zweigen zeigten sich bereits die ersten Knospen. Lexi schaute hinunter auf den Garten, der zum Haus gehörte. Die weitläufige, mit niedrigen Steinmauern umgrenzte Rasenfläche war gesprenkelt vom Weiß kleiner Gruppen von Schneeglöckchen. Ein Stück vom Haus entfernt stand ein Magnolienbaum, der schon etliche seiner prächtigen, weißrosa Blüten geöffnet hatte.

Es war schön hier, wirklich schön. Der Regen hatte wieder eingesetzt, aber das sanfte Rauschen und die frische Luft taten Lexi gut.

Sie atmete tief durch. Jetzt war sie hier. Endlich.

Hatte sie ihre Spuren gut genug verwischt? Sie hatte überall herumerzählt, sie würde auf die Malediven auswandern, um dort in der Tauchschule ihrer Eltern zu arbeiten. Sonne, Meer, ein Traumstrand – was hatten die Kollegen sie beneidet.

Wenn es doch nur so wäre …

Mit leichter Anstrengung zog sie das Fenster wieder herunter und starrte noch eine Weile nach draußen, hinaus in den Regen und den Garten.

Ich werde dich finden, hatte er gesagt. *Egal, wohin du gehst, ich finde dich.*

Ein unangenehmer Druck breitete sich in ihrer Brust aus, der zunehmend stärker wurde. Sie beugte sich vor, stützte die Hände auf die hölzerne Fensterbank. Als sie sich umdrehte, schienen die Wände ihres Zimmers plötzlich auf sie zuzukommen, alle Farben verblassten. Ihre Kehle schnürte sich zu, es fühlte sich an, als würde sich eine unsichtbare Hand um ihren Hals legen und ihr die Luft abschneiden. Ihre Hände zitterten, in ihren Ohren rauschte es.

Unvermittelt wurde ihr übel. Sie schaffte es gerade noch ins Bad und erbrach sich in die Toilette. Danach rutschte sie an der tapezierten Wand nach unten, bis sie auf dem Boden saß, auf den kalten Fliesen. Sie holte Luft, so tief, wie es nur ging, und noch mal, und noch mal, immer schneller hintereinander. Ihre Hände kribbelten. Ihr Herz raste, und ihr war noch immer übel. Vermutlich würde sie gleich sterben. Allein in einem wunderschön altmodischen Badezimmer.

Sie starb nicht. Und ganz allmählich beruhigte sich ihr fliegender Atem, ließ die abgrundtiefe Angst nach.

Er war nicht hier.

Er war nicht hier!

Sie war in Sicherheit. Hier würde er sie nicht finden.

Der Boden unter ihr fühlte sich kalt und fest an. Er würde sie halten.

Als ihr Puls nicht mehr in ihren Ohren rauschte, schluckte sie und fuhr mit den Händen durch ihr Haar. Dann erhob sie sich zittrig. Sie drehte den Kaltwasserhahn auf, klatschte sich kühles Wasser ins Gesicht und ließ den Kopf in das weiche, fliederfarbene Handtuch sinken. Verdammte Panikattacke.

Als sie in den Spiegel sah, erkannte sie sich selbst kaum wieder. Eine Fremde starrte sie an. Die neue Haarfarbe, mit der sie ihr bis dahin dunkelbraunes Haar im aktuell modischen Silbergrau gefärbt hatte, schien auch ihr ganzes Gesicht verwandelt zu haben. Nur ihre Augen waren dieselben geblieben – ein Paar erschreckter brauner Augen, deren Wimperntusche etwas verlaufen war.

Sie machte sich daran, ihr Make up aufzufrischen – und fuhr zusammen, als von unten ihr Name gerufen wurde. Himmel, was war sie schreckhaft geworden!

Dann atmete sie tief durch. Vermutlich war eine Tasse heißer Tee jetzt genau das Richtige.

»Aber nicht doch so!«, sagte Millicent mit einem Ausdruck mildem Tadels. »Sie müssen es auf die kornische Art machen, mein Vögelchen.«

Lexi ließ die Hand mit dem Sahneschüsselchen verwirrt sinken.

»Erst die Marmelade«, belehrte Millicent sie. »Danach die Clotted Cream. Andersherum ist es die Devon-Art. Und wir sind hier doch in Cornwall.«

Lexi seufzte innerlich, stellte aber das Schüsselchen ab, griff nach der Erdbeermarmelade und bestrich das süße Brötchen damit. Dann löffelte sie eine dünne Schicht von dem Rahm darauf.

Zusammen mit den Woods saß sie an einem großen Tisch in Millicents Küche, in der ein riesiger vanillegelber Gusseisenofen stand, der eine angenehme Wärme verbreitete.

»Nehmen Sie ruhig mehr«, sagte Millicent. »Ich habe genug davon. Und Sie können es sich leisten, Sie sind viel zu dünn.«

Lexi verzog den Mund. Sie konnte es nicht leiden, wenn sie jemand so gängelte wie Millicent gerade. Andererseits hatte die Frau ja recht: In den vergangenen Wochen hatte sie ein paar Pfund abgenommen, ohne es zu wollen.

Sie häufte noch etwas mehr Streichrahm auf die Marmelade, dann biss sie in den Scone.

Es schmeckte köstlich. Warm und süß und saftig und sahnig – alles zugleich. Nach dem ersten Bissen merkte sie, wie hungrig sie war. Kein Wunder, sie hatte ja am Morgen außer einem hastigen Frühstück, das aus einem Toast mit Orangenmarmelade bestand, und ein paar Nüssen, die sie unterwegs geknabbert hatte, noch nichts gegessen. Das Käse-Sandwich, das sie in der Paddington Station gekauft hatte, lag noch immer unangetastet in ihrer Reisetasche.

»Was meinen Sie«, fragte Millicent, während sie sich eine neue Tasse Tee einschenkte, »leben wir hier nicht auf einem wundervollen Fleckchen Erde?«

»Oh ja«, entgegnete Lexi. »Und es ist ja schon richtig frühlingshaft. Ganz anders als in …«, sie unterbrach sich kurz, »als in London.«

»Oh, wir hier in Cornwall haben früher Frühling als im Rest des Landes«, erklärte Millicent mit wichtiger Miene und reichte Lexi den Teller mit den Scones. »Nehmen Sie, mein Vögelchen. Wussten Sie, dass wir hier ganz offiziell den Beginn des Frühjahrs in England verkünden dürfen?«

»Tatsächlich?« Lexi war sich nicht sicher, ob Millicent sie auf den Arm nehmen wollte. Sie griff nach einem weiteren Brötchen.

Millicent nickte. »Seit einigen Jahren gibt es eine sehr verlässliche Methode, und zwar die Anzahl der geöffneten Magnolienblüten in den sechs großen Gärten von Cornwall. Die Chefgärtner dort dokumentieren jedes Frühjahr, wie viele Blüten an einem vorher bestimmten Magnolienbaum geöffnet sind. Sobald jede dieser sechs Magnolien fünfzig geöffnete Blüten trägt, wird der Frühlingsanfang in Cornwall verkündet. In diesem Jahr war das gestern.« Sie deutete durch das Küchenfenster. »Und unser Magnolienbaum ist auch schon voller Blüten.«

»Ja, den habe ich schon von meinem Zimmerfenster aus bewundert«, sagte Lexi.

»Und Sie machen hier Urlaub? Ein ungewöhnlicher Zeitpunkt, wenn ich das so sagen darf. Aber natürlich ist es jetzt noch nicht so überlaufen. Wenn Sie möchten, kann ich Ihnen gute Tipps für Ihre Urlaubsgestaltung geben. Der alte Hafen von Charlestown zum Beispiel, das Eden-Projekt, die Zinnminen oder Caerhays Castle. Und selbstverständlich die Verlorenen Gärten von Heligan. Die müssen natürlich Ihr erstes Ziel sein für Ihren Urlaub in dieser Ecke von Cornwall. Ich verspreche Ihnen, Sie haben noch nie einen beeindruckenderen Garten gesehen. Warten Sie, ich müsste irgendwo noch einen Prospekt haben – Edwin, wo sind die Prospekte von den Heligan-Gärten?« Sie stand auf.

»Das ist sehr nett«, unterbrach Lexi den Wortschwall, »aber ich bin nicht zum Urlauben hier.«

Millicent hielt mitten in der Bewegung inne. »Nicht?«

»Nein. Ich fange hier einen neuen Job an. In den besagten Heligan-Gärten.«

Millicent strahlte sie an. »Sie werden in Heligan arbeiten?«

»Ja. Als Freiwillige. Mal sehen, wie es mir gefällt.« Mehr sagte sie nicht. Kein Wort darüber, dass sie ihren Job in London Hals über Kopf gekündigt und ihre Zelte in der Hauptstadt abgebrochen hatte.

»Das ist ja wunderbar! Noch einen Scone?« Millicent reichte ihr erneut den Teller mit dem frischen Gebäck. »Sie müssen nämlich wissen, mein Vögelchen, dass ich selbst schon in Heligan als Freiwillige gearbeitet habe. Vor über zwanzig Jahren.«

Edwin trank seinen letzten Schluck Tee aus. »Na, dann hat Millie ja jetzt was zu erzählen«, murmelte er und griff nach der Zeitung.

2

LEXI

Woods Lodge, Ende Februar

Millicent war enttäuscht gewesen, dass Lexi kein Abendessen wollte. Aber der üppige Cream Tea mit Scones lag ihr noch im Magen, und sie brauchte dringend etwas Zeit für sich.

Sie studierte den Prospekt von Heligan, den Millicent ihr gegeben hatte. *Hätten Sie die Tür geöffnet?* war dort über einem Bild einer angelehnten alten Tür zu lesen, hinter der es offensichtlich ins Grüne ging.

The Lost Gardens of Heligan – die Verlorenen Gärten von Heligan. Was für ein romantischer Name. Er klang nach Miltons *Paradise Lost*, nach Burnetts *Secret Garden*, nach Dornröschen und nach Geheimnissen. Millicent hatte ihr am Vortag noch ein wenig davon erzählt. Die Gärten waren im späten achtzehnten Jahrhundert angelegt worden und nach dem Ersten Weltkrieg in Vergessenheit geraten, bis sie vor knapp dreißig Jahren wiederentdeckt und zu alter Pracht hergerichtet worden waren.

Noch lebhaft erinnerte Lexi sich an den Tag vor zwei Wochen, als sie in der Fußgängerzone von London gestanden und die Musik gehört hatte. An jenem Tag war sie völlig kopflos gewesen. Überall glaubte sie, Rob zu sehen. Jeder Mann mit Lederjacke, jeder dunkle Haarschopf ließ sie zusammenzucken. Dazu die gestressten Menschen um sie herum, schreiende Kleinkinder, hupende Autos. Und dann plötzlich – leise Gitarrenklänge. Als sie näher kam, sah sie den Straßenmusiker, der mit angenehmer

Stimme, nur von seiner Gitarre begleitet, den alten Joni-Mitchell-Song sang, der vom goldenen Sternenstaub erzählte und von der Rückkehr in den Garten.

Der Garten. War es Schicksal gewesen, dass sie kurz danach an einem Plakat vorbeikam, das für die *Lost Gardens of Heligan* an Cornwalls Südküste warb? Es war Lexi wie eine Offenbarung erschienen, wie ein Lichtblick in der Dunkelheit. Ein sicherer Hort, weitab von der hektischen Großstadt und der Gefahr, der sie dort ausgesetzt war.

Als kleines Kind war sie schon einmal in Heligan gewesen, vermutlich, als sie mit den Eltern Großmutter und Großtante in Liskeard besucht hatte. Lexi erinnerte sich kaum mehr daran. Nur noch an ein freundliches, halb in der Erde versunkenes Riesengesicht mit Haaren aus Gras und an das Gefühl, an einem magischen Ort gelandet zu sein.

Als sie in London nach Hause gekommen war, hatte sie die Website von Heligan aufgerufen, sich über die Möglichkeit einer freiwilligen Mitarbeit informiert und sich per Mail beworben. Wenige Tage später hatte sie mit einer ausgesprochen netten Frau von der Personalabteilung telefoniert und sich kurz entschlossen für den 1. März, den frühestmöglichen Termin, als freiwillige Helferin registrieren lassen.

Dafür gab es zwar kein Geld, aber es war eine einfache und anonyme Möglichkeit, unterzutauchen, ohne das Land zu verlassen. Ihre Angaben wurden nicht geprüft, es gab keine großen Fragen zu ihrem Hintergrund, und niemand verlangte von ihr, sich auszuweisen oder Referenzen beizubringen. Ein paar Wochen würde sie auch ohne Verdienst durchhalten. Außerdem hatte die Frau von der Personalabteilung ihr versichert, dass man in Heligan oft freiwillige Helfer vertraglich übernehme, sofern sie sich bewährten.

Und nun war es so weit. Sie war hier. Am nächsten Tag würde ihr neues Leben beginnen.

Ein durchdringender Schrei riss Lexi aus einem unruhigen Schlaf. Mit rasendem Herzen fuhr sie hoch, und für einen Moment wusste sie nicht, wo sie war. Wieder ertönte der Schrei, und sie erkannte halb amüsiert, halb erleichtert, dass es Chester war, der Hahn. Er krähte, um den Morgen zu begrüßen.

Durch die Ränder des zugezogenen schweren Vorhangs mit seinem bunten Blumenmuster fiel weiches Licht. Lexi schlug die Bettdecke zurück und lauschte. Im Haus war noch alles still, nur das leise Knacken der Heizungsrohre war zu hören. Frühstück sollte es um acht Uhr geben, hatte sie mit Millicent vereinbart, und es war erst kurz nach halb sieben.

Leise stand sie auf, begnügte sich vorerst mit einer kurzen Katzenwäsche, schlüpfte in ihre Sportsachen, schlich die Treppe hinunter und trat ins Freie.

Die rote Katzendame Ginger, die ihr am Vortag ebenfalls vorgestellt worden war, saß auf einer niedrigen Steinmauer und sah Lexi in regloser Hochnäsigkeit an. Als Watson, der gefleckte Mischlingshund, Lexi erblickte, kam er freudig wedelnd auf sie zugelaufen. Ginger warf ihm einen Blick voller Verachtung zu.

»Na, du Racker«, begrüßte Lexi den Hund, vor dem sie ihre Angst verloren hatte. »Willst du mich begleiten?«

Als hätte er sie verstanden, wedelte er noch heftiger mit dem Schwanz und folgte ihr dichtauf, als sie in einen leichten Trab verfiel. Vom Grundstück der Woods ging es ein kurzes Stück an der Straße entlang, auf der zu dieser frühen Stunde noch kein Auto fuhr, dann einen Feldweg hinein. Rechts und links erstreckte sich eine Patchworkdecke aus Wiesen, Hecken und Weiden. Die Sonne stand noch tief über dem Horizont, und es war recht kühl. Zarte Nebelschlieren schwebten über den Feldern, weiter hinten stieg eine kleine Schar Vögel auf. Kurz blieb Lexi stehen, um sich zu orientieren. Ein Stück vor ihr konnte sie das grün-weiße Schild einer Bushaltestelle sehen. Von dort würde sie nachher den Bus nach Heligan nehmen.

»Das kommt gar nicht infrage«, sagte Millicent, als Lexi eine knappe Stunde später geduscht und umgezogen vor einem riesigen Berg von Rühreiern mit Toast und Bohnen saß. »An Ihrem ersten Arbeitstag wird Edwin Sie fahren.«

»Das ist wirklich nicht nötig«, widersprach Lexi und schob den Eierberg auf ihrem Teller zur Seite. »Die Bushaltestelle …«

»Ab morgen dürfen Sie gern mit dem Bus fahren, aber heute machen wir eine Ausnahme. Wir wollen doch nicht, dass Sie zu spät kommen.«

Die Eier waren wirklich lecker. Was vermutlich damit zusammenhing, dass ihre Produzenten in einer kleinen Schar vor dem Küchenfenster herumliefen und Körner pickten, während ihr Herr und Gebieter Chester argwöhnisch über sie wachte.

Lexi gab nach. »Ist es Ihnen auch wirklich recht, Edwin?«

Er nickte bedächtig und blätterte raschelnd seine Zeitung um. »Aber natürlich, meine Liebe. Sie sind ja zurzeit unser einziger Gast. Und ein bisschen Abwechslung hat noch keinem geschadet.«

Diese Fahrt mit Edwin war mindestens genauso aufregend wie die erste bei ihrer Ankunft. Nach der Landstraße ging es über ein paar weitere enge Straßen, bei denen Lexi vor jeder Kurve betete, dass ihnen kein anderes Fahrzeug entgegenkam. Sie fuhren durch weite grüne Felder, die in der Frühlingssonne lagen, vorbei an windzerzausten Büschen und niedrigen Bäumen, bis Edwin rechts in eine Straße einbog, an der zu beiden Seiten ein Schild auf die *Lost Gardens of Heligan* hinwies.

Lexi war aufgeregt wie eine Erstklässlerin bei der Einschulung, als sie sich von Edwin verabschiedete, der sie am Parkplatz vor dem Eingang abgesetzt und ihr mit hochgerecktem Daumen Glück gewünscht hatte.

Sie beobachtete, wie die ersten Besucher ihre Tickets lösten. Ein paar Schritte neben dem Kassenhäuschen versammelten sich nach und nach ungefähr fünfzehn Personen, vermutlich eine

Gruppe, die eine Führung gebucht hatte, denn alle trugen einen Aufkleber auf ihrer wetterfesten Kleidung.

An der Seitentür neben den Schaltern, wo Lexi sich einfinden sollte, stand schon eine junge Frau mit kurzen roten Haaren. Offenbar war Lexi also nicht die Einzige, die an diesem Tag hier anfangen würde.

»Hi«, sagte die junge Frau. »Auch dein erster Tag?«

Lexi nickte.

»Jessica«, sagte die andere.

»Lexi.«

Kurz darauf gesellte sich mit Kevin ein weiterer Freiwilliger zu ihnen, ein Mann mit dichtem Bart und Fleshtunnel in den Ohrläppchen.

Lexi sah auf die Uhr. Fast halb elf. Um diese Zeit sollte sie sich hier einfinden, hatte es geheißen. Die anderen beiden vermutlich auch.

Kurz darauf schlenderte ein dunkelhäutiger junger Mann mit langen Dreadlocks auf sie zu. Auf seiner blauen Jacke war der Schriftzug von Heligan eingestickt.

»Seid ihr die Freiwilligen, die heute anfangen?«

Lexi und die anderen beiden bejahten.

Der junge Mann lächelte und zwinkerte Lexi zu. »Wunderbar. Ich bin Orlando, euer Mentor. Soll heißen – wann immer ihr Fragen oder Probleme habt, könnt ihr zu mir kommen. Gleich findet eine Führung für diese Damen und Herren hier statt« – er wies mit dem Kopf auf die Gruppe neben dem Kassenhäuschen – »da könnt ihr erst mal mitlaufen und euch ein erstes Bild machen. Später zeige ich euch dann, was ansteht.«

Er wartete, bis alle aus der Gruppe zusammenstanden.

»Willkommen in einem der geheimnisvollsten Landsitze Großbritanniens«, begann er dann, »den Verlorenen Gärten von Heligan. Warum verloren? Nun, weil dieser Ort viele Jahrzehnte lang in einer Art Dornröschenschlaf lag und nur durch einen Zufall wiederentdeckt wurde. Die Geschichte seiner Wiederentdeckung ist fast ebenso spektakulär wie der Garten selbst. Kommen Sie mit, ich zeige es Ihnen.«

Zuerst kamen sie am Giant's Head vorbei. Lexi lächelte, als sie die Skulptur aus Erde und Pflanzen wiedererkannte, die den halb versunkenen Kopf einen Riesen darstellen sollte, der von der Nase aufwärts aus dem Boden schaute. Ja, daran erinnerte sie sich noch. Ein dichtes Gewirr aus Gräsern und Blumen bildete seine Haare. Natürlich musste jeder erst einmal fotografieren.

Orlando wartete derweil geduldig, dann führte er sie in einen von einer halbrunden Mauer umgebenen Hof, wo er vor einem flachen Gebäude stehen blieb. »Das hier ist der Melonenhof, wo früher heimische und exotische Früchte für die Tafel des Herrenhauses angebaut wurden. Hier war es, dass Heligan neu entdeckt wurde.« Jetzt hatte er die ungeteilte Aufmerksamkeit seiner Zuhörer.

»Stellen Sie sich vor«, fuhr er fort, »Sie erben ein Grundstück. Vollkommen verwildert, fast undurchdringlich. Eigentlich wollen Sie es verkaufen, weil Sie nicht wissen, was Sie mit dieser riesigen Fläche von Wildwuchs anfangen sollen. Als Sie mit einem Interessenten über das Grundstück gehen, knietief überwuchert von Brombeerranken und Efeu, verschwindet plötzlich Ihr kleiner Hund. In wachsender Panik suchen Sie ihn in dem überbordenden Gestrüpp, rufen nach ihm, außer sich vor Sorge«, er machte eine kurze, wirkungsvolle Pause, »und hören ihn plötzlich bellen, von irgendwo tief unter Ihnen. Sie gehen dem Geräusch nach, räumen Unterholz und Ziegel beiseite, hacken sich mit einer Machete durch die Ranken. Und dort, unter bröckelndem Mauerwerk, entdecken Sie schließlich einen kleinen Raum in der Ecke eines ummauerten Gartens. Dabei handelte es sich, wie sich später herausstellte, um den Raum mit dem Donnerbalken – Sie wissen, was ein Donnerbalken ist? So nannte man früher eine einfache Toilette.« Wissendes Nicken von den zumeist älteren Zuhörern. »An der Wand dieses kleinen Raums, der daraufhin freigelegt wurde«, fuhr Orlando fort, »fand sich so etwas wie Graffiti. Keine Zeichnungen, sondern etliche Unterschriften, dicht gedrängt, zum Teil schwer lesbar. Und darunter ein Datum: August 1914. Der Monat, in dem Großbritannien in den Ersten Weltkrieg eintrat.«

Nacheinander durfte jeder aus der Gruppe den kleinen Raum betreten, dessen hintere Wand mit Plexiglas geschützt war. Auch Lexi bekam einen Ausschnitt davon zu sehen – eine altersfleckige Wand, darauf ein paar fast unleserliche Runen. *L. Warne* konnte sie entziffern, bevor sie den Platz für den nächsten Besucher räumen musste.

»Wenn Sie genau zählen, werden Sie mehr als ein Dutzend mit Bleistift geschriebene Namen sehen – die Unterschriften derer, die hier in diesem Garten gearbeitet haben. Kurz darauf zogen die meisten dieser Männer in den Krieg.« Orlando machte eine erneute kurze Pause. »Kaum einer von ihnen kehrte zurück.«

Aus der Gruppe ertönten vereinzelte Laute der Bestürzung.

»Die Gärten verfielen, für mehr als siebzig Jahre«, fuhr Orlando fort. »Bis dieser Raum hier quasi durch den Hund wiederentdeckt wurde – und natürlich durch Tim Smit, von dem Sie sicher schon gehört haben. Er war verantwortlich dafür, dass diese Gärten nach Jahrzehnten der Vernachlässigung in ein blühendes Paradies zurückverwandelt wurden. Jetzt sieht es in Heligan wieder so ähnlich aus wie damals, als die Gärten im späten achtzehnten Jahrhundert unter Henry Hawkins Tremayne angelegt wurden. Damals zählte Heligan zu den imposantesten Gärten Cornwalls.«

Orlando ging weiter.

Neben dem alten Toilettenhäuschen erstreckte sich eine Reihe gemauerter Gräben, mit Glas und Holzplanken abgedeckt.

»Und hier unser nächstes Prunkstück«, sagte Orlando. »Ein originalgetreu restaurierter georgianischer Ananasgraben. Früher wurden hier Ananas für die Tafel des Herrenhauses gezüchtet.

Und auch heute noch heizt man ihn wie schon vor zweihundert Jahren: mit Pferdemist, ein damals überall verfügbarer Rohstoff.«

Anschließend führte Orlando sie durch den Nutzgarten, aus dessen dunkler Erde die ersten grünen Spitzen lugten. Im Walled Garden, dem ummauerten Garten, blühten bereits die ersten Blumen, und einige Leute waren damit beschäftigt, die Pflanzen aus einem der großen alten Gewächshäuser in ein anderes zu bringen. Putzeimer und weitere Utensilien stapelten sich daneben.

Orlando blieb stehen. »Und hier sehen wir einen Teil der Heligan-Belegschaft bei ihrer heiß geliebten Aufgabe, dem großen Frühjahrsputz der Gewächshäuser.«

Ein paar der Männer und Frauen lachten. »Keine Sorge, Orlando«, sagte einer von ihnen mit einem dunklen Basecap. »Du darfst auch gleich mithelfen.«

Danach ging es zu einer von Hecken gesäumten Rasenfläche mit einer alten Sonnenuhr und einem italienisch anmutenden Garten, und zum Schluss führte Orlando sie in einem weiten Bogen durch einen von hohen Bäumen gesäumten Weg bis zur Mud Maid, dem Schlammmädchen – einer aus Erde geformten, auf der Seite liegenden Figur, deren Haare und Kleidung aus Pflanzen bestanden. Dort ruhte sie, halb versunken im Boden, überlebensgroß und überwuchert von Gras, Moos und Efeu – eine schlafende Schönheit, die auf ihr Erwachen wartet. Ein passendes Symbol für dieses verlorene und wieder aufgeweckte Gartenwunder.

Lexi war überrascht, dass die Führung schon zu Ende war – sollte wirklich schon eine Stunde verstrichen sein? Sie hätte Orlando noch stundenlang zuhören können.

Er verabschiedete sich von der Gruppe, der er einen ausführlichen Besuch von Heligan ans Herz legte, dann wandte er sich an die drei Freiwilligen.

»Und jetzt zu euch. Da ihr euch noch nicht aus dem Staub gemacht habt, gehe ich davon aus, dass ihr wirklich hier arbeiten wollt. Kommt mit.«

Sie folgten ihm in ein kleines Büro, wo von jedem von ihnen ein Ausweis mit Foto und Namen erstellt wurde, eingeschweißt und mit einem Band versehen. »Hängt euch das um den Hals. Dann sieht man gleich, dass ihr Freiwillige seid«, sagte Orlando. »Und damit offiziell willkommen in den Reihen der Heligan-Gemeinschaft. Ach, fast vergessen – ich brauche auch noch eure Telefonnummern.«

»Wozu?«, fragte Lexi misstrauisch.

Orlando lachte. »Keine Sorge, ich fange nicht an, euch zu stalken. Ich brauche sie für die Koordination eurer Einsätze, und damit ich euch Bescheid geben kann, wenn's brennt.« Er zückte sein Handy. »Ruf mich an, dann habe ich deine Nummer.«

Lexi zögerte. Ihr neues Prepaid-Handy hatte sie nur für absolute Notfälle angeschafft. Aber sie sah ein, dass das hier wichtig war. Sie holte ihr Telefon hervor und wählte die Nummer, die Orlando ihr diktierte. Gleich darauf ertönte *The Lion Sleeps Tonight* – Orlandos Klingelton. Irgendwie passend. Lexi grinste verhalten.

»Bestens, danke. Und deine?«, wandte er sich an Kevin.

Nachdem alle Formalitäten geklärt waren, führte Orlando sie wieder in den Walled Garden, wo sogleich ein hochgewachsener, schlanker Mann auf sie zukam. Er war mehr als einen Kopf größer als die meisten von ihnen und bewegte sich mit der schlaksigen Selbstverständlichkeit eines Jugendlichen, dabei war er sicher schon über vierzig. Seine dunklen, von grauen Strähnen durchzogenen Haare standen in alle Richtungen ab, als wäre er sich immer wieder mit den Händen hindurchgefahren. Er war Lexi sofort sympathisch.

»Ah, ein paar weitere Helfer für unseren heiß geliebten Frühjahrsputz!« Er schüttelte jedem von ihnen die Hand. »Hi, ich bin Derek.«

Das war Derek Yates, der Obergärtner, und damit gewissermaßen ihr Chef? Lexi war erleichtert. Sie wusste nicht, was sie erwartet hatte, aber ganz sicher nicht diesen entspannten langen Lulatsch.

»Wer von euch hat Gartenerfahrung?«, fragte er.

Kevin und Jessica hoben die Hand.

»Und du?«

Lexi schüttelte den Kopf. »Nicht wirklich. Sorry.«

»Kein Problem, wir haben noch für jeden etwas gefunden. Wo hast du bislang gearbeitet?«

Sie zögerte kurz. »In der PR«, sagte sie schließlich. »Public Relations.« Mehr musste er nicht wissen. Kein Name ihres bisherigen Arbeitgebers, das war zu riskant.

»Oh, gut«, sagte Derek. »Dann könnte Theo vielleicht morgen was für dich haben.« Er deutete mit dem Kopf auf die versammelte Mannschaft. »Ihr seht ja, wir sind schon schwer beschäftigt. Schnappt euch einen Lappen und macht einfach mit.«

Und das taten sie dann auch. Lexi fand sich mit einem Eimer Wasser zu ihren Füßen und einem Lappen in der Hand an der Außenseite des Gewächshauses wieder, wo sie neben einigen anderen Helfern die unzähligen kleinen Glasfenster vom Schmutz der letzten Monate befreite. Den um ihren Hals baumelnden Ausweis hatte sie in ihre Hosentasche gesteckt.

Es war anstrengend, und trotz des leichten Windes kam Lexi bald ins Schwitzen. Gegen Mittag ließ Derek die Arbeit für eine kurze Mittagspause unterbrechen, die sie alle gemeinsam im Außenbereich der Cafeteria verbrachten. Lexi war noch satt von Millicents Frühstück, nahm sich aber aus Geselligkeit eine halbrunde Cornish Pasty mit Zwiebel-Käse-Füllung und war erstaunt, wie gut es ihr schmeckte. Die letzten Krümel teilte sie sich mit einem freundlichen Rotkehlchen, das kaum von ihrer Seite weichen wollte.

Danach ging es weiter mit dem Putzdienst. Orlando hob die Stimmung, indem er sich einen leeren Eimer auf die langen Dreadlocks setzte und ein paar Faxen machte. Alle lachten, auch Lexi.

Trotz der ungewohnten körperlichen Arbeit begann sie, sich hier wohlzufühlen.

In den nächsten Stunden waren sie damit beschäftigt, die Fenster fertig zu putzen, den Boden des Gewächshauses zu fegen und danach gefühlte Hunderte von Blumentöpfen und Saatgutbehältern in eine Lösung mit Desinfektionsmittel zu tauchen und gründlich abzuspülen.

Als sie die letzten Blumentöpfe zum Trocknen aufgestellt hatte, richtete Lexi sich mit schmerzendem Rücken auf und warf den feuchten Schwamm zurück in den Eimer. Die Haut an ihren Händen war rissig und rau, und ihre Fingernägel waren weich – daran würde auch die beste Maniküre nichts mehr ändern. Aber sie war stolz auf das Ergebnis ihrer gemeinsamen Arbeit: Das Gewächshaus sah wieder aus wie neu.

Derek sah das genauso. »Gut gemacht. Jetzt hast du dir deinen Feierabend redlich verdient.«

»Entschuldigung«, sagte jemand. Vor ihnen saß ein älterer Mann in einem Rollstuhl. »Entschuldigen Sie. Können Sie mir sagen, wie ich zur Grey Lady komme?«

»Die Grey Lady?« Derek kratzte sich am Kopf. »Da sind Sie hier nicht ganz richtig.«

Er zog einen zerknitterten Plan des Gartens aus einer der vielen Taschen seiner Jacke und begann, ihm den Weg zu erklären.

»Was halten Sie davon«, mischte Lexi sich ein, »wenn ich Sie dorthin bringe? Ich wollte mich sowieso noch ein bisschen umschauen.«

Der Mann nickte erfreut. »Das wäre wirklich sehr nett.«

Lexi schob ihn den westlichen Waldweg entlang, an der Mud Maid vorbei und immer weiter, dann hatten sie ihr Ziel erreicht.

Die Grey Lady war eine durchscheinende, hohe Skulptur aus Drahtgeflecht, die nur schemenhaft vor dem kahlen Geäst der Bäume zu erkennen war. Ätherisch wie ein Geist. Ein Schild besagte, dass sie nach einer mysteriösen grauen Gestalt benannt war, die man angeblich früher gesehen hatte, als sie aus Heligan House verschwand. Eine Erklärung dafür habe sich bislang nicht gefunden.

Lexi verabschiedete sich von dem Mann, der erklärte, sich hier mit Bekannten treffen zu wollen, und ließ sich dann ein wenig treiben. Im Sikkim-Bereich tauchte sie unter den Ästen uralter Rhododendren hindurch, die zum Teil ziemlich niedrig über dem Weg wuchsen und an denen sich gerade die ersten rötlichen Knospen öffneten. Dann schlenderte sie noch einmal zu dem zauberhaften italienischen Garten mit kleinem Teich und südländisch anmutender Atmosphäre, den sie am liebsten gar nicht mehr verlassen hätte.

An diesem Abend freute sie sich auf die Aussicht auf ein üppiges Essen. Egal, wie viel Millicent reden würde.

3

LEXI

Woods Lodge, Anfang März

Das Kabeljaufilet thronte auf einem grasgrünen Berg von Erbsenpüree, umgeben von aufgeschichteten Kartoffeln.

»Und hier«, verkündete Millicent, »haben wir meinen berühmten Shipwreck's Pie – die Schiffbruch-Pastete.«

Lexi freute sich darauf. Obwohl sie schon einen ganzen Teller cremiger Lauchsuppe verputzt hatte, war sie noch immer hungrig. Nach dem Tag mit viel körperlicher Arbeit taten ihr alle Knochen weh. Fortan würde sie sich selbst versorgen, aber für diesen Abend hatte sie sich ein dreigängiges Menü bei Millicent erlaubt.

»Sind hier denn viele Schiffe auf Grund gelaufen?«, fragte sie, während sie ihrer Wirtin den Teller reichte.

»Oh, sehr viele.« Millicent häufte ihr Kartoffeln auf. »Natürlich nicht nur hier, an der gesamten Küste von Cornwall. Sie ist tückisch – viele Untiefen und Riffs, dazu die Stürme, das ist noch heute gefährlich. Diese Gegend war schon immer ein Eldorado für Schmuggler und Strandräuber. Früher gab es kaum Leuchttürme, da sind viele Schiffe gesunken. Manchmal wurde sogar durch falsch gesetzte Lichter nachgeholfen.«

»Sie meinen, jemand hat die Kapitäne bewusst in die Irre geleitet?«

Millicent nickte. »Ein falsch gesetztes Licht an Land, und das Schiff zerschellte an den Klippen. Wenig später wurde dann die Ladung angeschwemmt. Und manchmal auch ein Ertrunkener.«

»Das ist ja schrecklich!«

»Ja, das waren schlimme Zeiten.«

Lexi nahm ihren Teller in Empfang. »Und deswegen also Shipwreck's Pie?«

»Erzähl ihr von dem Schiffbrüchigen«, sagte Edwin, der bislang geschwiegen hatte.

Millicent nickte und beugte sich ein wenig näher zu Lexi. »Wissen Sie, Vögelchen, es heißt, dass einst, vor mehr als zweihundert Jahren, ganz hier in der Nähe ein Schiffbrüchiger gefunden wurde. Und zwar lebend.« Sie deutete auf Lexis Teller. »Aber essen Sie, bevor es kalt wird.«

Es schmeckte herrlich. Lexi konnte sich nicht erinnern, wann sie das letzte Mal mit so viel Appetit gegessen hatte.

Als sie an diesem Abend in ihr weiches Bett sank, war sie so müde, dass sie einschlief, kaum dass ihr Kopf das Kissen berührt hatte. Und von der Mud Maid in Heligan und den Überresten eines Schiffs am Strand träumte.

Als Lexi am nächsten Morgen die Augen aufschlug, konnte sie kaum fassen, dass sie durchgeschlafen hatte. Wann war das das letzte Mal vorgekommen? Sicherlich vor Wochen, wenn nicht gar Monaten. Eigentlich konnte sie es genau benennen: seit dem 13. Oktober vorigen Jahres. Bevor dieser ganze Mist über sie hereingebrochen war. Als sich noch nicht abgezeichnet hatte, zu was für einer Katastrophe ihr Leben werden würde.

Es war kurz vor sieben, als sie ihren Laptop herausholte und auf den kleinen Tisch stellte. Eine Joggingrunde sparte sie sich. Zum einen war es schon zu spät, zum anderen taten ihr Stellen an ihrem Körper weh, von denen sie gar nicht gewusst hatte, dass es sie gab. Erstaunlich, wo man überall Muskeln hatte.

Außerdem musste sie sich endlich melden.

Auf den Malediven war es fünf Stunden später, das hieß, dort wäre es jetzt schon fast zwölf Uhr. Mittagszeit also.

Sie atmete tief durch und klappte den Laptop auf. Für einen Augenblick befürchtete sie, kein WLAN zu haben, aber dann baute sich doch eine Verbindung auf. Sie aktivierte ihren neuen Skype-Account und saß dann eine Weile da, unschlüssig, ob sie es wirklich wagen konnte. Dann wählte sie die Verbindung und wartete.

Schon nach dem zweiten Klingeln hob jemand ab.

»Tauchschule Andrews.«

Ein Knacken, dann erschien das leicht verzögerte Bild einer Frau mittleren Alters mit hellbraunen Haaren auf dem Bildschirm.

»Hi, Mum«, sagte Lexi. »Ich bin's.«

»Emilia!« Die Stimme ihrer Mutter überschlug sich fast. »Endlich! Mit diesen Haaren hätte ich dich fast nicht erkannt. Wo steckst du nur? Wie geht es dir?«

»Gut«, sagte Lexi, ohne auf die erste Frage einzugehen. »Es geht mir gut.«

»Steven, es ist Emilia!«, rief ihre Mutter.

Kurz darauf erschien das bärtige, braun gebrannte Gesicht ihres Vaters neben dem ihrer Mutter auf dem Bildschirm. Lexi traten Tränen in die Augen. Es tat so gut, die beiden zu sehen. Sie blinzelte hastig. Ihre Eltern mussten nicht mitbekommen, wie schlecht es ihr ging.

»Emilia, Liebes, wo steckst du? Wir haben uns solche Sorgen gemacht. An deinem Handy ist kein Anschluss, unter deinem Skype-Account meldest du dich nicht, und auf deiner Arbeit sagen sie, du wärst dort nicht mehr tätig.«

»Ich weiß«, sagte Lexi. »Ich hab euch doch gesagt, dass ich mich für ein paar Tage nicht melden kann. Und ich habe jetzt ein neues Handy.« Sie zögerte kurz, dann gab sie die Nummer durch. »Aber … Mum, Dad.« Sie holte tief Luft. »Bitte, ihr dürft niemandem diese Nummer geben. Wirklich niemandem! Vor allem nicht Rob, egal, was er euch erzählt. Könnt ihr mir das versprechen?«

»Natürlich, Liebes, das ist doch selbstverständlich. Wir wissen doch Bescheid.«

Nicht ganz, dachte Lexi. Sie hatte vermeiden wollen, dass ihre Eltern sich Sorgen machten, deshalb hatte sie ihnen nur das Allernotwendigste erzählt. Dass sie sich von Rob getrennt habe und nicht wolle, dass er erfuhr, wo sie war. Nichts von den wirklich schlimmen Dingen.

»Geht es dir auch wirklich gut? Und wo bist du überhaupt?«

»Immer noch in England«, sagte Lexi. »Ich muss jetzt Schluss machen. Aber ich melde mich wieder. Bye, ich hab euch lieb.«

»Wir dich auch, Kleines, wir dich auch!«

Ein paar Luftküsschen in die Kameras, dann endete die Verbindung mit dem typischen schmatzenden Geräusch.

Unten in der Küche begann Millicent in der Küche mit Tellern und Töpfen zu klappern.

An diesem Tag fuhr Lexi nach Millicents üppigem Frühstück mit dem Bus nach Heligan, was erstaunlich gut klappte. Dort führte ihr erster Weg in den Shop, in dem sie ein Buch über die verschiedenen Teile Heligans mit seinen Pflanzen erstand, denn nach ihrer gestrigen kleinen Tour wollte sie unbedingt mehr über die Flora und Fauna des Gartens wissen.

Kaum hatte sie sich danach mit ihren anderen beiden Freiwilligen-Kollegen bei Derek eingefunden – was nicht ganz einfach war, da sie ihn erst suchen mussten, er steckte irgendwo zwischen den Brombeerhecken–, wurden sie auch schon für ihre verschiedenen Aufgaben eingeteilt. Jessica wollte gern weiterhin im Gewächshaus arbeiten, und Kevin würde Derek helfen. Lexi rechnete damit, wieder bei irgendeiner Putzaktion eingeteilt zu werden, aber Derek hatte andere Pläne mit ihr.

»Du hast früher PR gemacht, hast du gesagt?«

Sie nickte.

»Sehr gut. Da wird nämlich jemand gebraucht. Stell dich deswegen bitte bei Theo vor. Bei den Dienstgebäuden in der Nähe des Kassenhäuschens.«

Auf dem Weg dorthin traf sie auf Orlando.

»Da ist ja einer unserer patenten Neuzugänge«, sagte er. »Na, noch nicht genug vom Arbeiten?«

»Nein, aber heute darf ich mich mit einer anderen Aufgabe beschäftigen. Irgendwas mit PR.«

»Wo hast du eigentlich in London gearbeitet?«

»In einem großen Architekturbüro«, sagte sie widerstrebend.

»Und da warst du für die PR zuständig?«

»Ja. Öffentlichkeitsarbeit. Pressemitteilungen, Social Media – solcher Kram eben.«

Er zog die dunklen Brauen hoch. »Ich bin beeindruckt. Und da kommst du hierher zum Arbeiten?«

Sie musste aufpassen, dass sie nicht zu viel redete. Orlando schaffte es sonst noch, ihr mehr zu entlocken, als gut für sie war.

»Keine Lust mehr auf Großstadt«, erwiderte sie schulterzuckend, und damit gab er sich zufrieden.

Vor dem Dienstgebäude stand eine schwarze Frau und rauchte. Sie war mittleren Alters, trug eine längere Jacke mit bunten Applikationen, und ihre Haare waren zu einer beeindruckenden Zöpfchenfrisur geflochten.

»Hi«, sagte Lexi, plötzlich schüchtern. »Ich soll mich hier bei einem Theo melden. Wissen Sie, wo er ist?«

Die Frau ließ ihre Zigarette sinken. »Sie steht vor dir«, sagte sie mit einem leichten Lächeln. »Theodora Williams, aber alle Welt nennt mich Theo.«

Oh, Theo war eine Frau …

»Hi. Ich dachte …«

»Denkt jeder, der den Namen hört. Du bist neu hier?«

Lexi nickte. »Heute ist mein zweiter Tag. Lexi Davies. Derek schickt mich.«

»Wunderbar.« Theo nahm einen tiefen letzten Zug, dann drückte sie die Zigarette aus und warf sie in den Mülleimer. »Dann willkommen im Team, Lexi.«

Der Blindenratgeber müsse aktualisiert werden, erklärte Theo ihr kurz darauf im Dienstgebäude. Die Kollegin, die eigentlich Vollzeit für die Public Relations und die Veranstaltungsorganisation zuständig war, hatte sich krankgemeldet.

»Und Eliza, die ihr dabei geholfen hat, kann die Arbeit allein nicht stemmen, sie ist nur zwei Tage die Woche hier.«

Eliza war fünfundzwanzig, bildhübsch und hatte offenbar ein Faible für die Mode der Nachkriegszeit. Zumindest trug sie an diesem Tag einen weit ausgestellten roten Rock und eine weiße Bluse. Lexi musste zugeben, dass es ihr stand. Kombiniert mit einem roten Lippenstift und dem ordentlich zurückgebundenen dunklen Pferdeschwanz hätte sie als die jüngere Schwester von Audrey Hepburn durchgehen können. Eliza studierte Modedesign in Falmouth und arbeitete als Aushilfe in Heligan, um sich ihr Studium zu finanzieren.

Mit wachsendem Interesse widmete sich Lexi der Broschüre für die sehbehinderten Besucher, die ausführlich die Plätze in Heligan auflistete, die man mit anderen Sinnen als mit den Augen wahrnehmen konnte. Und ganz nebenbei erfuhr sie noch weitere erstaunliche Dinge über die Gärten. Manche Pflanzen hier waren über zweihundert Jahre alt, in den Kellerräumen des Melonengartens wurden jetzt Pilze gezüchtet, und die Beete des Gemüsegartens wurden im Spätherbst mit frischen Algen gedüngt. Der italienische Garten, der sie am Vortag so fasziniert hatte, war voller botanischer Wunder – unter anderem wuchs dort eine der ersten Kiwipflanzen, die nach England gebracht worden war und die während der Zeit der Vernachlässigung ihre wuchernden Ranken weit über die Mauer und darüber hinaus ausgebreitet hatte. Wirklich bemerkenswert.

Mit der Broschüre in der Hand gingen sie und Eliza ein paar Stationen ab, die noch nachzuprüfen waren, ergänzten hier und da einen Punkt und machten sich Notizen. Für Sehbehinderte waren nur die nördlichen Gärten zugänglich. Die weiter entfernten Teile wie der Dschungel oder das Lost Valley waren dafür nicht geeignet, genauso wenig wie für Rollstuhlfahrer.

Danach mussten sie das Ganze aktualisieren. Zurück im Dienstgebäude wies Eliza Lexi in das Computerprogramm ein, das die momentan kranke Kollegin und sie bislang genutzt hatten. Alles kein Problem, damit kam sie klar.

Am frühen Nachmittag war Lexi fertig und beschloss, die knapp zwei Meilen zum kleinen Fischerort Mevagissey, der sich an Heligan anschloss, zu laufen. Kurz darauf stand sie auf dem Küstenweg oberhalb einer kleinen, versteckt gelegenen Bucht, sah hinab aufs Meer und atmete tief die salzige Luft ein. Der Wind wehte stärker als erwartet, aber das störte sie nicht.

Das unter ihr musste die Bucht ganz in der Nähe von Mevagissey sein, von der Millicent am Abend zuvor gesprochen hatte; die, an der man angeblich vor mehr als zweihundert Jahren einen Schiffbrüchigen gefunden hatte.

Damals hatte es hier sicher auch kaum anders ausgesehen. Schroffe Klippen, an denen sich die Wellen brachen, ragten zu beiden Seiten der Bucht auf. Welle um Welle prallte auf die Felsen, schäumte auf, zog sich wieder zurück. Es war atemberaubend.

Der Weg hinunter war etwas rutschig, aber schon bald stand sie auf nassem Kieselstrand, ließ sich den Wind um die Nase wehen und sah hinaus auf den Ozean mit seinem wechselnden Farbenspiel.

Wie kalt es wohl war? Sie trat näher, als die nächste Welle am kiesigen Strand auslief, ging in die Hocke und steckte die Finger ins Wasser. Oh ja, es *war* kalt. Viel zu kalt, um auch nur mit den Füßen hineinzutauchen.

Die nächste Welle brandete an, länger als die vorige, viel länger, und Lexi konnte nicht schnell genug zurückweichen. Ihre Schuhe wurden nass.

Schöner Mist! Sie fluchte leise.

Der Wind wurde stärker, am Himmel, der eben noch fast klar gewesen war, brauten sich dunkle Wolken zusammen. Nicht lange, und es würde wieder regnen.

Höchste Zeit, sich auf den Rückweg zu machen.

4

DAMARIS

Küste von Cornwall bei Mevagissey, Februar 1781

Der Sturm war vorüber, die Luft roch wie frisch gewaschen. Es war so windstill und ruhig, als hätte es die vergangene Nacht mit dem heftigen Gewitter nie gegeben.

Damaris Tremayne stand mit ihrer kleinen Schwester auf dem Küstenweg über dem Meer. Es war gerade erst hell geworden, die Sonne stand noch tief über dem Horizont. Der Weg wand sich durch die grünen Wiesen und verschwand im dämmrigen Dunst des frühen Morgens. Dieser Weg, der sich fast an der gesamten Küste Cornwalls entlangzog, war von der Küstenwache angelegt worden, um den unzähligen Schmugglerbanden beizukommen, die hier ihr Unwesen trieben. Aber jetzt, an diesem kühlen Februarmorgen, war niemand von der Küstenwache zu sehen. Und auch kein Schmuggler. Nur der Himmel und das Meer.

Unter ihnen lag eine Bucht, ein wenig versteckt hinter einer Landzunge. Sie war nur knapp fünfzig Schritte breit – zu schmal, um hier zu ankern. Die Fischerboote legten von Mevagissey aus ab, und die größeren Schiffe segelten bis nach Plymouth. Damaris liebte es hier. Es war so schön friedlich, und manchmal konnte sie sich einbilden, ganz allein auf der Welt zu sein.

Wenn nicht gerade die kleine Schwester bei ihr war.

Damaris schob Allies rollenden Stuhl ein paar Yards weiter nach vorn bis kurz vor einen größeren Stein, damit ihre Schwester hinunter in die Bucht sehen konnte. Allie stützte die Hände auf die Armlehnen und stemmte sich hoch. Als Kleinkind hatte eine Krankheit ihre Beine geschwächt; inzwischen war sie fast sieben Jahre alt und konnte immer noch nicht laufen.

»Pass auf«, sagte Damaris. »Du fällst noch raus!«

Der Blick, mit dem ihre kleine Schwester sie bedachte, war voller kindlicher Missbilligung. »Ich falle nicht raus. Und Cousin Henry sagt, ich soll an die frische Luft und mich bewegen.«

»Cousin Henry ist auch nicht derjenige, der sich darum kümmern muss, dass du dir nichts tust.«

Henry Hawkins Tremayne war Gutsherr von Heligan House und der einzige Verwandte, der ihnen nach dem Tod der Eltern geblieben war. Sein Zuhause war jetzt auch ihres. Daran mussten sie sich noch immer gewöhnen.

Allie ließ sich wieder zurücksinken, dann deutete sie hinunter in die Bucht. »Was ist das?«

Damaris sah ebenfalls hinunter. Die Bucht erstrahlte im Glanz des frühen Morgens, und dort unten lag, halb im Wasser neben einem großen Haufen Seetang, eine schwere Kiste, von den Wellen hin und her geschaukelt.

»Die ist wohl angespült worden. Vermutlich hat ein Schiff in diesem schrecklichen Unwetter einen Teil seiner Ladung verloren«, sagte Damaris.

»Was da wohl drin ist? Maris, kannst du nachsehen?«, bat Allie. »Vielleicht ist es ja ein Schatz.«

Damaris brauchte nicht lange überredet zu werden – sie war ja selbst neugierig. Mit ihren sechzehn Jahren war sie zwar schon fast erwachsen, aber das hieß ja nicht, dass sie nicht immer noch den Drang nach Abenteuern verspürte.

»Nur, wenn du mir versprichst, dich nicht von der Stelle zu rühren.«

Allie nickte gleich mehrmals.

»Du wartest hier«, schärfte Damaris ihrer Schwester ein. »Genau hier, wo ich dich sehen kann.«

»Ja doch!«

Mit raschen Schritten ging Damaris über den schmalen Pfad nach unten, hinunter zum Strand der kleinen Bucht. Unter ihren Schuhen knirschten Sand und winzige Steinchen.

Die Kiste dümpelte in den auslaufenden Wellen. Als Damaris näher kam, sah sie, dass eine Seite offen war und Wasser darin mit hohlem Klang schwappte. Was immer darin gewesen war, jetzt war nichts mehr davon vorhanden.

»Was siehst du?«, rief Allie von oben. »Einen Schatz?«

»Nein, gar nichts. Sie ist leer«, rief Damaris zurück.

Der Wind frischte auf. Es war kalt, und Damaris zog mit beiden Händen ihren Umhang fester um sich. Langsam ging sie um die Kiste herum, neben der sich ein Haufen sandiger, brauner Seetang neben einem großen Stück Treibholz türmte. Und fuhr erschrocken zurück. Ein entsetztes Keuchen entfuhr ihr.

»Was ist los?«, rief Allie von oben. »Hast du doch was gefunden?«

Damaris' Herz pochte laut, so sehr hatte sie sich erschreckt, und sie presste die Hände an die Brust.

»Maris, sag doch was! Hast du was gefunden?«

Damaris trat einen vorsichtigen Schritt näher. Das war kein Treibholz.

»Hier … liegt jemand.«

Auf dem Strand, neben der Kiste, halb verborgen von dem Seetang, lag ein toter Mensch.

Wie schrecklich!

»Wer denn?« Allies Stimme.

»Ein Toter«, rief Damaris nach oben.

War auch er über Bord gegangen, genau wie die Kiste? Oder war gar ein Schiff auf Grund gelaufen in dieser schrecklichen Sturmnacht? Damaris schluckte. Sie hatte schon Tote gesehen – zuletzt ihren eigenen Vater, als man ihn nach dem Unglück in der Mine bei ihnen aufgebahrt hatte, bleich und starr und leblos.

Dieser Tote lag halb auf dem Bauch, halb auf der Seite, einen Arm unter sich, während die Wellen an ihm leckten. Er war komplett bekleidet, also hatte ihn der Tod nicht im Schlaf überrascht.

Sie musste es tun. Sie musste ihn berühren, auch wenn ihr davor grauste, einen Toten anzufassen. Aber sie musste ganz sichergehen.

Vorsichtig, sehr vorsichtig, ging sie in die Hocke und legte ihre Hand auf seinen linken Handrücken, der unter dem dunklen Jackenärmel hervorschaute. Er war eiskalt. Wie jemand, der seit Stunden im kalten Wasser des Atlantiks getrieben hatte. Kein Leben war mehr in ihm.

Sie senkte den Kopf und sprach ein kurzes Gebet. Als sie wieder aufblickte, hatte sie den Eindruck, als hätten sich die Finger seiner Hand gekrümmt. Ganz schwach nur, fast nicht wahrnehmbar.

Sicher hatte sie sich das nur eingebildet. Und doch ...

Sie schüttelte ihn sanft.

Er rührte sich nicht.

»Maris, was machst du denn da?«

Sie antwortete nicht. Jetzt setzte sie etwas mehr Kraft ein, fasste ihn an der Seite und einer Schulter und zog, bis es ihr schließlich gelang, ihn auf den Rücken zu drehen.

Seetang hatte sich in seinen nassen Haaren verfangen, er sah fast aus wie ein Wesen aus dem Meer. Was sie von seinem Gesicht sehen konnte, war leichenblass und wie Wachs. Ein zersplittertes Holzstück hatte sich in seine linke Schulter gebohrt, der dunkle Stoff seiner Jacke war blutgetränkt. Aber da – konnte es sein? Konnte es wirklich sein, dass sich sein Brustkorb gerade ganz schwach gehoben hatte? Dass er atmete?

An seinem Hals, oberhalb des Kragens, wo sich die Halsbinde gelöst hatte, sah sie ein kleines Stückchen freie Haut. Mit zitternden Händen legte sie zwei Finger dorthin, so, wie der Arzt es damals bei ihrem Vater gemacht hatte.

Ein paar atemlose Sekunden lang war da nichts. Nur eiskalte Haut.

Aber dann: ein leises, kaum wahrnehmbares Klopfen unter ihren Fingerspitzen.

Sie sprang auf, am ganzen Körper bebend.

»Allie! Er lebt!«

Er lebte. Aber vielleicht nicht mehr lange.

Und er war so furchtbar kalt.

»Sir, hören Sie mich?«

Damaris rüttelte ihn, erst sanft, dann etwas stärker, aber er bewegte sich nicht. Sie fasste ihn am Arm und zog. Aber es half nichts, er war zu schwer.

»Sir, bitte, wachen Sie auf!«

»Maris! Was machen wir denn jetzt?«, drang Allies Stimme über den Wind und das Rauschen der Wellen zu ihr herunter.

»Ich habe keine Ahnung«, rief Damaris verzweifelt zurück. »Ich kann ihn nicht aufwecken.«

Wenigstens musste sie nicht befürchten, dass die Wellen ihn wieder mit sich nahmen – die Flut hatte ihn hier an Land gespuckt, und jetzt zog sich das Meer nach und nach zurück. Wie eine Katze, die ihren Fang vor ihrem Besitzer abgelegt hatte und jetzt auf Lob wartete.

Zuerst einmal brauchte er Wärme. Mit zitternden Fingern löste Damaris die Verschnürung ihres wollenen Umhangs und legte ihn über den Mann. Das würde ihn hoffentlich vor dem kalten Wind schützen, der jetzt unter ihre Kleidung fuhr und sie erzittern ließ.

Eine Böe riss an ihren locker aufgesteckten Haaren und wehte ihr eine rotbraune Strähne ins Gesicht. In einiger Entfernung sah sie den kleinen Hafen von Mevagissey, in dem ein paar Fischerboote dümpelten, Rauch stieg aus den Schornsteinen der Häuser auf. Und nun? Konnte sie es riskieren, den Mann hier zurückzulassen und zum Dorf zu rennen, um …

»Da kommt jemand!«, rief Allie in diesem Moment. »Auf einem Pferd. Ich glaube, er gehört zum Haus.«

Damaris stieß einen Seufzer der Erleichterung aus. Sie raffte ihren langen schwarzen Rock hoch genug, dass er ihre Knöchel bis zu den weiß bestrumpften Waden freiließ, und rannte über den Strand und den schmalen Pfad hinauf.

»Da.« Allie deutete auf den Weg, den sie vor Kurzem erst selbst genommen hatten.

Ein Reiter näherte sich aus Richtung Heligan House, er war nur noch weniger als hundert Yards entfernt.

»Du wartest hier«, sagte sie überflüssigerweise zu Allie, dann nahm sie ihren Rock mit einer Hand hoch und begann erneut zu laufen, während sie mit der anderen Hand dem Reiter winkte.

»Kommen Sie, schnell«, keuchte sie, kaum dass sie ihn erreicht hatte.

Der Mann kam ihr entfernt bekannt vor, aber ihr fiel gerade nicht ein, wo sie ihm begegnet war. Er trug eine speckige, dunkelbraune Jacke, und seitlich neben dem Sattel sah sie den Lauf einer Schrotflinte.

»Langsam, langsam«, sagte er und zügelte sein Pferd. »Sie sind die junge Miss Tremayne, nicht wahr?«

Sie nickte. »Damaris Tremayne. Der Squire ist mein Cousin. Und Sie sind …?«

Er lüftete seinen Hut. »Ashcroft. Bill Ashcroft, Miss. Der Wildhüter vom Squire. Was ist denn los?«

»Bitte, Mr Ashcroft, kommen Sie. Ich brauche Ihre Hilfe.« Rasch erzählte sie ihm von dem Mann unten am Strand.

Ashcroft nickte bedächtig. »Hab schon davon gehört, dass es heute Nacht ein Schiffsunglück gegeben haben soll. Weit draußen vor der Küste.«

Sie hatten den Weg erreicht, wo Allie noch immer wie eine Galionsfigur Wache hielt. Damaris warf einen Blick hinunter in die Bucht. Der Schiffbrüchige hatte sich nicht bewegt.

»Und Sie haben einen gefunden, den's erwischt hat. Lebt er denn noch?«

»Ja. Das … das hoffe ich wenigstens. Vorhin hat er noch geatmet. Bitte, Mr Ashcroft, wir müssen uns beeilen und ihn ins Haus bringen, sonst stirbt er doch noch!«

Der Wildhüter stieg ab und führte sein Pferd über den schmalen Pfad zum Strand, gefolgt von Damaris.

»Trauen Sie sich zu, mein Pferd festzuhalten?«

»Natürlich.« Was glaubte er, wer sie war – sie konnte sogar reiten!

Während sie das Tier hielt, beugte er sich über den leblosen Körper am Strand und schob Damaris' Umhang zur Seite. Dann holte er aus und schlug dem Bewusstlosen mit der flachen Hand ins Gesicht. Damaris keuchte erschrocken auf.

»Was tun Sie da? Lassen Sie das!«

»Muss doch gucken, ob er aufwacht.« Ashcroft wollte erneut zuschlagen.

»Hören Sie sofort auf damit!«

»Hat sowieso keinen Sinn«, sagte er. »Der ist so gut wie tot. Sind Sie sicher, dass sich das noch lohnt?«

»Ja, das bin ich«, erwiderte Damaris scharf.

»Ich weiß nich. Ich glaub nich, dass der Squire scharf drauf is, so 'nen abgerissenen Halbtoten gebracht zu bekommen.«

»Was mein Cousin denkt, geht Sie nichts an«, entgegnete Damaris so hochnäsig, wie sie nur konnte. »Und jetzt beeilen Sie sich. Wir müssen ihn ins Haus bringen.«

»Wie Sie meinen, Miss.« Ashcroft hob die Schultern.

Der Wildhüter war ein großer, kräftiger Mann, dennoch ächzte er, als er den schlaffen Körper auf das Pferd hievte. Dann führte er das Tier den schmalen Pfad vom Strand nach oben und schlug gleich darauf den Weg zurück zum Haus ein. Damaris schob Allies Stuhl. Der leicht ansteigende Weg war breit genug, dass eine Kutsche darauf fahren konnte. Kleine, abgefallene Äste und Blätter zeugten vom Unwetter der vergangenen Nacht. Hinter den abgemähten Stoppelfeldern vom letzten Jahr konnte man die strohgedeckten Dächer einiger Pächterhäuser erkennen. Damaris hatte Mühe, mit Ashcroft und seinem Pferd Schritt zu halten, allerdings wollte sie ihn auch nicht bitten, langsamer zu gehen.

Auf der Anhöhe thronte das imposante Gebäude von Heligan House, das – ungewöhnlich für Cornwall – aus weiß gestrichenen Ziegelsteinen erbaut worden war. Über die gesamte Fassade erstreckten sich Reihen von Sprossenfenstern. Der Eingangstür vorgebaut war ein Portikus aus sechs griechischen Säulen.

Ashcroft wartete mit dem Pferd und dessen lebloser Fracht, während Damaris kräftig an die Tür klopfte.

Es dauerte nur wenige Sekunden, und Bellwood, der Butler, öffnete. Sein Blick fiel auf Damaris, dann auf Ashcroft hinter ihr.

»Miss Tremayne? Mr Ashcroft?«

»Tag, Bellwood«, sagte Ashcroft. »Die jungen Mistresses haben da wohl ’nen Schiffbrüchigen am Strand gefunden. Und jetzt wollen sie ihn hierlassen. Ich weiß ja nich, ob das so richtich is. Kann ja sein, dass das ’n Verbrecher is.«

Der Butler warf einen Blick auf das Pferd, sein gewöhnlich leicht blasierter Gesichtsausdruck wurde hart. »In der Tat«, sagte er. »Am besten, Sie warten hier, bis ich den Squire informiert habe.«

Er verschwand im Hausinneren, und Damaris trat ungeduldig von einem Fuß auf den anderen. Als sie aufschaute, sah sie, dass Allie den Arm ausgestreckt hatte und eine der Hände des Schiffbrüchigen untersuchte, die auf ihrer Seite des Pferdes herunterbaumelten.

»Was tust du da?« Damaris versuchte, ihre Zähne nicht klappern zu lassen. Sie hatte ihren Umhang zwar wieder, aber ihr war immer noch kalt.

»Schauen, ob er Schwimmhäute hat«, erklärte Allie. »Ich dachte immer, Buccas hätten Schwimmhäute.«

Neben ihnen stieß Ashcroft ein leises, verächtliches Grunzen aus.

Damaris tat, als hätte sie ihn nicht gehört. »Ein Bucca? Du glaubst, er ist ein Meeresgeist?«

»Du nicht?« Allie ließ die Hand des Mannes los. »Du kennst doch die Geschichten, die … die Mummy uns immer erzählt hat?« Ihre Stimme zitterte plötzlich.

»Natürlich kenne ich die«, griff Damaris die Gelegenheit auf, um ihre Schwester abzulenken. Ashcroft war mittlerweile ein Stück zur Seite gegangen und hatte sich eine Pfeife in den Mund gesteckt, ohne sie anzuzünden. »Es heißt, dass der Bucca immer bei stürmischem Wetter an Land kommt. Und dass er Haare aus Seetang hat.«

Allie nickte. »Genau. Und gestern hatten wir Sturm. Und Gewitter. Und Regen. Also ist er ein Bucca.«

»Seine Haare sind aber nicht aus Seetang«, wandte Damaris ein.

»Vielleicht ist er noch nicht lange ein Bucca«, versuchte Allie sich an einer Erklärung. »Vielleicht hat ihn eine Hexe gerade erst verflucht? Vielleicht ist er in Wirklichkeit ein Prinz aus einem fernen Königreich?«

Trotz ihrer Anspannung musste Damaris lächeln. Ihre kleine Schwester hatte manchmal wirklich eine blühende Fantasie. »Ja. Vielleicht ist er das.«

»Was ist geschehen?«, fragte in diesem Moment eine Stimme. Cousin Henry, der Hausherr, einen Hausmantel aus weinrotem Brokat über seiner Kleidung, war soeben vor die Tür getreten. »Bellwood sagte, ihr hättet einen halb ertrunkenen Landstreicher gefunden?«

»Ah, Henry, gut, dass du da bist.« Damaris war erleichtert. »Aber es handelt sich nicht um einen Landstreicher, sondern um einen Schiffbrüchigen. Das vermute ich zumindest. Vielleicht wurde er von einem Schiff gespült.«

Henry knöpfte seinen Hausmantel zu, trat näher an Ashcrofts Pferd und besah sich den reglosen Mann.

»Bellwood«, wandte er sich dann an den Butler. »Lassen Sie nach Dr. Gibson schicken. Er soll sofort kommen, das hier ist ein Notfall!«

»Sehr wohl, Sir.« Bellwood nickte und verschwand im Haus.

»Bringt ihn herein.«

»Wie Sie meinen, Sir.« Ashcroft lud sich den Bewusstlosen auf die Schulter und trug ihn in die Eingangshalle mit ihrem schwarzweißen Marmorboden, an deren hinterem Ende eine breite Treppe nach oben führte. Damaris folgte ihm mit Allies rollendem Stuhl.

»Ach du große Güte!« Mrs Watermann, die Haushälterin, kam die Treppe heruntergeeilt. An dem Band an ihrer Taille rasselte ein Schlüsselbund. »Wer ist das?«

»Jemand, der Hilfe braucht, Mrs Watermann«, gab Henry zurück. »Gehen Sie geradeaus, Ashcroft, und dann ins Lesezimmer. Hier entlang.« Henry wies ihm die Richtung und öffnete dann die Tür.

»Aber Sir!«, protestierte Mrs Waterman. »Ihre Teppiche!«

»Meine Teppiche sind mir egal, hier geht es um ein Menschenleben. Kommen Sie, Ashcroft. Hier, legen Sie ihn auf die Ottomane.«

»Moment!« Mrs Waterman ging ein paar Schritte voraus und zauberte von irgendwo eine grün-karierte Decke herbei, die sie mit Schwung über das gepolsterte Liegemöbel warf. »Der Mann ist nass und voller Sand.«

Ashcroft trug den noch immer Bewusstlosen zur Ottomane. Der Mann rührte sich nicht, auch nicht, als Ashcroft ihn wenig sanft auf der Decke ablegte.

5

DAMARIS

Heligan House, Februar 1781

Die große Standuhr in der Eingangshalle zeigte kurz nach neun Uhr morgens – höchste Zeit, das Frühstück nachzuholen.

Damaris schob Allies Stuhl in das Frühstückszimmer. Auf der Anrichte stand eine kleine Auswahl kalter und warmer Gerichte – Porridge, Toast und Marmelade, Eier, Würstchen und gebratener Fisch. Sie hatte gehofft, im Lesezimmer bleiben zu dürfen, aber zu ihrem Verdruss waren sie und Allie hinausgeschickt worden, als der Arzt eintraf. Dabei hätte sie zu gern gesehen, ob der Mann aufwachen oder was als Nächstes passieren würde.

Sie hatte keinen großen Hunger, dennoch zwang sie sich dazu, eine Scheibe Toast und zwei kleine Würstchen zu essen. Allie dagegen machte sich mit gutem Appetit über einen Haufen Rührei her – im Gegensatz zu ihrer Schwester schien das kleine Abenteuer sie hungrig gemacht zu haben.

Damaris rührte gedankenverloren in ihrem Tee und sah auf die rot bespannte Wand gegenüber, an der einige Porträts von lange verstorbenen Familienmitgliedern hingen. Die Familie Tremayne konnte auf eine lange Ahnenreihe zurückblicken, von denen einige Porträts gewichtig auf die geschnitzte Anrichte hinabschauten. Auch die ihrer Eltern, Frederick und Florence Tremayne.

Fredericks und Henrys Väter waren Brüder gewesen. Henry Hawkins Tremayne, Gutsherr von Heligan, war der ältere Cousin der Mädchen und seit Kurzem auch ihr Vormund. Damaris war ihm jeden Tag aufs Neue dankbar, dass er sie aufgenommen hatte. Zwei Monate war das jetzt her. Sie ließ den Löffel sinken und drängte die Tränen zurück, die ihr plötzlich in die Augen stiegen.

Jener Tag vor zwei Monaten würde für immer in ihrem Gedächtnis eingebrannt bleiben. Der Tag, an dem ihr Vater ums Leben gekommen war.

Frederik Tremayne war schon immer das schwarze Schaf der Familie gewesen. Mit seinem fatalen Hang zum Glücksspiel hatte er es geschafft, sein Erbe innerhalb weniger Jahre zu verspielen. Um die Familie zu ernähren, arbeitete er danach als Aufseher in einer der nahe gelegenen Zinnminen – fast alle Tremaynes waren schon lange auf die eine oder andere Weise im Zinnbergbau tätig. Kurz nach Neujahr hatte es ein Minenunglück gegeben, bei dem ein Schacht eingestürzt war und mehrere Männer unter sich begraben hatte, darunter auch ihren Vater. Und das nur ein knappes Jahr, nachdem ihre Mutter gestorben war. Seitdem war ihr Vater nicht mehr derselbe gewesen. Er hatte zu trinken angefangen, mehr und immer mehr. Möglicherweise hatte auch das das Unglück begünstigt – es hieß, er sei betrunken gewesen, als er in den Schacht ging.

An die nächsten Tage erinnerte Damaris sich kaum. Nachbarn nahmen sie und Allie auf und kümmerten sich um sie, und kurz danach holte ihr Cousin Henry sie zu sich auf seinen Landsitz an der Südküste Cornwalls, nur wenige Meilen entfernt von ihrem ursprünglichen Zuhause.

Henry hatte es gut getroffen in seinem Leben. Als zweitem Sohn des Gutsherrn von Heligan war ihm eigentlich eine Laufbahn in der Kirche bestimmt gewesen – einen Lebensweg, den er mit Freuden eingeschlagen hatte. Nach seinem Studium wurde er zum Diakon geweiht und nahm bald darauf den Posten eines Hilfspriesters in einer nahe gelegenen Pfarrei an.

Doch dann starb überraschend sein älterer Bruder Lewis, was Henry zum Alleinerben und neuem Gutsherrn des Familiensitzes machte. Er gab seinen Beruf auf, zog zurück nach Heligan und heiratete Harriet, eine reiche Erbin, die er von früher kannte und die weiteres Geld in die Ehe brachte.

Allerdings mussten sie lange warten, bis sich ein Nachfolger einstellte: Erst nach dreizehn Jahren kam ihr erstes und bislang einziges Kind auf die Welt. Inzwischen war der kleine John Hearle ein Jahr alt und der Liebling der gesamten Dienerschaft.

Damaris hatte kaum ihr Frühstück beendet, als sie hörte, dass die Tür zum Lesezimmer geöffnet und wieder geschlossen wurde. Sie erhob sich und ging rasch hinaus. Ob sie jetzt mehr erfahren würde?

Es war nur Ruby, eines der Hausmädchen, das mit einem Stapel feuchter Kleidung bepackt durch die Eingangshalle huschte.

Als Ruby sie sah, blieb sie stehen und knickste hastig. »Miss Tremayne.«

»Guten Morgen, Ruby. Was hast du da?«

»Das … die Kleidung des Gentlemans, der … der dort …« Sie deutete mit dem Kopf zur Tür zum Lesezimmer, das direkt neben der Bibliothek lag. Vor lauter Aufregung begann sie zu stottern. Sie war sehr jung, jünger noch als Damaris, schätzte diese. »Der … der Squire hat gesagt, ich soll mich darum kümmern. Also, die Sachen … sie waschen und trocknen und ausbessern.«

»Ist er aufgewacht?«

Ruby schüttelte den Kopf. »Nein, Miss. Ich … ich glaub nicht.« Sie zögerte, dann beugte sie sich vertraulich vor. »Stimmt es? Haben Sie … ihn gefunden?«

Damaris nickte.

»Und … wer ist er?«

»Ich habe nicht die leiseste Ahnung.«

Ruby kam noch etwas näher. »Soll ich Ihnen was verraten? Der Squire hat seine Taschen durchsucht und ein Taschentuch gefunden. Ich hab's nicht genau gesehen, aber es könnte sein, dass sein Name draufsteht.«

Damaris zögerte nur kurz. »Ein Taschentuch, sagst du? Lass mal sehen.«

Ruby blieb stehen, während Damaris die feuchte Kleidung durchsuchte. Was sie da tat, war sicher unschicklich, aber ihre Neugier war stärker. Und außer Ruby sah sie ja niemand.

Die Kleidung, soweit sie das bei all der klammen Nässe und dem Sand darin beurteilen konnte, war einfach, aber von guter Qualität. Wo er wohl herkam?

Schließlich fand sie, wonach sie suchte: Zwischen den Stofflagen zog sie ein feuchtes Taschentuch hervor. In einer Ecke waren mit rotem Faden zwei Buchstaben eingestickt. J und H.

Ruby zuckte zusammen, als sich die Tür zum Lesezimmer öffnete.

»Ich muss gehen!«, hauchte sie. Damaris konnte gerade noch das Taschentuch zurück zwischen die feuchten Kleidungsstücke stecken, dann huschte Ruby auch schon davon.

Henry trat aus der Tür, ihm folgte Dr. Gibson, ein junger Arzt aus Mevagissey, der die Praxis seines Vaters übernommen hatte. Damaris kannte ihn, weil er sich einmal um Allie gekümmert hatte, als diese eine schwere Erkältung hatte.

»Guten Morgen, Dr. Gibson«, sagte sie – und schämte sich ein wenig, als sie gleich darauf herausplatzte: »Wie geht es ihm? Ist er aufgewacht? Hat er etwas gesagt?«

»Guten Morgen, Miss Tremayne. Nein, er ist nicht aufgewacht, und das macht mir ein bisschen Sorge.« Der Arzt kratzte sich am Kopf, der bereits kahl zu werden begann. »Er hatte Wasser in der Lunge und ein großes, gesplittertes Holzstück in der Schulter, außerdem ein paar Prellungen und Abschürfungen und eine starke Unterkühlung. Ansonsten konnte ich keine weiteren Verletzungen feststellen, und sein Herzschlag ist kräftig. Er hat großes Glück gehabt, dass Sie ihn gefunden haben, Miss Tremayne. Ein wenig später, und er wäre gestorben. Wie ich schon zu Mr Tremayne sagte: Er braucht jetzt vor allem Wärme und Ruhe. Bewegen Sie ihn nicht, solange er nicht aufgewacht ist, und lassen Sie ihn nicht allein.«

»Natürlich, Doktor«, erwiderte Henry. »Wir werden ihm die bestmögliche Pflege angedeihen lassen.«

»Wissen Sie, wer er ist?«, fragte Damaris.

»Nein«, entgegnete Dr. Gibson. »Darüber war nichts herauszufinden.«

»Vermutlich stammt er von dem Schiff, das heute Nacht gesunken ist«, sagte Henry. »Ashcroft hat so etwas gehört. Womöglich werden noch mehr Schiffbrüchige angespült. Oder Tote.« Er seufzte. »Die armen Seelen.«

Damaris stand mit einem gefüllten Teller vor der Tür zum Lesezimmer. Kurz war sie versucht, durchs Schlüsselloch zu spähen, aber ließ es dann doch sein. Sie war schließlich kein Kind mehr.

Das Mittagessen hatte nur aus ein paar Scheiben Braten mit Wintergemüse bestanden, da Henry am frühen Nachmittag mit einem jungen Landschaftsarchitekten auf dem Anwesen verabredet war. Jetzt hielt Harriet ihre Mittagsruhe, ihr kleiner Sohn Johnny ebenfalls, und Allie las in ihrem Zimmer.

Damaris klopfte leise, dann drückte sie die Klinke herunter.

Ungewohnte Hitze schlug ihr entgegen. Ein großes Feuer brannte im Kamin und heizte den Raum, und fast sofort brach ihr der Schweiß unter ihrem hochgeschlossenen Kleid aus. So warm war es hier sonst nur selten, aber angesichts der besonderen Umstände war das nur verständlich.

Die besonderen Umstände lagen noch immer mit geschlossenen Augen auf der Ottomane. Eine graue Wolldecke war über ihn gebreitet, und neben ihm saß eine ältere Frau: Mrs Fisher, die Frau des Kutschers, die sich erhob, als Damaris eintrat.

»Bitte, bleiben Sie sitzen, Mrs Fisher. Ich bringe Ihnen etwas zu essen.«

»Oh, Sie sind ein guter Mensch, Miss Tremayne.« Dankbar

nahm die Kutscherfrau den Teller mit Bratenaufschnitt und eingelegtem Kürbis entgegen.

Damaris warf einen raschen Blick auf den Mann. »Ist er aufgewacht?«

Mrs Fisher schüttelte den Kopf. »Nein, Miss. Liegt da wie ein Toter.« Sie beugte sich vor. »Wenn Sie mich fragen, dann wird das auch nichts mehr. Müsste sich doch schon längst gerührt haben.«

Sie stellte den Teller auf den kleinen Beistelltisch vor sich. Sie wirkte ein wenig unruhig. »Miss, es ist mir sehr unangenehm, aber wenn Sie schon mal da sind … könnte ich vielleicht ganz schnell … ein dringendes Bedürfnis …«

»Natürlich. Gehen Sie nur, Mrs Fisher. Ich bleibe so lange hier.«

Die ältere Frau erhob sich dankbar und eilte hinaus.

Das Feuer brannte noch hoch, es war nicht nötig, dass sie etwas nachlegte. Damaris blieb einen Augenblick stehen, dann setzte sie sich auf den jetzt freien Stuhl neben der Ottomane.

Noch nie war sie mit einem erwachsenen Mann, mit dem sie nicht verwandt war, allein gewesen. Aber so richtig zählte das hier natürlich nicht. Schlief er, oder war er noch immer bewusstlos? Er lag ganz still, nur das leichte Heben und Senken seines Brustkorbs unter der Decke verriet, dass er lebte.

Zum ersten Mal betrachtete sie ihn genauer.

Sie schätzte ihn auf Mitte zwanzig. Seine Haare waren getrocknet; sie waren nicht braun, wie sie gedacht hatte, sondern dunkelblond. Er hatte ein schönes Gesicht, mit klaren Linien und ebenmäßigen Zügen.

Ein Gesicht, das man malen sollte.

Damaris wünschte, sie hätte ihr Skizzenbuch mitgebracht. Aber natürlich kam das nicht infrage. Frauen zeichneten Blumen oder Landschaften oder Stillleben, aber keine Männer.

Was für eine Augenfarbe er wohl hatte?

Unter der Decke schaute seine rechte Hand hervor, sie konnte das Stück eines weißen Hemdärmels erkennen. Vermutlich eines von Henrys Hemden. Die Haut an seinen Fingerknöcheln war abgeschürft, als hätte er sie irgendwo angeschlagen.

Und natürlich hatte er keine Schwimmhäute. Damaris musste grinsen, als sie an Allies Behauptung dachte. Anders als ihre Schwester glaubte sie keine Sekunde, dass dieser Mann ein Bucca oder gar ein Prinz aus dem Meer war. Dennoch fand sie diese Vorstellung unerwartet aufregend.

Sie zögerte kurz, dann legte sie vorsichtig ihre Finger auf seine. Seine Haut war warm, nicht mehr so schrecklich kalt und klamm wie am Morgen, als sie ihn gefunden hatte.

Auf dem Taschentuch hatte J H gestanden. Vermutlich seine Initialen. Wofür das J wohl stand? Für Jonathan? Oder James? Jeremy?

Ob er ihr, seiner Retterin, wohl sehr dankbar sein würde? Natürlich würde er das. Vielleicht würde er sich ja irgendwie erkenntlich zeigen? Ihr ein Geschenk machen. Oder ihr zumindest seine ewige Dankbarkeit zusichern. Damaris würde bescheiden lächeln, sagen, dass das doch selbstverständlich gewesen sei, und versichern, dass sie sehr froh wäre, dass sie ihm helfen konnte. Und dann würde er sie vielleicht …

Sie schrak zusammen, als sie ein Zucken in seiner Hand spürte.

O Gott, er wachte auf. Er wachte auf!

Für einen Moment war sie versucht, aufzuspringen und jemanden zu rufen. Aber dann blieb sie still sitzen und beobachtete nur, wie seine Lider flatterten und er schließlich die Augen öffnete.

Graublau, registrierte sie mit seltsam entfernter Wahrnehmung. Seine Augen waren graublau. Wie das Meer an einem wolkigen Tag.

Sein Blick glitt über ihr Gesicht, dann durch den Raum.

»Es ist alles in Ordnung«, sagte sie. »Sie sind in Sicherheit.« Und, als er nicht antwortete: »Ich habe Sie gefunden. Am Strand. Sie wären fast ertrunken.«

Wie auf das Stichwort hin folgte ein kleiner Hustenanfall. Er schob die Decke zurück und setzte sich auf. Sein linker Arm lag in einer Schlinge, und sie sah, dass er auch eine von Henrys Hosen trug.

»Verstehen Sie, was ich sage?«, fragte Damaris.

Er nickte, noch immer etwas atemlos, lehnte sich gegen das Kopfstück der Ottomane und verzog das Gesicht, als er hinunter auf seinen Arm sah.

»Ihre Schulter ist verletzt«, erklärte Damaris. »Dr. Gibson war schon hier und hat sich darum gekümmert.« Sie hob den Kopf, als die Tür leise geöffnet wurde und Mrs Fisher hineinschlüpfte.

»Oh«, entfuhr es der älteren Frau. »Er ist wach. Soll ich Mr Tremayne holen? Der Squire ist gerade zurückgekehrt.«

»Ja, bitte, Mrs Fisher, tun Sie das. Und beeilen Sie sich.«

Das tat sie wirklich – schon nach kurzer Zeit kam Henry ins Lesezimmer.

»Ah, ich sehe, Sie sind aufgewacht«, sagte er, während er die Tür hinter sich schloss. »Nein, nein, bleiben Sie bitte sitzen, Sir. Dr. Gibson sagt, Sie müssen sich schonen. Wie geht es Ihnen?«

»Wo … bin ich? Was ist geschehen?«

Seine Stimme war ein wenig rau, und er sprach Englisch mit leichtem Londoner Akzent.

»Nun, Letzteres hoffe ich, von Ihnen zu erfahren. Zu Ersterem kann ich Ihnen natürlich Auskunft geben.« Henry schob einen der beiden Lesesessel näher und setzte sich. »Ich weiß nicht, was meine Cousine Ihnen schon gesagt hat, also werde ich mich einfach vorstellen. Mein Name ist Henry Hawkins Tremayne, und Sie sind in meinem Haus, in Heligan. Man hat Sie heute Morgen halb ertrunken am Strand gefunden, aber Dr. Gibson, unser Arzt, hat sich Ihrer schon angenommen. Ich hoffe, Sie haben keine allzu großen Schmerzen. Bitte fühlen Sie sich als mein Gast, solange es Ihnen beliebt.«

»Danke. Das ist sehr freundlich.«

Henry griff nach einer Karaffe und goss eine großzügige Menge Brandy in eines der beiden Kelchgläser, die auf dem kleinen Beistelltisch standen.

»Trinken Sie«, sagte er und reichte dem Fremden das Glas.

Dieser nahm es wortlos, trank einen großen Schluck und saß dann da, das Glas in der Hand.

»Sie sind Engländer?«, fragte Henry nach ein paar Sekunden angespannten Schweigens.

Der Mann nickte.

»Verraten Sie mir Ihren Namen?«

»Julian«, sagte der Mann. »Julian Harrington.«

»Woher kommen Sie, Mr Harrington?«

»South Carolina«, murmelte er. »Mit der ... *Albatros.*«

»Das Schiff hieß *Albatros?*«

Er nickte.

»Können Sie mir sagen, was vorgefallen ist, Mr Harrington?«, fragte Henry.

Er schüttelte den Kopf. »Ich erinnere mich nicht.«

»Überlegen Sie. Was ist das Letzte, woran Sie sich erinnern?«

Eine Falte erschien zwischen seinen Brauen, sein Blick richtete sich nach innen. »Wasser«, murmelte er dann. »Wellen. Und Kälte.« Ein Zittern überlief ihn, aber es schien mehr aus der Erinnerung zu kommen als davon, dass er fror.

Henry griff erneut nach der Karaffe und goss noch einmal nach. »Trinken Sie«, forderte er ihn auf. »Vielleicht fällt Ihnen dann noch mehr ein.«

Er trank gehorsam, dann nickte er langsam.

»Ein Gewitter«, sagte er. »Dicht über uns. Und Lichter. Lichter an Land. Von einem Schiff im Hafen.«

Damaris sah ihn verwirrt an. Auch Henry runzelte die Stirn.

»Hafen?«, fragte er. »Ich fürchte, Sie irren sich, Sir. Hier gibt es keinen Hafen, zumindest keinen für große Überseeschiffe, der befindet sich in Plymouth. Und in Mevagissey landen nur Fischerboote. Sind Sie der Kapitän? Sie trugen keine Uniform, als man Sie fand.«

Der Fremde schüttelte den Kopf. »Nein, ich war nur an Deck, um zu sehen, wie schlimm das Unwetter war. Und dann …« Er verstummte und starrte in sein Glas, als suche er dort nach seiner Erinnerung.

»Rachel«, stieß er plötzlich hervor. »O Gott, Rachel!«

Das Glas glitt aus seiner Hand und zersprang mit einem lauten Klirren vor dem Kamin. Er schien es nicht einmal zu bemerken.

Henry beugte sich vor und legte ihm behutsam die Hand auf den gesunden Arm. »Ihre Frau?«

Er nickte, während das Entsetzen in seine Züge sickerte. »Sie war mit mir auf dem Schiff. Und …«, seine Augen weiteten sich, »unsere drei Kinder. Wo sind sie? Ich muss zu ihnen!« Er warf die Decke zur Seite, erhob sich mit einem Ruck und kam schwankend vor der Ottomane zum Stehen.

Auch Henry war aufgesprungen. »Langsam, Sir, Sie dürfen noch nicht …«

Der Fremde achtete nicht auf ihn, machte ein paar taumelnde Schritte in Richtung Tür, dann blieb er stehen.

Henry fing ihn auf, als er zusammenbrach.

6

DAMARIS

Heligan House, Anfang März 1781

Das J stand also für Julian. Julian Harrington. Damaris probierte den Klang mehrmals leise auf der Zunge aus. Ein schöner Name, befand sie dann.

Cousin Henry hatte ihm eines der freien Zimmer im ersten Stock überlassen, wo er sich weiter erholen, Kraft schöpfen und in Ruhe trauern konnte. Zu ihrem Bedauern sah Damaris ihn nur selten, nicht einmal zu den Mahlzeiten. Ein Hausmädchen brachte ihm auf seinen Wunsch hin das Essen aufs Zimmer.

Mittlerweile war bekannt geworden, dass in jener schrecklichen Gewitternacht ein britisches Handelsschiff mit knapp fünfzig Menschen an Bord gesunken war – die *Albatros*, die vor sechs Wochen aus Charlestown in South Carolina an der amerikanischen Ostküste aufgebrochen war. Henry hatte sofort etliche seiner Pächter und Diener zusammenrufen lassen, um die umliegenden Buchten und Strände nach weiteren Schiffbrüchigen abzusuchen. Gefunden hatten sie Unmengen an Treibholz und Schiffstauen sowie einige weitere Kisten – die meisten von ihnen zerbrochen und leer, manche noch voller Hausrat –, aber keine weiteren Überlebenden.

Einige Tage später, an einem sonnigen Frühlingstag, hörte Damaris unter dem geöffneten Fenster ihres Zimmers, wie zwei Männer miteinander redeten. Henry und Mr Harrington – oder Julian, wie Damaris ihn insgeheim nannte.

»Ich weiß, das muss sehr schmerzlich für Sie sein, aber ich muss es fragen.«

»Fragen Sie.« Julians Stimme war ohne jeden Ausdruck, als wappne er sich gegen das Schlimmste.

»Wie alt war Ihre Frau? Welche Haarfarbe hatte sie?«

Ein kurzes Zögern. »Sie ist vierundzwanzig, und sie hat braune Haare.« Damaris entging nicht, dass er, im Gegensatz zu Henry, in der Gegenwart sprach. Und, nach einer Pause: »Haben Sie sie gefunden?«

»Nein, vermutlich nicht.« Henry räusperte sich. »Es wurden zwei Leichen angespült, nicht weit von hier, am Strand von Portmellon, eine Meile von hier entfernt. Ein Mann und eine Frau. Aber die Frau ist blond.«

»Keine ... Kinder?«

Damaris hörte Henrys Antwort nicht, aber sie nahm an, dass er den Kopf schüttelte.

Es brach ihr das Herz. Ihre eigene Trauer war noch so frisch, dass es nur wenig brauchte, um sie in Tränen ausbrechen zu lassen. Und jetzt war da dieser Mann, der gefangen war in seinem Schmerz, der dennoch die Hoffnung nicht aufgegeben hatte, dass jemand von seiner Familie noch lebte – das war fast zu viel für sie.

»Ich will sie sehen.«

»Das halte ich für keine gute Idee, Mr Harrington. Es ist ... nun, es ist kein schöner Anblick.«

Damaris ertrug es nicht, noch mehr zu hören. So leise, wie sie nur konnte, schloss sie das Fenster und zog sich in die hinterste Ecke zurück, auf ihren Lesesessel.

Man begrub die beiden Toten auf dem Gemeindefriedhof von St Ewe, der zugehörigen Pfarrei. Julian kannte ihre Namen – Peter Berkeley, der Schiffskoch, und Elizabeth Milton, eine Mitreisende –, und Henry sorgte dafür, dass sie ein paar einfache Grabsteine bekamen.

Dank Henrys behutsamem Nachfragen, gepaart mit seiner freundlichen Beständigkeit, wusste man inzwischen ein bisschen mehr über ihren rätselhaften Gast.

Julian Harrington, Sohn eines Stellmachers aus einem Vorort von London, war als Kind mit seinen Eltern in die amerikanische Kolonie South Carolina ausgewandert, wo der Vater mit seinen drei Söhnen ein kleines Fuhrunternehmen namens Harrington & Sons eröffnet hatte. Nach dem Tod seiner Eltern hatte Julian geheiratet und sich mit seiner Frau im Landesinneren niedergelassen, wo sie eine kleine Farm bewirtschafteten. Sie bekamen drei Kinder, einen Jungen und Zwillingsmädchen. Aber dann schwappten die Unruhen der Unabhängigkeitsbewegung über das Land, und Julian fand sich wie viele andere englische Siedler auf der Seite eines Krieges wieder, den sie nie wollten. Um die Familie zu schützen, reisten sie zurück nach England, in Julians ehemalige Heimat. Nur um dort, vor Cornwalls Küste, Schiffbruch zu erleiden.

Das Leben konnte grausam sein.

In den nächsten Tagen und Wochen ging Damaris oft hinunter zur Küste. Wenn sie Glück hatte, konnte sie Julian sehen, der auf dem Küstenweg stand und aufs Wasser hinausschaute, als hoffte er auf das Wunder, dass seine Familie doch noch lebte.

Wie hatte Allie gesagt? Ein Bucca. Ein Prinz aus dem Meer, der auf seine verschwundene Geliebte wartete.

Mit seiner Trauer und seinem Verlust hatte er Damaris' tiefstes Mitgefühl. Sie wusste schließlich nur zu gut, was es hieß, seine Familie zu verlieren. Dabei gab es für sie immer noch Allie. Er dagegen hatte alles verloren.

Aber trotz der ihn umgebenden Melancholie war da etwas an diesem schönen fremden Mann, das Damaris unglaublich anzog und ihr Herz schneller schlagen ließ, sobald sie ihn sah. Obwohl sie zu weit entfernt war, um ihn gut zu erkennen, hätte sie jeden einzelnen Zug seines Gesichts problemlos wiedergeben können, so oft hatte sie ihn schon gezeichnet. Natürlich heimlich, aus dem Gedächtnis. Diese Zeichnungen verwahrte sie wie einen Schatz, versteckt in einem Geheimfach hinter einer Wandverschalung in ihrem Zimmer.

Damaris unterdrückte ein Gähnen. Sie saß zusammen mit Allie, Harriet und Henrys Schwester Grace im Boudoir und versuchte sich daran, ein Kissen mit bunten Blüten zu besticken. Aber ihr fehlte die Geduld dafür, und sie hatte sich schon zweimal mit der Nadel in den Finger gestochen.

Viel lieber wäre sie jetzt bei den Männern der kleinen Jagdgesellschaft gewesen, die an diesem Morgen auf dem Tremayne'schen Anwesen Fasane schossen. Natürlich würde sie nicht selbst schießen – das durfte sie gar nicht –, aber dann wäre sie wenigstens draußen an der frischen Luft gewesen, statt hier langweilige Kissen zu besticken. Sie brannte darauf, dass die Männer endlich mit ihrer Jagdbeute zurückkamen und von ihren Erfolgen berichteten. An diesem Tag würde es zudem einen kleinen, ungezwungenen Stehempfang geben, venezianisches Frühstück genannt.

Als sie den grünen Faden beendet hatte, der eine Ranke darstellen sollte, legte sie die Stickerei auf das kleine Tischchen neben sich.

»Entschuldigt mich«, sagte sie. »Ich hole mir ein Buch.«

Allie hob den Kopf von ihrer Lektüre. »Kann ich mitkommen? Ich will auch ein neues Buch haben.«

»Natürlich.«

Kaum hatte sie ihre Schwester aus dem Zimmer geschoben, fühlte sie sich besser.

»Das ist so langweilig«, flüsterte sie Allie ins Ohr, während sie auf die Bibliothek zuhielt.

Henrys große Bibliothek mit den hohen Bücherregalen gehörte zu Damaris' Lieblingsräumen. Hier konnte sie stundenlang verweilen, um in Hunderten von Büchern zu stöbern, sich in eine

Ecke oder ins Lesezimmer zurückzuziehen und sich in romantische oder spannende Geschichten zu träumen. In vielen großen Häusern, wusste sie von Harriet, waren Bibliotheken den Männern vorbehalten. Davon hielt Henry jedoch überhaupt nichts – er bestand darauf, dass jedes Mitglied seiner Familie und jeder Gast diesen Raum nutzen konnte.

Sie öffnete die Tür, schob Allie hindurch und schloss die Tür wieder hinter sich. Dann steuerte sie zielsicher Allies bevorzugte Lektüre an, das Regal mit den Märchenbüchern.

»Maris!«, hörte sie Allie flüstern. In der Stille der Bibliothek klang es überlaut. »Der Bucca!«

Tatsächlich, da war Julian, nur ein paar Schritte von ihnen entfernt. Er stand, das dunkelblonde Haar mit einem Band zurückgebunden, vor einem Regal und studierte die Buchrücken.

Damaris schluckte angestrengt, ihre Knie waren plötzlich ganz weich. »Oh, guten Tag, Mr Harrington. Ich ... ich hatte gar nicht gesehen, dass ... dass Sie hier sind.« Verflixt, jetzt fing sie auch noch an zu stottern. Hoffentlich hatte er Allie nicht gehört.

Er nickte wortlos und zog ein Buch aus dem Regal.

»Erinnern Sie sich an mich? Damaris Tremayne. Ich bin die Cousine von Mr Tremayne, genau wie meine Schwester Alison.« Eigentlich gehörte es sich nicht für eine junge Dame, sich selbst vorzustellen, aber das hier war schließlich kein offizieller Empfang.

»Miss Tremayne, Miss Alison.« Bis auf ein kurzes Kopfnicken zeigte er keine weitere Regung. Immerhin sprach er sie korrekt an – die ältere der beiden mit dem Nachnamen, die jüngere mit dem Vornamen.

Damaris zögerte einen Moment, verunsichert durch seinen Mangel an Entgegenkommen. Aber vielleicht wusste er ja einfach nicht, mit wem genau er es zu tun hatte?

Allerdings wäre es unpassend gewesen, ihm das so direkt zu erzählen.

»Haben wir heute nicht herrliches Wetter?«, ging sie die Sache auf einem Umweg an. »Ganz anders als vor drei Wochen, als ich Sie am Strand gefunden habe.«

»Sie waren das?«

Damaris nickte, ihr Herzschlag beschleunigte sich. Gleich war es so weit. Gleich würde sich alles ändern, er würde sich überschwänglich bei ihr bedanken und ihr ewige Verbundenheit schwören ...

»Danke«, sagte er knapp, ohne sie anzusehen.

Mehr hatte er dazu nicht zu sagen? Damaris kam sich ein wenig zum Narren gehalten vor, aber die Höflichkeit gebot es ihr zu schweigen.

Was offenbar nicht auf Allie zutraf.

»Das ist alles?«, sprach sie Damaris' Gedanken aus.

»Allie, bitte!«, zischte Damaris, aber die Kleine ließ sich nicht aufhalten.

»Sie sind ganz schön unfreundlich. Meine Schwester hat Ihnen schließlich das Leben gerettet.«

Jetzt hob er doch den Blick. Sah Damaris mit diesen Meeresaugen an. »Ich wünschte, Sie hätten es nicht getan.«

Damaris schnappte nach Luft. Hatte sie richtig gehört?

Aber im nächsten Moment verstand sie. Begriff, warum er nicht gerade große Dankesreden vorbrachte.

»Ihr Verlust tut mir schrecklich leid«, brachte sie mit einem Kloß im Hals hervor. »Aber ... möglicherweise gibt es ja doch noch Hoffnung. Cousin Henry lässt nichts unversucht, um noch Überlebende zu finden, und ...«

Sie verstummte, als er den Kopf schüttelte.

»Mr Tremayne ist ein hochherziger Mann, und ich bin ihm zu großem Dank verpflichtet. Aber nach mehr als drei Wochen ist es illusorisch, noch länger von Hoffnung zu sprechen. Es hat niemand außer mir überlebt.« Er sah auf das Buch in seiner Hand, dann wieder zu Damaris. »Ich weiß, dass Sie nur Ihre Christenpflicht erfüllt haben, Miss Tremayne.«

Mehr sagte er nicht, aber sie hörte trotzdem den leisen Vorwurf darin: Warum sie ihn nicht einfach hatte sterben lassen.

»Jedes Leben ist ein Geschenk«, gab sie zurück. »Wir müssen es in Dankbarkeit annehmen, sagt Cousin Henry immer.«

»Wenn er es sagt.« Er blickte an ihr vorbei, als würde er sich an etwas erinnern. »Darf ich Sie etwas fragen?«

»Ja. Natürlich.« Damaris fühlte sich plötzlich federleicht im Kopf.

»Als Sie mich gefunden haben – hatte ich da eine Taschenuhr bei mir? Silbern, mit einem eingeprägten Stern und meinen Initialen? Sie war an einer Kette an meiner Weste befestigt. Rechts.«

Damaris schüttelte den Kopf, ein bisschen enttäuscht, dass er nichts anderes von ihr wissen wollte. »Nein, tut mir leid. Allie, ist dir eine Kette oder eine Taschenuhr aufgefallen?«

Auch ihre Schwester verneinte.

Er hob resigniert die Schultern. »Dann habe ich sie vermutlich im Wasser verloren. Sie war ein Geschenk meiner Frau«, setzte er nach einem kurzen Augenblick hinzu. »Ich hatte gehofft, wenigstens ein Teil von … von ihr behalten zu können.«

»Tut mir leid«, murmelte Damaris hilflos. »Vielleicht könnten Sie den Wildhüter, Mr Ashcroft, fragen? Er hat uns geholfen, Sie hierherzubringen.«

»Das habe ich schon. Er behauptet, er habe keine Uhr gesehen.«

»Er behauptet?«, wiederholte Damaris. »Dann glauben Sie ihm nicht?«

»Das sollte ich wohl, schließlich hat er mir geholfen. Aber so ganz traue ich ihm nicht.«

Ja, das konnte Damaris verstehen. Der Mann war ihr ebenfalls suspekt.

Sie nickte und überlegte krampfhaft, was sie noch sagen könnte. Auch wenn das hier nicht gerade eine lockere Konversation war, so wollte sie doch nicht, dass es aufhörte, schließlich sprach sie zum ersten Mal mehr als nur ein paar Worte mit Julian.

Durch das Fenster konnte man einige Bedienstete beim Aufbau verschiedener Tische sehen. Das Gartenfest nach der Jagd. Ja, das war ein gutes Thema.

Sie deutete nach draußen.

»Hoffentlich hält das Wetter«, sagte sie so leichthin wie möglich. »Henry hat nämlich ein venezianisches Frühstück vorbereiten lassen, auf dem Rasen neben dem Haus. Es ist ganz zwanglos.«

»Ich weiß«, sagte er. »Der Squire hat mich eingeladen.«

Sie atmete erleichtert auf. »Dann werden Sie uns also Gesellschaft leisten?«

»Vermutlich. Aber weil Sie gerade das Wetter erwähnt haben: Sie erinnern sich also an die Nacht des …«, er zögerte kurz, »des Unglücks?«

»Ja, natürlich. Es gab ein schreckliches Gewitter mit Sturm und heftigem Regen. Wir konnten beide kaum schlafen deswegen.«

»Haben Sie vielleicht etwas Ungewöhnliches bemerkt?«

»Etwas Ungewöhnliches? Abgesehen von dem schrecklichen Gewitter? Nein, nichts. Du, Allie?«

Allie schüttelte den Kopf. Sie hatte ein Buch auf dem Schoß, das sie aus einem unteren Regalfach gezogen hatte, machte aber keine Anstalten hineinzusehen.

»Warum fragen Sie?«, wollte Damaris wissen.

»Weil der Kapitän und ich in der Nacht des Schiffbruchs Lichter an Land gesehen haben, die aussahen wie die Positionslichter eines im Hafen dümpelnden Schiffes. Nur deswegen hat der Kapitän den Kurs geändert und ist auf die Küste zugesteuert.« Er sah aus dem Fenster nach draußen, wo zwei Diener gerade ein paar große Platten mit Essen herbeitrugen. »Aber es gibt hier keinen Hafen, der groß genug ist für einen Dreimaster, sagt der Squire.«

Die Sache mit den Positionslichtern hatte er schon einmal angesprochen, kurz nachdem er im Lesezimmer aufgewacht war. Allmählich verstand Damaris, was er andeutete. »Was wollen Sie damit sagen? Doch nicht, dass jemand an Land mutwillig falsche Lichter gesetzt haben könnte?«

»Genau das. Die Köchin hat so etwas erwähnt. Sie sagte, es solle hier Leute geben, die die Schiffe durch falsch gesetzte Lichter anlocken und auf ein Riff laufen lassen, um dann die angeschwemmten Waren einzusammeln. Leute, die in Kauf nehmen, dass viele Menschen sterben.«

Damaris schüttelte bestürzt den Kopf. Und doch, von so etwas hatte sie schon gehört. Von Strandräubern, die Laternen schwenkten, um Schiffe auf Felsen zu locken und dann die angeschwemmte Ladung zu plündern. Ein abscheuliches Verbrechen. Aber doch nicht hier, bei ihnen …

»Ich … Das kann ich einfach nicht glauben. Das wäre ja …«

»Mord«, ergänzte er, und seine Stimme klang auf einmal ganz kalt. »Vielfacher, kaltblütiger Mord, um sich zu bereichern.«

Damaris sah ihn an. Ein Schwall von Gefühlen flutete durch ihre Adern, eine Mischung aus Unglauben, Entsetzen und – ja, auch Aufregung, weil er diese Überlegungen mit ihr teilte.

»Das ist ein wirklich schlimmer Verdacht«, sagte sie. »Haben Sie schon mit Henry darüber gesprochen?«

»Ja. Aber er sagt, das sei nicht möglich, und dass ich mich irren müsse.«

Ja, das war typisch Henry. Er traute niemandem etwas Böses zu.

Von draußen waren Stimmen und Gelächter zu hören und der unverkennbare Klang eines Jagdhorns.

Sie zeigte zum Fenster. »Ich glaube, die Jäger sind zurück. Was bedeutet, dass es bald voll werden wird. Dann könnten Sie vielleicht noch ein paar Erkundigungen einziehen«, setzte sie hinzu. »Bezüglich Ihres … Verdachts.«

Er nickte. »Möglicherweise. Miss Tremayne, Miss Alison.«

Er wandte sich zum Gehen, dann drehte er sich noch einmal um. »Was ist ein Bucca?«

Damaris spürte, wie ihr die Hitze ins Gesicht schoss. »Ein … Meeresgeist aus der kornischen Sage.«

Er hob eine Braue, sagte aber nichts.

»Und er ist doch ein Bucca«, sagte Allie, als sich die Tür hinter ihm geschlossen hatte. »Und zwar kein besonders freundlicher.«

Das Wetter war für Mitte März geradezu sommerlich warm. Auf dem frisch gemähten Rasen neben der lang gestreckten Seite des Hauses tummelten sich Henrys Gäste. Neben den Jägern, die sich umgezogen hatten und sich nun in ihrer Tagesgarderobe präsentierten, waren auch Verwandte und andere Besucher geladen. Hier ging es nicht so steif zu wie bei offiziellen Festlichkeiten; jeder konnte kommen und gehen, wie er wollte.

Der Parterre-Garten vor dem Haus war in symmetrischen Mustern aus niedrigen Hecken und Beeten angelegt. Damaris ließ ihren Blick erst über den Garten und dann über die Gäste schweifen und hielt dabei verstohlen Ausschau nach Julians hochgewachsener Gestalt. Fast wäre sie gegen Allies Stuhl gelaufen, als sie ihn entdeckte. Er sprach gerade mit Charles Rashleigh, dem Mann von Henrys jüngerer Schwester Grace.

»Hörst du mir überhaupt zu?«, vernahm sie Allies Stimme.

»Entschuldige. Was hast du gesagt?«

»Ich sagte«, betonte Allie überdeutlich, »dass ich Hunger habe. Wollten wir nicht zum Büfett?«

Entlang der weiß gestrichenen Hauswand waren Tische voller kalter Köstlichkeiten aufgebaut. Damaris suchte für Allie gerade eines der in kleine Dreiecke geschnittenen Brote aus, zwischen denen einige dünne Scheiben Braten steckten, als Thomas Gray neben sie trat.

»Miss Tremayne, ich freue mich sehr, Sie zu sehen.«

»Ganz meinerseits, Mr Gray.« Der junge Mann war der Landschaftsarchitekt, der ebenfalls zurzeit in Heligan House wohnte. Er war zwar nicht sonderlich attraktiv mit seinem fliehenden Kinn und der vorspringenden Nase, dafür aber sehr nett. »Hatten Sie Erfolg bei der Jagd?«

»Bedauerlicherweise nicht, Miss Tremayne. Ich schieße fast immer daneben, und wenn nicht, dann hat mein Gewehr Ladehemmung, weil das Pulver feucht geworden ist. Aber zum Glück hängt unser Essen nicht von meinem Jagderfolg ab. Diese Sandwiches sind wirklich delikat, finden Sie nicht auch?«

»In der Tat, das sind sie. Und so überaus praktisch. Man kann sie mit einer Hand essen und braucht weder Teller noch Besteck.«

Gray nahm sich ein mit dünnen Gurkenscheiben belegtes Brot. »Wussten Sie, dass der Name dieser neuesten Mode vom Earl of Sandwich herrührt? Der gute Mann muss auf diese Weise nicht einmal vom Kartentisch aufstehen, wenn er Hunger hat.«

Damaris hob erstaunt die Brauen. »Ich wusste gar nicht, dass Sie sich auch in Küchendingen auskennen, Mr Gray.«

»Oh, ich bin ein Meister auf vielen Gebieten. Und gänzlich unbescheiden, wie Sie sicher schon bemerkt haben«, gab er mit einem Augenzwinkern zurück. »Allerdings erschöpft sich meine Kenntnis der Kulinarik damit auch schon. Meine Schwerpunkte, das wissen Sie, liegen woanders.«

Damaris nahm sich ebenfalls ein Gurkensandwich. »Ich hörte, Sie erstellen einen Plan des Geländes für Mr Tremayne?« Sie biss in ihr Brot.

»So ist es. Und anhand dieses Plans werden der Squire und ich demnächst erste Veränderungen vornehmen.«

Damaris schluckte ihren Bissen herunter. »Finden Sie es denn nicht schön, so wie es ist?«

»Doch, es ist schön. Aber es soll vollkommen werden. Mr Tremayne und ich werden dieses großartige Anwesen in etwas noch Großartigeres verwandeln.«

»Etwas noch Großartigeres?«, wiederholte Damaris, nahm

einen weiteren Bissen und drehte sich ein wenig, was ihr Gelegenheit gab, unauffällig Julian zu betrachten, der inzwischen allein mit einem Glas in der Hand am Rand des Geschehens stand und die Leute beobachtete. Als sein Blick auf Damaris fiel, ging ein schwaches Lächeln über sein Gesicht, woraufhin sie sich prompt verschluckte und zu husten begann.

Gray sah sie besorgt an. »Geht es Ihnen gut?«

»Ja, vielen Dank.« Sie räusperte sich. »Sie wollten mir gerade erzählen, wie Sie Heligan noch schöner machen wollen.«

»Aber ja doch«, fuhr Gray voller Begeisterung fort. »Dem Squire sagen die symmetrischen, flachen Parterres schon lange nicht mehr zu, und er stimmt mit mir überein, dass wir dieses Anwesen in einen Garten im neuesten Stil voller Natürlichkeit verwandeln, in eine Art *Ferme Ornée*, eine Ornamental Farm. Mit weiten Blicken, Gruppen von Bäumen und Sträuchern, dazwischen ein kleiner See, eine Grotte oder ein griechischer Tempel. Das ist der letzte Schrei.« Er hob sein Sandwich zum Mund, dann ließ er es unberührt wieder sinken. »Lassen Sie es mich mit den Worten meines hochgeschätzten Vorbildes Lancelot Brown sagen: ›Ich vergleiche meine Rolle als Gartengestalter mit der eines Dichters. Hier setze ich ein Komma, und wo eine Kürzung notwendig ist, setze ich eine Klammer. An anderer Stelle beende ich mit einem Punkt und beginne mit einem anderen Thema.‹«

»Und wie entscheiden Sie, wo Sie einen Punkt setzen und wo ein Komma?«

»Darin«, sagte Gray mit spitzbübischem Lächeln, »liegt die Kunst. Oder fragen Sie dasselbe auch einen Dichter?«

Von weiter entfernt ertönte Lachen und Klatschen, als einer der männlichen Gäste seine Jagderlebnisse komödiantisch zum Besten gab. Gray bemerkte, dass etwas helle Soße auf seine rot gestreifte Weste getropft war. Mit einer Serviette rieb er daran herum, was den Fleck nur vergrößerte, dann ließ er die Serviette sinken und wandte sich erneut Damaris zu.

»Allerdings ist dieses Unterfangen ein bisschen anspruchsvoll, hier an der Küste Cornwalls. Das Gelände ist den starken Winden aus Westen ausgesetzt. Daher werden wir als Erstes eine Art Schutzgürtel pflanzen. Sehen Sie dort hinten?« Er wies am Haus vorbei, wo sich in der Ferne Weideflächen ausdehnten. »Dort wird in den nächsten Tagen eine erste Lieferung Koniferen angepflanzt werden. Sie wachsen schnell – in wenigen Jahren wird eine schöne, dichte Hecke entstanden sein, die die kräftigen Winde abhält. Und dann fangen wir mit der eigentlichen Gestaltung des Gartens an.«

Er sprach noch weiter, erzählte von Blickachsen, der Verbindung von landwirtschaftlicher Nutzung mit schöner Gartengestaltung, von notwendigen Rodungen und Neupflanzungen und ähnlichen Dingen mehr. Damaris nickte ab und zu, bemühte sich um einen interessierten Ausdruck und spähte immer wieder verstohlen zu Julian hinüber. Allie hatte derweil ihr Sandwich verspeist und betrachtete gelangweilt ihre Fingernägel.

»Aber ich rede und rede und lasse Sie gar nicht zu Wort kommen.« Gray wies mit dem Sandwich in der Hand nach vorn. »Sehen Sie, da kommen die Herren Tremayne und Rashleigh zu Ihrer Rettung.« Er verneigte sich formvollendet, was allerdings dem Sandwich nicht bekam – es klappte auseinander, woraufhin die üppige Füllung aus fein geschnittenen Gurken mit einem dumpfen Laut auf dem gepflegten Rasen landete.

Damaris biss sich auf die Lippen, um nicht zu lachen, was Allie weniger gut unterdrücken konnte. Dann waren auch schon Henry und sein Schwager Charles bei ihnen. Charles Rashleigh und Henrys Schwester Grace wohnten im nahe gelegenen Duporth Manor und kamen oft zu Besuch nach Heligan.

»Na, Gray, langweilen Sie die jungen Damen mit Ihren Gartenexkursen?«, fragte Charles, während ein Diener sich beeilte, die Überreste von Grays Missgeschick vom Rasen aufzusammeln.

»Ich hoffe doch nicht, Mr Rashleigh.« Der junge Mann färbte sich etwas rosa, blickte zu Damaris und verbeugte sich erneut.

Man tauschte ein paar Nettigkeiten aus, besprach das Wetter und diverse Freizeitbeschäftigungen, dann wandte Henry sich an seinen Schwager.

»Wusstest du, dass meine junge Cousine ebenfalls eine vielversprechende Zeichnerin ist?«

»Du zeichnest auch?«, fragte Charles. »Das wusste ich ja noch gar nicht, Cousinchen. Was denn, wenn ich fragen darf?«

Damaris schluckte den letzten Bissen ihres Sandwiches herunter und wischte sich die Hände an einer Serviette ab. »Hauptsächlich Blumen und Sachen aus der Natur. Am liebsten Landschaften. Mir liegt die Skizze mehr als das große Gemälde.«

»Und manchmal macht sie auch Porträts«, mischte Allie sich ein. »Sie hat nämlich Mr Harrington gezeichnet.«

Damaris wünschte sich nichts weiter, als im Boden zu versinken. Irgendwann würde sie Allie umbringen. Und woher wusste ihre Schwester überhaupt davon?

»Tatsächlich? Henrys geheimnisvollen Hausgast?« Charles klang amüsiert, dann wurde er wieder erst. »Ich habe vorhin mit ihm geredet. Mit diesem Julian Harrington, wie er sich nennt. Ganz ehrlich, Henry, ich bin mir nicht sicher, was ich von ihm halten soll.«

Henry sah ihn mit gerunzelter Stirn an. »Wie meinst du das?«

»Ich meine damit, dass niemand weiß, wer er wirklich ist. Er kann viel behaupten. Wie kannst du sicher sein, dass er kein Betrüger ist, der an dein Geld will?«

Damaris schnappte nach Luft. Was erzählte Charles denn da?

»Er ist Engländer, der lange in den amerikanischen Kolonien gelebt hat und nun wieder zurückgekehrt ist«, erklärte Henry. »Und der auf tragische Weise seine Familie verloren hat.«

»Behauptet er«, gab Charles zurück. »Hat er Beweise dafür? Hast du nachgeprüft, was er sagt? Wer sagt, dass er wirklich der ist, der er zu sein vorgibt? Er hat ja nicht einmal Interesse am Kartenspiel.«

»Und deswegen misstraust du ihm? Weil er nicht spielt?« Henry lachte leise auf. »Und was gibt er denn vor? Er behauptet ja nicht, der Kaiser von China zu sein.«

»Nun, aber du musst zugeben, dass er nicht gerade viel von sich preisgibt. Das erscheint mir irgendwie … verdächtig.«

Henry schüttelte den Kopf. »Mir reicht, was ich sehe, und ich glaube ihm. Er ist ein ehrenwerter Mann, der einen großen Verlust erlitten hat. Mehr muss ich nicht wissen.«

»Du bist wirklich viel zu gut für diese Welt, Henry. Eines Tages wird das noch dein Schaden sein.«

»Im Gegensatz zu dir, lieber Schwager, vermute ich nicht in jedem Mann gleich einen Schuft«, gab Henry lächelnd zurück.

»Ihr streitet euch doch nicht etwa an diesem wundervollen Tag?« Henrys Frau Harriet kam in Begleitung eines Dieners, der ein Tablett voller mit rotem Fruchtpunsch gefüllter Gläser trug, zu ihnen.

»Aber nicht doch, liebe Schwägerin. Ich habe deinen Mann lediglich ein wenig aufgezogen.« Charles nahm ein paar Gläser vom Tablett und reichte Henry, Damaris und Allie je eines, dann versorgte er Gray und sich selbst. »Aber gut, lasst uns über etwas anderes reden. Ich hörte, du planst größere Veränderungen an deinem Anwesen?«

»In der Tat. Deswegen habe ich auch Mr Gray«, Henry deutete auf Thomas Gray, der sich erneut verbeugte, diesmal allerdings ohne Sandwich, »zu mir eingeladen. Er ist ein neuer Stern am Himmel der Landschaftsarchitektur – doch, Gray, stellen Sie Ihr Licht nicht unter den Scheffel! – und wird mich in allen Dingen beraten. Er ist gerade dabei, das Gelände zu vermessen und erste Ideen zur Neugestaltung mit mir zu besprechen. Mir fehlen nur noch ein paar weitere Anregungen.«

Gray räusperte sich. »Wenn ich diesbezüglich einen Vorschlag machen dürfte, Sir?«

»Nur zu, Gray.«

»Was halten Sie davon, zur Inspiration eine Grand Tour zu machen und dabei die großen Gärten Englands zu besuchen? Da fielen mir zum Beispiel der Garten von Blenheim Palace ein oder die Gärten von Stowe. Oder von Hestercombe. Ja, nach Hestercombe müssen Sie unbedingt, die Anlage dort ist wirklich ganz reizend mit ihrem arkadischen Stil und dem Wasserfall – ach, es gibt so viel zu sehen. Das zumindest würde ich an Ihrer Stelle tun.«

Henry nickte nachdenklich. »Das ist eine hervorragende Idee, Mr Gray. Das werde ich mir wirklich überlegen.«

Von da an drehte sich das Gespräch vorrangig um die möglichen Stationen dieser Reise und den dafür benötigten Aufwand. Acht bis zehn Wochen werde man schon rechnen müssen, am besten im Frühsommer, wenn alles wuchs und gedieh, aber noch nicht zu heiß war.

Damaris hob den Blick und suchte erneut nach Julian. Er war nicht mehr da.

7

DAMARIS

Küste von Cornwall bei Mevagissey, Ende März 1781

Der Wind war aufgefrischt und wehte Damaris salzige Tropfen ins Gesicht, die fast wie Tränen schmeckten. Über dem Meer ballten sich dunkle Wolken, nur am Horizont schickte die Sonne gleißende Strahlen über die Wasseroberfläche, als versuche sie, mit letzter Kraft aufzubegehren, bevor sie versank. Es würde in der Nacht wieder Sturm geben.

Sie lehnte sich an den großen, rauen Felsen, der sich neben einem gelb blühenden Ginsterbusch erhob. Es war höchste Zeit für sie, zurückzugehen zum Haus, aber sie konnte sich nicht losreißen. Julian war auch irgendwo hier, und sie wollte ihn wenigstens noch einmal kurz sehen, bevor sie sich auf den Heimweg machte.

Wo war er bloß? Damaris war ihm wieder einmal heimlich gefolgt, hatte gesehen, wie er den Weg zu einer der vielen Buchten eingeschlagen hatte. Und dann war er plötzlich irgendwo am Fuß der Klippen aus ihrem Blickfeld verschwunden.

Sie wusste selbst, dass es albern war und einer jungen Frau absolut nicht angemessen, einem Mann so nachzulaufen. Noch dazu jemandem, der sich gar nichts aus ihrer Aufmerksamkeit machte. Aber ihre Sehnsucht war stärker als all diese Überlegungen.

Auf Henrys Gartenfeier hatte er sie angelächelt. Zwar nur ganz leicht, und vielleicht war es auch nur Freundlichkeit gewesen, aber das wollte Damaris nicht glauben. Nein, das hatte etwas zu bedeuten.

Natürlich musste sie ihm Zeit geben, schließlich hatte er gerade erst seine Familie verloren.

Aber sie konnte warten. Und wenn es Monate dauerte.

Allmählich wurde es zu dunkel, um noch genügend zu erkennen. Noch wenige Minuten, dann musste sie wirklich umkehren. Sie seufzte. Vermutlich würde sie ihn nicht noch einmal sehen.

Sie hörte ein Geräusch und spähte hoffnungsvoll am Felsen vorbei.

Nein, das war nicht Julian. Es war Bill Ashcroft, der Wildhüter, sie erkannte seinen schweren Gang und das Gewehr an seiner Seite. In seiner Hand hielt er eine brennende Laterne.

Hatte Julian nicht erst vor Kurzem gesagt, er würde dem Mann nicht über den Weg trauen? Wenn Ashcroft sie hier sah, würde er sicher dumme Fragen stellen. Sie zog sich hinter den hohen Felsen zurück.

Ashcroft ging an ihr vorüber, ohne sie zu bemerken.

Was wollte er hier am Meer, kurz vor der Dunkelheit? Und was tat er denn jetzt? Er begann, den Weg hinunterzugehen.

Der Himmel zog sich immer weiter zu, die Wolken waren noch dunkler geworden. Damaris trat an die Kante und schaute hinab.

Unter sich sah sie den schwankenden, hellen Schein der Laterne. Dann eine Stimme. Ashcroft schien mit jemandem zu reden, den Damaris nicht sehen konnte.

Sie strich sich eine Strähne aus dem Gesicht, die der kräftige Wind aus ihrem lockeren Knoten gezerrt hatte, und lauschte angestrengt. Einzelne Wortfetzen drangen zu ihr hoch, aber der Wind war zu stark, sie konnte nichts verstehen.

Mit wem sprach er da? War das etwa Julian? Hatte er Ashcroft erwartet?

So viel Neugier gehörte sich natürlich nicht, dennoch beugte sie sich noch weiter nach vorn, um besser sehen zu können. Im nächsten Moment gab die erdige Kante unter ihr nach, und mit einem erschreckten Aufschrei rutschte sie in die Tiefe.

Ihr Sturz wurde glücklicherweise von einem Haufen Erde, Gras und Geröll gebremst, und dann landete sie auch schon auf dem Strand. Direkt vor Julian.

Ihr Herz machte einen Satz, als sie sich ihm so plötzlich gegenübersah, und das auch noch in einer so misslichen Lage. Wie furchtbar peinlich!

Das verlegene Lachen blieb ihr im Halse stecken. Er wirkte ausgesprochen angespannt und hatte offenbar andere Sachen im Kopf als ihre Blamage. »Was tun Sie hier, Miss Tremayne? Verschwinden Sie, schnell!«, sagte er, ohne ihr auch nur die Hand zu reichen oder ihr aufzuhelfen.

»Na, wen haben wir denn da?« Als sie den Kopf wandte, sah sie Ashcroft, die Jagdflinte lässig in der Armbeuge, den Lauf nach unten gerichtet. »Die junge Miss Tremayne. Was für 'ne nette Überraschung.« Er tippte an seinen Hut.

»Stehen Sie auf, Miss Tremayne«, sagte Julian noch einmal, drängender. »Und gehen Sie!«

»Aber nich doch«, widersprach Ashcroft. »Die Miss kann ruhig zuhören.«

Damaris wurde immer unbehaglicher zumute. Langsam erhob sie sich.

Es war inzwischen fast dunkel. Nur die Sturmlaterne, in der eine Kerze brannte, gab ein helles Licht ab. Solche Laternen erloschen auch in sehr windigen Nächten nicht.

Damaris' Gedanken rasten.

Was wollte Ashcroft hier am Strand mit einer Sturmlaterne? »Was geht hier vor?«, fragte sie.

Ashcroft nickte Julian zu. »Sagen Sie es ihr.«

»Er will Schiffe anlocken«, gab Julian mit unbewegter Miene zurück. »Er geht mit der brennenden Laterne langsam am Strand auf und ab, um einen Hafen vorzutäuschen.«

Ashcroft nickte beeindruckt. »Alle Achtung, so viel Verstand hätte ich Ihnen gar nich zugetraut. Wie haben Sie's rausgefunden?«

»Sie haben nicht nur Freunde unter den Schmugglern.«

Ashcroft grinste. »Wundert mich nich. Aber Freihandel – oder Schmuggel, wie Sie es nennen – gibt's hier schon seit Jahrhunderten. Stört keinen.«

»Das ist nicht nur Schmuggel«, fuhr Julian ihn an. »Das ist Mord. Sie haben meine Familie auf dem Gewissen! Und noch Dutzende andere.«

Damaris hörte ihm voller Entsetzen zu. »Dann ist es also wahr?« Trotz ihrer schrecklichen Angst musste sie es aussprechen. Sie sah Ashcroft an. »Sie waren das! Sie haben die *Albatros* zum Kentern gebracht! Sie haben ein falsches Hafenlicht angezeigt, und deshalb ist das Schiff auf ein Riff gelaufen!«

»Manchmal muss man seinem Glück 'n bisschen nachhelfen«, erwiderte Ashcroft. »Ihnen is alles in den Schoß gefallen, Miss Tremayne. Sie mussten sich um nichts sorgen. Sie hatten immer genug zu essen und 'n Dach überm Kopf.«

»Aber das ... das haben Sie doch auch«, stammelte Damaris. »Und ... es waren fast fünfzig Menschen an Bord! Sie ... Sie haben sie alle ins Verderben geschickt. Dafür wird jeder Richter Sie zum Tode verurteilen.«

Ashcroft zuckte mit den Schultern. »Aber nur, wenn ich erwischt werde. Und das werd ich nich.« Er hob sein Gewehr und schwenkte es lässig zwischen Julian und Damaris hin und her.

Das Blut rauschte in ihren Ohren.

Julian trat langsam einen Schritt vor. »Machen Sie keine Dummheiten, Ashcroft.«

»Wieso Dummheiten? Das ist das Klügste, was ich tun kann.«

Julian schob Damaris mit seinem gesunden Arm hinter sich. Angstvoll hielt sie sich mit einer Hand an seiner Jacke fest.

»Sie wollen sie beschützen? Wie rührend.« Ashcroft lachte. »Ihr Pech, dann sind Sie der Erste, der dran glauben muss«, sagte er und drückte ab.

8

DAMARIS

Heligan House, Ende März 1781

»Ob man Mr Ashcroft hängen wird?«

Allie schien von einer morbiden Faszination erfüllt. Sie saß zusammen mit Damaris im Salon, von wo aus sie einen guten Blick auf die kiesbedeckte Auffahrt hatten. Das durch das Fenster einfallende Sonnenlicht warf goldene Reflexe auf ihr rötlich braunes Haar.

Damaris ließ den Roman, den sie aus der Bibliothek mitgenommen hatte, sinken.

»Vermutlich«, gab sie düster zurück. »Er hat so viele Menschen auf dem Gewissen, da wird dem Richter kaum etwas anderes übrig bleiben.«

Dass Ashcroft Julians Taschenuhr gestohlen hatte, als dieser halb tot am Strand der kleinen Bucht lag, zählte noch zu seinen geringsten Schandtaten. In einer verborgenen Höhle in den Klippen, deren Eingang gerade breit genug war, dass ein Mann sich hindurchzwängen konnte, hatten die Soldaten der Küstenwache noch etliches an angeschwemmtem Strandgut entdeckt, darunter Schuhe, Silberbesteck und einen Beutel voller Kupfermünzen.

Cousin Henry war zutiefst erschüttert gewesen, dass sein altgedienter Wildhüter solcher Verbrechen fähig war. Dennoch rief er sofort die Küstenwache, die den Mann nach kurzer Befragung abführte und ins Gefängnis nach Launceston brachte.

Immer wieder stand Damaris die Szene in der Bucht vor Augen. Julian hatte sie gerettet. Er hatte sich vor sie gestellt und sie mit seinem Körper geschützt, als Ashcroft abgedrückt hatte. Es war nur göttlicher Fügung oder viel Glück zu verdanken gewesen, was dann geschehen war: Hätte die Flinte keine Ladehemmung gehabt, weil das Pulver feucht geworden war, wäre Julian jetzt vermutlich tot oder zumindest schwer verletzt. Aber dann hatte ihm die kurze Verwirrung gereicht, um Ashcroft zu überwältigen. Julian hatte ihm das Gewehr nach dem verunglückten Schuss aus der Hand gerissen und ihm mit einem Schlag unter die Rippen zu Boden geschickt.

Der Schreck darüber saß Damaris noch immer in allen Gliedern. Dennoch ließ der Gedanke daran, dass Julian sich schützend vor sie gestellt hatte, etwas tief in ihr kribbeln.

Am Vortag waren er und Henry ins vierzig Meilen entfernte Launceston geritten, wo Bill Ashcroft auf seine Verhandlung wartete. Julian war als Zeuge geladen, und Henry sah es trotz Ashcrofts Verbrechen als seine Pflicht als Reverend an, dem Mann, der lange für ihn gearbeitet hatte, geistlich beizustehen.

Damaris seufzte leise und wandte sich wieder ihrem Buch zu. *Liebe und Wahnsinn* von Herbert Croft, im letzten Jahr erschienen. Welch passender Titel.

Schon bald ließ sie es wieder sinken. Es hatte sich so spannend angehört – ein Briefroman, in dem es um einen Mord ging – aber jetzt konnte sie sich nicht darauf konzentrieren.

»Warum bist du so traurig?«, fragte Allie unvermittelt.

»Das weißt du doch.«

»Weil der Bu … weil Mr Harrington weggehen wird?«

Damaris nickte und biss die Zähne zusammen.

»Das macht mich auch traurig.« Allie seufzte. »Warum will er denn weg? Gefällt es ihm hier nicht mehr?«

Damaris blinzelte die Tränen fort, die in ihren Augen brannten. »Das hat er nicht gesagt.«

Überhaupt hatte er nicht viel gesagt. Nur, dass er fortgehen würde, sobald die Sache mit Ashcroft ausgestanden wäre.

»Vielleicht will er ja zurück ins Meer«, meinte Allie.

Damaris stieß einen Laut zwischen Lachen und Weinen aus. »Ich hoffe nicht.«

Sie hörte, wie eine Kutsche vorfuhr. Henry und Julian konnten es nicht sein, sie waren zu Pferd unterwegs.

»Schau mal!«, sagte Allie, die aus dem Fenster sah, vor dem eine kleine Vase mit Tulpen stand. Damaris blickte auf, ihr Herzschlag beschleunigte sich. Waren es doch die beiden Männer?

In der Einfahrt stand eine Lieferkutsche, und ein Mann in Arbeiterkleidung war gerade dabei, einen großen, mit einem geflochtenen Deckel verschlossenen Korb auszuladen. Ungewöhnlicherweise nicht am Lieferanteneingang an der Rückseite des Hauses.

Damaris hörte jemanden, der Stimme nach Bellwood, der Butler, mit dem Lieferanten reden, dann sah sie, wie das Fuhrwerk sich wieder entfernte.

»Was er wohl gebracht hat?«, überlegte Allie laut. »Komm, Maris, lass uns nachschauen.«

Damaris seufzte, aber sie konnte Allie diesen Wunsch schlecht abschlagen. Und ein bisschen Abwechslung wäre für sie beide gut. Sie packte die Griffe von Allies rollendem Stuhl, öffnete die Tür und schob sie aus dem Salon.

Der große Korb stand in der Eingangshalle. Auf dem handgeschriebenen Zettel, der daran steckte, stand in geschwungenen Lettern *Mr Henry Hawkins Tremayne* geschrieben. Aus dem Korbinneren drang ein leises, fiependes Geräusch.

Allie machte große Augen. »Oh, bitte, Maris, können wir nachsehen? Jetzt gleich, bevor jemand kommt und es mitnimmt!«

»Ich weiß nicht. Ich glaube nicht, dass …«

»Bitte! Bittebittebitte!«

Damaris gab nach – sie war ja selbst neugierig. Sie löste die ledernen Bänder, mit denen der Deckel befestigt war, und klappte ihn vorsichtig auf. Allie stieß einen entzückten Schrei aus: In dem Korb, der mit einer weichen Decke ausgepolstert war, hoben zwei

Hundewelpen die Köpfchen und drängten fiepend ins Freie. Einer war schwarz-weiß gefleckt, der andere vollkommen schwarz. Vor allem der Schwarze sah fast aus wie ein großer Maulwurf. Damaris hätte nicht sagen können, von welcher Rasse sie waren.

»Oh, sind die süß!« Auf Allies sommersprossigem Gesicht zeichnete sich pure Freude ab. Sie griff in den Korb und hob einen der Welpen mit dem samtigen Fell heraus. Sofort begann das Tier, wie wild mit dem kleinen Schwanz zu wedeln und ihre Hand zu lecken.

»Ob die für uns sind?«

»Ich weiß es nicht. Da müssen wir Henry fragen«, entgegnete Damaris.

Sie hob den Kopf, als sie das charakteristische leise Schlüsselrasseln der Haushälterin hörte, die mit schnellen, kleinen Schritten durch die Halle ging.

»Für wen sind die Welpen, Mrs Watermann?«, fragte Damaris.

»Das weiß ich nicht, Miss Tremayne. Und ich habe jetzt leider auch gar keine Zeit, der Squire ist soeben eingetroffen.« Offenbar hatte sie von einem der oberen Räume Ausschau gehalten.

Der Squire. Das bedeutete, auch Julian. Damaris' Puls beschleunigte sich.

»Komm, Allie, tun wir den Kleinen zurück in den Korb.«

»Kann ich sie mir nicht noch ein bisschen anschauen? Ich passe auch gut auf sie auf.«

»Wie du willst«, gab Damaris nervös zurück. Sie stand auf, strich ihr Kleid glatt und ging mit raschen Schritten durch die Halle bis nach draußen, wo eben zwei Reiter von ihren Pferden stiegen. Henry und – Julian. Ein Pferdeknecht eilte herbei und nahm die Pferde in Empfang.

»Willkommen daheim.« Damaris warf Julian einen fragenden Blick zu. »Ist Ashcroft …«

»Ja«, sagte er. »Ist er.«

»Sie haben ihn zum Tode verurteilt«, ergänzte Henry mit ernster Pastorenstimme. »Und das Urteil wurde auch sogleich vollstreckt. Möge seine sündige Seele Gnade erfahren.« Er senkte den Kopf und schien ein kurzes Gebet zu sprechen. Dann sah er auf, und über sein Gesicht ging ein freudiges Strahlen, denn in der geöffneten Eingangstür war Harriet mit dem kleinen John erschienen.

»Sieh nur«, sagte sie beglückt. »Er macht schon seine ersten Schritte! Na los, zeig deinem Daddy, wie schön du laufen kannst, Johnny.«

An der Hand seiner Mutter stapfte der Junge auf wackeligen Beinchen auf seinen Vater zu.

Damaris lächelte – der Kleine war einfach zu süß. Dann ging ihr Blick zu Julian, der gerade seine Reithandschuhe auszog, während er ebenfalls den jüngsten Tremayne-Spross betrachtete. Seine Bewegungen wurden langsamer. Es brauchte wenig Menschenkenntnis, um zu wissen, dass er in diesem Augenblick an seine eigenen Kinder dachte.

»Ich … ich freue mich, dass Sie wieder zurück sind«, sagte sie in dem hilflosen Versuch, ihn abzulenken.

»Miss Tremayne«, sagte er knapp und drehte sich um, bevor sie irgendetwas erwidern konnte.

Damaris sah ihm nach, wie er ins Haus ging. Ihre Augen begannen schon wieder zu brennen, mühsam schluckte sie die aufsteigenden Tränen hinunter. Er hatte sie gar nicht richtig angesehen. Und bald würde er fort sein.

»Ich … gehe ein bisschen spazieren«, brachte sie mit Mühe hervor. Sie würde sich nicht die Blöße geben und vor Henry und Harriet zu weinen beginnen.

»Ja, meine Liebe, tu das«, sagte Henry selbstvergessen, während er seinen kleinen Sohn am Bauch kitzelte.

Sie lief los, mit gerafftem Rock und eiligen kleinen Schritten. Vorbei an den Stallungen, dem großen Nutzgarten und der wassergetriebenen Sägemühle, neben der sich Bretter stapelten, vorbei an zwei von Möwen umkreisten Ochsen, die einen Pflug zogen. Erst als sie sicher war, dass man sie vom Haus aus nicht mehr sehen konnte, ließ sie den Tränen freien Lauf. Sie lief weiter, den sandigen, von Eichen und Buchen gesäumten Reitweg zum nördlichen Sommerhaus hinauf, bis sie an die Weggabelung kam, wo ein kleines Tor zum dahinterliegenden Feld führte. Erst dort, bei der Buche mit den ausladenden Ästen und dem Namen in der Rinde, blieb sie stehen.

Es war kindisch gewesen, was sie da kurz nach dem Frühlingsfest getan hatte, kindisch und töricht und vermutlich auch nicht gut für den Baum, aber sie hatte ihrer Sehnsucht einfach Ausdruck verleihen müssen, sonst wäre sie geplatzt. Mit einem kleinen, scharfen Federmesser hatte sie an der dem Weg abgewandten Seite Julians Vornamen in die Rinde geritzt, direkt unter einer kleinen Gabelung in Kopfhöhe, und noch ein kleines Herz daneben gesetzt. Jetzt würde sein Name dort für immer zu lesen sein – oder zumindest so lange, wie diese Buche stand.

Aber das war jetzt alles sinnlos. Er würde fortgehen, und sie würde ihn nie wiedersehen.

Die Sonne tauchte hinter den Wolken auf, die Buche warf einen großen Schatten.

Sie umarmte den Stamm, legte ihre Wange an die glatte Rinde und schloss die Augen. Spürte den Baum vor sich und glaubte, das große, rote Herz der Buche schlagen zu hören, das ihr Trost zusprach.

Als sie die Augen öffnete, sah sie zu ihren Füßen eine kleine, glänzend braune Nuss mit Kappe. Eine Eichel. Sie bückte sich, scharrte ein paar Blätter und ein bisschen Erde beiseite und drückte die Eichenfrucht tief in den weichen Waldboden. Die Zeit würde zeigen, ob sie Wurzeln schlagen und anwachsen würde.

9

LEXI

Heligan Gardens, März

Es regnete, wie es nur in Cornwall regnen konnte. Nebelschwaden trieben über Rasen, Büsche und Bäume. Auf den Wegen sammelten sich Pfützen, in die das Wasser prasselte, Regen tropfte von überhängenden Ästen. Mitten in dem weitläufigen Gemüsegarten, wo nur ein paar schüchterne grüne Spitzen aus der Erde schauten, hatte man die lebensgroße Gestalt einer Vogelscheuche in Hemd, Hose und Bowlerhut aufgestellt. Viel Wirkung schien sie nicht zu haben: Zwischen den ordentlich geharkten Reihen pickte eine Krähe nach Futter.

Lexi stand am Rand der Felder und sah den strömenden Wassermassen zu. Nachdem sie am Vortag fast die ganze Zeit drinnen gehockt hatte, um den Blindenratgeber fertigzustellen, war sie schon früh hergekommen, weil sie sich in den Winkeln von Heligan umsehen wollte, die sie noch nicht kannte. Aber dann hatte es zu regnen angefangen. Egal, sie war ja schließlich nicht aus Zucker. Und Regen bedeutete, dass es kaum Besucher gab und sie ungestört war.

»Was machst du hier?« Sie zuckte heftig zusammen, als Orlando plötzlich neben ihr auftauchte. »Sorry, ich wollte dich nicht erschrecken. Unterhältst du dich gerade mit Diggory?«

»Diggory?«

Er deutete auf die Vogelscheuche. »Das ist der Name des gut gekleideten Herrn dort. Er bewacht die Gemüsefelder.«

»Mit wenig Erfolg«, sagte Lexi mit Blick auf den Vogel, der dort nach Nahrung suchte.

Die Krähe hob den dunklen Kopf und krächzte lauthals, als wollte sie sich über den anhaltenden Regen beschweren.

Orlando nickte. »Ganz deiner Meinung, Kumpel. Ganz deiner Meinung.«

Er trug eine dunkelblaue Regenjacke mit Heligan-Emblem, unter seiner Kapuze sahen feuchte Dreadlocks hervor. Jetzt warf er einen skeptischen Blick zum Himmel mit seinen tief hängenden dunklen Wolken.

»Ich liebe diesen Garten wirklich«, sagte er. »Aber ich hasse Regen. Und gleich habe ich eine Führung.«

»Du Ärmster«, gab Lexi zurück. »Das Leben kann wirklich hart sein.«

»Du sagst es.« Er seufzte theatralisch und steckte die Hände in die Taschen. »Aber hey, falls ich mich bis dahin nicht in meine Bestandteile aufgelöst habe: Hättest du nachher Lust auf einen Kaffee oder so was in der Cafeteria?«

»Fragst du das jede neue Freiwillige?«

»Nein.« Er grinste. »Nicht jede.«

Flirtete er etwa mit ihr? Und wenn schon, was war schon dabei? Er war ein netter Kerl. Ein *sehr* netter Kerl, der zudem noch verdammt gut aussah.

»Okay. Gern.«

Sobald die kaskadenartigen Regenfälle etwas nachließen, schlug sie den Weg in Richtung Dschungel ein. Millicent hatte ihr diesen Teil des Gartens am Vorabend ans Herz gelegt.

»So wirklich verloren waren die Gärten für uns eigentlich nie«, hatte sie gesagt. »Als Kinder haben ich und meine Geschwister immer dort gespielt. Es heißt, die Hälfte der Einwohner von Mevagissey soll in Heligans Dschungel gezeugt worden sein.«

Lexi hatte gelacht. »Ein fruchtbarer Ort also, könnte man sagen.«

Den wollte sie nun mit eigenen Augen sehen. Bislang hatte sie schließlich nur einen kleinen Teil der Gärten kennengelernt.

Im Dschungel tauchte sie ein in eine fremde, schattig-feuchte Welt voller riesiger, urzeitlich anmutender Pflanzen. Der erhöhte Bohlenweg, der durch dieses dicht bewachsene Tal führte, war ziemlich rutschig, und Lexi musste sich am Handlauf aus einem gedrehten Sisalseil festhalten, um nicht zu fallen. Es gab Teiche und Sümpfe und eine Bepflanzung, die immer wilder wurde, je weiter sie ging. Alles leuchtete in intensiven Grüntönen. Hier wuchsen Bambus und riesige Baumfarne, die ihr das Gefühl gaben, durch eine prähistorische Landschaft zu wandern. Ein geradezu archaisch anmutender Schauplatz. Sie fühlte sich plötzlich klein, unbedeutend. Aus allen möglichen Winkeln beugten sich Stämme vor, und man konnte sich leicht vorstellen, dass dahinter jeden Moment ein Dinosaurier auftauchte. Überall regte sich neues Leben. Vogelgesang erfüllte die Luft, ein paar erste Blüten, weiß und violett, steckten ihre Köpfe durch den Waldboden, in der feuchten Luft nahm Lexi schwach den an Knoblauch erinnernden Geruch von Bärlauch wahr.

An einem Teich verließ sie den Bohlenweg. Hier führte ein schmaler, mit Rindenmulch ausgestreuter Pfad durch einen Farnwald und an einer Art Riesenrhabarber vorbei, unter dem eine weiß gestrichene Bank stand. Obwohl der Regen nachgelassen hatte, sah sie keinen einzigen Menschen.

Doch, da war jemand. Ein Mann mit einer dunklen Basecap, der ein paar Palmwedel abschnitt, die die Wasserlast tief über den Weg gebeugt hatte.

Wie erstarrt blieb sie stehen.

Rob?

O mein Gott, nicht Rob, bitte nicht …!

Was machte er hier? Hatte er sie doch irgendwie bis hierher verfolgen können, hatte er sie aufgespürt?

Ich werde dich finden. Egal, wo du dich versteckst.

Sie keuchte auf. Dann zwang sie sich dazu, noch einmal genauer hinzusehen.

Nein, das war nicht Rob. Das war einer der Heligan-Angestellten, den sie vor wenigen Tagen bereits bei der Putzaktion der Gewächshäuser gesehen hatte.

Nicht Rob. Alles war gut.

Sie atmete tief ein, versuchte, sich zusammenzureißen, die aufkommende Panik zu unterdrücken.

Vergeblich. Sie spürte, wie ihr der Boden zu entgleiten drohte, als sich die Welt um sie schloss. Der Dschungel schien auf seltsame Weise auszubleichen, die üppigen Grüntöne verloren ihre Farbe, wurden zu einem stumpfen, einheitlichen Graugrün. Ihr Herz raste, in ihren Ohren war ein Geräusch wie von einem herannahenden Zug. Etwas wie ein enges Band legte sich um ihre Brust.

Sie konnte sich nicht länger auf den Beinen halten. An Ort und Stelle sank sie zusammen, kniete sich nieder auf dem Weg. Vollkommen egal, dass ihre Hosenbeine nass wurden.

Als Nächstes spürte sie eine Berührung. Und hörte eine Stimme. Die Stimme sagte etwas, aber durch das Rauschen in ihrem Kopf drangen die Worte kaum zu ihr vor.

»Was … wie …«, stammelte sie hilflos.

»Was ist los?«, verstand sie dann. »Bist du krank?«

In einer gewaltigen Anstrengung schüttelte sie den Kopf. Es fühlte sich an, als müsste sie einen Berg bewegen.

»Panik…attacke«, keuchte sie.

»Okay«, sagte jemand hinter dem weißen Schleier, der über allem lag. »Nimm meine Hände. Halt dich daran fest. So fest, wie du kannst.«

Sie tat es, griff wie blind zu.

»Sehr gut. Und jetzt atme. Ganz langsam und tief. Nicht zu schnell.«

»Ich … kann nicht.«

»Doch. Glaub mir, du kannst. Versuch es einfach.«

Es war eine männliche Stimme, die da mit ihr sprach. Der Mann, den sie gerade gesehen hatte? Das schien so weit weg, so furchtbar weit weg …

»Und jetzt zählen wir rückwärts, angefangen bei zwanzig. Hörst du mir zu? Konzentrier dich. Hör auf meine Stimme, auf nichts anderes. Und atme, mit jeder Zahl einen Zug. Nicht schneller! Zwanzig. Und jetzt warte. Warte. Neunzehn. Warte! Noch länger.«

Lexi nickte und kämpfte mit aller Macht gegen das Gefühl an, Luft holen zu müssen.

»Achtzehn. Warte! Nicht schneller werden. Noch etwas. Siebzehn.«

Er zählte weiter, gab ihr jeden ihrer Atemzüge vor. Die körperliche Verbindung, ihre Hände, die seine umklammerten, sorgte zusätzlich für einen Anker. Ein Anker, der sie im Hier und Jetzt hielt und sie daran erinnerte, dass sie sich an einem sicheren Ort befand. Nicht dort, wo Rob war.

Langsam, ganz langsam, wich das schreckliche Gefühl, jeden Moment sterben zu müssen. Die Farben kehrten allmählich zurück, das Rauschen in ihrem Kopf wurde leiser.

Sie hob den Blick und sah den Mann vor ihr an.

Er war Ende zwanzig, und bis auf die kurzen dunklen Haare unter der Basecap sah er kein bisschen aus wie Rob.

»Besser?«, fragte er.

Sie nickte wortlos.

Ohne ihre Hände loszulassen, deutete er mit dem Kopf auf die vor Nässe glänzenden Bohlen, die sich ein paar Schritte von ihnen entfernt entlangzogen. Direkt daneben entrollte ein Farn seine behaarten Wedel.

»Wusstest du, dass dieser Weg vor über hundert Jahren angelegt wurde?«

Lexi schüttelte den Kopf, noch immer kaum fähig zu antworten, aber dankbar für die Ablenkung.

»Ist ja auch sinnvoll, wenn man bedenkt, dass diese Baumfarne damals eine richtig große Sache waren«, fuhr er im Plauderton fort, als säßen sie irgendwo gemütlich in einem Pub. »Heligan war einer der ersten Gärten in England, der sie einführte. Das muss so um 1890 gewesen sein. Verständlich, dass die damaligen Besitzer diese exotische Pracht auch der Öffentlichkeit zeigen wollten.«

»Woher … eingeführt?«, brachte sie fertig zu fragen. Sie wollte, dass er weiterredete, über irgendetwas, um sich an seiner Stimme genauso festzuhalten wie an seinen Händen.

»Aus Australien«, sagte er. »Sie kamen mit dem Schiff bis zu den Docks von Falmouth. Von dort wurden sie dann mit dem Zug bis Truro transportiert. Und jetzt wird's interessant: In Truro angekommen, hielt der Zug auf einer hohen Brücke, und von dort wurden die Bäume einzeln an Seilen heruntergelassen bis zu einer Baumschule, die im Tal lag. Und dann ging es mit Pferdekarren bis nach Heligan.«

»Ehrlich?«

Er nickte.

»Tolle Geschichte.« Sie schluckte. Das Hämmern ihres Herzens hatte nachgelassen.

Der Ärmel seiner kakifarbenen Jacke war etwas nach oben gerutscht und gab den Blick frei auf einen Teil seines linken Unterarms. Lexi konnte den Rand einer Tätowierung sehen, etwas wie eine Ranke oder den Ausläufer eines Buchstabens.

Sie zwang sich dazu, ihre Finger von seinen zu lösen, und seufzte leise.

»Komm, setzen wir uns einen Augenblick.« Er deutete auf die weiß gestrichene Bank ganz in ihrer Nähe.

Durch das dichte Blätterdach des Riesenrhabarbers, der darüber wuchs, drangen nur wenige Tropfen, sodass es hier fast trocken war.

»Ich finde Heligan im Regen ja am schönsten«, sagte er.

Ein Streifen Licht drang durch eine Lücke im Farnwedeldach

und fiel bis auf den Boden. Feucht glänzende Blätter reckten sich nach oben. Dazu das leise Prasseln eines Schauers über ihren Köpfen, entfernte Vogelstimmen, der moosige Geruch der Pflanzen. Über allem lag eine sanfte Melancholie.

Lexi fühlte sich wie in einer magischen, einst verlorenen und jetzt wiedergefundenen Welt. Behütet. Beschützt.

»Ja«, sagte sie leise. »Das ist es.«

Sie lehnte sich vor, fuhr sich mit beiden Händen durch die Haare und atmete tief durch.

»Danke«, sagte sie schließlich. »Ich komme mir vor wie eine komplette Idiotin.«

»He, keine Eigenbeschimpfungen. Du solltest dir nur merken, bei zukünftigen Fällen genauso zu handeln. Atmen, fokussieren und so weiter.«

»Ich hoffe doch sehr, dass es keine zukünftigen Fälle mehr gibt«, gab sie zurück. »Aber klar. Das dürfte ich hinkriegen.«

»Gab es einen Auslöser? Hat dich irgendwas erschreckt?«

Sie schüttelte den Kopf. Darüber wollte sie jetzt nicht reden.

»Woher …«, sie schluckte. »Woher kannst du so was? Ich meine, woher wusstest du, was zu tun ist?«

Er zuckte mit den Schultern. »Man hat so seine Erfahrungen.«

Er stand auf und griff nach seinen Arbeitshandschuhen, die er, wie sie jetzt erst bemerkte, neben dem Weg hatte fallen lassen.

»Ich bin übrigens Ben«, sagte er und hielt ihr die Hand hin, um ihr aufzuhelfen.

»Lexi«, gab sie mit noch immer zittrigen Knien zurück.

»Ich weiß. Steht auf deiner Freiwilligenkarte.« Er deutete auf den Ausweis um ihren Hals.

Schon wieder eine verdammte Panikattacke. Lexi fühlte sich noch immer etwas wackelig, als sie langsam zum Ausgang des Dschungeltals ging. Sie brauchte noch ein paar Minuten für sich, bevor sie sich wieder unter Leute traute.

Sie war Ben zutiefst dankbar. Nicht nur, dass er ihr mit seiner unaufgeregten Art aus der Panikattacke herausgeholfen hatte, sondern auch, dass er nicht weiter nachgefragt hatte.

Dennoch fühlte sie sich elend. Hilflos. Sollte das jetzt etwa so weitergehen, dass sie bei jeder Kleinigkeit in Panik verfiel? War das das Erbe, das Rob ihr hinterlassen hatte? Hatte er ihr denn nicht schon genug angetan?

Nein! Sie wollte jetzt nicht an Rob denken. Jetzt nicht, und später auch nicht. Nie wieder wollte sie das.

Dabei hatte alles so gut begonnen.

Das Architekturbüro, in dem Lexi arbeitete, hatte seinen Mitarbeitern etwas ganz Besonderes spendiert: einen eintägigen Survivalkurs in den Wäldern nördlich von London. Einen ganzen Tag lang in der Natur, um ein paar Überlebenstechniken kennenzulernen und dabei den Zusammenhalt zwischen den Kollegen zu festigen. Und natürlich auch, um Spaß zu haben.

Rob war ihr Kursleiter gewesen. Lexi erinnerte sich noch genau, wie beeindruckt sie damals von ihm gewesen war. Der dunkelhaarige, durchtrainierte Mann war ganz anders als die meisten der Leute, die sie sonst so kannte. Härter, männlicher, durchsetzungsfähiger – und ziemlich attraktiv noch dazu.

Hätte sie damals schon gewusst, wie er wirklich tickte …

Ihr Handy klingelte und riss sie abrupt aus ihrer Erinnerung. Sie fuhr zusammen. Ein Blick auf das Display zeigte ihr eine unbekannte Nummer. Nein. Oh nein!

Mit rasendem Herzen nahm sie das Gespräch an. »Hallo?«

»Lexi? Hier ist Theo. Theodora Williams. Orlando hat mir deine Nummer gegeben.« Lexi atmete erleichtert auf. »Kannst du gleich mal zu mir kommen? Eliza habe ich auch schon Bescheid gegeben. Ich muss was mit euch besprechen, etwas Wichtiges.«

»Ja, klar.«

»Du weißt, wo du hinmusst? Mein Büro ist direkt neben der Cafeteria.«

»Okay, ich bin gleich da.«

Lexi legte mit einem unguten Gefühl auf. Was hatte das jetzt zu bedeuten? Hatte Ben Theo womöglich erzählt, was vorhin im Dschungel passiert war?

10

LEXI

Heligan Gardens, März

Neben der Cafeteria ging es eine Treppe hinab zu Theos Büro. Eliza, mit der sie vor zwei Tagen am Blindenwegweiser gearbeitet hatte, wartete schon vor der Tür.

»Weißt du, worum es geht?«

Eliza, die wieder aussah wie einem Modekatalog der Fünfzigerjahre entstiegen, schüttelte den Kopf. »Keine Ahnung. Das heißt, vielleicht schon, aber sicher bin ich …« Sie verstummte, als Theodora, ihre Vorgesetzte, durch den Gang auf sie zugeeilt kam.

»Sehr schön. Kommt rein, ihr beiden.«

Sie schloss eine Tür am Ende des Ganges auf. Theos Büro war ein kleines Zimmer, das vor Büchern und Ordnern überquoll und dabei trotzdem den Eindruck eines wohlgeordneten Chaos machte. Lexi und Eliza nahmen auf zwei Stühlen vor Theos Schreibtisch Platz.

»Ich freue mich, dass ihr gekommen seid«, sagte Theo. »Gut, ich steige gleich richtig ein. Wie ihr vielleicht wisst, hatten wir letztes Jahr ein großes Jubiläum. Nein?« Sie schaute die beiden Frauen fragend an. Lexi schüttelte mit entschuldigend hochgezogenen Brauen den Kopf. Insgeheim atmete sie auf – offensichtlich ging es nicht um ihre Panikattacke.

»Damals war es dreißig Jahre her«, fuhr Theo fort, »dass Tim Smit den zerfallenen Donnerbalken-Raum unter einem Haufen von Gestrüpp entdeckte und beschloss, den gesamten Garten wiederherzurichten. Kurz darauf begannen die Restaurationsarbeiten. Und schon wenige Jahre später wurden die ›Verlorenen Gärten von Heligan‹ eröffnet. Das jährt sich im nächsten Jahr also ebenfalls zum dreißigsten Mal. Aus diesem Anlass sind etliche Sonderausstellungen und Veranstaltungen geplant.«

Eliza nickte – offenbar wusste sie, worüber Theo sprach.

»Unter anderem«, sagte Theo, »soll es, verteilt über das ganze Jahr, einige historische Rückblicke zur Geschichte Heligans geben, von den Anfängen im späten achtzehnten Jahrhundert bis zur Zeit des Ersten Weltkriegs. Diese Rückblicke sollten in Form von Ausstellungen, Schautafeln und so weiter erfolgen. Damit wollen wir, wie mit allem anderen, im kommenden Frühjahr beginnen. Und darum wollte sich ab nächster Woche eigentlich eure Kollegin Sally, die studierte Historikerin ist, kümmern.« Theo legte ihre Fingerspitzen zusammen. »So, und nun kommen wir zum Problem. Sally hat mir erlaubt, euch mitzuteilen, dass sie schwanger ist.«

»Wunderbar!«, freute sich Eliza.

Theo lächelte. »Genau. Das ist natürlich ein freudiges Ereignis und sollte eigentlich ein Grund zum Feiern sein. Leider hat sich jedoch herausgestellt, dass bei Sally eine Risikoschwangerschaft vorliegt und sie fast die gesamte Zeit liegen muss.«

Elizas Lächeln verschwand. Und Lexi ahnte plötzlich, was Theo von ihnen wollte.

»Ganz abgesehen davon, was das für Sally bedeutet, haben auch wir jetzt ein Problem«, fuhr Theo fort. »Wir brauchen jemanden, der ihre Aufgabe kurzfristig übernimmt. Falls das nicht klappt, müssen wir irgendwie zusehen, ob und wie wir ihre Aufgaben auf die Anwesenden verteilen können. Eliza, du hast ja bislang mit Sally gearbeitet.«

Eliza schaute ein wenig erschrocken. »Ich soll das übernehmen? Das geht nicht. Ich kann nur an zwei Tagen die Woche.«

»Das weiß ich. Du bist natürlich weiterhin dabei, aber zwei Tage die Woche ist definitiv zu wenig.«

»Und jemanden von auswärts anzuheuern?«, schlug Lexi vor.

»Das wäre natürlich eine Möglichkeit«, sagte Theo. »Nur werden wir vermutlich so schnell niemanden finden, der sich für ein Jahr freimachen und hierherkommen kann. Schlimmstenfalls müssten wir die Rückblicke streichen, was nicht nur ich, sondern auch Tim Smit sehr schade fände.« Sie nahm einen Bleistift vom Tisch und drehte ihn langsam zwischen ihren Fingern. »Ich weiß, das kommt jetzt etwas überraschend, aber ich stehe wirklich ziemlich unter Zugzwang. Ich brauche zumindest für den Anfang jemanden, der oder die ein paar erste Sachen übernehmen kann. Lexi, ich frage jetzt einfach mal: Habe ich das richtig in Erinnerung, dass du Ahnung von selbstständiger Projektarbeit hast? Ich meine damit einen Projektplan erstellen, Ziele definieren und zu einem festen Zeitpunkt vorlegen können und so weiter.«

»Ja, hab ich«, bestätigte Lexi. Die Arbeit mit Projektplänen war schließlich noch bis vor Kurzem ihr täglich Brot gewesen.

Theo nickte. »Sehr gut. Ich nehme an, dann beherrschst du auch die gängigen Präsentationstechniken und kennst dich mit den entsprechenden Computerprogrammen aus?«

»Klar.«

»So, und nun die wichtigste Frage.« Theo sah sie an. »Traust du dir zu, eine Planung für diese Ausstellung auf die Beine zu stellen? Und vielleicht auch ein paar erste Recherchen zu übernehmen? Eliza könnte dich dabei unterstützen, und ich werde euch natürlich auch zur Seite stehen. Sagen wir, erst mal bis Ende des Monats? Du wärst dann keine Freiwillige mehr, sondern auf Projektbasis angestellt. Natürlich gegen Bezahlung.« Sie nannte eine Summe.

Lexi musste sich zurückhalten, um nicht laut zu jubeln. Eine Ausstellung über Heligan planen? Das wäre ja genial! Und ein Monat mit Bezahlung? Das würde ihr genug Zeit geben, um sich klar zu werden, was sie eigentlich wollte. Allerdings würde sie wegen ihrer Unterkunft mit Millicent reden müssen. Bis Ende

März konnte sie sich ihr B&B trotz Verdienst vermutlich nicht leisten.

»Ja«, sagte sie. »Ich bin dabei.«

Eliza stieß einen triumphierenden Laut aus.

Auch Theo wirkte erleichtert. »Wunderbar, das freut mich. Für einen Monat, das heißt, für den gesamten März seid ihr beide damit von allen anderen Arbeiten freigestellt, dieses Projekt hat Priorität.« Theo legte den Bleistift zurück auf den Tisch. »Ich habe darüber auch schon mit Derek gesprochen. Er hat zugesagt, sämtliche Mitarbeiter anzuweisen, euch zu unterstützen. Wenn ihr also Fragen habt, Hilfe braucht oder was auch immer, dann zögert nicht, euch an die entsprechenden Leute zu wenden. Wir sind hier alle gemeinsam dafür verantwortlich, wie sich Heligan nach außen präsentiert, und diese Ausstellung zum dreißigsten Jubiläum der Wiedereröffnung gehört dazu.«

Sie räumte ein paar Papiere in eine Schublade, dann schien ihr noch etwas einzufallen. »Was haltet ihr davon, wenn wir Sally einen Präsentkorb mit einigen Erzeugnissen aus Heligan schicken?«

»Gute Idee«, sagte Lexi. »Wir könnten auch noch ein oder zwei spannende Romane dazupacken. Dann hat sie gleich ein bisschen Lesestoff.«

»Und Schokolade sollte auch dabei sein«, ergänzte Eliza. »Ganz wichtig!«

Theo lächelte. »Ich sehe schon, ihr kommt gut miteinander aus. Ich bin wirklich sehr froh, dass ihr beide das übernehmen könnt.« Sie wirkte plötzlich abgespannt. »Elizas Vertrag bleibt, wie er ist. Bei dir, Lexi, würde ich deinen Freiwilligenvertrag einfach um einige Stunden aufstocken, wenn dir das recht ist, und einen befristeten Projektvertrag für einen Monat daraus machen. Du kannst fürs Erste Sallys Arbeitsplatz übernehmen.«

Lexi nickte. Sie war zum einen noch immer etwas überrumpelt, zum anderen aber voller Vorfreude auf die große Aufgabe, die ihr so plötzlich übertragen worden war. »Und danach?«

»Dann sehen wir weiter. Aber ich hoffe natürlich, dass du uns noch länger erhalten bleibst.«

Theo erzählte dann ein wenig von den Plänen zum dreißigsten Jubiläum der Eröffnung. Es waren Sonderausstellungen und -veranstaltungen sowie ein Theaterstück vorgesehen, für das ebenfalls erste Planungen stattfanden. Außerdem besprachen sie, wie Lexis Aufgaben für die nächsten Tage aussehen würden.

»Tim Smit wollte ursprünglich gar nichts Besonderes machen«, verriet Theo. »Es gäbe schon so viele Geschichten über Heligan. Aber dann fand er die Idee, es auf eine ganz neue Weise anzugehen, doch ziemlich interessant. Wir wollen diesmal nämlich vor allem auf die etwas unbekannteren Sachen eingehen, und das möglichst unterhaltsam. Deshalb ist es jetzt an dir, Lexi, möglichst bald erste Ideen zu sammeln. Zu den Geschichten hinter der Geschichte sozusagen.«

»Geschichten hinter der Geschichte«, wiederholte Lexi. »Zu welchen Themen?«

»Wir dachten da an drei Hauptthemen.« Theo zählte sie an den Fingern auf. »Zum einen die Anfänge des Gartens. Dann das Zeitalter der Pflanzenjäger im neunzehnten Jahrhundert. Als Drittes die Zeit um den Ersten Weltkrieg, als ein Großteil der Gärtner in den Krieg zog.«

»Das ist ziemlich viel Stoff.«

»Ich weiß. Zuerst solltest du dich auch nur mit den Anfängen von Heligan befassen, das heißt, mit den Jahren, als der Garten entstand. Das war im späten achtzehnten Jahrhundert unter dem damaligen Squire Henry Hawkins Tremayne. Schön wäre es natürlich, wenn du da ein paar Geschichten herausfinden könntest, die über die schnöden Zahlen und Lebensdaten hinausgehen. Also zum Beispiel, was war dieser Mr Tremayne für ein Mensch, wie hat er gelebt, mit welchen Menschen hat er sich umgeben. Gab es vielleicht eine unglückliche Liebesgeschichte oder ein abenteuerliches Ereignis? Solche Sachen. Also nicht den hundertfünfzigsten Aufguss geschichtlicher Daten und Vorkommnisse, sondern etwas Neues. Etwas, das es hier bislang noch nicht gab. Quasi ein Alleinstellungsmerkmal: der Garten mit Geschichte und Geschichten. Etwas, das die Vergangenheit greifbar, lebendig werden lässt.«

Lexi nickte ein wenig skeptisch. Bislang hatte sie sich für ein Projekt noch nie mit detaillierten historischen Hintergründen befasst. Und dann auch noch Geschichten dazu recherchieren?

Dann fiel ihr etwas ein. »Die Wirtin meines B&B hat mir vor Kurzem von einem Schiffbrüchigen erzählt, der hier in der Nähe angespült wurde. Das muss irgendwann im achtzehnten Jahrhundert gewesen sein.«

»Ein Schiffbrüchiger?« Theo nickte. »Das ist ja wunderbar! Ja, genau so was stelle ich mir vor. Wäre toll, wenn du mehr darüber herausfinden könntest. Wer war dieser Schiffbrüchige, was ist aus ihm geworden und so weiter.«

Nach einer Stunde rauchte Lexi der Kopf von all dem Input. Danach wechselte sie an den Arbeitsplatz von Sally und skizzierte einen ersten groben Projektplan, der die Zeit von jetzt bis Anfang des kommenden Jahres umfasste. In den nächsten Tagen und Wochen würde sie ihn hoffentlich mit Details füllen können.

In dieser Nacht konnte Lexi nicht schlafen. Die Erinnerung an Rob und an ihre Panikattacke im Dschungel setzte ihr zu. Aber vor allem beschäftigte sie ihre neue Aufgabe – mehr, als sie gedacht hatte. Als sie um zwei Uhr nachts immer noch kein Auge zugetan hatte, holte sie sich ihren Laptop, setzte sich damit ins Bett und begann zu recherchieren.

Mehr als zweihundertdreißig Jahre war es her, dass der Garten in seiner jetzigen Form angelegt worden war. Wie hatte der Gutsherr geheißen, der dafür verantwortlich gewesen war? Lexi konnte sich nur noch an den Nachnamen erinnern.

»Tremayne 18. Jahrhundert«, tippte sie in die Suchmaschine,

und schon hatte sie die Antwort. Henry Hawkins Tremayne, richtig.

Auf dem Bildschirm erschien das gemalte Porträt eines ernst blickenden Mannes mittleren Alters in dunkler Kleidung und weiß gepudertem Haar. Entstanden war es 1795.

Ein weiterer Eintrag verriet Lexi seine Lebensdaten: 1741 bis 1829, er hatte also ein hohes Alter erreicht. Er war vierundfünfzig gewesen, als das Bild entstand. Dafür hatte er sich gut gehalten. Außerdem erfuhr sie ein paar Hintergründe zu seinem Leben. Da er der zweite Sohn war und daher nicht erben würde, hatte er sich für eine Laufbahn als Pastor entschieden. Aber durch den überraschenden Tod seines älteren Bruders wurde er dann doch zum Erben von Heligan und heiratete bald darauf eine Frau namens Harriet Hearle, die Tochter eines reichen Mannes. Sie hatten ein einziges Kind, einen Sohn, der erst nach dreizehn Jahren Ehe zur Welt kam. Was wohl der Grund dafür gewesen war? Darüber war nichts zu finden.

Lexi klickte sich durch weitere Einträge. Sie fand die Erwähnung eines Reisenden, der bei Henry zu Besuch gewesen war, ein frühes Rezept für eine Cornish Pasty sowie weitere kurze Berichte. Henry Tremayne war wegen seiner Wohltätigkeit offenbar hoch angesehen gewesen bei seinen Zeitgenossen, wenn auch manche sich über seine etwas blauäugige Naivität amüsierten. Außerdem war er in der Lokalpolitik aktiv und wurde mehrmals zum Bürgermeister der Hafenstadt Penryn gewählt. Um 1780 hatte er damit begonnen, sein Anwesen für die Neuanlage seines Gartens zu vermessen. Ein Landschaftsarchitekt namens Thomas Gray – der offenbar denselben Namen wie der berühmte Dichter trug – war damit beauftragt worden. Wenig später hatte Henry eine Reise durch mehrere Gärten Südenglands unternommen, vermutlich, um sich für seinen eigenen Garten inspirieren zu lassen. Was daraufhin in Heligan entstand, zählte viele Jahrzehnte lang zu den schönsten und ungewöhnlichsten Landschaftsgärten Englands.

Ein interessantes Leben, fand Lexi. Da fand sich bestimmt einiges an Geschichten, die es wert waren, erzählt zu werden.

Ihr Blick verweilte erneut auf dem Porträt, das ihr aus dem runden Rahmen entgegensah.

»Was meinst du, Henry? Kriegen wir das hin?«

Henry Hawkins Tremayne schaute stumm, aber nicht unfreundlich zurück.

11

LEXI

Woods Lodge, März

»Noch eine weitere Woche? Aber natürlich, mein Vögelchen, wir beide würden uns sehr freuen. Nicht wahr, Edwin?«

»Wie Millie sagt.« Edwin nickte und beugte sich wieder über seine Zeitung. Lexi hatte das Thema angesprochen, als Millicent ihr das Frühstück serviert hatte.

»Das Problem ist nur …« Lexi wand sich ein bisschen. »Nun, es kann sein, dass ich noch länger als diese eine Woche bleiben werde. Und dann …«

Dann würde es finanziell allmählich eng werden. Ob sie so einfach nach einem Preisnachlass fragen konnte?

»Das freut mich sehr, mein Vögelchen.« Millicent wechselte einen schnellen Blick mit Edwin, der auf ihre unausgesprochene Frage hin nickte. »Und ich glaube, ich weiß, was Sie fragen wollen. Aber dafür finden wir schon eine Lösung. Es ist schön, dass Sie noch länger in Heligan arbeiten werden. Was halten Sie davon, wenn wir ab sofort den Einzelzimmerzuschlag weglassen?«

»Oh. Das ist … äußerst liebenswürdig«, stotterte Lexi überrascht. »Wirklich. Vielen Dank.«

Das bedeutete immerhin zwanzig Pfund weniger pro Nacht. Immer noch teuer, aber es würde ihr ein bisschen mehr Luft verschaffen.

Vor ihrem Termin mit Theo, mit der sie den ersten Entwurf des Projektplans besprechen wollte, hatte Lexi noch etwas Zeit. Eine gute Gelegenheit, um sich noch etwas weiter in den Gärten umzusehen. Auf dem Übersichtsplan hatte sie gelesen, dass das nördliche Sommerhaus eine der ältesten Anlagen Heligans war. Dorthin hatte sie schon am Vortag gehen wollen, aber dann hatte ihr der Regen einen Strich durch die Rechnung gemacht. Höchste Zeit, das nachzuholen. Seit sie die halbe Nacht mit der Recherche der Anfangszeit Heligans und seines Gartens verbracht hatte, hatte sie plötzlich ein anderes Gefühl für diesen Ort. Sie wollte mit eigenen Augen sehen, wo Henry und seine Zeitgenossen gelebt, geliebt und gearbeitet hatten.

Vom Eingang aus ging sie geradeaus weiter, auf einem leicht ansteigenden Weg, der an der hohen Hecke vorbeiführte, die den Gemüsegarten vor den starken Winden schützte. Links erstreckte sich die Flora's Green genannte Rasenfläche mit einem riesigen alten Rhododendrongebüsch, das demnächst blühen würde. Lexi atmete tief ein. Die frische Luft tat ihr nach dem wenigen Schlaf der vergangenen Nacht gut. Weiter hinter dem Gemüsegarten, in einiger Entfernung, erblickte sie die weiß gestrichene Fassade von Heligan House, das inzwischen in Privatbesitz war. Lexi hätte es gern besichtigt, aber leider war das nicht mehr möglich. Nach dem Ersten Weltkrieg war das Haus verkauft und später in einzelne Wohnungen unterteilt worden, die jetzt von Mietern und Eigentümern bewohnt waren.

Das nördliche Sommerhaus stand auf einer Anhöhe, dem höchsten Punkt Heligans. Um 1770, also zu Henrys Lebzeiten erbaut, bot es eine wundervolle Aussicht über die leicht abschüssigen Felder bis hinunter zur Bucht von St Austell. Das kleine Haus war im antiken Stil gehalten, mit einem schmalen Säulengang und einem Boden aus vielen einzelnen runden Pflastersteinen. Lexi hatte gelesen, dass diese Steine während der Renovierung per Hand neu verlegt worden waren – eine unglaubliche Arbeit. Davor gab es eine mit Schieferplatten gepflasterte Terrasse voller Kübelpflanzen und einen rechteckigen Zierteich mit Brunnen. All das machte einen höchst romantischen Eindruck. Lexi konnte sich gut vorstellen, wie Henry Tremayne oder jemand von seiner Familie oder seinen Gästen hierhergekommen war, um die Morgensonne zu genießen.

Es war angenehm ruhig. Das einzige Geräusch war das leise Zwitschern eines Rotkehlchens, das auf der niedrigen Steinmauer saß, auf seinen dünnen Beinchen wippte und Lexi aus dunklen Knopfaugen beobachtete. Ob es dasselbe Rotkehlchen war, das sie an ihrem ersten Arbeitstag gesehen hatte? Vermutlich nicht, in Heligan wimmelte es von den vorwitzigen kleinen Vögeln.

Sie schaute sich gründlich um, dann wandte sie sich nach rechts zum Eastern Ride, dem östlichen Reitweg, der ebenfalls noch aus georgianischen Zeiten stammte. Einige alte Eichen und Buchen säumten den Weg. Auf der rechten Seite führte ein kleines, verschlossenes Tor zu einem Feld, im Gras daneben war ein verwitterter Granitpfosten zu sehen – womöglich die Überreste des ursprünglichen Tors.

Direkt vor Lexi lief ein Grauhörnchen auf eine Buche zu. Sie blieb stehen und beobachtete, wie es den Baumstamm hinaufrannte und irgendwo oben zwischen den Ästen verschwand. Sie ging auf den Baum zu, um nach dem Tier zu suchen, und schritt langsam um den Stamm herum, den Kopf in den Nacken gelegt.

Den kleinen Nager konnte sie nirgends entdecken, aber da war etwas in der glatten, silbergrauen Rinde, ungefähr in Kopfhöhe und direkt unter der Gabelung zweier kräftiger Äste, die sich weit zur Seite streckten. Es sah aus wie ein Herz, verzogen und verwittert. Und Buchstaben, kaum noch lesbar. Ein Name? Irgendjemand musste das hier vor langer Zeit eingeritzt haben.

Neugierig trat sie noch etwas näher. Buchen wurden mit Weiblichkeit assoziiert und oft als »Königinnen der britischen Bäume« bezeichnet, hatte sie erst vor Kurzem gelesen. Sie legte beide

Hände auf die dicke Moosschicht, die den Stamm zum Teil bedeckte. Der Baum war alt – er trug Weisheit in sich. Dicke Wurzeln streckten sich wie Finger einer gespreizten Hand ins Erdreich, auch sie waren mit üppigem dunkel- und hellgrünem Moos bewachsen. Buchen konnten recht alt werden, manche sogar bis zu dreihundert Jahre – gut möglich, dass dieser Baum auch schon zu Henrys Lebzeiten hier gestanden hatte.

Lexi richtete den Blick wieder nach oben. Wie alt die verwitterte Inschrift im Baum wohl war? Und was genau stand dort?

Sie entzifferte ein L. Dann ein I und ein N.

Sie trat noch näher an den Baum. L I N. Oder nein, zwischen dem I und dem N war eine Lücke, groß genug für einen weiteren Buchstaben, der kaum noch zu lesen war. LIEN? LIAN? LIAM?

Nein, der letzte Buchstabe war eindeutig ein N, kein M.

Sie nahm ihr Handy, richtete die Kamera auf den Namen und machte ein Foto, das sie mit zwei Fingern ein wenig vergrößerte.

Ja, das könnte ein A sein. Also Lian. War das ein vollständiger Name? Oder nur dessen Endung? Sofern es einen vorderen Teil des Namens gegeben hatte, war der nicht mehr lesbar.

Welche Namen endeten auf -lian?

Lilian, fiel Lexi auf Anhieb ein. Kilian. Gillian. Julian.

War es einer davon? Und war es ein Männer- oder ein Frauenname?

Da sie ihr Handy schon in der Hand hatte, gab sie eine kurze Suche nach Namen ein, die auf -lian endeten. Gleich darauf kam die Antwort. Männliche und weibliche Namen, bestimmt vierzig Stück. So viele?

War es der eigene Name gewesen, den jemand hier eingeritzt hatte? Von einem Mann oder einer Frau? Ein Mann hätte vermutlich kein Herz dahinter gesetzt. Aber vielleicht waren Männer früher ja romantischer gewesen.

Vor vielen, vielen Jahren hatte hier also jemand den Namen seines oder seiner Liebsten in diese Buche geschnitten. Ganz ähnlich, wie manche Leute das auch heute noch taten. Lexi hob die Hand. Mit dem Finger fuhr sie vorsichtig über die vier leicht rauen Buchstaben und fühlte sich plötzlich über die Zeiten hinweg mit dieser unbekannten Person verbunden.

Als sie das Foto mit der Inschrift wenig später Theo zeigte, war diese nur mäßig beeindruckt.

»Ja, das kenne ich«, sagte sie. »Aber es ist nichts Näheres darüber bekannt. Die Tremaynes hatten ein reges gesellschaftliches Leben. Möglicherweise hat sich da jemand von ihren Gästen verewigt. Wer weiß, vielleicht findest du ja etwas mehr heraus.«

Lexi war ein bisschen enttäuscht. Da hatte sie auf eine spektakuläre Entdeckung gehofft, und dann – nichts.

Theo ging mit ihr zum Archiv und schloss die Tür zu den »heiligen Hallen«, wie sie es nannte, auf. Wobei »Hallen« reichlich übertrieben war: Das Archiv bestand aus einem einzigen Raum voller Regale und einem großen Tisch in der Mitte.

»Sorry«, sagte Theo. »Hier müsste längst mal aufgeräumt werden, aber ich finde einfach nicht die Zeit dazu.«

»Kenne ich.« Lexi nickte verständnisvoll.

»Das hier ist also unser Archiv. Die meisten Sachen sind Kopien, die Originale lagern im großen Cornwall-Archiv in Redruth. Schau dich um, verschaff dir einen ersten Überblick. Und was immer du wissen willst – frag einfach. Ich muss mich leider um allerlei Verwaltungskram kümmern, aber ich bin jederzeit verfügbar.«

Der Raum roch ein wenig muffig, nach altem Papier und Staub. Lexi zog die weißen Baumwollhandschuhe über, die Theo ihr gegeben hatte, dann ging sie die Regale durch. Zog hier und dort ein Buch heraus, schlug es auf, stellte es wieder zurück und nahm das nächste zur Hand. Eine feste Ordnung schien es hier nicht zu geben, die meisten Sachen waren eher nach Gutdünken als nach einem wirklichen System sortiert.

In einem Regal entdeckte sie einige Mappen. Sie öffnete eine davon: Kopien alter Pläne waren darin, die eindeutig Heligan darstellten. Laut den beigefügten Notizzetteln reichten manche zurück bis ins siebzehnte Jahrhundert. Ein weiterer Plan, der zumindest auf den ersten Blick bereits der heutigen Anlage ähnelte, soweit Lexi das beurteilen konnte, stammte aus den Jahren um 1780. Laut Notiz war er von einem Landschaftsarchitekten namens Thomas Gray erstellt worden.

Darüber hatte sie doch schon in der Nacht etwas gelesen! Auch wenn es nur eine Kopie war: Es fühlte sich seltsam unwirklich an, jetzt genau diesen Plan in den Händen zu halten.

Sie legte das Blatt wieder in die Mappe, stellte sie zurück und wandte sich der nächsten zu. Diese war mit einer ledernen Schnur zusammengebunden und sah ein wenig älter aus als die vorige. Sie öffnete sie vorsichtig.

Darin fanden sich weitere Kopien, diesmal von einem handschriftlichen Text. Einer Art Reisetagebuch, wenn sie es richtig las. Die Kopie zeigte den Umriss einer kleinen Kladde von ungefähr DIN-A6-Format. *Notizen einer Reise von Heligan nach Oxford, Birmingham und Monmouth, 29. April – 16. Juli 1785* war auf dem ersten Blatt zu lesen. Auf einer beigefügten Notiz war vermerkt, dass der Autor zwar nicht angegeben sei, es sich aber höchstwahrscheinlich um Henry Hawkins Tremayne persönlich handele.

Lexi durchrieselte ein freudiger Schauer. War das das Tagebuch von Henrys Grand Tour durch Südengland? Es war aufregend zu sehen, wie sich nach über zweihundert Jahren hier vor ihren Augen ein Teil seines Lebens entfaltete. Der Mann, der diesen Garten geschaffen hatte, wurde plötzlich lebendig.

Sie sah die Kopien durch. Als sie eines der letzten Papiere zur Seite legen wollte, fiel ein Blatt zu Boden. Keine Kopie, das sah Lexi sofort, sondern ein Original. Das Papier war alt und roch auch so. Sie drehte es um. Es war eine Bleistiftzeichnung, auf der etwas wie ein antiker Tempel auf einem Hügel inmitten einiger

Bäume zu sehen war. *Eremitage in Hestercombe Gardens* stand in geschwungenen, ordentlichen Lettern darunter. Am rechten Rand fand sich ein Kürzel: *D.T.* konnte Lexi entziffern.

D.T. Das T stand vermutlich für Tremayne. Aber das konnte nicht Henry sein. Vielleicht ein Verwandter, der mit ihm gereist war? Oder auch jemand ganz anderes, der eine Skizze hinzugefügt hatte.

Vorsichtig legte Lexi das Blatt mit der Zeichnung auf den Tisch und blätterte erneut durch die Kopien von Henrys Reisebericht. Sie brauchte ein bisschen, um sich an seine kleine, akkurate Schrift zu gewöhnen und an den blumigen Stil seiner Zeit.

Henry hatte eine ziemlich anspruchsvolle Tour absolviert. Im Frühsommer 1785 hatte er in gut zweieinhalb Monaten etliche Gärten und Parks besucht, um sich von ihnen für seinen eigenen Garten inspirieren zu lassen. Dabei hatte er Tagebuch geführt und viele Beschreibungen der besuchten Gärten beigefügt. Leider war wenig Persönliches enthalten.

Aber dann wurde Lexi doch fündig. Ziemlich am Anfang seiner Reise, in Taunton in der Grafschaft Somerset, hieß es: *Das Wetter ist außerordentlich angenehm. Wiewohl ich bedaure, dass ich meine geliebte Frau und unseren kleinen Sohn zu Hause lassen musste, so ist mir Damaris doch eine treue Reisebegleiterin.*

Damaris. Damaris Tremayne? Verbarg sich das hinter dem Kürzel?

12

DAMARIS

Three Tuns, Tiverton, Devon, Mai 1785

Damaris saß am Fenster im ersten Stock des Three Tuns und zeichnete: das Haus gegenüber mit dem reetgedeckten Dach, die kleineren Gebäude daneben und den Kirchturm, der dahinter zu sehen war. Die Morgensonne warf helle Flecken auf die staubige Straße, die vor dem Gasthof verlief. Dort stand die Kutsche, die gerade von den beiden mitreisenden Dienern beladen wurde. Auch Cousin Henry, vornehm in seinem dunklen Rock anzusehen, war schon draußen und vertrat sich die Füße.

»Miss Tremayne.« Ruby, ihre Zofe, räusperte sich. Sie stand in Reisekleidung an der Tür, die gepackte Tasche neben sich. »Ich glaube, wir sollten jetzt auch hinuntergehen.«

»Gleich«, gab Damaris zurück. »Lass mich nur noch ein paar letzte Striche machen.« Ihr Graphitstift huschte über das Papier, dann packte sie eilig ihr Skizzenbuch ein, vergewisserte sich, dass sie nichts vergessen hatte, und ging mit Ruby nach unten.

Als Henry sie sah, ging ein Lächeln über sein ohnehin freundliches Gesicht. »Nun, Cousine, bereit zum Aufbruch?«

»Entschuldige bitte, Henry. Ich habe beim Zeichnen die Zeit vergessen.«

»Aber nicht doch, meine Liebe. Das zeigt doch nur, dass du gern tust, worum ich dich gebeten habe.«

»Nun ja, ich dachte, ich soll Gärten zeichnen und nicht die Aussicht aus den Fenstern irgendwelcher Gasthöfe.«

»Du sollst zeichnen, wonach immer es dir ist. Und noch sind wir ja ganz am Anfang unserer Reise. Darf ich es sehen?«

»Gern.« Damaris holte das Skizzenbuch wieder aus ihrer Tasche, während Ruby das restliche Gepäck in der Kutsche verstaute.

Henry begutachtete die Skizze und schlug dann die Blätter davor auf, die den Gasthof selbst zeigten.

»Wirklich sehr schön«, lobte er und gab ihr das Buch zurück.

Das große, weiß getünchte Three Tuns in Tiverton war ihre erste Station gewesen. Die heutige Etappe würde sie nach Taunton in der Grafschaft Somerset bringen, wo sie Hestercombe Gardens besuchen wollten. Und das war nur der erste Garten in einer langen Reihe von vielen.

Henry hatte große Pläne. Endlich konnte er seinen lang gehegten Wunsch einer Reise zu Englands bekanntesten Gärten umsetzen, um sich davon für die Anlage seines eigenen Parks inspirieren zu lassen. Aus diesem Grund hatte er in den vergangenen Monaten einen regen Briefwechsel mit etlichen Gutsbesitzern geführt, die er besuchen wollte, und schließlich eine Reiseroute zusammengestellt. Henry, der sonst immer ein Ausbund an Geduld und Gelassenheit war, hatte es den Winter über kaum erwarten können, bis die Zeit zum Aufbruch gekommen war. Er sprach von kaum etwas anderem als seiner Grand Tour und steckte mit seiner Begeisterung bald auch sämtliche Mitglieder seines Haushalts an.

Damaris wusste, dass er gern seine Frau Harriet mitgenommen hätte. Aber Harriet wollte zu Hause bei dem fünfjährigen Johnny bleiben, und überhaupt war eine solche Reise zu anstrengend für ihre fragile Gesundheit. Und so hatte Henry Damaris gefragt, ob sie ihn begleiten wolle. Nicht nur als Reisebegleitung, sondern auch, um Zeichnungen der besuchten Gärten anzufertigen.

»Ich habe vielleicht ein paar Talente«, hatte er gesagt, »aber das Zeichnen zählt ganz sicher nicht dazu. Und ich brauche dringend jemanden, der die Zeugnisse moderner Gartenarchitektur im Bild festhält.«

Damaris hatte eine ganze Weile lang gezögert, ob sie zustimmen sollte. Vor allem ging es ihr dabei um Allie. Ihre kleine Schwester war vor Kurzem elf Jahre alt geworden und noch immer nicht in der Lage zu laufen.

Am Schluss war es Allie selbst gewesen, die sie überredet hatte mitzufahren.

»Ich kann das nicht tun, Maris«, hatte sie gesagt. »Aber du. Und so eine Gelegenheit bekommst du so schnell nicht wieder. Überleg doch mal: Du kannst mit Cousin Henry durchs Land reisen und all die schönen Gärten besuchen. Möchtest du das denn nicht?«

»Doch, das schon. Aber ich will dich nicht so lange allein lassen.«

»Warum nicht? Glaubst du, ich kann nicht selbst auf mich aufpassen?«

Aber das konnte sie, keine Frage. In den vier zurückliegenden Jahren hatte Allie sich von einem manchmal recht altklugen Kind zu einem selbstbewussten und wissbegierigen jungen Mädchen entwickelt. Und natürlich wäre sie nicht allein – es gab genügend Leute, die sich um sie kümmern würden.

»Bist du dir wirklich sicher?«

Allie nickte mit Nachdruck. »Du musst mir nur versprechen, mir so oft wie möglich zu schreiben und ganz genau zu erzählen, was du alles erlebt hast. Dann wird es fast so sein, als wäre ich mit dir unterwegs.«

»Natürlich. Das verspreche ich.«

Und so war es gekommen, dass Damaris und Henry vor wenigen Tagen, am 29. April, von Heligan aus aufgebrochen waren. Henry hatte ein straffes Programm geplant: Die Tour würde sie unter anderem nach Swindon, Oxford und bis hinauf nach Birmingham führen.

Henry, der sich gleich nach der Abfahrt in ein Buch vertieft hatte, war inzwischen dreiundvierzig Jahre alt. Die meisten hielten sie für Vater und Tochter, woraufhin Henry stets liebenswürdig erklärte, er sei Damaris älterer Cousin und ihr Vormund. Wobei er Letzteres nicht mehr lange sein würde – Damaris würde demnächst einundzwanzig und damit volljährig werden.

Die Kutsche rumpelte über die Schlaglöcher der Straße. Drei Bedienstete begleiteten sie: der Kutscher Mr Fisher, Henrys Diener Mervyn und Ruby. Natürlich konnte eine junge Frau nicht ohne weibliche Begleitung reisen, und so war das Hausmädchen kurzerhand zu Damaris' Zofe erklärt worden. Ruby war ein Jahr jünger als Damaris und hatte anfangs vor lauter Verlegenheit, mit dem Squire im engen Raum einer Kutsche zu reisen, gar nicht gewusst, wo sie hinschauen sollte.

Es dämmerte schon, als sie in Hestercombe ankamen, einem großen Anwesen, nördlich von Taunton und den Blackdown Hills gelegen. Damaris stieg ein wenig steif aus der Kutsche. Mr Bampfylde, der Eigentümer und zudem der Schöpfer des Gartens, kam ihnen entgegen, sobald ihre Ankunft gemeldet worden war.

»Mein lieber Tremayne«, rief er aus, nachdem er Damaris begrüßt hatte, »welche Freude, Sie endlich einmal persönlich kennenzulernen!«

»Die Freude ist ganz meinerseits, Mr Bampfylde.«

»Oh, bitte, nennen Sie mich Cop. Das tun alle. Bampfylde ist so furchtbar kompliziert, und seit ich ein kleiner Junge war, nennt mich jeder nur Cop, nach meinem Vornamen Coplestone.«

»Sehr gern. Dann also Cop. Aber nur, wenn Sie mich Henry nennen.«

Henry war ein wenig enttäuscht, dass es schon so spät war, denn das bedeutete, dass er an diesem Tag nicht mehr den Garten besichtigen konnte. Damaris hingegen war froh darüber. Es war eine lange, anstrengende Fahrt gewesen, und jetzt noch zeichnen zu müssen, war nichts, wozu sie noch Lust verspürte.

Man teilte Henry und ihr gegenüberliegende Zimmer im Obergeschoss des Herrenhauses zu. Der Kutscher und Henrys Diener wurden im Dienstbotentrakt untergebracht, während Ruby eine kleine Kammer neben Damaris' Zimmer bekam. Damaris war dankbar für die Möglichkeit, sich wenigstens für eine kurze Weile erholen zu können.

Am Abend dinierten sie in kleiner Runde mit Mr und Mrs Bampfylde. Ihr Gastgeber – Cop, wie er nochmals betonte – war ein großer, leutseliger Mann mit vollendeten Manieren und dröhnendem Lachen. Er war fünfundsechzig Jahre alt, wie er ohne Scham verkündete, und mit vielen Talenten gesegnet. Seine Interessen erstreckten sich auf Landschafts- und Innenarchitektur, Topografie und Ingenieurwesen. Außerdem war er ein erstaunlich talentierter Maler, was Damaris noch weiter für ihn einnahm. Einige der Werke, die im Speisezimmer hingen, stammten von ihm, darunter ein paar höchst beeindruckende Landschaften.

»Ich habe es nie zu einem großen Künstler gebracht«, erklärte er. »Aber mit irgendetwas muss man sich ja die Zeit vertreiben.«

»Mein Mann stellt sein Licht einmal mehr unter den Scheffel«, mischte sich seine Frau ein und nickte einem Diener zu, ihr noch etwas vom Gemüse aufzutun. »Du kannst ruhig zugeben, Cop, dass du schon in London ausgestellt hast.«

Ihre Gastgeber waren angenehme Gesprächspartner, und das Abendessen war üppig und schmackhaft. Dennoch war Damaris erleichtert, als sie sich danach zurückziehen und in ihr Zimmer gehen konnte.

Da der nächste Tag Christi Himmelfahrt war, ging es erst gemeinsam in die Kirche. Danach konnten sie endlich den viel gerühmten Garten besichtigen.

Cop war nicht nur Gutsherr und Maler, sondern auch ein begabter Landschaftsarchitekt. Den Park, der in der Talmulde hinter Hestercombe House lag, hatte er höchstpersönlich geplant und entworfen. Er war im modernen arkadischen Stil gehalten, mit mehreren kleinen Seen, um die sich schmale Wege schlängelten, dazu blühende Frühlingswiesen voller summender Insekten. An vielen Stellen standen Bänke, von denen aus man den Ausblick genießen konnte. Hier und dort war der Garten mit Follies – dekorativen Zierbauten – geschmückt: Es gab einen kleinen Tempel, ein Mausoleum und weitere künstliche Ruinen.

Henry war hingerissen. Damaris konnte ihm kaum folgen, so schnell schritt er vor ihr aus. Auf einer Talseite stiegen sie einen gewundenen Pfad entlang eines dichten Lorbeergebüschs hinauf, der sich bald zu einer Art Tunnel verengte. Schon jetzt nahm Damaris ein stetig lauter werdendes Rauschen wahr. Oben angekommen, öffnete sich plötzlich der dunkle Tunnel, da hier ein großes Fenster in das Gebüsch geschnitten worden war. Sie blickten auf den gegenüberliegenden Hügel, wo sich eine wunderbare Kaskade von mehreren Wasserfällen aus dem Wald den Hügel hinunter ergoss und tosend in ein Wasserbecken stürzte.

Henry begeisterte sich nicht nur für die großartige Aussicht, sondern auch für das Gebäude auf dem bewaldeten Gipfel, das ihr Gastgeber sein »Hexenhaus« nannte. Es bestand aus Baumwurzeln und abgestorbenen Ästen, die ineinander verdreht waren, und hatte ein Strohdach und einen Kieselboden. Im Innern luden ein paar rustikale Sitze und Tische zum Verweilen ein. In eine Nische war eine Eule gemalt und in eine andere eine Katze.

»Ein ganz besonders bezaubernder Ort«, stellte Henry fest, während er um das Häuschen herumging. »Damaris, könntest du das auch festhalten?«

»Bin schon dabei«, murmelte sie, den holzgefassten Graphitstift in der Hand.

Zusammen mit dem Rauschen des Wassers, dem dunklen Wald und den fantasievollen Ornamenten des Hexenhauses hinter ihnen war dies in der Tat eine wundervoll poetische Szenerie.

Damaris verbrauchte Blatt um Blatt, um all die vielen wundervollen Dinge in diesem Garten einzufangen, die sich scheinbar mühelos zu einem vollendeten Ganzen zusammenfügten. Fast den ganzen Tag lang zeichnete sie, nur unterbrochen von diversen Auf- oder Abstiegen und kurzen Pausen.

Gegen Mittag ließen sie sich auf einer der vielen Bänke nieder und nahmen ein mitgebrachtes Picknick ein, während Henry sich einmal mehr in seiner Bewunderung für diesen Garten erging.

»Ich bin sehr froh, dass du mit mir gekommen bist«, sagte er zwischen zwei Bissen eines Braten-Sandwiches. »Ich wüsste gar nicht, wie ich diese Pracht nur mit Worten beschreiben sollte. Aber so habe ich Hoffnung, dass ich einige der Eindrücke, die ich hier gewonnen habe, auch in Heligan umsetzen kann.«

»Ich bin auch froh«, gestand Damaris. »Aber du willst ja kein zweites Hestercombe schaffen. Ich glaube, wir haben noch ein paar mehr Gärten auf unserer Liste.«

Er lachte. »In der Tat, liebe Cousine, das haben wir.«

Das Dinner am Abend fiel größer und üppiger als am Vortag aus, und Damaris war froh, dass sie neben ihrer Reisekleidung auch ein festliches Kleid in zartem Grün mitgenommen hatte. Außer ihren Gastgebern waren diesmal auch ein Neffe von Cop mit seiner Frau sowie ein weiteres Ehepaar zugegen.

Dem Feiertag entsprechend – es war Christi Himmelfahrt – gab es Geflügel: eine köstlich zubereitete Ente mit Frühlingsgemüse und zum Abschluss ein luftiges süßes Eiersoufflé. Nach dem Essen zogen sich die Herren zu Portwein und Pfeife zurück, während die Damen in den Salon wechselten.

Der Raum war hell und mit einigen bunten Gobelins geschmückt. Auf einem Tisch neben dem Fenster lag ein Stickrahmen, in den ein Stück Leinen eingespannt war, an dem die Hausherrin offensichtlich gerade arbeitete.

»Darf ich?«, fragte Damaris.

»Natürlich, meine Liebe, nur zu.«

Damaris trat näher. Sie war sehr angetan von der Nadelarbeit, einem kunstvollen Stillleben voller Blätter und Vögel – Fasane, Kiebitze und Goldammern vor einem hellen Hintergrund, so natürlich und lebendig, dass sie fast glaubte, einzelne Vogelstimmen zu hören.

Mrs Bampfylde – oder Mary, wie Damaris sie nennen sollte –, nahm ihr Lob mit bescheidener Zurückhaltung entgegen. Sie war eine mütterlich wirkende Frau von Anfang fünfzig, die mit ihrer Angewohnheit, ihr Gegenüber etwas kurzsichtig anzuschauen, an eine Taube erinnerte.

»Ach, das ist doch nichts«, sagte sie. »Aber es hilft, die Zeit zu vertreiben, wenn mein Mann wieder einmal in Bath oder London weilt. Nicht, dass wir uns falsch verstehen: Ich bin eine sehr glücklich verheiratete Frau. Aber manchmal wünschte ich mir, er wäre etwas öfter zu Hause. Und da uns leider keine Kinder vergönnt waren, musste ich mir eine andere Beschäftigung suchen.«

Aus dem Nebenraum drang das Lachen der Männer.

»Und wie sieht es diesbezüglich bei Ihnen aus, meine Liebe?«, fragte Mrs Tyndale, die Frau von Cops Neffen. »Haben Sie schon Pläne, sich zu verheiraten?«

Damaris bemühte sich um ein höfliches Lächeln und murmelte eine unverbindliche Antwort.

Das war seit Längerem ein Streitthema zwischen Harriet und ihr. Damaris brauche allmählich einen Ehemann, war Harriets Meinung, die vermutlich auch hoffte, dass sich auf dieser Reise endlich dafür die Gelegenheit ergab.

»Hatten Sie denn schon Ihre erste Saison, wo man Sie in die Gesellschaft einführt?«, erkundigte sich Mrs Tydale. »Ich stelle Sie mir ganz hinreißend in einem dieser schönen Ballkleider vor.«

»Oh, vielen Dank, Mrs Tydale. Ja, ich hatte sogar schon eine zweite. Wenn auch nicht in London, sondern in Truro, in Cornwall.«

»Tatsächlich? Und da war doch sicher der eine oder andere junge Mann an Ihnen interessiert?«

Damaris spürte, wie ihr das Blut ins Gesicht schoss. »Nun ja«, sagte sie. »Das schon. Aber ...« Sie stockte.

Passende Kandidaten hätte es schon gegeben. Die jungen Herren, die Interesse gezeigt hatten, waren durchweg wohlerzogen und freundlich gewesen, aber sie hatten nichts, was Damaris reizte. Und sie hatte ja Zeit. Sie war schließlich noch nicht einmal einundzwanzig.

Mary Bampfylde tätschelte ihre Hand. »Keine Sorge, meine Liebe. Sie sind jung. Der Richtige wird schon noch kommen.«

Damaris nickte stumm und zwang sich zu einem Lächeln.

Der Richtige war schon da gewesen. Vor vier Jahren.

13

ALLIE

Heligan House, Mai 1785

Der neue rollende Stuhl hatte unbestreitbar Vorteile, befand Alison Tremayne. Er war nicht nur größer und schöner als sein Vorgänger, sondern auch wendiger und robuster. Und das Beste war: Die beiden großen Räder an den Seiten konnte sie nun selbst mit den Händen bedienen und war daher nicht mehr ständig auf die Hilfe eines anderen Menschen angewiesen. Henry hatte ihr den Stuhl kurz vor seiner Reise geschenkt, zu ihrem elften Geburtstag. Es war auch höchste Zeit – allmählich wurde sie zu groß für den alten Stuhl. Dazu hatte es auch noch ein Paar fester Lederhandschuhe gegeben, damit ihre Hände keinen Schaden an den Rädern nehmen konnten.

Dennoch war es ohne Damaris langweilig geworden. Natürlich gab es immer noch viel, das sie tun konnte – oder vielmehr tun sollte. Täglich kam Mr Doyle, der Hauslehrer, zu ihr und unterrichtete sie in Mathematik, Geschichte und englischer Literatur. Und jeden Mittwoch gab sich Madame LeTallec die Ehre, um mit ihr französische Konversation zu üben.

Allie hatte es auch schon mit dem Zeichnen versucht, aber sie war bei Weitem nicht so gut darin wie Damaris und hatte auch nicht die Geduld dazu. Das Sticken fiel ihr etwas leichter, allerdings tat sie es nicht wirklich gern. Viel lieber war sie in der Bibliothek, um sich neue Lektüre auszusuchen, doch das erlaubte Cousine Harriet ihr erst, wenn sie ihre anderen Pflichten erledigt hatte.

Seit Damaris fort war, war Harriet ihr zu einer Art Ersatzmutter geworden, auch wenn Henrys Frau um einiges strenger war als ihre Schwester. Aber Harriet war von schwacher Konstitution und blieb oft in ihrem Zimmer, um sich auszuruhen. Allie dagegen erfreute sich bester Gesundheit. Sie konnte zwar nicht laufen, aber das war auch alles. Und jetzt hatte sie ja ihren neuen, wendigen rollenden Stuhl, mit dem sie sogar nach draußen und auf den breiten Wegen um das Haus herum die Umgebung erkunden konnte.

Harriet und auch Damaris hatten darauf gedrungen, dass sie sich nicht ohne Begleitung im Freien aufhielt. Sie sollte immer einen der Diener oder ein Hausmädchen mitnehmen, die den Stuhl zur Not schieben oder ihr anderweitig helfen könnten. Allie hatte schweren Herzens zugestimmt – die Aussicht, überhaupt herauszukommen und sich halbwegs frei bewegen zu können, überwog alles andere. Auch wenn sie lieber ganz allein gewesen wäre und sich nicht wie ein Kleinkind hätte gängeln lassen müssen.

Es war so sonnig wie schon an den vergangenen Tagen, und Allie saß in ihrem rollenden Stuhl und wartete auf Sarah. Das Hausmädchen hatte sie auch schon zuvor bei ihren kleinen Ausflügen rund um das Haus begleitet. Im Obstgarten unterhalb des Parterre Gartens blühten die Apfelbäume, ein Distelfinkpärchen flog zwitschernd von Baum zu Baum. Von irgendwoher wehte ein süßer Duft heran.

Über Allie spannte sich ein klarer blauer Himmel. In den letzten Wochen hatte es kaum geregnet, die Wege waren nicht so verschlammt wie sonst um diese Jahreszeit. Gut möglich, dass sie mit Sarah sogar ein bisschen weiter fahren konnte als sonst.

Aber Sarah kam nicht. Allie nahm einen Fuß von der Stütze und scharrte ungeduldig auf dem Kies vor dem Haus. Wo blieb das junge Ding denn? Wusste Sarah denn nicht, wie kostbar ihr diese kleinen Ausflüge waren?

Die Dienerschaft war etwas nachlässiger geworden, seit der Hausherr unterwegs war. Sollte sie nachfragen? Aber damit riskierte sie, dass die junge Frau Ärger bekam, und das wollte Allie natürlich vermeiden. Sie wusste, dass Sarah noch viele andere Aufgaben hatte und dass ihr Allies Betreuung zusätzlich aufgebürdet worden war.

Ein paar Minuten wartete sie noch, dann nickte sie entschlossen und griff nach ihren Handschuhen, die in ihrem Schoß lagen. Nun, dann würde sie sich eben allein ein wenig umschauen. Der neue Stuhl war schließlich dafür gemacht, dass sie ihn selbst bedienen konnte.

Sie schlüpfte in die Handschuhe, drehte die großen Räder, die rechts und links am Stuhl angebracht waren, und rollte los.

Sie fuhr ein bisschen auf dem Weg spazieren, der vor dem Haus verlief, dann weiter zu den Stallungen, wo sie beobachtete, wie zwei Knechte die Pferde striegelten.

Sie steuerte den Stuhl weiter bis zu der Biegung, von wo aus sie das Haus nicht mehr sehen konnte. Aus dem dicht bewaldeten Tal stieg eine dünne Rauchfahne auf. Dort unten war sie noch nie gewesen. Wenn Damaris mit ihr an die Küste gegangen war, hatten sie stets einen anderen Weg genommen.

Sie hätte so gern wieder einmal das Meer gesehen.

Sie fuhr noch ein Stück vor, bis dahin, wo der Weg ein wenig abschüssig wurde. Der Stuhl bewegte sich wie von selbst weiter. Aber sie würde schon aufpassen. So schwer war es sicher nicht anzuhalten.

Doch zu ihrem Schrecken gelang es ihr nicht. Der Stuhl rollte immer weiter den Weg hinunter. Nicht übermäßig schnell, aber doch schnell genug. Allie versuchte, die Räder mit ihren behandschuhten Händen etwas abzubremsen, zog sie aber hastig zurück, um sich nicht zu verletzen – das war zu gefährlich. In ihrer Not nahm sie den rechten Fuß von der Stütze und ließ ihn über den Boden schleifen.

Ja, das war schon besser. Sie kam zwar nicht zum Stehen, aber es gelang ihr zumindest, den Stuhl etwas zu verlangsamen. Und zu lenken, wie sie merkte. Wenn sie sich leicht nach rechts lehnte, steuerte sie nach rechts. Wenn sie sich nach links lehnte, ging es leicht nach links.

So schlimm war das gar nicht. Im Gegenteil, es machte sogar Spaß! So schnell war sie noch nie gewesen! Es fühlte sich fast an, als würde sie fliegen. Rechts und links huschte die grüne, blühende Natur vorbei, neben ihr drehten sich die Räder auf dem trockenen Untergrund.

Dann wurde der Weg wieder etwas ebener, der Stuhl wurde langsamer und blieb dann ganz stehen. Fast war Allie enttäuscht. Aber nur fast.

Sie drehte den Kopf. Hinter sich sah sie den tief eingeschnittenen Weg, den sie hinuntergerollt war und der gesäumt war von hellgelben Schlüsselblumen und roten Lichtnelken.

Ob sie da je wieder hochkam?

Sie drehte den Stuhl, legte die Hände um die Räder und schob mit aller Kraft nach vorn, den Weg hinauf. Ein paar Yards weit kam sie, dann hielt sie erschöpft inne und ließ die Räder los. Der Stuhl rollte ein wenig zurück, bis er wieder zum Stehen kam.

Allein kam sie also nicht mehr zurück. Ausgeschlossen.

Nun, dann würde sie sich eben hier unten Hilfe suchen. Irgendwo auf Henrys weitläufigem Anwesen würde es sicher jemanden geben, der ihr helfen könnte. Hier wohnten schließlich auch Pächter und ein paar seiner Angestellten. Hatte sie vorhin nicht einen dünnen Rauchfaden aufsteigen sehen?

Der Weg führte zur Linken in den Wald hinein. Der Alte Wald, wie ihn Sarah einmal genannt hatte, deren Familie schon lange in der Gegend lebte. Ein schmaler Pfad kreuzte den Weg, im getrockneten Schlamm konnte Allie Spuren von Hufeisen erkennen. Hier waren Reiter unterwegs gewesen. Kurz entschlossen packte sie die Räder ihres Stuhls und rollte los.

Schön war es hier. Und ein wenig kühler und auch feuchter als oben auf dem Hügel. Links neben dem Weg konnte sie es glitzern sehen, dort war vermutlich ein kleiner Teich oder ein schmaler Bach.

Die hellgrünen Baumkronen raschelten im leichten Wind. Über sich hörte Allie vielfältige Vogelstimmen, darunter den lauten, lachenden Ruf des Grünspechts. Wie lange hatte sie ihn nicht mehr gehört! Früher hatte ihre Mutter sie und Damaris oft in den Wald mitgenommen und ihnen all die Wunder der Natur gezeigt und erklärt.

Entlang des Weges standen viele schöne große Bäume. Allie erkannte Eichen, Buchen und Kastanien. Der gesamte Waldboden war bedeckt von einem dichten Teppich blauer Blüten, die einen süßen Duft verströmten. Viele Hunderte, nein, Tausende Stängel nickender blauer Blumen drängten sich unter dem Blätterdach, ein Meer von Violett und Blau. Es war atemberaubend. Allie hielt an und ließ das alles auf sich wirken: den melodischen Klang der Vogelstimmen, den Duft und die leuchtenden Farben der Blumen.

Glockenblumen, fiel Allie aus irgendeinem Winkel ihres Gedächtnisses ein. Auch Hasenglöckchen genannt. Oder Feenblumen. Ja, Feenblumen gefiel ihr am besten. Irgendwo hatte sie einmal eine Zeichnung gesehen, in der eine Fee eine dieser blauen Blütenglocken als Hut getragen hatte.

Dicke Hummeln und ein paar Bienen flogen von Blüte zu Blüte. Und inmitten des blau-violetten Blumenteppichs, nahe einer kleinen Senke, schauten die aufrecht stehenden Ohren eines Kaninchens hervor. Ein Kaninchen! Allie hatte schon lange kein Kaninchen mehr in freier Wildbahn gesehen, immer nur gezeichnet oder zum Essen auf dem Tisch. Es war so niedlich und flauschig!

Sie griff wieder an die Räder und rollte nach vorn, vom Weg herunter und auf das Kaninchen zu.

Der Untergrund war hier viel weicher und feuchter. Und dann ging es plötzlich nicht mehr weiter. Der rollende Stuhl steckte fest.

Das Kaninchen hob den Kopf, sah sie einen langen Augenblick aus dunklen Knopfaugen an und sprang dann mit weiten Sätzen durch die blaue Blumenpracht davon.

Allie versuchte, die Räder zu drehen. Es ging nicht.

Warum ließen sich diese vermaledeiten Dinger von Rädern nicht mehr drehen? Sosehr sie auch versuchte, die metallbeschlagenen Reifen zu bewegen, um aus dem Schlamm zu rollen – vergeblich.

War der Stuhl jetzt etwa kaputt? Der neue, schöne Stuhl? Allie schimpfte auf sich selbst. Was hatte sie sich nur dabei gedacht?

»Verdammter Mist«, murmelte sie, das stärkste Schimpfwort, das sie kannte. Sie hatte es einmal von einem Pferdeburschen aufgeschnappt, dem ein Kübel mit Jauche umgefallen war. Gut, dass Harriet nicht da war, die hätte ihren Ohren nicht getraut. Andererseits, wenn Harriet hier wäre, würde sie erst gar nicht in einem solchen Schlamassel stecken.

Aber es konnte doch wohl nicht angehen, dass sie hier festsaß. Sie war eine Tremayne, das war ja zu peinlich!

Vielleicht würde es gehen, wenn sie ganz vorsichtig vor und zurückfuhr. Ja, das funktionierte. Zumindest ein bisschen. Ein paar Inches vor, und ein paar wieder zurück. Leider auch nicht mehr.

So oft sie auch vorwärts und wieder zurückfuhr und mit aller Kraft die Räder nach vorn drückte – sie manövrierte sich nur noch tiefer in den Untergrund.

So ein verdammter Mist!

Vielleicht, wenn sie sich aus dem Stuhl fallen ließ und diesen dann liegend Stück für Stück vorwärtsschob … Aber nein, das verbot ihr ihre Selbstachtung. Der Länge nach auf dem feuchten Waldboden zu liegen war dann doch unter ihrer Würde.

Es blieb ihr nichts anderes übrig. Sie würde wohl oder übel in den sauren Apfel beißen und um Hilfe rufen müssen.

»Hallo«, rief sie.

Es tat sich nichts. Natürlich.

»Hallo«, rief sie etwas lauter. Und noch einmal. »Hallo, hört mich jemand?«

Immer noch nichts.

Sie holte gerade wieder Luft, als ihr der Ruf in der Kehle stecken blieb: Neben ihr, keine zwei Schritte entfernt, war ein großer Hund aufgetaucht. Was hieß hier groß – der Hund war riesig. Eine Dogge, schwarz wie die Nacht und so hochbeinig, dass sie Allie in ihrem rollenden Stuhl um einige Inches überragte.

Allies Magen begann zu flattern. Und jetzt sah sie auch noch einen zweiten Hund, etwas weiter entfernt. Schwarz-weiß gefleckt, ein bisschen kleiner, aber kaum weniger Furcht einflößend.

»Geh weg!«, sagte sie mit so fester Stimme, wie ihr möglich war. Sie hatte einmal gehört, dass Hunde riechen konnten, wenn man Angst hatte. Und ja, sie hatte Angst.

Aber so leicht würde sie sich nicht geschlagen geben.

Das Tier kam näher.

»Braver … Hund«, sagte Allie mit zitternder Stimme. »Braver Hund.« Sie streckte eine Hand aus, die merklich bebte.

Der Hund stieß einen Ton aus. War das ein Knurren? Sicher roch er ihre Angst.

Und dann stellte sich die schwarze Dogge auf die Hinterbeine und legte Allie die schweren Vorderläufe auf die Schultern. Einer rechts, der andere links. Der riesige dunkle Hundekopf war jetzt über ihr, über ihrem Gesicht, sie konnte seinen strengen Atem riechen und die hängenden Lefzen aus nächster Nähe sehen.

Vermutlich würde das Tier ihr gleich den Kopf abbeißen.

Noch nie in ihrem Leben hatte sie eine solche Angst gehabt. Jetzt schluchzte sie doch auf, sosehr sie das auch vermeiden wollte.

»Mum … Hilf mir. Bitte, hilf mir …!«

Ein durchdringender Pfiff ertönte, und sofort zog sich der Hund von ihr zurück.

Allie schluchzte schon wieder, aber diesmal vor Erleichterung. Er war fort! Sie würde also doch nicht sterben!

Sie sah auf. Vom Weg her kam langsam ein Mann auf sie zu. Er trug einen langen Mantel mit Schultercape, und es brauchte ein paar Augenblicke, bis Allie ihn erkannte.

Natürlich. Der neue Wildhüter.

»Mr Harrington«, brachte sie hervor. »Sie sind es.«

Der Bucca. Der Mann, den Damaris und sie damals am Strand gefunden hatten.

Er wandte kurz den Kopf. »Ares, Hera, hierher!« Die Hunde gehorchten sofort und setzten sich neben ihn, die Augen auf Allie gerichtet. »Was tun Sie hier, Miss Tremayne? Dieses Gelände ist nicht für einen rollenden Stuhl gemacht.«

»Das ist mir auch klar«, gab sie ein wenig hochnäsig zurück. Jetzt, ohne ihre ältere Schwester, war *sie* Miss Tremayne. Und da die unmittelbare Gefahr gebannt war, gewann sie auch ihre Fassung zurück. »Ich wollte ja auch gar nicht bis hier runter, aber dann ist der Stuhl immer weitergerollt. Und dann … dann war da ein Kaninchen.«

»Ein Kaninchen.« Aus seiner unbewegten Miene konnte sie nichts lesen. »Wegen eines Kaninchens haben Sie den Weg verlassen?«

»Ja. Und dann ging es plötzlich nicht mehr weiter. Ich bin nicht sicher, aber vielleicht ist ein Rad gebrochen.«

Er antwortete nicht. Die Hunde hechelten leise.

Sie räusperte sich. »Könnten Sie … Wären Sie vielleicht so freundlich, mir hier herauszuhelfen?«

Für einen weiteren, unendlich langen Moment rührte er sich nicht. In Allie stieg leichte Panik auf. Er würde sie doch nicht einfach hier zurücklassen? Dann trat er hinter sie und zog ihren Stuhl aus dem weichen Boden. Zu Allies Erleichterung drehten sich die Räder noch, wenn auch etwas ungleichmäßig.

Er schob sie zurück auf den Weg, wo er stehen blieb und neben ihr in die Knie ging, um sich den rollenden Stuhl näher anzuschauen.

»Ist er kaputt?«, fragte sie besorgt. »Kann man ihn reparieren?«

»Da ist nichts gebrochen«, sagte er zu Allies Erleichterung. »Allerdings sind die Räder voller Erde, und unter dem Metallbeschlag haben sich ein paar Steinchen verfangen.«

»O Gott«, murmelte Allie. »Harriet wird mich umbringen.«

Sie sah ihn an, aber er sagte nichts. Warum reagierte er nicht auf ihren subtilen Hinweis? Nun, dann musste sie wohl etwas deutlicher werden.

»Sie müssen mir helfen.«

»Das habe ich doch schon.«

Das war doch einfach nicht zu fassen! »Ich meinte … noch einmal helfen. Ich kann so nicht nach Hause.«

»Ich bin nicht Ihr Dienstbote. Ich arbeite für den Squire, für sonst niemanden.«

»Ja. Natürlich. Aber bitte, Mr Harrington. Ich schaffe das nicht allein.«

»Sie wollen also, dass ich Ihnen helfe?«

»Ja. Ja, das wäre sehr nett von Ihnen.«

Einen endlos langen Moment schien er zu überlegen. Dann nickte er.

14

ALLIE

Heligan Gardens, Mai 1785

Mr Harrington brachte sie bis zu seiner Hütte auf einer Lichtung im Wald, die ein strohgedecktes Dach hatte, aus Steinen, Holz und Flechtwerk erbaut war und noch ziemlich neu aussah. Allie blieb draußen, während er die Tür öffnete und kurz darauf mit einem Stuhl herauskam, den er neben sie stellte.

»Wie heißt das Pferd?«, fragte sie und deutete auf die Apfelschimmelstute, die in einem kleinen Verschlag neben der Hütte stand.

»Silver«, sagte er. »Sie müssen aussteigen. Können Sie das allein?«

Allie nickte. »Aber es ist einfacher, wenn Sie mir helfen.«

Sie ließ sich von ihm aus dem rollenden Stuhl heben und in den anderen Stuhl setzen.

»Sie sind nicht gelähmt«, stellte er nach einem langen Blick auf sie fest. »Warum können Sie dann nicht laufen?«

Allie seufzte. »Das ist schon so, seit ich noch ganz klein war. Die Ärzte nennen es die englische Krankheit.«

Sie sah ihm zu, als er Werkzeug holte, die Räder ihres rollenden Stuhls abschraubte und an das große Wasserfass neben der Hütte lehnte.

Die kleinere Dogge, ein Weibchen, hatte sich vor das Fass gelegt, während der Rüde noch stand, offenbar unschlüssig. Als er sich ihr näherte, rutschte Allie auf dem Stuhl ein Stückchen nach hinten, ihr Herz schlug laut. Sie hatte zwar gemerkt, dass die Hunde friedlich waren und aufs Wort gehorchten, aber die schiere Größe dieses Tieres schüchterte sie dennoch ein.

Der Hund schnüffelte an ihrem Rock, und Allie konnte seinen warmen Atem an ihren Beinen spüren. Dann kam er noch etwas näher – und legte seinen großen schwarzen Kopf in ihren Schoß.

Sie hielt die Luft an und stieß einen überraschten Ton aus.

»Ares, zurück!«, kam es von Mr Harrington.

Der Hund schreckte auf, zog seinen Kopf aber gehorsam von Allies Schoß und trat einen Schritt zurück. Trotz seiner einschüchternden Größe musste Allie lachen, als sie das Hundegesicht sah, das sie eindeutig enttäuscht anblickte.

»Lassen Sie ihn doch«, sagte sie. »Ich glaube, er mag mich.« Ihre Angst war verflogen.

Mr Harrington sah sie einen Moment skeptisch an, dann erlaubte er dem Hund mit einer kurzen Handbewegung, zu Allie zurückzukehren. Sie hätte schwören können, dass ein erleichtertes Lächeln über das schwarze Hundegesicht ging, als Ares ihr abermals seinen Kopf in den Schoß legte.

Vorsichtig hob sie eine Hand und senkte sie ebenso vorsichtig auf den Hundekopf. Ein kräftiges Schwanzwedeln der langen Rute war die Folge. Sie begann, das Tier sanft hinter einem der weichen Schlappohren zu kraulen. Kurz darauf ertönte ein leises, zufriedenes Brummen aus Ares' Kehle. Die Hündin neben dem Wasserfass spitzte die Ohren und beäugte sie wachsam.

Während Allie die Dogge streichelte, beobachtete sie Mr Harrington. Er hatte seinen Mantel ausgezogen und war nun dabei, das erste der abgeschraubten Räder von den darin verfangenen Steinchen zu befreien und es mithilfe eines nassen Lappens zu säubern.

Auch wenn es schon vier Jahre her war, so konnte sie sich noch gut daran erinnern, wie sie ihn nach dem Schiffbruch am Strand gefunden hatten. War es nicht Ironie des Schicksals, dass ausgerechnet er jetzt Ashcrofts Position innehatte?

»Sie wollten damals doch fortgehen«, sagte sie. »Warum sind Sie geblieben?«

Er hob die Schultern. »Weil ich nicht wirklich wusste, wo ich sonst hinsollte. Weil Henry mich überredet hat. Und weil ich meine Schulden ihm gegenüber zurückzahlen wollte.«

Er war mit Henry per Du? Interessant.

»Henry hat Sie überredet?«

Er nickte und wusch den Lappen aus. »Nach Ashcrofts Tod musste der Posten des Wildhüters neu besetzt werden. Und als ich zuerst abgelehnt habe, brachte Henry noch zwei triftige Argumente vor.«

»Gleich zwei? Welche denn?«

Er begann, sich dem zweiten Rad zu widmen. »Eines von ihnen hat gerade seinen Kopf in Ihrem Schoß. Die beiden waren damals noch sehr jung, und …«

»Die Welpen!«, unterbrach Allie ihn. Ihr fiel es wie Schuppen von den Augen. »Natürlich! Das sind die beiden Hunde, die ich als Welpen gesehen habe!« Sie blickte wieder auf den riesigen Hundekopf, der sie von unten selig beäugte. »Ja! Damaris und ich haben die beiden in ihrem Korb gesehen. Als sie gebracht wurden. Ich habe sie damals rausgenommen und sie gestreichelt.« Sie blickte mit neuer Zuneigung auf den Hund. »Ob sie sich an mich erinnern?«

»Vermutlich. Hunde haben ein gutes Gedächtnis.«

»Dann sind die beiden also Wurfgeschwister.« Allie fuhr fort, den Hund zu kraulen. »Wo kommen sie her? Gibt es noch mehr Geschwister?«

»Das weiß ich nicht, Miss Tremayne.«

»Miss Tremayne«, wiederholte sie gestelzt. »Wie das klingt. Können Sie nicht einfach Allie und Du sagen, so wie meine Schwester oder Cousin Henry das tun?«

»Ich gehöre nicht zur Familie.«

»Mit Henry duzen Sie sich doch auch.«

Er ließ den Lappen sinken, und erstmals sah sie den Anflug eines Lächelns bei ihm. »Sie sind eine kleine Nervensäge, Miss Tremayne.«

Auch Allie lächelte. »Ich weiß. Das sagt Damaris auch immer.«

Er nickte. »Also gut. Aber gleiches Recht für beide.«

Allie wurde ganz warm ums Herz. Er bot ihr ebenfalls das Du an? Ein erwachsener Mann? Sie nickte, plötzlich schüchtern.

Er fischte von irgendwo ein sauberes Tuch hervor, wischte sich die Hände daran ab und hielt ihr seine Rechte entgegen.

»Julian.«

Sie zog ihren rechten, nicht mehr sauberen Handschuh aus und ergriff seine Hand.

»Allie.«

Sie kam sich plötzlich sehr erwachsen vor. Mit einem neuen Gefühl von Wichtigkeit sah sie sich um, dann deutete sie auf die Hütte.

»War das Ashcrofts Hütte?«

»Glaubst du wirklich, ich würde in das Heim des Mannes einziehen, der meine Familie auf dem Gewissen hat?« Er schüttelte den Kopf. »Nein, Ashcrofts Hütte wurde kurz nach seiner Hinrichtung abgerissen. Das hier ist eine neue. Ich habe sie selbst gebaut.«

Er schraubte die Räder wieder an, dann verschwand er im Inneren und erschien kurz darauf mit einem Fläschchen Waffenöl.

Die Tür stand offen. Allie konnte den vorderen, spärlich möblierten Raum sehen und ein paar Regalbretter, die sich an den Wänden entlangzogen – hoch genug, dass die Hunde sie nicht abräumen konnten. Auf einem Brett standen mehrere Bücher, daneben lag ein kleiner Stapel weiterer Titel.

»Sind die aus Henrys Bibliothek?«

Julian, der inzwischen dabei war, die Räder zu ölen, hob kurz den Kopf und nickte.

»Du liest viel, nicht wahr?« Sie wartete seine Antwort nicht ab, sondern fuhr fort: »Genau wie ich.« Sie deutete auf das Regal mit den Büchern. »Welches sind die gelesenen?«

Er stieß einen lang gezogenen Seufzer aus und drehte an einem der Räder. »Wo ist eigentlich deine Schwester, der du auf die Nerven gehen kannst?«

Allie bemühte sich um ein überlegenes Gesicht. »Damaris ist mit Henry unterwegs. Auf einer Grand Tour. Weißt du, was das ist?«

»Ich bin kein Dummkopf. Natürlich weiß ich, was eine Grand Tour ist.«

»Und was?«

Sein Blick hätte Milch gerinnen lassen können. »Eine Bildungsreise. Reiche junge Männer reisen herum und schauen sich Kultur an.«

Allie war beeindruckt.

»Aber Cousin Henry ist nicht mehr jung, und er muss sich auch nicht mehr bilden«, sagte sie. »Er will viele Gärten besuchen, um dann seinen eigenen zu gestalten. Und Damaris begleitet ihn dabei.«

Sie sah ihm zu, wie er beide Räder ein letztes Mal justierte.

»Fertig.«

Julian richtete sich auf, und fast sofort erhoben sich auch die Hunde. Allie war überrascht, wie leicht sie sich plötzlich fühlte, als Ares' großer Kopf nicht mehr in ihrem Schoß lag. Gleichzeitig war sie enttäuscht.

Julian rollte den Stuhl neben sie. »Brauchst du Hilfe?«

Sie schüttelte den Kopf. »Lass es mich allein versuchen. Es reicht, wenn du den Stuhl ganz nah neben mich stellst.«

Sie schämte sich ein bisschen, als sie unter seinem wachsamen Blick etwas ungelenk auf ihren rollenden Stuhl wechselte. Aber dann saß sie wieder auf der gepolsterten Sitzfläche, und es fühlte sich tröstlich vertraut an.

Die Hunde begleiteten sie, als Julian sie durch den Wald bis zu der Stelle schob, wo der Weg wieder nach oben führte.

»Auf Wiedersehen«, sagte er dort. »Und pass bei deinem nächsten Ausflug auf, wohin du fährst.«

Wie bitte? »Aber ... ich kann da nicht allein hoch!«, protestierte sie.

»Warum? Du bist doch auch allein runtergekommen.«

»Aber das war abschüssig, und ich bin gerollt. Ich wollte doch gar nicht hierher.«

»Nein?«

»Du musst mich hochschieben. Allein schaffe ich das nicht.«

»Ich muss?«

»Ja. Es sei denn, du willst, dass ich hier unten bleibe.«

Er reagierte nicht, und in Allie kroch ein Anflug von Besorgnis hoch. Er würde sie doch nicht wirklich hier zurücklassen?

Dann verstand sie. Er sei nicht ihr Dienstbote, hatte er vorhin gesagt. Und was tat sie? Sprach mit ihm wie mit einem Dienstboten.

»Bitte«, sagte sie. »Bitte, Julian, ich ... Es wäre sehr nett von dir, wenn du mir noch mal helfen würdest.«

Er sagte nichts, nickte nur und trat hinter sie. Dann spürte sie, wie ihr rollender Stuhl sich in Bewegung setzte. Aufwärts, in Richtung Herrenhaus. Na also. Allie entspannte sich – und konnte ein kleines, triumphierendes Lächeln nicht zurückhalten.

Er schob sie eine Weile schweigend, während die Hunde neben ihnen herliefen. Allie sog die Umgebung in sich auf, die blühenden Wiesen und die hellgrün belaubten Kastanienbäume, zwischen deren Blättern weiße Dolden wie kleine, mit Pollen beladene Trauben hingen, die von zahlreichen summenden Insekten umschwärmt wurden.

Kurz vor der Biegung, wo der Weg eben wurde, blieb Julian stehen und trat neben sie. »Ab hier schaffst du es allein.«

»Willst du denn nicht mitkommen bis zum Haus?«

Er hob eine Augenbraue. »Ich dachte, du wolltest nicht, dass jemand von deinem kleinen Ausflug erfährt.«

»Oh ja, stimmt.« Sie sah von unten zu ihm auf. »Vielen Dank, Julian. Das war wirklich sehr nett von dir. Und … ich würde mich freuen, wenn wir uns demnächst wiedersehen würden.«

Sie glaubte, ein winziges Lächeln zu sehen.

»Das werden wir«, sagte er. »Da bin ich mir ziemlich sicher.«

15

DAMARIS

Hestercombe House, Somerset, Mai 1785

Henry und Damaris hielten sich ein paar Tage länger als geplant in Hestercombe auf. Cop hatte sie gedrängt, wenigstens noch bis zum Sonntag zu bleiben, was Henry nach kurzem Zögern angenommen hatte. Damaris war es nur recht. So hatte Henry mehr Zeit für den Garten und sie mehr Zeit zum Zeichnen. Außerdem hatte sie genau wie Henry den großen, fröhlichen Hausherrn ins Herz geschlossen, und die Gespräche mit ihm waren immer höchst erquicklich. Auch Mary Bampfylde freute sich über ihre Gesellschaft, vor allem über die von Damaris, und als sie abfuhren, musste Henry hoch und heilig versprechen, bei ihrer Rückreise noch einmal vorbeizuschauen.

Mitte Mai, eine gute Woche später, waren sie in Park Place in Berkshire, nicht weit von London entfernt. Hier wurden sie äußerst freundlich von General Conway empfangen, dem ehemaligen Gouverneur von Jersey.

Conways prachtvolles Herrenhaus lag, umgeben von Gärten und Gartenterrassen, auf einem Hügel über der Themse, von wo aus man gut auf die kleine Stadt Henley sehen konnte. Wälder umgaben ein paar offene Rasenflächen, und zum Süden hin ging es direkt in eine Wildnis, die von zwei sich kreuzenden Wegen durchquert wurde. Diese Anlage war ganz nach Henrys Geschmack. Besonders beeindruckt war er von den steinernen Follies, die antiken Tempeln nachgebildet waren.

Ihr Gastgeber führte sie auch durch einen unterirdischen Gang, der fast zweihundert Yards lang war, und über einen sanften Hang bis hinunter in ein mit Zypressen bepflanztes Tal. Dort standen sie vor den Überresten eines alten römischen Amphitheaters. Damaris fühlte sich nach Griechenland oder Italien versetzt, von denen sie Bilder gesehen hatte.

Das gesellschaftliche Leben in Park Place war um einiges anspruchsvoller als in Hestercombe. General Conway unterhielt sie einen ganzen Abend lang, indem er höchst kunstvoll aus Shakespeares Werken vorlas und rezitierte, was Damaris anfangs als unterhaltsam, mit zunehmender Länge allerdings als recht ermüdend empfand. Einen Tag später veranstaltete Conways Gemahlin, Lady Ailesbury, einen Opernabend, bei dem eine begabte Sängerin Arien und Volkslieder zum Besten gab. Und für Pfingsten hatten ihre Gastgeber einen großen Ball geplant, zu dem General Conway viele angesehene Leute aus der Nachbarschaft geladen hatte.

Damaris ließ sich schwer atmend auf einen Stuhl sinken. Ihr Gesicht glühte, und sie wedelte sich mit einem Fächer Luft zu. Dankbar nahm sie ein Glas Zitronenlimonade entgegen, das ihr Lieutenant Bradley brachte, und trank durstig. Bradley war ein mit General Conway befreundeter Offizier, mit dem sie gerade getanzt hatte.

»Amüsieren Sie sich, Miss Tremayne?«, fragte der Lieutenant und zog seine Uniformjacke glatt, die vom Tanz ein wenig derangiert war.

Sie nickte und stellte das Glas auf einen kleinen Tisch neben sich. »Außerordentlich. Ich hatte schon lange nicht mehr so viel Spaß.«

Bradley räusperte sich. »Sie sind bezaubernd, wenn ich das so sagen darf, Miss Tremayne.«

»Finden Sie?« Damaris strahlte ihn an. Sie hatte vor der Limonade schon etwas Punsch getrunken, und ihr war ein wenig schwindelig. Aber nur ein wenig. Die vielen Lichter, die Musik, der Tanz, der nette, gut aussehende Mann an ihrer Seite – sie fühlte sich einfach wunderbar.

Er beugte sich etwas näher zu ihr. »Ich hoffe, wir können unsere Bekanntschaft demnächst noch etwas vertiefen«, sagte er leise.

Sie nickte. »Mit dem größten Vergnügen, Lieutenant Bradley.«

»Bitte, sagen Sie doch Ian zu mir.«

»Sehr gern, Ian.«

»Sie entschuldigen mich für einen Augenblick? Ich muss leider für ein paar Minuten etwas mit General Conway besprechen.«

Sie legte den Kopf schräg und lächelte. »Sofern Sie wiederkommen und noch einmal mit mir tanzen.«

»Wie könnte ich einer solch charmanten Aufforderung widerstehen?« Er verbeugte sich kurz und ging dann durch den Saal zur Tür.

Damaris sah ihm hinterher. Henry, der in ihrer Nähe am Rand des Tanzsaals stand, fing ihren Blick auf und zwinkerte ihr zu. Sie lächelte zurück. Ja, dieser Aspekt ihrer Reise fühlte sich gerade sehr gut an.

Damaris trank den Rest Limonade und fächelte sich erneut Luft zu. Als die Musiker zu einer beschwingten Weise aufspielten, ließ sie den Fächer sinken und stand auf.

»Komm«, sagte sie lachend und griff nach Henrys Hand. »Tanz mit mir!«

Normalerweise war sie nicht so übermütig. Aber Henry war ihr Cousin, der Abend wunderbar, und sie hatte sich schon lange nicht mehr so gut amüsiert.

Henry ließ sich – wenn auch ein wenig widerstrebend – von ihr auf die Tanzfläche ziehen, für die man die Möbel und den Teppich im großen Saal beiseite gerückt hatte. Sie nahmen Aufstellung für einen weiteren Contredanse, bei dem man sich paarweise gegenüberstand, die Herren auf der einen und die Damen auf der anderen Seite.

Sie tanzte viel an diesem Abend, mit Henry, aber vor allem auch mit Lieutenant Bradley. Als es später wurde und Damaris die Füße wehtaten, setzte sie sich an einen Tisch in einer ruhigen Ecke, wo sie einen guten Blick auf die Tanzfläche hatte. Dort saß bereits Mrs Taylor, die sie am Abend kennengelernt hatte.

»Ach, dieser Abend ist einfach zu schön«, sagte Mrs Taylor. Aus ihrer hochtoupierten Perücke schienen ein paar bunte Federn zu wachsen. »Wenn es nach mir ginge, könnte ich die ganze Nacht durchtanzen. Zu schade, dass wir gleich aufbrechen und nach Hause zurückkehren müssen. Mein Mann ist leider kein Freund solcher Lustbarkeiten.« Sie blickte sich suchend um. »Ich warte nur noch auf Mr Brooks und seine Gattin, mit denen wir fahren werden.«

»Nun«, sagte Damaris. »Dann habe ich ja Glück, dass ich hier übernachten kann.«

»Sie übernachten hier?« Mrs Taylor klang besorgt. »Dann hoffe ich, dass Sie nicht dem Geist begegnen.«

»Welchem Geist?«

»Haben Sie denn nicht gehört, dass es in Park Place spuken soll?«

»Es soll hier spuken?« Damaris machte große Augen. Davon hatte sie in den vergangenen Nächten hier nichts bemerkt.

»Ja, es heißt, hier ginge ein Geist um. Der Geist einer Giftmörderin, die vor ein paar Jahrzehnten in der Nähe gehängt wurde.«

Damaris überlief ein Schauer. Nicht wirklich unangenehm, eher von wohligem Grusel.

In diesem Moment kam Mrs Brooks, eine füllige Matrone, zu ihnen und ließ sich auf den letzten freien Platz sinken.

»Mein Mann möchte noch seine Partie Whist zu Ende spielen, hat er mir gerade ausrichten lassen. Wir haben also noch etwas Zeit, bevor wir aufbrechen müssen.« Sie nahm sich ein Stück Konfekt von der auf dem Tisch stehenden Etagère.

»Oh, das trifft sich gut«, sagte Mrs Taylor. »Ich wollte nämlich gerade Miss Tremayne von Mary Blandy und ihrem unrühmlichen Ende erzählen.« Sie wandte sich an Damaris. »Vorausgesetzt natürlich, Sie wollen es hören.«

»Sehr gern.« Damaris nahm sich ebenfalls eine Praline. »Ich bin ganz Ohr.«

»Mary Blandy«, begann Mrs Taylor, »war das einzige Kind eines Anwalts aus Henley. Sie genoss eine gute Erziehung, und man sagte von ihr, dass sie von lebhaftem und freundlichem Gemüt gewesen sei, dass sie sich gern unterhielt und sich durch gesunden Menschenverstand auszeichnete. Ihr Vater galt als reich, und einige junge Herren hofierten sie, aber weder Tochter noch Vater fanden einen von ihnen passend.«

Das konnte Damaris gut nachvollziehen. Wer wollte schon jemanden heiraten, der nur auf Geld aus war? Sie nickte verständnisvoll.

»Als Mary sechsundzwanzig war, lernte sie den mehr als doppelt so alten William Cranstoun kennen, einen schottischen Offizier der Marineinfanterie.«

Damaris hob beeindruckt die Augenbrauen. »Ein Marineoffizier!«

»Nun ja, offenbar war er ein rechter Tunichtgut. Er war nämlich bereits verheiratet und hatte einen kleinen Sohn. Aber das hielt er geheim, da seine Frau eine Papistin war, was seine militärische Karriere hätte gefährden können.«

»Ich habe auch gehört«, fiel Mrs Brooks ein, die bislang geschwiegen hatte, »dass dieser Cranstoun nicht einmal besonders ansehnlich gewesen war. Man sagt, er war klein, hatte starke Pockennarben, und er schielte.«

»Tatsächlich? Umso erstaunlicher, was daraus wurde«, fuhr Mrs Taylor fort. »Zumindest scheint Cranstoun charmant genug gewesen zu sein, um sich bei den Frauen einzuschmeicheln. Sonst wäre es ihm wohl kaum gelungen, Mary Blandy dermaßen für sich einzunehmen, dass sie sich Hals über Kopf in ihn verliebte. Allerdings war Miss Blandys Vater gegen eine Verbindung, da ihm zu Ohren gekommen war, dass Cranstoun bereits verheiratet war. Er bat seine Tochter, die unselige Verbindung zu beenden.«

»Ich nehme an«, sagte Damaris, »sie hat sich nicht daran gehalten.«

»Nein, das hat sie nicht. Die beiden haben sich weiterhin getroffen, vor allem hier in Park Place, wo sie oft gemeinsam spazieren gingen und besprachen, wie sie weiter verfahren sollten. Und eines Tages deutete Cranstoun seiner Geliebten gegenüber an, ein Mittel zu besitzen, das ihren Vater wieder versöhnen und ihn gewogen stimmen könnte. Er schickte ihr wenig später ein weißes Pulver, das sie ihrem Vater in ein Getränk mischen sollte.«

»Ein weißes Pulver?« Damaris bekam große Augen. »O Gott, ich ahne Schreckliches …«

Mrs Taylor nickte wissend. »Ja, das sagen Sie. Aber die gute Miss Blandy hatte offenbar keine Ahnung, dass es Gift sein könnte, was ihr Geliebter ihr geschickt hatte. Als ihr Vater kurz darauf einmal unpässlich war, mischte sie ihm das Pulver in seinen Haferbrei. Kurz darauf starb er unter großen Schmerzen.«

»Oh nein«, murmelte Damaris, den Geschmack der Praline noch im Mund. »Dann war es also wirklich Gift gewesen?«

Mrs Brooks nickte. »Arsen«, raunte sie.

»Mary Blandy wurde festgenommen und ins Gefängnis von Oxford gebracht«, erzählte Mrs Taylor. »Dort wurde sie vor Gericht gestellt. Sie behauptete, so unschuldig zu sein wie ein neugeborenes Kind und dass sie das Pulver für harmlos gehalten und ihrem Vater nur verabreicht habe, um ihn umzustimmen. Die Verhandlung dauerte elf Stunden. Am Ende wurde Mary Blandy aufgrund unwiderlegbarer Beweise und Zeugenaussagen, einschließlich der des Arztes ihres Vaters, zum Tode verurteilt.«

»Und dann hat man sie gehängt?«

»Allerdings. Und als sie die Leiter zum Galgen einige Stufen hinaufgestiegen war, bat sie den Henker, sie nicht zu hoch zu hängen, damit ihr die Umstehenden nicht unter den Rock schauen könnten.«

»Wenigstens im Tod hatte sie Anstand«, warf Mrs Brooks ein.

Damaris überlief ein Schauder. »Und Miss Blandys Geliebter? Was wurde aus ihm?«

Mrs Taylor hob die Schultern. »Nun, der Schuft kam nicht lange ungeschoren davon. Er versteckte sich erst in Schottland und floh dann nach Frankreich zu entfernten Verwandten. Dort wurde er sehr krank, bekannte sich noch rasch zum katholischen Glauben und starb – nur wenige Monate nach seiner unglücklichen Geliebten.«

»Eine schlimme Geschichte«, sagte Damaris. »Und eine bedauernswerte Frau, die arme Miss Blandy.«

»Wohl weniger bedauernswert als dumm«, sagte Mrs Brooks und nahm sich die letzte Praline. »Dieses tragische Ereignis ist eine gute Lektion, um etwas daraus zu lernen.«

»Und was, Mrs Brooks?«, konnte Damaris nicht umhin zu fragen.

»Nun, dass junge Damen sich davor hüten sollten, auf die Versuchungen wortgewandter Schmeichler hereinzufallen.«

Damaris nickte überzeugt. Vor solchen Versuchungen glaubte sie sich sicher. Der Mann, den sie begehrte, war alles andere als ein Schönschwätzer.

»Dennoch hat sie mein Mitgefühl. Und diese arme Frau soll jetzt hier spuken?«

»In der Tat«, sagte Mrs Taylor. »Kurz nach ihrem Tod hat es angefangen. Man sagt, es wäre Mary, die hier umginge, auf der Suche nach ihrem Geliebten, der sie so schändlich hintergangen hatte. Angeblich hat man ihren Geist schon mehrfach hier auf Park Place gesehen. Wenn Sie in der Nacht also irgendwelche Geräusche hören – dann wissen Sie, um wen es sich handelt.«

Als Damaris spät nachts in ihrem Bett in einem Zimmer des Gästeflügels lag, dachte sie noch lange über diese Geschichte nach. Wie musste sich Mary Blandy gefühlt haben? Verführt von einem älteren, verheirateten Mann, der sie aufs Übelste getäuscht und den Tod ihres Vaters verursacht hatte? Und dann fand sie sich im Gefängnis wieder, verraten und verlassen von ihrem Geliebten, völlig allein auf der Welt. Niemand war da gewesen, um der armen Frau zu helfen.

Damaris konnte nicht einschlafen. Sie setzte sich wieder auf, entzündete das Nachtlicht am Kamin, ging zurück ins Bett und griff nach ihrem Zeichenheft. Das entspannte sie immer. Sie skizzierte ein paar Pflanzen und Vögel aus dem Gedächtnis, bis sie spürte, wie ihre Augenlider endlich schwerer wurden. Sie ließ das Heft sinken, löschte das Licht und kuschelte sich in die Decken.

Als sie plötzlich ein Geräusch hörte, schreckte sie auf. Ein feines Kratzen oder Schaben, ganz schwach nur vernehmbar. Damaris lief es kalt über den Rücken.

»Hallo?«, flüsterte sie mit klopfendem Herzen. »Hallo, ist da jemand?

Keine Antwort. Nur das scharrende Kratzen. Es kam von ihrer Tür.

In diesem Moment wünschte sie sich, sie hätte die Geschichte von Mary Blandy nicht gehört. Warum um alles in der Welt hatte sie vorhin eingewilligt, dass Mrs Taylor und Mrs Brooks ihr solche Schauergeschichten erzählten?

»Miss … Miss Blandy?«, flüsterte sie. »Sind Sie das?«

Sie setzte sich auf. Lauschte. Nichts mehr, kein Laut. Kurz überlegte sie, nach Ruby zu rufen. Aber das war lächerlich. Es gab keine Geister. Sie hatte sich nur von der Nacht und der Erzählung narren lassen.

Dennoch schlüpfte sie erneut aus dem Bett, um die Kerze abermals am Kamin zu entzünden. Das Zimmer sah aus wie zuvor, sie konnte nichts Ungewöhnliches entdecken.

Sie ließ das Nachtlicht brennen, legte sich wieder hin und zog sich die Bettdecke bis zur Nasenspitze.

Gleich darauf saß sie abermals senkrecht im Bett. Da war schon wieder das Geräusch!

Ohne den Blick von der Tür zu nehmen, tastete sie nach den Zeichensachen auf ihrem Nachttisch, bis ihre Finger sich um das schmale Lederetui mit dem Federmesser schlossen. Nicht, dass ein Federmesser viel gegen einen Geist hätte ausrichten können – damit spitzte sie sonst ihre Schreibfedern und Graphitstifte an. Aber es war scharf und vermittelte ihr zumindest ein kleines Gefühl von Sicherheit.

Und dann sah sie zu ihrem Entsetzen, wie sich der Türknauf langsam, ganz langsam drehte. Vor Schreck konnte sie sich kaum bewegen. War das Mary Blandys Geist, der da in ihr Zimmer eindrang?

Sie wollte nach Ruby rufen, aber ihre Zunge war wie gelähmt. Sie konnte nur dasitzen und beobachten, wie sich der Knauf drehte und die Tür sich langsam öffnete. Ein kalter Windhauch vom Flur wehte ins Zimmer und ließ die Kerzenflamme flackern.

»Guten Abend, Miss Tremayne.«

Damaris stieß einen Seufzer der Erleichterung aus und ließ die Hand mit dem Etui unter der Bettdecke verschwinden. »Lieutenant Bradley, Sie sind es!«

Er schlüpfte ins Zimmer und schloss die Tür hinter sich. »Hatten Sie jemand anderen erwartet?«

»Den … Geist von Miss Blandy«, rutschte ihr heraus. »Mrs Taylor hat mir vorhin von der armen Frau erzählt, und ich hatte für einen Moment befürchtet …«

Sie verstummte. Jetzt erst ging ihr auf, in welcher Situation sie sich befand. Ein Mann war in ihrem Zimmer. Ein Mann, der nur noch Hose und Hemd trug, nicht einmal mehr eine Weste – als hätte er es sich auf halbem Weg in sein Bett anders überlegt.

»Ah, Mary Blandy«, nickte er. »Nun, da bin ich ja gerade richtig gekommen, um Sie vor dem Spuk der bösen Giftmörderin zu beschützen.«

»Ist das der Grund Ihres Eindringens in mein Schlafzimmer?«

»Nein, eigentlich nicht.« Er machte eine kurze, beredte Pause. »Aber ich denke, Sie können sich den Grund vorstellen.« In seinem Lächeln lag etwas Anzügliches.

»Ich bedaure, aber das kann ich nicht«, gab Damaris zurück und zog die Bettdecke noch etwas höher. »Ich möchte, dass Sie jetzt wieder gehen, Lieutenant.«

»Das fände ich sehr bedauerlich, Miss Tremayne. Ich hatte heute Abend den Eindruck, als würden wir uns gut verstehen.«

»Das haben wir auch. Aber nun möchte ich, dass Sie mein Zimmer verlassen.« Allmählich wurde die Situation unangenehm.

Er trat einen Schritt vor. »Das würde ich nur sehr ungern tun. Wie ich vorhin schon sagte: Ich hatte gehofft, wir könnten unsere Bekanntschaft … vertiefen.«

Damaris hob die linke Hand zum Mund und gab vor zu gähnen. »Ein andermal gern. Aber jetzt möchte ich schlafen. Ich bin sehr müde, Lieutenant Bradley.«

»Tatsächlich? Auf mich wirken Sie gerade so anregend wie der frische Morgen. Und Sie sollten mich doch Ian nennen. Vielleicht kann meine Gesellschaft Sie wieder etwas wacher machen?«

»Nein«, gab Damaris eisig zurück.

Er hatte getrunken, das konnte sie riechen. Aber offenbar nicht genug, um nicht genau zu wissen, was er tat. Oder noch tun würde.

Sollte sie schreien? Aber es war ja nichts vorgefallen. Noch nicht. Würde sie sich nicht lächerlich machen? Und wer würde ihr helfen? Ruby im Nebenzimmer war viel zu schreckhaft. Henry? Ja, vermutlich würde Henry ihr zu Hilfe eilen. Aber Henry war ein so herzensguter Mensch – Damaris konnte sich nicht vorstellen, dass er jemanden ernsthaft bedrohen würde.

Unter der Bettdecke zog sie langsam das Federmesser aus dem schmalen Lederetui.

»Verlassen Sie augenblicklich mein Zimmer«, sagte sie so bestimmt wie möglich, obwohl ihre Stimme zitterte.

Bradley kam langsam auf sie zu. Damaris zog sich noch ein wenig weiter auf ihrem Bett zurück, in die äußerste hintere Ecke. Noch ein Stück weiter, und sie würde herausfallen.

»Gehen Sie, Lieutenant«, bat sie noch einmal eindringlich. »Ian. Bitte.«

Wie hatte sie diesen Mann jemals für einen angenehmen Zeitgenossen halten können?

»Ah, Sie möchten sich ein wenig zieren, Miss Tremayne? Oder darf ich Damaris sagen?«

»Nein, dürfen Sie nicht.«

Weiter konnte sie nicht mehr zurück. Sie streckte den Fuß aus, ertastete den kalten Boden, hielt die Decke fest an sich gepresst und stieg mit einer fließenden Bewegung aus dem Bett. Bradley folgte ihr. Jetzt saß sie in der Falle: auf der einen Seite das Bett, seitlich und in ihrem Rücken eine Wand. Und vor ihr Bradley.

»Du bist so eine hübsche Frau, Damaris«, wisperte er. »Sei doch ein bisschen nett zu mir. Niemand wird es erfahren.« Er machte einen Schritt nach vorn und langte nach ihr. Damaris' Hand schnellte vor.

Er stieß einen leisen Schrei aus und zuckte zurück. Über den Ärmel seines weißen Hemdes floss Blut: Damaris hatte ihm mit dem Federmesser einen Schnitt über den rechten Unterarm verpasst.

»Du kleine … Schlange!«, stieß er hervor, die linke Hand auf den Schnitt gepresst.

»Verschwinden Sie!«, zischte sie, das Messer noch immer abwehrend vor sich haltend. »Oder ich schreie das ganze Haus zusammen.«

Er blieb noch zwei, drei angstvolle Sekunden lang stehen, als überlege er, was er tun sollte, dann drehte er sich um und stürzte aus dem Raum.

Damaris stieß die Tür hinter ihm zu. Zuschließen konnte sie

nicht, es gab keinen Schlüssel, aber es gelang ihr, die Kommode vor die Tür zu schieben. Jetzt erst bemerkte sie, dass sie am ganzen Körper zitterte.

Sie hatte sich schon einmal in einer ähnlich brenzligen Situation befunden. Als Ashcroft auf sie geschossen hatte. Aber damals war Julian an ihrer Seite gewesen.

Ach, Julian … Die Sehnsucht überschwemmte sie plötzlich so heftig, dass sie für einen Moment sogar Lieutenant Bradley und die zurückliegende unselige Begegnung vergaß.

Den Rest der Nacht verbrachte sie aufrecht im Bett sitzend, das Federmesser in der Hand. Bradley erschien nicht mehr.

Henry grüßte sie freundlich, als sie sich am nächsten Morgen im Frühstückszimmer trafen. Erleichtert registrierte sie, dass Bradley nirgends zu sehen war, und häufte sich vom üppigen Büffet Würstchen, Speck und Toast auf den Teller – die durchwachte Nacht hatte sie hungrig gemacht. Sie nahm sich noch etwas von dem Porridge, dann setzte sie sich zu ihrem Cousin an den Tisch.

»Du bist blass, meine Liebe«, stellte er besorgt fest.

Sie ließ die Gabel sinken. »Ich …« Sie zögerte, dann entschloss sie sich zu einem Teil der Wahrheit. »Ich habe fast gar nicht geschlafen. Es … es soll hier spuken, habe ich gehört.«

Es brachte niemandem etwas, wenn sie Bradley anschwärzte, hatte sie noch in der Nacht beschlossen. Er war ein Gast des Hauses und mit dem Hausherrn befreundet. Gut moglich, dass man ihr nicht glauben würde. Außerdem wollte sie keinen Ärger machen und womöglich Henry damit schaden.

»Ein Geist?« Henry sah sie stirnrunzelnd an. Damaris machte sich darauf gefasst, gleich einen längeren Vortrag zu hören, dass es keine Geister gäbe und man stattdessen auf Gott vertrauen solle. »Was hältst du davon, wenn wir heute schon abreisen, statt bis morgen zu warten? Ich bin mir sicher, General Conway und seine Gemahlin werden Verständnis haben.«

Oh, doch kein Vortrag? Damaris nickte, zutiefst erleichtert. »Ja, Henry, das wäre mir wirklich sehr recht. Vielen Dank.«

Er lächelte und goss sich noch eine Tasse Tee ein. »Ich muss gestehen, ich habe auch nicht sonderlich gut geschlafen. Vermutlich war es das üppige Essen oder das Tanzen oder die Musik. Und von Park Hill habe ich alles gesehen, was ich sehen wollte. Von mir aus kann es jetzt gern weitergehen zur nächsten Station. Mr Hopkins von Pains Hill hat mir von der ungewöhnlichen Kristallgrotte vorgeschwärmt, die sein Vorgänger erbauen ließ, und ich kann es kaum erwarten, sie mir anzusehen. Ich werde ihm sogleich schreiben und Bescheid geben, dass wir einen Tag früher kommen.«

16

DAMARIS

Pains Hill, Surrey, Mai 1785

Das Innere der künstlichen Grotte glitzerte in vielen Facetten. So etwas hatte Damaris noch nie gesehen. Es war wunderbar, wie die einfallenden Sonnenstrahlen die Höhle mit funkelndem Licht erfüllten.

»Das ist es!«, rief Henry aus. »So etwas will ich auch in Heligan haben!«

Hingerissen fuhr er mit dem Finger über die mit Tausenden von kleinen Kristallen bestückte Wand, die das von der Wasseroberfläche widerscheinende Tageslicht reflektierte.

Sie waren im Landschaftsgarten von Pains Hill in Surrey. Jeder respektable Besucher, wie es auf einem Schild hieß, könne den Garten besuchen und bekäme für ein kleines Trinkgeld auch noch eine Führung durch den Obergärtner. Das hatte Henry sich natürlich nicht zweimal sagen lassen. Er hatte dem Mann ein fürstliches Trinkgeld gegeben, der sie daraufhin auf einem Rundgang herumführte, der so ausgelegt war, dass er die beste Wirkung erzielen sollte.

Nach dem Spaziergang durch den Park an diesem doch sehr warmen Tag war die kühle Grotte, die sich auf einer von einem kleinen See umgebenen Insel befand, eine Wohltat. Der Obergärtner, der sie über eine Brücke hergeführt hatte, wartete vor der Grotte auf sie. Obwohl die Höhle von Menschenhand erbaut war, war es eine magische, märchenhafte Welt, die sich ihnen hier auftat, und Damaris war mindestens ebenso fasziniert wie Henry. Sie stand vor einer der glitzernden Wände und zeichnete, aber was sie davon mit schnellen Strichen auf dem Papier festhielt, konnte nur unzureichend den funkelnden Glanz wiedergeben.

Außer der Grotte gab es noch etliche weitere Sehenswürdigkeiten in Pains Hill. Einen großen, künstlich angelegten See, verschiedene Tempel, eine Eremitage und ein türkisches Zelt aus weiß gestrichenen Zeltbahnen, die mit einem blauen Rand versehen waren. Auf der Kuppel saß ein vergoldeter Halbmond, im Inneren waren ein paar Plüschsessel aufgestellt.

Sie waren in einem nahe gelegenen Gasthaus untergekommen, in dem sie ein paar Tage blieben, bevor sie zu ihrem nächsten Ziel aufbrachen. Von Pains Hill aus fuhren sie nach Oxfordshire zu dem beeindruckenden Blenheim Palace mit seinem pompösen Garten, einem der größten Schlösser Englands, und danach nach Stowe House nördlich von Oxford, wo sie die weitläufige Parklandschaft voller Statuen, Brücken und Tempeln besichtigten. Diese beiden Gärten waren von dem großen Lancelot »Capability« Brown höchstpersönlich entworfen und gestaltet worden, sodass Henry und Damaris sich mit ihren Gastgebern über den berühmten Landschaftsarchitekten austauschen konnten.

Auf ihrer nächsten Station, dem imposanten Warwick Castle in der Nähe von Coventry, war nicht nur der neu gestaltete Garten sehenswert, sondern auch die mannshohe altrömische Vase, die dort in einem eigens dafür errichteten Gebäude präsentiert wurde. Der frühere Eigentümer hatte sie bei Ausgrabungen in Italien gefunden und nach England bringen lassen. Damaris verbrachte Stunden damit, das monumentale Gefäß aus weißem Marmor, das auf einem hohen Piedestal stand, mit all seinen kunstvollen Details zu zeichnen – so lange, dass sie um ein Haar das Abendessen verpasste.

Damaris hielt die linke Hand mit dem aufgeklappten Claude-Glas hoch und suchte nach dem richtigen Winkel. In dem ovalen, dunkel getönten Spiegel sah sie die hügelige Landschaft hinter sich. Sie bewegte den Spiegel ein wenig zur Seite. Durch die konvexe Wölbung wurde die Landschaft deutlich kleiner abgebildet und konnte mit einem Blick erfasst werden. Außerdem führte die dunkle Tönung zu einer etwas abgeschwächten Reflexion, die nur die markantesten Merkmale hervorhob. Damaris hatte dieses wunderbare Hilfsmittel von Mr Drewes geschenkt bekommen, dem Pächter von Hagley Hall, wo sie noch einen Tag zuvor gewesen waren.

Jetzt waren sie in The Leasowes in der Nähe von Birmingham, ihrem nördlichsten Reiseziel, das nur wenige Meilen von Hagley entfernt lag. Einen Tag zuvor, an einem der bisher heißesten Tage ihrer Reise, waren sie hier eingetroffen.

Damaris drehte sich ein bisschen, bis sie auch den Obelisken von Hagley im Spiegel sehen konnte. Dann griff sie blind mit der rechten Hand nach ihrem Graphitstift und begann, die gespiegelte Szenerie abzuzeichnen.

Es war noch früh am Vormittag an diesem Junitag. Henry saß auf einer Bank und schrieb in sein Reisetagebuch, während Damaris ein paar erste Eindrücke zeichnerisch festhielt. Sie hielt inne und blickte auf, als sich Schritte näherten, ließ den Stift aber weiter über das Papier gleiten, als sie Thomas Gray erkannte.

»Darf ich mich zu Ihnen gesellen, Miss Tremayne?«, fragte er höflich.

»Sehr gern.«

Zu ihrer und Henrys Freude hatten sie den jungen Landschaftsarchitekten, den Henry mit der Vermessung und ersten Arbeiten für seinen eigenen Garten beauftragt hatte, hier wiedergetroffen. Nicht ganz zufällig, wie sie von Henry wusste, und eine angenehme Abwechselung.

»Ah, Sie benutzen ein Claude-Glas«, sagte Gray jetzt und setzte sich neben sie. »Ein sehr nützliches Utensil.«

»In der Tat«, erwiderte Damaris, die nun den Spiegel sinken ließ. »Allerdings muss ich mich erst an die Handhabung gewöhnen. Es ist doch etwas anderes, wenn man die Dinge direkt sieht oder durch dieses Glas. Aber es ist sehr praktisch, um vor allem großflächige Landschaften zu erfassen.«

»Und nicht nur das. Es hilft auch, einen neuen Blick einzunehmen.«

»Sie meinen den Blick eines Landschaftsgärtners?«

»So ist es. Allerdings ist es nicht ganz ungefährlich, mit solch einem Hilfsmittel umherzuziehen.«

»Nicht ganz ungefährlich?«, wiederholte Damaris. »Wie meinen Sie das?«

Gray zog theatralisch die Brauen hoch. »Oh, Sie wollen, dass ich Ihnen von meinem Missgeschick berichte? Nun, ich hatte den perfekten Ort gefunden, um den Sonnenuntergang zu beobachten, ganz hier in der Nähe, nahe dem Tal dort hinten. Ich habe also mein Glas auf den westlichen Horizont gerichtet, mich ganz auf das gespiegelte Bild konzentriert und bin langsam rückwärtsgegangen, um den richtigen Winkel zu finden. Zu meiner Schande muss ich gestehen, dass ich dabei so auf das Bild bedacht war, in dem sich die untergehende Sonne spiegelte, dass ich mit dem aufgeklappten Glas in der Hand rücklings über eine tiefe Rinne gestolpert und gestürzt bin.«

Damaris musste ein Lachen zurückhalten. »Oje, Sie Ärmster. Ich hoffe, Sie haben sich nicht verletzt.«

»Nur meinen Stolz«, gab Gray augenzwinkernd zurück.

Sie sah, wie Henry sein Notizbuch zuklappte und aufstand.

»Ah, da kommt der gute Mr Tremayne.« Gray erhob sich ebenfalls. »Bereit für den Rundgang, Sir?«

»Wenn Sie es sind – ich kann es kaum erwarten. Damaris, kommst du?«

Gray, der bereits mehrfach hier gewesen war, hatte es sich nicht nehmen lassen, sie beide durch das Anwesen zu führen, um ihnen alles zu zeigen. Der Begriff The Leasowes, so erklärte er ihnen, war angelsächsischen Ursprungs und bedeutete ›raues Weideland‹. Dieser Platz wurde einst von dem bekannten Dichter William Shenstone erschaffen, der seinen Besitz in eine *Ferme Ornée* umgebaut hatte, eine Art Zierbauernhof – eine Mischung aus gestaltetem Park und landwirtschaftlicher Nutzfläche. Alles hier wirkte sehr einfach und wie natürlich gewachsen, zum Teil sogar von scheinbarer Nachlässigkeit, fast wie auf einem echten Bauernhof. Nach Shenstones Tod vor mehr als zwei Jahrzehnten hatte ein Mr Horne das Anwesen erworben. Er ließ Shenstones Haus abreißen und ein neues an derselben Stelle errichten, zudem legte er einen ummauerten Gemüsegarten und ein Gewächshaus an und verdiente sich nun ein paar Shilling mit den Eintrittsgeldern.

Ein Rundgang führte um den Garten herum, der durch Aussichtspunkte und Sitzplätze unterbrochen wurde. Dort fanden sich zuweilen Gedichte aus Shenstones Feder auf einen Stein geschrieben. Hier und da waren fensterähnliche Öffnungen in Hecken oder Baumgruppen geschnitten, die den Blick auf das Gelände dahinter freigaben – eine Idee, die Henry auch für Heligan aufnehmen wollte. Es gab ein paar künstliche Ruinen und steinerne Urnen, die Shenstone zum Gedenken an seine Freunde aufgestellt hatte. Damaris gefielen vor allem die beiden Wasserfälle, die dem in Hestercombe ähnelten, und die immer wieder wechselnden Aussichten auf die Landschaft.

Sie blieben noch zwei weitere Tage in The Leasowes, dann verabschiedeten sie sich von Thomas Gray, der ebenfalls weiterreisen wollte. Aber nicht für lange, denn nach ihrer Rückkehr würden sie den jungen Landschaftsarchitekten in Heligan wiedersehen. Dann, wenn Henry gemeinsam mit ihm beginnen würde, viele der neuen Eindrücke ihrer Reise in seinem eigenen Garten umzusetzen.

17

ALLIE

Heligan House, Juni 1785

Zu ihrer großen Erleichterung hatte Allie keinen Ärger bekommen. Niemand hatte sie wegen ihrer langen Abwesenheit gescholten, und niemandem war aufgefallen, dass ihr rollender Stuhl im Dreck gelegen hatte. Julian hatte gute Arbeit geleistet. Nur Sarah, das Hausmädchen, das sie eigentlich herumfahren sollte, hatte ein paar kurze schwarze Hundehaare auf Allies Rock bemerkt. Aber das schien niemanden zu interessieren: Harriet war in heller Aufregung gewesen, aber nicht wegen Allie, sondern weil der fünfjährige Johnny sich in einem unbeobachteten Moment einen Knopf so tief ins Nasenloch gesteckt hatte, dass er kaum mehr herauszubekommen war. Der Knopf ließ sich dann doch entfernen, aber Harriet war einem Zusammenbruch nahe. Johnny war ihr einziges Kind, und sie bedachte ihn manchmal mit einer fast hysterischen Fürsorge.

Der jüngste Tremayne war ein kleiner Wirbelwind, der alle auf Trab hielt. Seine Kinderfrau und Sarah waren ständig damit beschäftigt, hinter ihm herzulaufen und auf ihn aufzupassen. Zum Nachsehen für Allie, die dann meist auf Sarahs Dienste verzichten musste. Dennoch kamen ihr die nächsten Tage nicht mehr ganz so öde vor. Sie las, stickte und lernte, und einmal war es Sarah sogar möglich, sie ein wenig auf den Wegen um Heligan House herumzufahren. Auch wenn das im Vergleich zu ihrem kleinen Abenteuer unten im Alten Wald eher langweilig war.

Aber dann stürzte Johnnys Kinderfrau unglücklich und brach sich den Knöchel, sodass Sarah für die nächsten Wochen auch noch diese Aufgabe übernehmen musste und Allie nicht mehr herumfahren konnte.

»Das da oben«, sagte Allie zu Trevor, dem Hausdiener, den sie um Hilfe in der Bibliothek gebeten hatte. »Nein, das links daneben. Ja, genau. Und dann noch in dem anderen Regal, ein bisschen weiter unten. Das mit dem blauen Einband.«

Der Diener suchte auch das zweite Buch heraus, dann stieg er von der Leiter und reichte ihr die beiden gewünschten Bände.

»Danke.« Allie packte die Bücher zusammen mit dem Fernglas in die mitgebrachte Tasche, in der auch schon ein Brief von Damaris lag und zwei kleine Pasteten.

»Eine recht anspruchsvolle Lektüre für eine junge Dame, wenn ich mir das erlauben darf.«

»Ist nicht für mich«, erklärte sie.

Sie hoffte, dass die Bücher Julians Geschmack treffen würden. Horace Walpoles *Schloss von Otranto*, von dem Damaris so schwärmte, und der neuste Roman von Thomas Holcroft. Nun, einen Versuch war es wert. Sie befestigte die Tasche gut an der Armlehne ihres rollenden Stuhls, dann fuhr sie durch die Eingangshalle bis nach draußen und langsam die Auffahrt entlang. Als sie um die Biegung war, von der aus man das Haus nicht mehr sehen konnte, rollte sie weitaus eiliger weiter, und dann war sie auch schon auf dem abschüssigen Weg, der hinunter ins Tal führte.

Diesmal war sie besser vorbereitet als beim letzten Mal. Geschickt verlagerte sie ihr Gewicht, steuerte den Stuhl um eine leichte Kurve und rollte dann vorsichtig weiter und weiter hinab, bis sie wieder ebenes Gelände erreicht hatte.

Noch immer hatte es nicht geregnet, und der Weg in den Alten Wald war knochentrocken. Die Hasenglöckchen blühten wie ein alles bedeckender blauer Teppich, über ihr in den Baumwipfeln sangen die Vögel.

Ein wenig aufgeregt war Allie schon, als sie die Lichtung erreichte, auf der Julians Hütte stand. Zu ihrer Enttäuschung konnte sie den Wildhüter nirgends entdecken, und auch die Hunde waren nicht da. Sie nahm das mitgebrachte Fernglas aus der Tasche und suchte den Waldrand ab. Büsche, Bäume, Blumen, Vögel, aber kein Julian. Nur die verlassene Hütte mit geschlossener Tür.

Wo war er bloß? Wegen Henrys Abwesenheit fanden zurzeit keine Jagden statt, und auch Julians andere Aufgaben hielten sich vermutlich in Grenzen.

Ein paar Minuten wartete sie, aber als er immer noch nicht auftauchte, rief sie nach ihm. Das hatte beim letzten Mal schließlich auch geholfen.

Die Hunde waren die ersten, die bei ihr waren. Der schwarze, langbeinige Riese, der auf Allie zuschoss und sich kolossal freute, als er sie erreicht hatte. Knapp hinter ihm seine nur wenig kleinere, schwarz-weiße Schwester.

»Ares, Hera, da seid ihr ja! Ja, brave Hunde, gute Hunde. Habt ihr mich vermisst?«

Allie wusste inzwischen zwar, dass die beiden meistens so sanftmütig wie zwei Lämmer waren, dennoch streckte sie vorsichtshalber beide Hände aus, um sie auf Abstand zu halten. Aber das war gar nicht nötig. Die Hunde waren gut erzogen. Kurz vor Allie blieben sie schwanzwedelnd stehen und sahen sie erwartungsvoll an.

Und dann stand auch Julian plötzlich vor ihr, wie aus dem Nichts.

»Alison Tremayne«, sagte er. »Willst du mir schon wieder weismachen, du wolltest nicht hierher?«

»Nein«, sagte sie so selbstbewusst wie möglich. »Diesmal habe ich das geplant. Siehst du, ich habe deinen Hunden etwas mitgebracht.«

Sie löste die Tasche, die in ihrem Schoß lag, von der Armlehne, öffnete sie und zog die beiden kleinen Fleischpasteten heraus.

»Darf ich?«, fragte sie.

Als er nickte, hielt sie den Hunden die Pasteten hin, die diese nach einem kurzen Blick zu Julian gierig verschlangen.

»Und für dich habe ich auch etwas.«

Erneut griff sie in die Tasche und hielt ihm die beiden Bücher aus der Bibliothek hin, nachdem sie ein paar fettige Krümel vom Einband gewischt hatte. »Ich war mir nicht sicher, ob das was für dich ist. Ich hoffe, du kennst sie noch nicht. Zumindest das eine ist ganz neu.«

Julian nahm die Bücher und studierte die Titel. »Du bringst mir etwas zu lesen?«

Sie zuckte mit den Schultern. »Ich dachte, du brauchst vielleicht ein paar neue Bücher, jetzt, wo Henry nicht da ist und keine Jagden stattfinden.«

»Das ist sehr nett von dir.«

Sie lächelte. »Finde ich auch.«

»Und warum bist du sonst noch hier?«

»Weil ich dich besuchen wollte. Dich und deine Hunde.«

»Dir ist also langweilig.« Das war nicht einmal eine Frage, sondern eine Feststellung.

»Ja«, bekannte Allie. »Dir denn nicht? Ich dachte, wir könnten uns ein wenig Gesellschaft leisten. Uns vielleicht unterhalten.«

»Ich bezweifle, dass ich sonderlich unterhaltsam bin.«

»Das stimmt«, musste sie zugeben. »Ich habe noch nie einen Menschen kennengelernt, der so unfreundlich ist.«

»Ich bin unfreundlich?«

»Ja, das bist du.«

»Ich will eben meine Ruhe haben.«

»Auch vor mir?«

Er sah sie an und schwieg eine ganze Weile. Dann öffnete er die Tür zu seiner Hütte. »Willst du reinkommen?«

Allie nickte hoheitsvoll. »Gern.«

Da sie mit dem rollenden Stuhl nicht über die Türschwelle kam, trug Julian sie kurzerhand mitsamt dem Stuhl hinein. Die Hütte war viel wohnlicher eingerichtet, als sie nach dem Blick, den sie schon einmal hatte hineinwerfen können, erwartet hatte. Es gab einen Tisch mit zwei Stühlen, eine Kochstelle und einen Kamin mit viel Platz davor, wo sich jetzt die beiden Hunde hinlegten. Allerdings keinen Teppich und keine Vorhänge. Durch eine Tür ging es in einen weiteren Raum, vermutlich stand dort sein Bett. Nahe am Eingang sah Allie das Regal mit den Büchern, das sie bereits beim ersten Mal bemerkt hatte und auf das Julian jetzt die beiden mitgebrachten Bände legte.

Sie deutete auf den schwarzen Eisenkessel auf der Kochstelle. »Was ist da drin?«

»Kartoffeln«, sagte er. »Du bist ziemlich neugierig.«

»Gekochte?«

Er nickte.

»Darf ich eine haben?«

Er hob den Deckel vom Topf, fischte eine Kartoffel heraus, legte sie auf einen Teller und reichte sie ihr.

»Man könnte meinen, du bekommst nichts zu essen«, sagte er, während er ihr zusah, wie sie die Kartoffel aß.

»Natürlich bekomme ich zu essen. Sehr gute Sachen sogar. Aber meistens Braten mit Gemüse. Gekochte Kartoffeln habe ich zum letzten Mal im Winter gegessen.« Sie wischte sich die Hände an ihrem Rock ab und sah sich um. »Warum bist du hier? Ich meine, hier im Wald? Du könntest doch sicher auch im großen Haus leben. Da gibt es so viele Zimmer, und etliche davon sind ungenutzt. Ich könnte mir vorstellen, dass Henry nichts dagegen hätte, wenn du auch dort einziehst.«

»Es gefällt mir hier«, gab er zurück. »Ich passe nicht in das große Haus. Und ich habe hier alles, was ich brauche.«

»Du bist gern allein, oder? Ein richtiger Eremit.«

»Für eine so junge Person kennst du ziemlich schwierige Wörter.«

Allie grinste. »Das habe ich von Damaris gelernt. Sie hat mir von einem Eremiten geschrieben. Warte, ich habe ihren letzten Brief dabei.« Sie griff in ihre Tasche und zog den zusammengefalteten Bogen Papier heraus. »Willst du wissen, was sie schreibt?«

»Ich weiß nicht, ob ihr das recht wäre.«

»Ach was. Sie schreibt ja nichts Geheimes oder Verbotenes.« Allie überflog den Anfang des Briefes mit Damaris' dicht beschriebenen Zeilen, in denen ihre Schwester von ihren Erlebnissen in den letzten Tagen erzählte. Dann hatte sie die richtige Stelle gefunden. »Ah, hier. Es ist zu komisch, was sie schreibt: ›Gestern sind wir in Pains Hill angekommen. Eine schöne Anlage, die vor allem Henry sehr erfreut. Es gibt dort eine künstliche Grotte voller funkelnder Kristalle, ein Zelt nach Art der Türken und eine rustikale Eremitage in einem düsteren Wald. Neben der Grotte ist das Beste die Geschichte, die uns der Obergärtner auf dem Rundgang erzählte. Kurz nach Fertigstellung des Gartens gab nämlich Mr Hamilton, der Besitzer, eine Zeitungsannonce auf. Er bot ein stattliches Einkommen von siebenhundert Pfund für denjenigen, der sich für sieben Jahre verpflichtete, als Einsiedler in besagter Eremitage zu leben. Dafür werde er mit einer Bibel, einer Brille, einem Strohsack, einer Fußmatte, Wasser und Nahrung sowie einer Sanduhr, um die Zeit zu messen, versorgt. Er sollte ein wollenes Gewand tragen, durfte nicht jenseits der Parkgrenzen anzutreffen sein, kein einziges Wort mit dem Diener wechseln und sich vor allem unter gar keinen Umständen Haare, Bart oder Nägel schneiden.‹« Allie ließ den Brief lachend sinken. »Kannst du dir so was vorstellen? Ein Mensch, der sich gegen Bezahlung in einen Park setzen und Eremit spielen soll.«

»Und? Hat sich jemand für diese verantwortungsvolle Aufgabe gefunden?«

Allie nickte und blickte wieder auf den Brief. »Ja, einer wollte es wohl probieren. Damaris schreibt, der gute Mann habe es allerdings nicht lange dort ausgehalten. Schon nach drei Wochen sei er gesehen worden, wie er im Pub ein Bier trank. Da hat ihn Mr Hamilton rausgeworfen.«

Julian lachte leise. Es war ein ungewohnter Anblick.

Allie grinste. »Wenn Henry zurückkommt, kann ich ihn ja mal fragen, ob er auch einen Eremiten haben will. Ich wüsste da schon jemanden.«

»Hat dir schon mal jemand gesagt, dass du ziemlich vorlaut bist?«

»Nun ja, ich kann nicht laufen. Da muss ich mich durch irgendetwas anderes auszeichnen.« Sie sah ihn prüfend an und legte die Stirn in Falten.

»Was ist los?«, fragte er. »Hast du Bauchschmerzen?«

»Nein. Ich überlege gerade, wie du aussehen würdest, wenn du dir die Haare wachsen lassen würdest und einen Bart.«

»Und vergiss die langen Fingernägel nicht.«

Sie verzog das Gesicht, dann schüttelte sie den Kopf. »Nein, ich glaube, so, wie du jetzt aussiehst, gefällst du mir besser.«

»Dann bin ich ja beruhigt. Ich dachte schon, ich müsste jetzt ein wollenes Gewand tragen und dürfte nur noch die Bibel lesen.«

Sie lachte, hörte aber damit auf, als ihr Blick auf etwas Silbernes im Regal fiel. Die Taschenuhr, die Ashcroft Julian abgenommen hatte, als er halb tot am Strand lag.

Allie wies darauf. »Darf ich sie mir ansehen? Ich bin auch ganz vorsichtig.«

Er nahm die Uhr herunter und gab sie ihr. Das Gehäuse war silbern, auf der Vorderseite hatte es einen großen Stern, auf der Rückseite waren Julians Initialen – JH – eingraviert. Allie drückte auf den Verschluss und ließ sie aufspringen. Die feinen Zeiger waren auf vier Uhr zwanzig stehen geblieben. Vermutlich der Zeitpunkt, als sie mit Salzwasser in Kontakt kam. Der Zeitpunkt, als das Schiff am frühen Morgen untergegangen war.

»Die hat dir deine Frau geschenkt, nicht wahr?« Allie erinnerte sich, dass er das Damaris und ihr einmal erzählt hatte.

Er nickte. »Zu unserem ersten Hochzeitstag.« Er nahm die Uhr wieder an sich und klappte sie zu.

»Wie hieß sie? Deine Frau, meine ich.«

»Rachel.« Er legte die Uhr vorsichtig wieder zurück auf ihren Platz im Regal. »Ich bringe dich jetzt nach Hause.«

»Ich will aber noch nicht zurück«, protestierte sie.

»Hast du Bescheid gegeben, wo du bist?«

»Was? Ich … Nein.«

»Das heißt, niemand weiß, dass du hier bist?«

Sie schüttelte den Kopf.

»Dann wird man sicher schon in Sorge um dich sein, wenn du so einfach verschwunden bist.«

Sie senkte den Kopf und biss sich auf die Lippe. »Das … kann schon sein«, murmelte sie. »Aber ich dachte … «

»Du dachtest, du könntest mal wieder auf eigene Faust handeln.«

Diesmal gab es keine Diskussion darüber, ob er ihren Stuhl nach oben schieben würde. Er tat es einfach. Zu Allies Bedauern nahm er die Hunde auch diesmal nicht mit. Aber sie verstand es: Cousine Harriet hatte Angst vor Hunden, seit sie in ihrer Kindheit einmal ein schlimmes Erlebnis mit einem Hund gehabt hatte.

»Warte!«, sagte Allie, als sie auf halbem Weg den Hang hinauf waren. »Da vorn.«

Sie wies schräg vor sich. Dort, im niedrigen Gebüsch am Wegesrand, bewegte sich etwas. Sie richtete sich ein wenig in ihrem Stuhl auf, um besser sehen zu können. »Was ist das?«

»Ein Fischotter«, sagte Julian so leise, dass Allie es fast nicht verstand. »Mit seinen Jungen.«

Jetzt konnte Allie es auch erkennen – der walzenförmige, hellbraune Körper des Muttertiers mit kurzen Beinen, rundlichem

Kopf und stumpfer Schnauze, daneben einige kleine Fellknäuel. Vermutlich hatten sie ganz in der Nähe ihren Bau.

Sie standen noch ein paar Minuten fast reglos da, um die kleine Familie nicht zu verschrecken, dann setzten sie ihren Weg fort.

Allerdings nur bis kurz vor der Biegung, wo der Pfad wieder eben wurde. Dort stoppte Julian ihren Stuhl erneut.

»Ich fürchte«, sagte er, »du wirst schon erwartet.«

Allie blickte auf. Und richtig: Vor ihnen stand die füllige Gestalt der Haushälterin, beide Hände in die Hüften gestützt.

»Oh, Mrs Waterman«, sagte Allie erschrocken. »Was machen Sie denn hier?«

»Miss Tremayne.« Ihr eisiger Blick wanderte etwas höher. »Mr Harrington.«

»Mrs Waterman.«

Ihr Blick kehrte zu Allie zurück. »Miss Tremayne, wo waren Sie? Wir haben Sie überall gesucht.«

»Ich …«

»Es war meine Schuld«, sagte Julian, bevor Allie weiterreden konnte. »Ich habe die kleine Miss Tremayne zufällig getroffen und dachte mir, sie würde sich vielleicht über etwas Gesellschaft freuen. Und da haben wir beide wohl die Zeit vergessen.«

Allie klappte den Mund wieder zu, der ihr vor Erstaunen offenstand. Julian nahm die Schuld auf sich? Wie wundervoll! Er hatte ja doch ein Herz.

»Tatsächlich?« Es war Mrs Waterman anzusehen, dass sie ihm nicht glaubte. »Das heißt, das war nicht mit Mrs Tremayne abgesprochen?«

»Nein, ich fürchte, das war es nicht.«

Allie biss sich auf die Lippen. Würde sie nun Ärger bekommen? Oder Julian?

Die Haushälterin schien um mehrere Inches zu wachsen. »Nun, Mr Harrington, in diesem Fall muss ich Sie bitten, solche Eigenmächtigkeiten in Zukunft zu unterlassen.«

Was? Nein, das ging nicht. Allie würde jetzt zugeben, dass sie ganz allein dafür verantwortlich gewesen war und dass Julian nichts damit zu tun hatte.

»Fragen wir sie doch«, schlug er in diesem Moment vor.

Mrs Waterman hob den Kopf. »Wie bitte?«

»Fragen wir die Hausherrin, ob sie etwas dagegen hat, wenn ich die kleine Miss Tremayne auch zukünftig ein wenig herumfahre.«

Allie spürte ein atemloses Hochgefühl in sich aufsteigen. Sie wusste nicht, was sie mehr freute: dass Julian offenbar gewillt war, noch mehr Zeit mit ihr zu verbringen, oder dass er Mrs Waterman Paroli bot.

18

ALLIE

Heligan House, Juni 1785

»Verehrter 'err, ich bin Ihnen zu 'öchstem Dank verpflichtet«, sagte Madame LeTallec mit ihrem lustigen Akzent. »Und nun auf Französisch, Mademoiselle Tremayne.«

»*Cher Monsieur, mes … mes plus sincères remerciements*«, übersetzte Allie.

»Nein, nein, *veuillez accepter mes plus sincères remerciements.* Oder auch: *Je vous prie d'accepter mes plus sincères remerciements.* Und nun noch einmal!«

Allie seufzte. »*Cher Monsieur, veuillez accepter mes plus sincères remerciements*«, wiederholte sie gehorsam und verdrehte innerlich die Augen. Wozu brauchte sie diese Französischstunden überhaupt?

Sie wusste, dass sie ungerecht war. Sie sollte vielmehr froh darüber sein, dass man sich solche Mühe mit ihr gab und dass Henry für sie nicht nur einen Hauslehrer, sondern auch eine Französischlehrerin angestellt hatte, um mit ihr Konversation zu betreiben. Aber diese Sprachübungen waren so furchtbar langweilig. Sie zupfte an einer der Rosen, die in einem prachtvollen Blumenarrangement mitten auf dem Tisch standen.

Madame LeTallec hatte Allies Widerwillen offenbar bemerkt. »Es ist immer gut, wenn eine Dame gebildet ist«, sagte sie. »Meinen Sie nicht auch, Mademoiselle? Und lassen Sie die Rose in Ruhe.«

Wenigstens darin musste Allie ihr recht geben. Bildung war ein hohes Gut, und sie war wirklich froh darüber, dass sie unbeschränkten Zugang zur Bibliothek und damit zu Henrys Büchern hatte.

Harriet hatte sie mehr als einmal darauf hingewiesen, dass sie möglicherweise nicht heiraten würde und daher in der Lage sein müsste, sich selbst zu versorgen. Und Französischlehrerin war eine der wenigen Möglichkeiten, die sie für ihre junge Cousine sah. Also kam jetzt jeden Mittwoch für mehrere Stunden Madame Le-Tallec ins Haus, um mit Allie Französisch zu üben.

Aber wenigstens hatte sie jetzt etwas, worauf sie sich freuen konnte: Julian hatte es geschafft, Harriet davon zu überzeugen, dass er sich an ein paar Stunden in der Woche um Allie kümmerte. Allie hatte sogar den Eindruck gehabt, als sei es Henrys Frau ganz recht, wenn sie die Verantwortung für Allie für eine Weile abgeben konnte.

Als Allie an diesem Nachmittag endlich hinausdurfte, wartete Julian schon auf sie. Ohne die Hunde. Das war Harriets Bedingung gewesen.

»Wir müssen in den Melonenhof«, sagte Allie, kaum dass sie Julian begrüßt hatte.

Er machte keine Anstalten, ihren Stuhl zu schieben. »Dir ist schon bewusst, dass ich nicht dein Dienstbote bin?«

»Natürlich. Aber bitte, Julian, ich will dir dort etwas zeigen. Etwas, was du bestimmt noch nie gesehen hast.«

»Du gibst keine Ruhe, oder?«

»Nein, vermutlich nicht.«

Er zögerte kurz und wohl eher aus Prinzip, dann gab er nach. »Du verstehst es wirklich, jemanden neugierig zu machen.«

Der Melonenhof war wenige hundert Yards nördlich des Hauses gelegen und von hohen Ziegelmauern umgeben. Zwei junge Gärtnerburschen kamen ihnen mit Schaufeln und einer großen, leeren Handkarre entgegen, aus der es nach Pferdemist roch. »Guten Tag, Miss Tremayne, Mr Harrington«, grüßten die beiden artig, bevor sie davonzogen.

Julian öffnete eine hölzerne Tür in der Mauer, die den Hof umgab, dann waren sie im Inneren. Hier gab es einige Gewächshäuser und Frühbeete, rechts ging es zum Melonenhaus. Daneben war ein kleiner, niedriger Bau aus Holzbrettern zu sehen, und dorthin wollte Allie.

»Sieh mal!« Sie wies auf die von einem Glasfenster abgedeckte mittlere Grube, wo zwischen Stroh und Erde ein paar kleine, dichte Schöpfe mit spitz zulaufenden, silbrig-grünen Blättern zu sehen war. »Weißt du, was das ist?«

Er beugte sich darüber und betrachtete die Grube eingehend. »Wenn ich nicht wüsste, dass das unmöglich ist, würde ich sagen: Da wachsen Ananas.«

Sie sah ihn enttäuscht an – ihre große Überraschung war dahin. »Du kennst Ananas?«

»Ja, aus Charlestown. Die Seefahrer brachten sie manchmal von den Westindischen Inseln mit. Wenn ein Kapitän nach Hause kam, hängte er oft eine Ananas vor sein Haus, um damit anzuzeigen, dass er wieder da war.« Er sah sich erneut die Grube an. »Das sind wirklich Ananas?«

Allie nickte stolz. So ganz war die Überraschung ja doch nicht verdorben. »Damit hast du nicht gerechnet, oder?«

»Ich wusste nicht, dass man Ananas auch hier züchten kann. Ich dachte immer, das sei unmöglich. Sie wachsen nur in den Tropen, weil sie nur dort ständig Sonne haben.«

»Das ist richtig«, sagte Allie. Endlich hatte sie auch einmal etwas, was sie ihm zeigen konnte und nicht umgekehrt. »Ich habe es mir von Pollock, dem Obergärtner, erklären lassen. Man braucht ganz viel gleichmäßige Wärme dafür. Und weißt du, wie man das hier in England erreicht, ohne die viele Sonne? Mit Pferdemist! Siehst du, hier. In die beiden äußeren Gruben kommt Pferdemist.

Und der erwärmt dann die mittlere Grube mit den Ananas. Die Wände haben Löcher, damit die Wärme hindurchkann.«

Julian nickte, offenbar beeindruckt. »Hat Henry diese Grube erbauen lassen?«

»Nein, ich glaube, das war sein Vater. Oder dessen Vater. Das alles lag wohl schon länger brach, aber Henry hat es vor einiger Zeit wieder aktiviert.«

»Du bist ein kluges kleines Persönchen, Alison Tremayne. Ich glaube nicht, dass es viele junge Damen in deinem Alter gibt, die sich für solche Sachen interessieren.«

»Danke.« Ihr wurde ganz warm vor Freude. »Jedenfalls bin ich sehr gespannt darauf, wie sie schmecken. Hast du schon mal eine Ananas gegessen?«

Er schüttelte den Kopf. »Nein, dafür waren sie viel zu teuer. Das war nur etwas für Kapitäne und wirklich reiche Leute. Aber ich habe gehört, dass sie sehr süß schmecken sollen.« Er deutete auf eine Bank am Rand des Hofs. »Wollen wir dorthin? Dann musst du nicht die ganze Zeit zu mir hochschauen.«

Als Allie nickte, schob er sie neben die Bank.

»Ich bin oft hier und schaue den Ananas beim Wachsen zu«, sagte sie als er sich gesetzt hatte. »Wenn wir viel Glück haben, ist eine von ihnen reif, wenn Henry und Damaris zurückkommen. Dann können wir sie probieren.« Bei dem Gedanken an ihre Schwester überkam sie Sehnsucht. »Die beiden sind jetzt schon über sechs Wochen fort.«

»Vermisst du deine Schwester?«

»Sehr. Ich habe ihr zwar gesagt, sie soll fahren, aber ich hätte nicht gedacht, dass sie mir so sehr fehlt. Henry vermisse ich natürlich auch, aber meine Schwester noch viel mehr. Und wenn ich daran denke, was Harriet gesagt hat.«

»Was hat sie denn gesagt?«

»Sie hofft, dass Damaris auf dieser Reise vielleicht einen Ehemann findet.« Allie sah ihn an. »Glaubst du, das wird sie?«

Er zögerte, als suche er nach den richtigen Worten. »Deine Schwester ist eine sehr hübsche junge Dame. Sie wird sicher kein Problem haben, unter passenden Bewerbern zu wählen.«

Allie nickte nachdenklich. So wirklich bewusst war ihr das erst vor Kurzem geworden: Damaris würde demnächst womöglich heiraten. Dann würde ihre Schwester mit ihrem neuen Ehemann wegziehen, und sie würden sich nur noch selten sehen. Wenn überhaupt. Eine schreckliche Vorstellung. Da war es besser, Damaris fände niemanden.

»Bislang hat sie jedenfalls nichts darüber geschrieben.« Dann hellte sich ihre Miene auf. »Ach, das habe ich ja ganz vergessen: Ich habe wieder einen Brief von ihr bekommen.« Sie zog ihre Tasche heran, nahm das Blatt heraus und faltete es auf.

»Sie und Henry sind jetzt in Wales«, sagte sie. »Und sie hat ganz wunderbare Sachen gesehen. Hier, sie schreibt: ›Wir sind jetzt für einige Tage in Llanhennock House, und Mr Johnson hat nicht nur einen wundervollen Garten, sondern auch eine kleine Menagerie, in der er exotische Tiere hält. Viele Vögel, aber auch Antilopen und Büffel und Krokodile. Gestern habe ich zum ersten Mal in meinem Leben einen Leoparden gesehen. Kannst du dir das vorstellen, Allie – einen richtigen, lebendigen Leoparden! Sein Fell ist hellbraun mit vielen dunklen Flecken, und er hat runde Ohren und schrecklich spitze Zähne. Einmal hat er gefaucht, als ich dem Gitter zu nahe gekommen bin.‹« Allie ließ den Brief sinken. »Hast du schon einmal einen Leoparden gesehen?«

Julian schüttelte den Kopf. »Nein, noch nie. Nur einmal einen roten Luchs, in den Wäldern von South Carolina, aber der war nicht wirklich gefährlich.«

»Schau.« Allie hielt ihm den Brief hin. »Damaris hat ihn sogar gezeichnet.« Auf dem unteren Viertel des Briefbogens hatte ihre Schwester eine Zeichnung des Tieres beigefügt, komplett von Kopf bis Schwanz.

Julian studierte die Skizze und nickte anerkennend, während

er ihr den Brief zurückgab. »Das ist wirklich gut, der Leopard sieht aus, als würde er gleich herausspringen. Deine Schwester ist eine begabte Zeichnerin.«

»Ja. Sie kann das richtig gut.« Allie faltete den Brief wieder zusammen. »Sie hat dich auch schon mal gezeichnet.«

»Mich?« Er blickte überrascht auf. »Ich wüsste nicht, dass ich ihr Modell gesessen hätte.«

»Sie hat dich aus der Erinnerung gezeichnet«, erklärte Allie. »Damals, kurz nachdem wir dich gefunden hatten. Sie hat die Bilder versteckt, aber ich wusste, wo sie waren. Zu der Zeit hatten wir noch ein gemeinsames Zimmer.«

Julian sah sie mit einem schwer zu bestimmenden Ausdruck an. »Und du meinst, es ist richtig, dass du mir das erzählst?«

Allie erwiderte seinen Blick, dann senkte sie den Kopf. »Nein. Vermutlich nicht.« Sie packte den Brief leicht betreten wieder in die Tasche.

Sie blickte erst wieder auf, als er sich erhob. »Willst du schon wieder gehen?«, fragte sie enttäuscht – und ein wenig besorgt.

»Nein, noch nicht. Ich habe noch eine Überraschung für dich.«

»Oh, gut.« Dann war er ihr offenbar doch nicht böse, wie sie schon befürchtet hatte.

Ihre Freude stieg, als er den rollenden Stuhl in Richtung Tal schob. Kurz hinter der Wegbiegung pfiff er nach den Hunden, die nur darauf gewartet zu haben schienen. Schnell wie der Wind kamen sie herbeigelaufen und begrüßten Allie mit offenkundiger Freude.

Kurzfristig war sie verwirrt, als Julian umdrehte und eine andere Richtung einschlug.

»Wohin gehen wir? Nicht zu dir?«

»Nein. Ich dachte, du möchtest vielleicht gern ans Meer.«

Die See lag spiegelblank unter ihnen, an diesem Tag war sie von tiefem Dunkelblau. Es war warm und ungewöhnlich windstill hier oben an der Klippe. Möwen tanzten in der Luft, die salzig und frisch und ganz wenig nach Fisch roch. Allie konnte sich kaum sattsehen an der Weite und dem Wasser und dem Horizont, der sich diesig in der Ferne verlor. Weit draußen sah sie ein paar Fischerboote, die vom Fang zurückkehrten.

»Gefällt es dir?«

Sie nickte ergriffen. »Sehr. Ich war so lange nicht mehr hier.«

Auch die Hunde schienen es zu genießen. Der schwarze Rüde hatte gerade irgendetwas aufgestöbert und begann, mit den Vorderpfoten an einem Felsen zu graben.

Julian stieß einen Pfiff aus. »Ares, hierher!«

Der Hund hob den Kopf, ließ gehorsam vom Felsen ab und begann stattdessen, seine Schwester spielerisch zu jagen.

»Du hast deine Hunde nach griechischen Göttern benannt«, sagte Allie.

»Wundert es dich, dass ich die Namen griechischer Götter kenne?«

»Nein«, gab sie zurück. »Ich wollte nur beweisen, dass ich mich auch auskenne.«

»Und? Tust du das – dich auskennen?«

Sie nickte. »Ares ist der griechische Gott des Krieges. Bei den Römern heißt er Mars. Und Hera ist die Frau von Zeus, dem Göttervater. Und gleichzeitig auch noch seine Schwester.«

»Du hast wirklich aufgepasst. Ich vermute, du bist recht gut im Unterricht.«

Allie hob die Schultern. »Ich habe einen Hauslehrer. Mr Doyle. Und er ist ziemlich streng.«

»Macht es dir Spaß zu lernen?«

»Manche Sachen schon. Vor allem alles, was mit Büchern und Literatur zu tun hat. Aber mit Mathematik tue ich mich manchmal schwer. Und die Stunden bei Madame LeTallec mag ich überhaupt nicht.« Sie überlegte kurz, dann kam ihr eine Idee. »Sprichst du Französisch?«

»Nein. Nur ein paar Worte.«

»Schade. Sonst hätte ich mit dir ein wenig üben können. ›Ein wenig Konversation zu betreiben, muss eine Dame be'errschen‹«, äffte sie Madame LeTallec mit ihrem französischen Akzent nach. »Und wenn ich frage, wozu ich das alles brauche, sagt sie, damit ich später einmal einen netten Mann finde.« Allie schnaubte. »Ich glaube kaum, dass ich überhaupt einen Mann bekomme. Wer will schon einen Krüppel, der nicht einmal laufen kann?«

»Man muss nicht unbedingt laufen können, um glücklich zu sein.«

»Das weiß ich. Aber es würde auch nicht schaden.«

Eine leichte Brise kam auf und wehte ihr durchs Haar. Allie hielt ihr Gesicht in den warmen Wind und schloss die Augen. Als sie sie wieder öffnete, sah er sie an.

»Hältst du mich immer noch für einen – wie hieß das? – Bucca? Dieses Meereswesen?«

Sie schüttelte den Kopf.

»Warum nicht?«

»Weil du dann schon längst zurückgekehrt wärst ins Meer. Aber du bist immer noch hier.«

Unten ließ sich ein Wasservogel treiben, schaukelte auf und ab mit den Wellen, die gleichmäßig an den Strand rollten und dort ausliefen. Eine Woge nach der anderen.

»Kannst du schwimmen?«, fragte Julian sie unvermittelt.

»Nein. Das habe ich nie gelernt.«

»Meine Kinder und Rachel konnten es auch nicht.«

»Aber du schon?«

Er nickte. »Ich nehme an, das hat mich gerettet. Auch wenn ich das gar nicht mehr wollte, als ich …« Er sprach nicht weiter, aber Allie wusste auch so, was er meinte. Als er gemerkt hatte, dass seine Familie nicht überlebt hatte. »Ich habe versucht, mich nach unten sinken zu lassen. Aber es ist schwierig zu ertrinken, wenn man schwimmen kann.«

Allie schwieg, sah aufs Meer und versuchte, sich vorzustellen, wie es gewesen sein musste, in jener Nacht zwischen den eisigen Wellen um sein Leben zu kämpfen. Das Meer, das jetzt so ruhig und glatt dalag, schien sich plötzlich verdüstert zu haben.

»Deine Kinder«, sagte sie schließlich. »Wie waren ihre Namen?«

»Die Mädchen hießen Ena und Elzie. Sie waren Zwillinge, gerade zwei Jahre alt geworden. Rachel war mit ihnen unter Deck, in der Kabine, als es passierte.«

»Du nicht?«

»Nein. Mein Sohn wollte unbedingt zuschauen, wie wir in den Hafen einlaufen, also habe ich mich angezogen und bin mit ihm nach oben an Deck gegangen.« Er sah Allie an. »Er hieß Tristan und war vier Jahre alt. Manchmal erinnerst du mich an ihn.«

»Ich?«

»Ja. Du hast dieselbe unstillbare Neugier auf die Welt, dasselbe Verlangen, alles wissen zu wollen.«

Allie ließ diese Worte auf sich wirken. Sie hörten sich gut an.

Dennoch hatte sich etwas verändert. Die Stimmung war umgeschlagen, plötzlich gefiel es ihr hier nicht mehr.

»Ich bin jedenfalls froh, dass du noch da bist«, sagte sie. »Und jetzt würde ich gern wieder zurück ins Haus.«

19

DAMARIS

Cheltenham, Gloucestershire, Juni 1785

Damaris setzte sich auf das Bett im Zimmer ihres Gasthofs und faltete Allies Brief erneut auf. Er war ganz zerknickt, so oft hatte sie ihn schon gelesen.

Ich habe einen neuen Freund, schrieb Allie, und Damaris wurde abermals ganz warm ums Herz. *Du erinnerst Dich doch noch an Mr Harrington? Den Bucca? Natürlich ist er kein Bucca, das weiß ich jetzt auch. Ich darf Julian zu ihm sagen, und er sagt Allie zu mir. Wir sehen uns manchmal, und dann fährt er mich in meinem rollenden Stuhl herum. Er ist gar nicht immer so unfreundlich, wie ich anfangs dachte. Ich habe ihn sogar schon zum Lachen gebracht. Seine beiden Hunde mögen mich auch, obwohl sie wirklich sehr groß sind. Wir waren auch schon am Meer. Und ich habe ihm die Grube gezeigt, in der die Ananaspflanzen wachsen. Wir hoffen beide sehr, dass eine davon reif ist, wenn ihr wieder zurückkommt.*

Damaris ließ den Brief sinken. Obwohl sie Allies Zeilen inzwischen fast auswendig kannte, schlug ihr Herz vor Aufregung und Glück immer noch schneller.

Julian. Wie sehr hatte sie sich damals gefreut, dass er doch nicht gegangen war. Aber dann war er schon bald darauf aus dem großen Haus ausgezogen und hatte sich in einer Hütte irgendwo im Alten Wald zurückgezogen. Zu wissen, dass er da war, aber für sie dennoch unerreichbar – das war fast schlimmer, als wenn er fort gewesen wäre. Denn an ihren Gefühlen für ihn hatte sich nichts geändert, auch wenn die stürmische Verliebtheit der ersten Wochen inzwischen einer stillen Sehnsucht gewichen war. Diese Liebe war wie ein Stachel mit Widerhaken – sie saß so tief im Fleisch, dass man sie nicht einfach herausziehen konnte. Vielleicht würde sie irgendwann über ihn hinwegkommen. Auch wenn sie nicht wusste, wie sie das anstellen sollte.

Und jetzt hatte sich Allie mit ihm angefreundet. Ob das auch für sie, Damaris, etwas ändern würde?

Sie hob den Brief, um ihn abermals zu lesen.

So viele große Häuser, so viele neue Gesichter. Und so viele Gärten. Die Tage waren angefüllt mit Reisen in der Kutsche, mit immer neuen Zimmern, mit Rundgängen und – natürlich – mit Zeichnen. Wenn sie bei den Hausherren übernachteten, kamen noch zumeist üppige Abendessen und lange Gespräche dazu. Damaris hatte Gefallen gefunden am Pharo, einem Kartenspiel, das sie an vielen Abenden mit Henry und anderen Interessierten spielte.

In ihrer Erinnerung verschwammen allmählich die einzelnen Stationen ihrer Grand Tour, und manchmal hatte sie sogar kurzfristig Schwierigkeiten, sich zu erinnern, wo sie sich gerade befand. Es half, dass sie unter jede ihrer Zeichnungen immer den Namen des jeweiligen Ortes schrieb. Dennoch freute sie sich jedes Mal genau wie Henry auf ihr nächstes Ziel, auf den nächsten Garten oder Park mit seinen speziellen Besonderheiten.

Im walisischen Monmouth interessierte Henry sich vor allem für den ummauerten Obstgarten, der versteckt in der Stadtmitte lag und den man nur durch einen kleinen Tunnel betreten konnte. Hier gediehen prächtige Obstbäume, die am Mauerwerk entlang hochgezogen worden waren. Eine der Ziegelmauern war eine »heiße Mauer«, bei der warme Luft in Kamine innerhalb der Steine geleitet wurde. Geheizt wurde durch einen Ofen am Fuß der Mauer. Dadurch konnten die Reifung der Früchte beschleunigt und die Wachstumsperiode verlängert werden.

»Eine gute Idee«, sagte Henry, der sich eifrig Notizen machte, während Damaris alles zeichnete. »Vielleicht werde ich so etwas auch in Heligan einbauen.«

Auf halber Strecke zwischen Monmouth und Piercefield brach ihnen ein Rad am Wagen, und Ruby und Damaris mussten am Straßenrand warten, bis die Männer – der Kutscher, Henrys Diener und Henry selbst – den Schaden notdürftig behoben hatten. Aber es dauerte nicht lange, bis diesmal die Achse brach, sodass sie gezwungen waren, den Wagen zurückzulassen und mitsamt ihrem Gepäck bis zur nächsten, zum Glück nicht weit entfernten Ortschaft zu laufen. Bis sich dort ein Handwerker gefunden hatte, der den Schaden beheben konnte, war es Abend geworden, und sie mussten in einem nicht sehr vertrauenerweckenden Gasthaus Unterschlupf für die Nacht suchen. Zum Glück war die Reparatur dann schnell erledigt, der Wagen bekam eine neue Achse, und sie konnten ihre Reise am nächsten Vormittag wie geplant fortsetzen.

Im walisischen St Arvans konnten sie mit dem Garten von Piercefield House ein weiteres wundervolles Beispiel für malerische Landschaftsgestaltung besichtigen. Damaris und Henry folgten dem viel gepriesenen Rundgang, der an etlichen Aussichtspunkten vorbeiführte, die eine spektakuläre Aussicht boten.

Am Eingang einer in den Felsen gehauenen Höhle befand sich eine in die Felswand eingebaute Plattform. Dort gab es einen durch ein hölzernes Geländer geschützten Sitzplatz, auf dem sie eine ganze Weile saßen und die Aussicht über das Tal des Wye bewunderten. Damaris kam sich angesichts dieser dramatischen Kulisse plötzlich sehr klein vor.

»Wenn man die Werke der Natur mit denen der Kunst vergleicht«, sagte Henry versunken, während Damaris zeichnete, »dann würde ich dies als Logenplatz eines wundervollen Theaters bezeichnen.«

Sie stiegen wieder hinunter, besichtigten noch die Überreste eines eisenzeitlichen Hügelforts und auch wieder eine kleine, künstliche Grotte, die mit Quarzkristallen und Kupferstückchen ausgekleidet war.

Nach diesem imposanten Naturschauspiel erfreute Damaris sich wenig Tage später an dem kleinen Garten von Painswick House in Gloucester. Er lag in einem schmalen Tal und war durchzogen von gewundenen Pfaden und gespickt mit kleinen Zierbauten. Ein Wasserfall ergoss sich ins Tal. An einem Spalier rankten sich duftende Rosen entlang, daneben blühten jetzt, im Juni, violetter Lavendel, weiße Sterndolden und Taglilien in feurigem Gelb, Orange und Rot.

All diese Dinge zeichnete sie, und von all diesen Dingen berichtete sie auch Allie in ihren Briefen.

Auch Henry schrieb viel. Sein Reisetagebuch, das er gewissenhaft führte und in das er zu jeder Station etliche Zeilen notierte, sowie Briefe an seine Gastgeber, um sich für zurückliegende Gastfreundschaft zu bedanken oder um einen konkreten Termin für seine Anreise zu nennen. Daneben schrieb er natürlich auch an seine Frau und seine Schwester. Ihre Briefe gaben Henry und Damaris jeweils in der nächsten Poststation auf, von wo aus sie mit der Postkutsche weiterbefördert wurden. In Heligan waren sie dann am nächsten, spätestens am übernächsten Tag.

Briefe von zu Hause erhielten sie meist an der nächsten in ihrem Reiseplan vorgesehenen Adresse, an die Harriet, Grace und Allie sie schickten, und bislang hatte noch jeder ihrer Briefe seinen Empfänger erreicht. Damaris war beeindruckt von der Effizienz dieses Systems.

Damaris war erleichtert, als es Anfang Juli wieder in Richtung Heimat ging. Denn so schön und aufregend ihre Reise mit Henry durch Englands Gärten auch gewesen war – nach knapp zweieinhalb Monaten sehnte sie sich wieder nach etwas Vertrautem.

Auf dem Weg nach Heligan machten sie wie versprochen noch

einmal in Hestercombe Halt. Damaris freute sich sehr, die Bampfyldes wiederzusehen, denn sie hatte Cop und Mary ins Herz geschlossen. Und auch wenn sie keine großen Ansprüche hatte: Ein Zimmer in Cops Haus war natürlich bei Weitem komfortabler als eines im Gasthaus.

»Ich habe etwas für Sie.« Mary Bampfylde nahm Damaris am Arm, als die Frauen nach dem Essen in den Salon gingen.

»Eine neue Stickarbeit?«, fragte Damaris höflich.

»Nein, etwas ganz anderes.« Die ältere Frau gab einem Diener Bescheid, der sogleich davoneilte. »Eine kleine Überraschung. Es ist auch nicht wirklich für Sie, sondern für Ihre Schwester.«

Der Diener kehrte zurück und überreichte Damaris einen sorgfältig mit einer festen Schnur zusammengebundenen Stapel Zeitungen.

»Sie haben mir doch erzählt«, sagte Mary, »dass die arme Kleine nicht laufen kann und sich gern ungewöhnliche Beschäftigungen sucht. Da dachte ich mir, dass sie vielleicht an einigen alten Ausgaben des *Sherborne Mercury* interessiert ist. Sie kennen den *Mercury*? Das ist eine wöchentlich erscheinende Zeitung mit vielen verschiedenen Inhalten. Ich habe Miller, unseren Butler, angewiesen, alle Exemplare zusammenzutragen, die wir noch haben.« Sie deutete lachend auf den dicken Stapel. »Ich hätte nicht erwartet, dass es so viele sind.«

Damaris war gerührt. »Das ist wirklich sehr freundlich von Ihnen, Mary. Ich bin sicher, Allie wird sich sehr darüber freuen.«

Als sie später am Abend allein auf ihrem Zimmer war, blätterte sie ein paar der alten Ausgaben durch. Jede Zeitung umfasste vier Seiten mit je vier Spalten, jeweils eng bedruckt, voller Berichte über Ausstellungen und Viehauktionen, Suchanzeigen, Lebensmittelpreise und Nachrichten aus dem In- und Ausland. Ja, das würde Allie gefallen, die sich schon immer für alle möglichen Themen interessiert hatte. Sie würde Tage, nein, Wochen darin zu lesen haben.

Damaris packte das Bündel Zeitungen sorgsam zu ihrem Reisegepäck und ging zu Bett. Nur noch wenige Tage, und sie wäre wieder zurück in Heligan. Sie konnte es kaum erwarten.

20

LEXI

Heligan Gardens, Mitte März

Für diese Jahreszeit war es ausgesprochen warm. Es war fast windstill, die tief stehende Sonne schien durch die kahlen Bäume und warf lange Schatten. Einige der Weiden trieben bereits aus – wie passend, dachte Lexi. Der Name Heligan bedeutete auf kornisch schließlich so viel wie Weidenbaum. Sie war hinuntergegangen bis ins Lost Valley, die bewaldete Senke unterhalb des Dschungels, durch die ein kleiner Fluss still dahinfloss. Entlang des mit hohen Bäumen gesäumten Weges blühten wilde Primeln und Narzissen in leuchtendem Gelb, und im trockenen Laub am Waldboden suchte eine kleine Kohlmeise raschelnd nach Insekten.

Von weiter vorn ertönten gedämpfte Rufe und Geräusche, die auf körperliche Arbeit hinwiesen: Äxte, die ins Holz getrieben wurden, und das Schnarren von handgeführten Sägen. Als sie sich langsam näherte, sah sie einige Männer an verschiedenen Stellen an niedrigen Bäumen und Sträuchern arbeiten. Sie erkannte Ben unter ihnen, der grüßend die Hand hob, als er sie sah, und sich dann wieder einem großen Haselstrauch widmete.

Am Rand des Arbeitsfelds lagen einige dicke Baumstämme, daneben weitere Arbeitsgeräte. Lexi setzte sich auf den äußersten Baumstamm, um den Männern zuzusehen, wie sie die kräftigen, gerade gewachsenen Äste der Haselsträucher dicht über dem Boden absägten und auf einen Haufen stapelten. Einer von ihnen machte sich daran, die Äste zu Bündeln zusammenzuschnüren.

Als sie eine Pause einlegten, kam Ben zu ihr.

»Alles klar?«, fragte er und griff nach einer Wasserflasche.

Sein Englisch hatte einen kornischen Einschlag. Nicht stark, aber doch bemerkbar. Warum war ihr das nicht früher aufgefallen?

Sie nickte.

»Interessierst du dich fürs *coppicing?*«

»Vermutlich.« Sie wartete, bis er fertig getrunken hatte. »Wenn du mir erklärst, was das ist.«

»Niederwaldbewirtschaftung.« Er schraubte die leere Flasche zu und stellte sie zurück auf den Boden. »Man schneidet Haselsträucher dicht über dem Boden ab, damit sie neu austreiben. Diese Triebe kann man als Bohnenstangen oder Erbsenstöcke verwenden. Oder für Zäune. Eine traditionelle Methode, die alle paar Jahre durchgeführt wird. Trägt dazu bei, das Gleichgewicht im Wald wiederherzustellen.«

»Verstehe. Ziemlich nachhaltig also.«

»So ist es. Und aus dem gewonnenen Holz machen wir Holzkohle zum Grillen. Die kann man bei uns im Shop kaufen.« Sein kornischer Akzent war jetzt stärker zu hören.

»Du kommst aus der Gegend?«, fragte sie.

»Aye« sagte er mit extra-breitem Akzent. »Ich mach die Sahne auf die Marmelade.«

Lexi lachte. »Alles klar«, sagte sie und versuchte, es so kornisch klingen zu lassen, wie es sich bei Ben anhörte.

Er deutete auf ihren Notizblock, der aufgeschlagen neben ihr lag. »Und du? Was machst du?«

Sie blinzelte gegen die tief stehende Sonne. »Nach Inspiration suchen. Hast du mitgekriegt, dass ich Sallys Aufgaben übernommen habe und einen Projektplan für die Ausstellung im nächsten Jahr erstellen soll?«

Er nickte. »Hat schon die Runde gemacht. Derek und Theo haben uns alle gebeten, dich zu unterstützen, wenn du Hilfe brauchst. Und jetzt hast du also keine Lust mehr, dich im Archiv zu vergraben?«

»Doch, das kommt noch. Aber ich wollte das gute Wetter nutzen und mich weiter umsehen. Versuchen, ein bisschen historische Stimmung einzufangen.«

»Gute Strategie. Und, klappt es?«

»Ich glaube schon.« Sie machte eine ausschweifende Handbewegung. »Hier ist so viel Geschichte, das ist unfassbar. Man spürt das Alter dieses Ortes.«

»Ja, das Tal ist schon sehr alt. Dieses ganze Gebiet wurde früher Old Wood – Alter Wald genannt. Den Namen Lost Valley bekam es erst während der Restaurierung. Da war das ganze Gelände hier unter dichten Sträuchern und Dornengestrüpp verborgen, und zahlreiche Freiwillige mussten es in mühsamer Arbeit freilegen.«

Lexi nickte. Darüber hatte sie vor Kurzem erst etwas gelesen. »Du kennst dich ziemlich gut aus, muss ich sagen.«

»Na ja, nicht mit allem. Für den meisten historischen Kram sind die Guides zuständig. Aber ich könnte dir einiges über Waldbewirtschaftung erzählen. Oder über Dschungelpflanzen.«

»Woher weißt du das alles?«

Er lächelte. »So was lernt man im Studium. Naturschutz und Landschaftspflege«, erklärte er auf Lexis fragenden Blick hin.

»Du bist nicht zufällig derjenige, der im nächsten Jahr eine Führung durchs Lost Valley macht, bei der die Besucher Praktiken von früher erläutert bekommen?«

»Doch. Bin ich.«

»Ich bin beeindruckt.«

Er hob die Schultern. »Das ist nicht so wild – ich muss ja nur erzählen, was ich sowieso schon weiß. Einen Projektplan für eine ganze Ausstellung zu machen, stelle ich mir deutlich schwieriger vor.«

»Ist auch nicht so wild. Ich hätte nur gern noch ein bisschen mehr konkretes Anschauungsmaterial. Aus dem achtzehnten Jahrhundert ist ja nicht mehr allzu viel übrig. Vor allem finde ich es schade, dass man nicht ins Herrenhaus kann. Wäre toll gewesen, wenn ich mich da hätte umschauen können, um zu sehen, wie die Tremaynes damals gelebt haben.«

»Ich nehme an, du warst schon am nördlichen Sommerhaus? Ich glaube, das stammt aus der damaligen Zeit.«

»Ja, war ich. Und an der Ananasgrube und der Grotte ebenfalls. Die sollen ja fast genauso alt sein.«

»Und von der alten Hütte hier im Lost Valley hast du auch gehört, nehme ich an?«

»Alte Hütte? Nein, davon weiß ich nichts.«

»Bei den Renovierungsarbeiten hat man hier die Überreste einer Hütte gefunden. So richtig alt, aus dem späten achtzehnten oder frühen neunzehnten Jahrhundert. Leider ist jetzt nichts mehr davon übrig.«

»Tatsächlich?« Lexi setzte sich aufrechter hin, eine Art Jagdfieber durchströmte sie. »Wo genau war das?«

»Wenn du willst, kann ich's dir zeigen.«

»Sehr gern.«

Er rief einem der anderen Männer etwas zu, dann reichte er ihr die Hand, um sie vom Baumstamm hochzuziehen. »Komm. Es ist nicht weit.«

Die Ärmel seines kakifarbenen Hemdes waren hochgekrempelt; als sie nach seiner Hand griff, konnte sie die Tätowierung auf seinem linken Unterarm erkennen: einen mit kleinen Ranken geschmückten Namen.

Rebecca.

Etwas wie Enttäuschung durchzuckte sie. War ja klar, dass jemand wie er eine Freundin hatte.

Sie folgte ihm, bis sie einen grasbewachsenen Übergang erreichten, der zwei Teiche voneinander trennte. Dort stand eine grün gestrichene Schäferhütte auf Rädern. Zur Tierbeobachtung, wie Ben erklärte.

»Ganz in der Nähe wurden bei den Restaurierungsarbeiten die Überreste der alten Hütte gefunden.« Er deutete nach vorn. »Irgendwo da.«

Er führte sie einen schmalen Pfad entlang bis zu einem Platz, wo das Gras höher und üppiger wuchs. Überall blühte goldener Ginster. »Hier gab es früher wohl mal eine Lichtung. Und hier hat man auch Mauerreste entdeckt, halb im Erdreich versunken, und ein paar Stücke eines gemauerten Kamins.« Er ging ein paar Schritte umher, den Blick auf den Boden gerichtet, dann kniete er sich hin und bog ein paar Gräser zur Seite. »Hier, siehst du? Diese dunklere Stelle im Boden. Das war vermutlich eines der Pfostenlöcher für die Seitenwände.«

Lexi verspürte das leichte Prickeln einer bevorstehenden Entdeckung. »Weiß man, wer hier gelebt hat?«

»Vermutlich ein Pächter. Oder der Wildhüter der Tremaynes. Ergibt ja auch Sinn – er musste nah an den Wäldern und dem Wild sein. Ich glaube, irgendwo in der Nähe wurden auch noch ein paar alte Gewehrkugeln gefunden.«

Lexi war wie elektrisiert. »Das ist wirklich faszinierend. Wenn man bedenkt, dass die meisten der Wege hier schon zu Henrys Lebzeiten angelegt wurden.«

»Henry?«

»So nenne ich ihn. Henry Hawkins Tremayne, der Gutsherr, der den Garten anlegen ließ. Ich habe inzwischen so viel über ihn gelesen, dass ich das Gefühl habe, ihn persönlich zu kennen. Manchmal könnte ich mir glatt einbilden, Henry oder jemand aus seiner Familie käme gleich um die Ecke.«

»Das ist schon möglich. Wusstest du, dass es hier spuken soll?«

»Meinst du die Grey Lady?«

»Ja, die natürlich auch. Aber ich meine hier, im Lost Valley. Willst du die Geschichte hören?«

»Natürlich.«

»Es heißt, dass hier vor einiger Zeit ein Mann mit seinem Hund spazieren gegangen ist – einem Labrador, glaube ich. Als der Hund sich losriss und im Unterholz verschwand, rannte der Mann ihm nach, um ihn wieder einzufangen. Und da sah er, in ein paar Yards Entfernung, jemanden stehen, der den Kopf schüttelte. Der Mann entschuldigte sich und ging mit seinem Hund zurück auf den Weg. Dann fiel ihm ein, dass die Erscheinung altertümlich gekleidet gewesen war. Er drehte sich um, aber wo noch Sekunden zuvor jemand gestanden hatte, war niemand mehr.«

Sie sah ihn skeptisch an. »Und das glaubst du?«

»Warum nicht? In Cornwall gibt es für jede Hütte, für jeden Baum einen Geist. Falls nicht, bist du nicht in Cornwall.« Er hob die Schultern. »Manchmal kann man sie spüren – die Geister der Vergangenheit, die hier irgendwie noch anwesend sind.«

»Und?«, konnte Lexi sich nicht zurückhalten zu fragen. »Hast du sie schon gespürt?«

Er sah sie an. »Vielleicht«, sagte er mit einem Schulterzucken. Und dann, recht unvermittelt: »Ich muss wieder zurück. Kommst du allein zurecht?«

»Ja. Und danke. Das war echt hilfreich.«

»Alles klar.«

Alles klar. Das hatte sie jetzt schon oft gehört. In Cornwall deckte dieser Ausdruck offenbar eine Vielzahl von Bedeutungen ab: Sehr gern. Wie geht's? Was macht die Familie? Ich wünsche dir viel Glück.

Er verabschiedete sich, und Lexi schaute ihm nach, als er den Pfad zurückging und hinter einer Biegung verschwand. Dann schlenderte sie weiter, setzte sich auf einen großen Stein, schloss die Augen und ließ sich die leichte Brise um die Nase wehen. Über ihr sangen die Vögel, rauschte der Wind in den Baumkronen, von weit entfernt vernahm sie wieder die Geräusche von Äxten und Sägen.

Sie malte sich aus, wie es wäre, die Zeit zurückzudrehen.

Stellte sich vor, wie die Vergangenheit um sie herum zum Leben erwachte und sich das bewaldete Tal mit Menschen eines längst vergangenen Jahrhunderts belebte, bis sie glaubte, tatsächlich das Knirschen der Kutschenräder auf dem Weg zu hören und das leise Klappern von Pferdehufen.

Faszinierend.

In den nächsten Tagen fuhr sie noch etwas früher als sonst nach Heligan. Bevor die Besucher eingelassen wurden, suchte sie sich, immer mit Stift und Notizbuch bewaffnet, einen der verschiedenen Plätze in den Gärten aus, um weitere Eindrücke zu sammeln. Mit jedem neuen Tag fühlte sie sich ein bisschen mehr heimisch, verliebte sie sich ein bisschen mehr in diesen einst verlorenen und immer noch verwunschenen Ort. Den Italian Garden mit seinem Wasserbecken voller Goldfische. Die feuchte Kühle der Steingrotte. Das mediterrane Sommerhaus auf der Anhöhe, von dem aus man bis zum Meer sehen konnte. Den ummauerten Sundial Garden mit der namensgebenden Sonnenuhr in seiner Mitte, die auch ohne Sonne ein beeindruckender Anblick war. Und natürlich den Dschungel voller exotischer Pflanzen.

Selbst am Sonntag kam sie her. An diesem Tag waren mehr Besucher da als sonst, was wohl nicht nur mit dem guten Wetter, sondern auch mit dem heutigen Muttertag zusammenhing. Fast jede weibliche Besucherin trug eine kleine Narzisse, die ihr am Eingang von einem der freiwilligen Helfer überreicht worden war.

»Eine Blume für eine ganz besondere Frau«, sagte Orlando und drückte Lexi eine goldgelbe Narzisse mit etwas Blattgrün in die Hand.

Lexi nahm die Blume, die sie an eine kleine Glocke erinnerte. »Sagst du das jeder Frau?«

Orlando grinste entschuldigend. »So in etwa. Aber bei dir meine ich das ernst. Hast du heute nicht frei?«

»Doch, eigentlich schon. Aber in zwei Tagen muss der Projektplan stehen, dann ist Besprechung mit Theo. Eliza will nachher auch noch kommen.«

Er nickte verstehend und beglückte gleich darauf zwei ältere Besucherinnen, die ganz aus dem Häuschen gerieten über diese Aufmerksamkeit, mit ein paar Narzissen.

»Hättest du danach mal Zeit und Lust auf einen Kaffee mit mir?«

»Gerne. Aber lass das bloß nicht deine neuesten Fans hören«, sagte sie mit Blick auf die beiden älteren Frauen, die nur ein paar Schritte weiter weg standen und sich die Blumen an ihre Jackenaufschläge steckten.

Er grinste und legte verschwörerisch den Finger auf den Mund.

Lexi machte sich auf in Richtung Archiv. Sie hielt sich gern dort auf, und das nicht nur, weil der leicht muffige Geruch sie an das alte Haus ihrer Großmutter in Liskeard erinnerte, in dem sie sich als Kind immer wohlgefühlt hatte. Sie mochte es einfach, in diesem Raum voller Vergangenheit zu versinken, in diesen Fundstücken der Geschichte aus den vergangenen zweihundertvierzig Jahren. Auch wenn sie eigentlich nicht so sehr ins Detail gehen wollte, machte ihr die Beschäftigung mit dieser lange zurückliegenden Zeit so viel Freude, dass sie mehr Stunden damit verbrachte, als sie bezahlt bekam.

Wie sie vor wenigen Tagen schon zu Ben gesagt hatte: Längst waren die historischen Gestalten, mit denen sie sich so viel befasste, in ihrer Vorstellung lebendig geworden. Vier Generationen von Tremaynes, die hier gelebt hatten, die gelacht und geweint, gegessen und geliebt hatten. Und einen wundervollen Garten geschaffen hatten.

Henry Hawkins, der das alles begonnen und zu erster Blüte gebracht hatte. Sein Sohn John Hearle, der den Garten weiter ausbaute und in dessen Zeit die Reisen der ersten Pflanzenjäger fielen. Dessen Sohn John, dem der große Rasen bei Flora's Green zu verdanken war und der die Hybridisierung von Rhododendron vorantrieb. Und zu guter Letzt Jack, der den Dschungel und den Italian Garden anlegte, bis der Erste Weltkrieg über sie kam, bei dem so viele der Gärtner ihr Leben verloren.

21

LEXI

Woods Lodge, Mitte März

Der Londoner Septemberregen durchfeuchtete ihre Haare und den Kragen ihrer Jacke. Sie achtete nicht darauf, denn Rob küsste sie, und das so intensiv, als wolle er sie nie wieder loslassen.

»So leicht entkommst du mir nicht«, murmelte er in ihr Ohr, während er sie an sich presste.

Er hatte sie nach Hause gebracht, nach einem fantastischen Abendessen in einem indischen Restaurant in der Innenstadt. Jetzt standen sie dicht an der Hauswand von Lexis Wohnung in Shoreditch, knapp außerhalb des Lichtkreises einer Straßenlaterne.

»Ach nein?«

»Nein.« Er lächelte. Ein wenig verwegen, ein wenig wölfisch. Lexi war hingerissen von diesem Lächeln. »Oder willst du, dass ich gehe?«

Sie schüttelte den Kopf, und er küsste sie noch einmal. Durch den Stoff seiner Jeans hindurch spürte sie, wie hart er war. Und er machte nicht den Eindruck, als ob es ihm peinlich wäre.

Eigentlich war es zu früh. Das hier war gerade mal ihr zweites Date, und sie sollte es ihm nicht so leicht machen. Aber Lexi war verliebt und neugierig – und alles andere als abgeneigt. Ihr letztes Mal war schon viel zu lange her.

»Dann … willst du noch mit hochkommen?«

Er wollte. Und wie er wollte.

Sie hatte kaum die Tür hinter sich geschlossen, als er ihr auch schon die Jacke von den Schultern streifte. Lexi tat es ihm nach, nestelte mit zittrigen Händen an den Verschlüssen seiner Lederjacke. So wie von Rob war sie bisher von keinem Mann begehrt worden – und sie hatte auch noch keinen so begehrt. Bereits im Flur ihrer winzigen Einzimmerwohnung ließen sie nach und nach alles fallen, was sie am Leib trugen. Ein wilder Tanz, bei dem es nur darum ging, wer wem die Kleidung am schnellsten vom Körper ziehen konnte. Bis sie in der Küche waren, trug Lexi nur noch ihre Unterwäsche – ein zarter Hauch von rosa Nichts, das sie extra für eine solche Gelegenheit gekauft hatte.

In Robs Blick lag Verlangen und Bewunderung.

»Du bist wunderschön«, stieß er hervor, während er sie rücklings auf den Küchentisch drückte, zwischen Salzstreuer und Zuckerdose, die polternd zu Boden fiel. »Gott im Himmel, du glaubst gar nicht, wie sehr du mich anmachst!«

Lexi lachte auf vor Glück. Sie wollte sich von ihrem Höschen befreien, aber da hatte er es schon zerrissen.

Dann zerfloss das Bild. Die Küchenmöbel rückten auseinander und wurden zu einem großen Fenster, vor dem ein paar hohe Zypressen wuchsen. Jetzt waren sie in Robs Haus, in seinem Schlafzimmer. Lexi war immer noch unter ihm, aber diesmal kniete er über ihr. Seine rechte Hand lag um ihren Hals, seine Finger wie Schraubstöcke. Sie bekam keine Luft und wehrte sich verzweifelt. Es nutzte nichts, seine Finger drückten immer fester zu.

»Wenn du das noch mal machst«, sagte er gefährlich leise, seine dunklen Augen glitzerten, »bringe ich dich um.«

Lexi fuhr mit einem Schrei auf, ihr Herz raste, das T-Shirt klebte an ihrem Rücken. Ein Traum, das war nur ein Traum gewesen!

Aber einer mit wahrem Hintergrund.

Und sie bekam tatsächlich kaum noch Luft. Sie spürte das Anklopfen einer erneuten Panikattacke und verkrampfte sich noch mehr.

Wie war das? Welchen Tipp hatte Ben ihr neulich im Dschungel gegeben? Verdammt, was hatte er gesagt?

Atmen. Langsam und tief. Und dabei zählen. Möglichst rückwärts, um sich auf etwas anderes zu konzentrieren.

Sie kämpfte gegen die Angst an und schaffte es, Luft zu holen.

Zwanzig.

Gut, sehr gut. Fast glaubte sie, Bens Stimme zu hören.

Neunzehn.

Achtzehn.

Siebzehn.

Allmählich flachte die Panik ab, wurde schwächer. Lexi atmete weiter, so langsam und tief wie möglich. Es klappte. Sie hatte die Kontrolle. Sie war sicher.

Sie war Rob entkommen, er konnte sie hier nicht finden.

Und wenn doch? Er hatte schon früher bewiesen, wie leicht er sie aufspüren konnte.

Aber nicht diesmal. Diesmal war sie vorsichtig genug gewesen.

Sie schüttelte den Kopf. Nein, sie wollte jetzt nicht daran denken.

Ihr Atem hatte sich wieder beruhigt. Sie stand auf und goss sich ein Glas Wasser ein, das sie durstig hinunterstürzte. Draußen war es noch dunkel, nur ein schwacher, heller Schimmer war am östlichen Himmel zu sehen.

An Schlaf war nicht mehr zu denken. Da konnte sie auch den Projektplan fertigstellen.

»Sehr gut, wirklich!« Theodora Williams nickte zufrieden, über ihr Gesicht glitt ein verhaltenes Lächeln. Sie trug ein farbenfrohes Oberteil, das ihrer etwas fülligen Figur schmeichelte. »Ganz genauso hatte ich mir das vorgestellt. Das ist sehr gute Arbeit.«

Vor der Chefin des Heligan-Archivs lag der ausgearbeitete mehrseitige Projektplan. Lexi hatte für jeden der drei vorgesehenen Zeitabschnitte eine eigene Übersicht entworfen und Ziele und terminliche Vorgaben festgelegt, zu denen alles abgeschlossen sein musste. Für die erste Phase – das späte achtzehnte Jahrhundert – hatte sie dokumentiert, wo sie mit ihren eigenen Recherchen bereits stand.

Theo legte den Projektplan zur Seite, beugte sich hinter ihrem großen Schreibtisch ein wenig vor und sah von Lexi zu Eliza und wieder zurück. »Habt ihr noch ein bisschen Zeit? Ich hätte da nämlich etwas mit euch zu bereden. Vor allem mit dir, Lexi.«

Als die beiden Frauen eine halbe Stunde später wieder ins Tageslicht traten, fühlte Lexi sich seltsam unwirklich und leicht wie eine Feder.

»Oh, da ist Orlando«, sagte Eliza. »Das muss er sofort erfahren.« Sie beschleunigte ihre Schritte und zog Lexi hinter sich her. »Orlando, warte, wir müssen dir was erzählen!«

Er blieb am Eingang zur Cafeteria stehen, bis sie ihn erreicht hatten. »Ich höre, meine Schönen?«

»Wir hatten gerade eine Besprechung mit Theo. Du weißt doch, wegen der Ausstellung im nächsten Jahr.«

»Oh, die gefürchtete Besprechung. Aber da ihr so strahlt, hat sie euch offenbar nicht die Köpfe abgerissen.«

»Uns doch nicht«, erwiderte Eliza mit kokettem Augenaufschlag. »Wir haben ihr unseren Projektplan vorgestellt.«

»Und?«

Eliza lächelte überlegen. »Wir haben sie auf ganzer Linie überzeugt. Und jetzt sollen wir weitermachen.«

»Ihr sollt den Plan weitermachen?«

»Nein, du Dummkopf!« Eliza schlug ihm spielerisch auf den Arm. »Wir sollen die Ausstellung organisieren, mit allem Drum und Dran! Das heißt, in erster Linie Lexi, und ich helfe ihr dabei.«

»Ehrlich?«

Lexi nickte glücklich.

Theo hatte ihr das Angebot gemacht, auch die Vorbereitung der Jubiläumsausstellung zu übernehmen und ihren Projektplan in die Tat umzusetzen. Natürlich mit entsprechendem Vertrag und Entlohnung. Und Lexi hatte eingewilligt.

»Das ist ja fantastisch!«, sagte Orlando. »Na los, das müssen wir feiern. Ich würde euch ja einen Sekt ausgeben, aber den gibt's hier leider nicht. Aber ich denke, ein Kaffee tut es auch, oder?«

Kurz darauf balancierte er ein Tablett mit drei Kaffeebechern und Kuchen zu einem Tisch in der Cafeteria, an den die beiden Frauen sich gesetzt hatten.

»Und? Bist du zufrieden?«, fragte er Lexi, als alle versorgt waren.

»Mehr als das. Ich weiß zwar noch nicht, wie ich das alles schaffen soll, aber das wird schon. Und Eliza ist ja auch noch da. Allerdings habe ich jetzt ein Problem.« Mit beiden Händen hielt sie den Kaffeebecher, den ein Bild der Mud Maid zierte.

»Welches wäre?«

»Ich brauche eine neue Unterkunft.«

Sie konnte nur noch bis Ostern in der B&B-Pension der Woods bleiben, denn ab dann waren sämtliche Zimmer schon lange von anderen Gästen gebucht. Und Ostern lag dieses Jahr sehr früh, schon Anfang April.

»Ich würde dir ja anbieten, bei mir einzuziehen«, sagte Orlando, »aber ich habe nur ein Zimmer in einer WG. Ich fürchte, da darf ich niemanden zusätzlich wohnen lassen.«

Lexi lächelte ihn an. »Trotzdem danke.«

»Du könntest dir ein Zimmer in einem Hostel nehmen«, schlug Eliza vor – ein wenig spitz, wie Lexi fand.

»Zu sechst in einem Raum? Ich weiß ja nicht ...« Orlando zog die dunklen Augenbrauen hoch. »Aber du könntest einen Aushang im Café anbringen. Vielleicht findet sich jemand, der etwas über ein freies Zimmer weiß.«

Als Lexi an diesem Abend zu den Woods zurückkehrte, verspürte sie tiefe Befriedigung. Es war ein guter Tag gewesen. Ein sehr guter sogar. Wenn sie es nicht total in den Sand setzte, konnte sie mindestens ein Jahr lang hier arbeiten, und sie würde sogar einiges mehr verdienen als bisher.

Sie hatte nicht lange gezögert, als Theo ihr den befristeten Arbeitsvertrag angeboten hatte. Für einen kurzen Moment hatte sie befürchtet, dass Rob sie dann leichter finden könnte. Aber da selbst jetzt niemand nach Referenzen fragte oder ihren Ausweis sehen wollte, der ihren richtigen Namen preisgegeben hätte, hatte sie ihre Bedenken beiseitegeschoben und zugesagt. Die Wahrscheinlichkeit, dass Rob sich Zugriff auf ihre Personaldaten verschaffen könnte, war schließlich äußerst gering.

Sie öffnete einen auf dem Heimweg gekauften Piccolo und kippte den Inhalt in Ermangelung eines Sektglases in den Zahnputzbecher. Dann klappte sie ihren Rechner auf und fuhr ihn hoch. Das Bildnis von Henry Hawkins Tremayne, das sie sich als Hintergrundbild eingerichtet hatte, erschien. Sie sah in das ernste, blasse Gesicht und prostete ihm mit dem Becher zu.

»Herzlichen Glückwunsch, Henry. Scheint so, als würden wir beide noch eine Weile zusammenarbeiten.«

Sie trank ein paar Schlucke, dann stellte sie den Becher auf dem Nachtschränkchen ab und begann, im Netz nach einer neuen Unterkunft zu suchen.

22

LEXI

Heligan Gardens, Ende März

An diesem Vormittag war noch wenig los in der Cafeteria. Nur ein paar vereinzelte Gäste und die junge rothaarige Bedienung, die sich offensichtlich langweilte. Lexi studierte die Zettel am Schwarzen Brett. Verkäufe von gebrauchten Möbeln und Babysachen, aber keine Zimmerangebote. Mist.

Die Angebote, die sie am gestrigen Abend auf verschiedenen Internetseiten gefunden hatte, waren leider wenig ergiebig gewesen. Notfalls würde sie zwar auch noch für ein paar Tage in irgendeinem anderen B&B oder Hostel unterkommen können, aber auf Dauer brauchte sie eine feste Bleibe.

Dann würde sie es jetzt mit einem Aushang am Schwarzen Brett versuchen. Sie pinnte ihr Blatt dazu, schön sichtbar mitten hinein.

»Möbliertes Zimmer oder kleine möblierte Wohnung in der Nähe gesucht«, stand dort in farbigen Lettern. Lexi hatte den Aushang am Morgen verfasst und auf Millicents altem Farbdrucker ausgedruckt.

Und jetzt würde sie sich einen Schokoladenmuffin von der Kuchentheke gönnen.

»Bist du auf der Suche nach etwas Bestimmtem?«, fragte die Bedienung, als Lexi an der Kasse bezahlt hatte, und deutete mit dem Kopf auf das Schwarze Brett.

Lexi nickte. »Ja. Irgendeine bezahlbare Unterkunft in der Nähe.

Ich hab schon alle möglichen Angebote durchforstet, aber was ich gefunden habe, ist viel zu teuer – der billigste Anbieter verlangt fünfhundert Pfund pro Monat. Oder es ist nicht möbliert. Oder so abseits gelegen, dass nicht einmal ein Bus fährt, und ich hab kein Auto.«

»Ja, das ist schwierig, in dieser Gegend etwas Passendes zu finden.« Der Akzent der jungen Bedienung war leicht irisch gefärbt. Sie legte den Kopf schräg und sah Lexi prüfend an. »Ich hab dich schon öfter gesehen. Du arbeitest hier?«

»Ja, bislang auf Stundenbasis, aber seit gestern habe ich einen richtigen Vertrag für ein ganzes Jahr. Ich bin für die historische Ausstellung im nächsten Jahr zuständig.«

»Oh, das ist ja mal cool. Ich bin Caitriona, aber alle nennen mich Cait. Wie Kate, nur anders geschrieben.«

»Freut mich. Ich bin Lexi.«

Cait warf einen Blick zur Kuchentheke, wo sich inzwischen zwei Besucher eingefunden hatten. »Ich muss wieder zurück. Aber ich glaube, ich hab da was für dich. Kannst du gerade mal mitkommen?«

Natürlich konnte Lexi. Sie wartete, bis die Kunden gezahlt und sich einen Platz gesucht hatten.

Cait kam hinter der Theke hervor. »Ich wüsste da eventuell was in Mevagissey«, sagte sie lächelnd. Lexi konnte zwei winzige silberne Piercings unter ihrer Oberlippe sehen.

»In Mevagissey? Das ist ja fast um die Ecke. Das wäre genial!«

»Und habe ich das richtig verstanden: Du hast also einen Arbeitsvertrag mit entsprechender Bezahlung für ein ganzes Jahr?«

»So ist es.«

»Sehr gut.« Cait nickte. »Jetzt ist nur die Frage, ob du mit jemandem zusammenwohnen würdest.«

»Kommt drauf an, mit wem.«

»Einem dreibeinigen Kater.«

Lexi lachte. »Das ist kein Problem, ich liebe Katzen. Und wem gehört der Kater?«

»Oje, lass ihn das bloß nicht hören«, gab Cait mit einem Augenzwinkern zurück. »Du weißt doch: Katzen haben keine Besitzer, Katzen haben Personal.«

»Okay«, ging Lexi auf den Spruch ein. »Ist das Personal denn nett?«

»Aber hallo, ich bin die Nettigkeit in Person!«

»Und du suchst also eine Mitbewohnerin?«

Cait nickte. »Ich habe mich vor Kurzem von meinem Arschloch-Freund getrennt, und jetzt ist die Wohnung zu groß und zu teuer für mich allein. Ich hatte schon überlegt, ob ich inseriere, aber mir ist der persönliche Kontakt lieber.« Sie trat wieder hinter die Theke, als der nächste Kunde sich näherte. »Heute passt es bei mir nicht, aber wenn du morgen Zeit hast, kannst du nach meiner Schicht mitkommen und dir die Wohnung mal anschauen. Und dann überlegen wir, ob das mit uns klappen würde.«

Lexi war voller Hoffnung, als sie das Café verließ. Womöglich hielt ihre Glückssträhne ja noch etwas länger an.

»Hallo Henry«, sagte Lexi zu dem Konterfei auf ihrem Rechner. »Es ist immer wieder eine Freude, dich zu sehen.«

Nachdem als erster Ausstellungsschwerpunkt das späte achtzehnte Jahrhundert vorgesehen war, musste sie sich noch eingehender als bislang mit dieser Epoche befassen. Sie hatte schon in Heligan etwas recherchiert, aber die Zeit im Archiv hatte nicht gereicht, sodass sie jetzt, am Abend, damit fortfahren wollte.

Natürlich hatte sie die Auszüge aus Henrys Tagebuch sorgfältig gelesen und alles andere, was ihr zu den Anfängen Heligans in die Finger gefallen war. Doch das war noch zu wenig, um daraus eine unterhaltsame Geschichte zu machen. Aber jetzt hatte sie ein Online-Archiv zu Cornwalls Historie entdeckt – eine wahre Fundgrube an Informationen.

Probeweise gab sie einen Zeitraum – 1760 bis 1800 – und den Namen Tremayne ein und wurde kurz darauf mit einer Fülle von Einträgen belohnt.

Sie scrollte durch die Liste und öffnete verschiedene Artikel. Meist war es nur eine kurze Notiz, in der erwähnt wurde, um was es bei dem archivierten Stück ging, das in einer Präsenzbibliothek einzusehen war. Nur manchmal gab es längere Auszüge daraus.

Sie fand viele Einträge über Briefe, die Henry geschrieben hatte, und eine Übersicht über seinen Besitz, der durch Heirat und Erbschaften immer größer geworden war. Wenn Lexi das richtig verstand, dann gehörten ihm etliche Güter in Cornwall und auch ein paar im angrenzenden Devon sowie einige Zinnminen. Ja, Henry war ein reicher Mann.

Lexi lächelte, als sie bemerkte, dass sie in der Gegenwart dachte. Als würde er noch leben.

Mit wachsender Faszination studierte sie die Liste weiter. Da gab es einen Vermerk zu einer Mrs Waterman, Haushälterin der Tremaynes, die Stoff und Seidenstrümpfe bestellt hatte. Eine Rechnung für einen »rollenden Stuhl«, was immer das auch sein mochte. Ein Brief eines Aufsehers, eine von Henrys Zinnminen betreffend. Eine Rechnung über Haarpulver. Eine Notiz über Ausgaben für einen Pferdesattel und zwei Doggenwelpen. Eine Auflistung der persönlichen Ausgaben von Henry Hawkins Tremayne, darunter ein Fernglas, ein Spazierstock, Papier, ein Federmesser, Schokolade, Spielkarten und Auslagen für den Coiffeur.

Schokolade? Friseur? Lexi musste grinsen. Henry hatte offenbar ganz ähnliche Schwächen wie sie selbst.

Dann stieß sie die Luft in einem lang gezogenen Seufzer aus. Das war so viel Stoff – sie wusste gar nicht, was sie aus dieser Masse an Informationen auswählen sollte.

Aber das hier sollte schließlich keine Doktorarbeit werden. Es ging nicht darum, die Dinge möglichst umfassend zu schildern, sondern unterhaltsam zu sein. Was hatte Theo gesagt? Sie wollte die Geschichten hinter der Geschichte. Wie die um den Schiffbrüchigen, von dem Millicent Woods erzählt hatte. Leider hatte Milli nichts Näheres darüber gewusst.

Aber womöglich konnte man ja mit heutigen Mitteln noch mehr herausfinden. Lexi startete eine neue Suche im Online-Archiv, gab die Begriffe »Schiffbrüchiger« und »Tremayne« ein und grenzte den Zeitraum auf das späte achtzehnte Jahrhundert ein.

Tatsächlich, es gab einen Treffer, einen Brief von Henry an seine Schwester Grace. Und diesmal war sogar ein kurzer Auszug daraus zitiert, in dem Henry sich darüber freute, dass er einen gewissen Mr Julian Harrington als Wildhüter seines Anwesens gewinnen konnte. *Ich glaube,* schrieb Henry weiter, *diese neue Aufgabe ist wie geschaffen für unseren ehemaligen Schiffbrüchigen.*

Wie spannend! Lexi kam sich plötzlich vor wie eine Entdeckerin, der ein Schatz in die Hände gefallen war: Sie hatte den Namen des Schiffbrüchigen herausgefunden! Und falls das wirklich Henrys Wildhüter gewesen war: Handelte es sich dann um denselben Mann, dessen möglichen Wohnort Ben ihr gezeigt hatte?

Heligan präsentierte sich auch in den nächsten Tagen von seiner besten Seite. Bis auf ein paar vereinzelte Regenschauer leuchtete eine kräftige Frühlingssonne vom Himmel, die überall frische Blumen und Blüten sprießen ließ – einer Pracht voller bunter Farben. Und nicht nur das gute Wetter, auch noch etwas anderes ließ Lexi strahlen: An diesem Tag würde sie umziehen.

Es war alles ganz schnell gegangen. Vor einer Woche hatte sie gemeinsam mit Cait den Bus nach Mevagissey genommen, um sich die Wohnung anzusehen, und dann hatten sie auch schon über die Formalitäten gesprochen.

Auf dem Weg zu ihrem Arbeitsplatz traf sie auf Orlando.

»Ach, gut, dass ich dich sehe, Lexi«, sagte er. »Andy, der Vorarbeiter der Farm, hat angerufen. Einer der Farmarbeiter ist ausgefallen, und sie brauchen jemanden, der die Shigs abholt und hilft, sie in den neuen Stall zu bringen. Dauert nicht lange. Könntest du das übernehmen?«

»Shigs?«, wiederholte sie irritiert. »Was ist das denn?«

»Du kennst unsere Shigs noch nicht? Das ist ja kaum zu glauben.« Orlando schüttelte den Kopf, dass seine langen Dreadlocks hin und her schwangen. »Na, dann mach dich mal auf was gefasst. In Heligan kannst du nämlich die erste erfolgreiche Kreuzung eines Schafs mit einem Schwein sehen. Wir haben das Ergebnis Shigs genannt, von *sheep* wie Schaf und *pig* wie Schwein.«

»Ihr habt Schafe mit Schweinen gekreuzt?«

»Nicht willentlich, aber so ist es.« Er setzte eine Miene auf wie ein stolzer Vater. »Niemand hätte gedacht, dass das möglich wäre, aber die Natur geht wohl doch ihre eigenen Wege. Vor Kurzem hat eine der Sauen einige Ferkel geworfen, und erst nach ein paar Tagen merkten die Farmarbeiter, dass irgendwas anders war als sonst. Die Ferkel machten nämlich Geräusche, die sich mehr wie das Blöken eines Schafs anhörten. Außerdem ist ihr Fell ganz kraus und flauschig.« Er hob die Hand zum Kopf und zog eine seiner dunklen, verfilzten Strähnen durch die Finger. »Vermutlich so ähnlich wie meine Haare, wenn ich die Dreads aufmachen würde. Jedenfalls erklärt man es sich so, dass einer unserer langwolligen Schafböcke sich in eine unserer roten Tamworth-Schweinedamen verliebt hat, was nicht ohne Folgen blieb.«

Lexi sah ihn skeptisch an. »Du willst mich auf den Arm nehmen, oder?«

»Nie im Leben!« Er winkte, als er nicht weit entfernt Ben erblickte. »He, Ben, kannst du gerade mal kommen? Lexi glaubt mir nicht, dass es Shigs gibt.«

»Unsere Schafschweinchen?« Ben kam näher, ein Bündel frisch geschnittener Haseltriebe in der Hand. »Klar gibt's die. Ich habe vorhin erst bei ihnen vorbeigeschaut. Das sind sehr freundliche und verspielte Tiere. Und ziemlich robust. Die perfekte Mischung für unser kornisches Wetter.«

Lexis Zweifel bröckelten, auch wenn sie noch nicht wirklich überzeugt war. »Aber ist so was überhaupt möglich? Biologisch, meine ich.«

»Unglaublich, oder?«, sagte Orlando. »Aber warte, ich hab ein paar Fotos.« Er holte sein Handy hervor und wischte darauf herum. »Ah, hier. Siehst du.« Er hielt ihr sein Handy hin. Der Bildschirm zeigte eine der Wiesenflächen von Heligan, auf der drei kleine Ferkel mit rötlichem, gekräuseltem Fell herumliefen.

»Wirklich erstaunlich«, murmelte Lexi. Auch wenn sie bislang nicht sicher gewesen war – das Foto überzeugte sie.

»Ich bin gespannt, ob sie geschoren werden können«, sagte Orlando. »Und ob sie nach Lamm oder nach Schwein schmecken, wenn man sie schlachtet.«

»Ihr wollt sie schlachten?«, fragte Lexi entsetzt. »Diese süßen Tiere?«

»Natürlich«, sagte Ben. Seine Miene war völlig ausdruckslos. »Dafür sind sie doch da.«

Als Lexi sich zu Orlando umdrehte, sah sie, dass er mühsam das Lachen zurückhielt. Und auch Ben grinste jetzt wie ein Schuljunge, dem ein Streich geglückt war.

Endlich begriff sie. »Ihr habt mich angeschwindelt. Alle beide!«

Orlando hob in gespielter Unschuld die Hände. »Das würden wir doch nie tun. Vor allem nicht an einem solchen Tag. Was, Ben?«

»Niemals«, bekräftigte der.

Was denn für ein Tag? Sie zog ihr Handy heraus, blickte auf die Datumsanzeige – und verstand. »Erster April. Na wartet!«

»Du hast es geglaubt!«, feixte Orlando.

»Dir allein nicht. Aber als Ben es dann bestätigt hat – und du mir dann auch noch das Foto gezeigt hast …« Sie lachte und schüttelte den Kopf über sich selbst.

»Die Sache ist schon ein paar Jahre alt«, sagte Orlando. »Aber sie funktioniert immer wieder. Schon super, wozu moderne Bildbearbeitung in der Lage ist.«

»Das ist wirklich nicht nötig«, wandte Lexi ein, als Edwin ihren Koffer nahm und in den Kofferraum seines zerbeulten Ford packte – obwohl sie sich natürlich freute, dass er sie fahren würde.

»Nach Mevagissey ist es kürzer als nach St Austell«, sagte Millicent, »und schon von dort hat Edwin Sie gern abgeholt.« Als sie Lexi an ihre Brust zog, wurde diese von einer blumigen Wolke von Parfüm umhüllt. »Sie wissen ja: Wenn Sie irgendetwas wissen wollen oder brauchen, zögern Sie nicht, sich zu melden. Oder besuchen Sie uns einfach mal so, das würde uns sehr freuen.« Sie seufzte. »Auf Wiedersehen, mein Vögelchen. Sie werden mir fehlen.«

»Sie mir auch, Millicent. Ich wüsste nicht, was ich ohne Sie getan hätte.«

»Na ja, vermutlich hätten Sie eine andere Unterkunft gefunden«, warf Edwin trocken ein.

Ein letztes Winken in Millicents Richtung, dann startete Edwin den Motor, und das Haus geriet langsam außer Sicht.

Eine halbe Stunde später war Lexi in Mevagissey, dem kleinen Fischerort nahe Heligan, der sich um eine hügelige Bucht schmiegte. Cait wartete schon auf sie, freudig aufgeregt.

Die junge Irin lebte in einer Dreizimmerwohnung im ersten Stock mit Blick auf den Hafen. Die Wohnung war nicht gerade neu, aber gemütlich eingerichtet, und im gemeinsamen Bad stand eine Wanne mit Löwenfüßen. Natürlich gab es hier keine Regency-Pracht wie bei Millicent und Edwin. Aber es war halbwegs ordentlich und sauber, und die Miete, die sie sich mit Cait teilen würde, war weitaus erschwinglicher als in der Pension der Woods.

Lexi zog in das ehemalige Gästezimmer, in dem ein schmales Bett und ein alter Schrank sowie ein Tischchen mit Lampe standen. Cait hatte den Raum mit bunten Kissen und ein paar frischen Blumen geschmückt.

»Du kannst dir natürlich alles so einrichten, wie du es möchtest«, sagte sie.

Sie feierten Lexis Einzug mit einer riesigen Pizza, während sie am Essplatz am Fenster saßen und auf den alten Hafen von Mevagissey blickten. In regelmäßigen Abständen leuchtete das Licht des weiß gestrichenen Leuchtturms auf der äußeren Hafenmauer auf.

»Das hast du nun davon«, sagte Cait mit sichtlichem Wohlwollen. »Jetzt wird er dir ständig auf die Pelle rücken.«

Sie zeigte auf Nelson, ihren schwarzen Kater, der sofort Lexis Schoß in Beschlag genommen hatte, nachdem sie ihn mit Käse von ihrer Pizza gefüttert hatte. Cait hatte ihn so genannt, weil dem Kater nach einem Unfall sein rechtes Vorderbein fehlte und sie daher an den britischen Admiral und Kriegshelden Lord Nelson erinnerte, der während einer Seeschlacht einen Arm verloren hatte.

Lexi löste ein neues Stückchen Käse vom Teigboden. »Ich glaube, es gibt Schlimmeres im Leben.« Sie hielt es Nelson hin, der es manierlich von ihrem Finger nahm.

»Dann schieß mal los«, sagte Cait. »Wie sieht's aus mit den Männern bei dir?«

Für einen Moment verkrampfte Lexi sich. Nein, sie würde natürlich kein Wort über Rob verlieren. Kein Wort darüber, wie brutal er geworden war, als er herausgefunden hatte, dass sie ihn verlassen wollte. Dann entspannte sie sich wieder. Nelson schnurrte laut in ihrem Schoß. »Ich könnte dir etwas über Henry erzählen«, sagte sie mit einem gespielt lässigen Schulterzucken.

»Henry heißt er also?« Cait nahm sich ein neues Stück Pizza. »Ich bin ganz Ohr.«

23

DAMARIS

Heligan House, Mitte Juli 1785

Das Wetter bei ihrer Rückkehr war genauso herrlich wie in den Wochen zuvor. Damaris genoss den so lange vermissten Anblick der vertrauten Umgebung, als sie endlich wieder in Richtung Heligan fuhren. Zu beiden Seiten des Weges erstreckten sich von der Sonne beschienene gelbe Weizenfelder, gesprenkelt mit blauen Kornblumen und rotem Klatschmohn. In der Ferne erkannte sie die Hütten einiger Pächter, die kleinere Parzellen bewirtschafteten. Dann war endlich Heligan House auf dem Hügel zu sehen mit seiner langgestreckten, weiß gestrichenen Fassade und den vielen Fenstern.

Und wer sich da alles vor dem Eingang versammelt hatte, um sie zu begrüßen Mrs Waterman und Bellwood, der Butler, Mrs Lee, die Köchin, sowie sämtliche Küchen- und Hausmädchen. Sogar die Gärtner und Pferdeknechte waren gekommen. Und natürlich Harriet und der kleine Johnny, der seinem Vater entgegenrannte und dabei vor Begeisterung fast über seine eigenen Füße fiel. Und – zu ihrer größten Freude – Allie.

»Maris!« Ihre Schwester rollte in ihrem Stuhl auf sie zu, ihr Gesicht leuchtete vor Freude. »Endlich! Ich muss dir so viel erzählen!«

Als alle Anwesenden gebührend begrüßt waren, ihr Gepäck abgeholt worden war und sie Gelegenheit gehabt hatten, sich kurz frisch zu machen, konnte Damaris sich endlich mit Allie zurückziehen und ihr ihre Geschenke überreichen.

Von fast jeder Station der elf Wochen dauernden Reise hatte Damaris ihr etwas mitgebracht. Kleine Sachen, die nicht teuer waren und die sich gut transportieren ließen. Einen glitzernden Stein aus der Grotte von Pains Hill. Ein paar Haarbänder von einem Markt in der Nähe von Stowe. Einen winzigen geschnitzten Elefanten aus Berkshire. Schreibfedern und einen Briefbeschwerer aus Exeter. Das zierliche Modell eines Tempels aus Hagley Park, den Henry gleich in doppelter Ausfertigung erworben hatte – einmal für sich und einmal für Damaris, die es für Allie gedacht hatte. Und natürlich den Stapel von Zeitungen von Mrs Bampfylde.

Allie baute all diese Mitbringsel vor sich auf dem Tisch auf und begutachtete bis auf die Zeitungen jedes einzelne ganz genau.

»Freust du dich?«, fragte Damaris.

Allie nickte mehrfach. »Sehr«, bestätigte sie. »Aber am meisten freue ich mich, dass du wieder da bist.«

»Ich mich auch«, seufzte Damaris. »Aber du warst es doch, die gesagt hat, ich sollte fahren.«

»Ich weiß.« Sie senkte den Kopf. Plötzlich wirkte sie leicht bedrückt oder als hätte sie noch etwas auf dem Herzen.

»Was ist los?«, fragte Damaris.

»Harriet meinte, sie hofft, dass du auf dieser Reise einen Ehemann findest«, sagte Allie zur Tischplatte vor sich. Dann hob sie den Kopf und sah ihre Schwester an. In ihren Augen glitzerte es. »Hast du einen gefunden? Und wirst du dann weggehen?«

»Nein«, gab Damaris schnell zurück. »Nein, ich habe niemanden gefunden, der auch nur in die Nähe eines möglichen Ehemannes gekommen wäre.« Sie legte Allie die Hand auf den Arm. »Und falls es irgendwann so weit ist – dann würde ich dich natürlich mitnehmen. Ich würde dich nie allein lassen.«

Auf Allies Gesicht breitete sich ein erleichtertes Lächeln aus. »Wirklich? Dann ist es ja gut. Obwohl ich nur sehr ungern von hier weggehen würde.« Sie setzte eine wichtige Miene auf. »Ich habe nämlich einen neuen Freund.«

»Du meinst Mr Harrington? Du hast ihn ja öfter in deinen Briefen erwähnt.«

»Ja. Und ich darf Julian zu ihm sagen. Das ist sehr nett von ihm, findest du nicht?«

Damaris' Herz schlug schneller. »Du hast dich also mit ihm angefreundet? Wie ist es denn dazu gekommen? Hat er eines Tages vor der Tür gestanden und gefragt, ob du Lust auf einen Spaziergang hättest?«

Allie lachte. »Nein, so war's nicht. Ich erzähle es dir. Aber du musst mir versprechen, dass du nicht böse bist.«

Damaris zog die Augenbrauen hoch, doch sie nickte. »Was hast du wieder angestellt?«

»Gar nichts. Na ja, eigentlich ist Sarah daran schuld, weil sie nicht gekommen ist. Und da bin ich eben allein losgefahren und im Alten Wald gelandet.«

»Du bist mit deinem rollenden Stuhl allein den Weg zum Alten Wald hinuntergefahren?« Bei dieser Vorstellung blieb Damaris fast das Herz stehen.

»Ja«, gab Allie unbekümmert zurück. »Und das war gar nicht schwierig, es ging ja immer leicht bergab. Aber dann bin ich stecken geblieben, unten, im Wald, und dann …«

»Wie bitte?«

»Ja, aber dann kam zum Glück Julian und hat mich wieder rausgeholt. Ach ja, vorher waren da noch Ares und Hera und haben mich ein bisschen erschreckt. Dabei sind sie ganz lieb.«

»Wer sind Ares und Hera?«

Allie sah sie in mildem Tadel an. »Julians Doggen natürlich. Wir haben sie schon mal gesehen. Als Welpen, damals, als man sie in dem Korb gebracht hat. In der Eingangshalle.«

Damaris erinnerte sich flüchtig an die beiden Hündchen in dem verschlossenen Korb. Aber damals hatte sie viel mehr auf Julian geachtet als auf die Tiere, die Allie so fasziniert hatten. Diese Welpen waren also für ihn bestimmt gewesen.

»Und du verstehst dich also gut mit … Mr Harrington?«, fragte sie so beiläufig wie möglich.

Allie nickte. »Ich habe ihm Bücher mitgebracht, aus der Bibliothek. Er liest nämlich fast genauso gern wie ich. Und manchmal«, sie räusperte sich, »hab ich ihm ein bisschen aus deinen Briefen vorgelesen. Du hast so schöne Sachen geschrieben, das musste ich einfach mit ihm teilen.«

Für einen Moment erschrak Damaris. Hatte sie irgendetwas Verfängliches geschrieben? Etwas, was nicht für andere Leute als Allie bestimmt gewesen war? Nein, wohl nicht – bei Allie musste sie schließlich immer damit rechnen, dass sie Sachen tat, die man nicht erwartete. Dennoch – die Vorstellung, dass Julian Auszüge aus ihren Briefen gehört hatte, war ihr ein wenig peinlich. Oder nein, nicht peinlich. Eigentlich war es sogar aufregend.

»Und was … hat er dazu gesagt?«

»Er mochte es. Du hattest ja auch so vieles Interessantes zu erzählen. Von den schönen Gärten und dem Einsiedler und der Menagerie mit den Tieren. Ich habe ihm auch deine Zeichnung vom Leoparden gezeigt. Das hat ihm gefallen. Er sagte, du wärst eine begabte Zeichnerin.«

»Tatsächlich«, murmelte Damaris. Sie spürte Hitze in ihren Wangen aufsteigen. Er hatte sie begabt genannt.

»Ja«, fuhr Allie fort. »Und dann habe ich ihm erzählt, dass du ihn auch schon gezeichnet hast.«

»Du hast was?« Damaris' Kopf ruckte hoch. »Bist du von allen guten Geistern verlassen?«

Allie hatte wenigstens den Anstand, beschämt auszusehen. »Das hat er auch gesagt.«

»Was hat er gesagt?«

»Dass es nicht richtig war, ihm das zu erzählen.«

Damaris' Mund wurde trocken. Die Freude über ihr Wiedersehen war einer leichten Panik gewichen. Wie konnte sie Julian je wieder unter die Augen treten?

»Da hat er ganz recht«, erwiderte sie schwach.

»Aber das ist doch schon so lange her«, versuchte Allie sich zu verteidigen. »Und was ist denn dabei?«

»Darauf kommt es nicht an, Allie. Denkst du auch nur einmal darüber nach, bevor du den Mund aufmachst?« Damaris stöhnte leise auf. »O Gott, was muss er jetzt von mir denken?«

Allie verzog die Lippen zu einem überlegenen Grinsen. »Nun, er hat gesagt, du wärst eine sehr hübsche junge Dame.«

Damaris stockte der Atem, ihre rasenden Gedanken stoppten. »Er findet mich hübsch?«

Allie nickte. »Bist du noch böse auf mich?«

»Ja.« Dann schüttelte Damaris den Kopf. »Nein, das stimmt nicht. Ich bin nicht böse. Auch wenn ich es sein sollte.«

Zur Feier seiner Rückkehr – und weil er vor wenigen Tagen vierundvierzig geworden war – gab Henry eine Gartenparty. Sämtliche Familienmitglieder und die auf dem Anwesen wohnenden Pächter mit ihren Familien waren eingeladen, was bedeutete, dass sich auf dem Rasen vor dem Herrenhaus viele Menschen tummelten.

Mrs Lee, die Köchin, und ihre Küchenmädchen hatten Eintopf gekocht und etliche Brote und halbrunde gefüllte Cornish Pastys gebacken, an denen sich jeder bedienen durfte. Zudem gab es ein paar große Blechkuchen mit frischen Früchten – Aprikosen, Himbeeren und Kirschen – sowie herrlich duftende Safranbrötchen mit Rosinen.

»So viel, wie Henry vorhat, wird es hier demnächst mit dem beschaulichen Leben vorbei sein.« Grace Rashleigh war neben Damaris getreten, ein Glas in der Hand, in dem sich noch ein kleiner Rest von Mandel-Orgeat befand. Damaris mochte Henrys Schwester sehr – anders als die manchmal etwas sauertöpfische Harriet war Grace stets gut gelaunt und freundlich.

Sie stimmte ihr zu und ließ ihren Blick schweifen.

Ein wenig abseits hatte man einen niedrigen Tisch für die jüngeren Kinder aufgestellt. Martha und Hetty Rashleigh, die beiden Töchter von Grace, gaben sich bereits recht gesittet, während Perys Rashleigh und sein zwei Jahre älterer Cousin Johnny begeistert mit ihren hölzernen Steckenpferden umherrannten, die Henry ihnen mitgebracht hatte.

Und dort hinten stand Grace' Mann Charles und unterhielt sich mit Julian.

Grace' Blick war dem ihren gefolgt. »Deine Schwester hat ein gutes Händchen, will ich meinen. Sie hat mir erzählt, dass sie sich mit Mr Harrington angefreundet hat, während Henry und du auf großer Reise wart. Und unser Einsiedler scheint mir ein wenig aufgetaut zu sein. Selbst mein Gemahl sucht inzwischen das Gespräch mit ihm. Vermutlich langweilt Charles ihn gerade mit seinen neuesten Überlegungen zum Bau eines Hafens.«

»Er sieht nicht gerade gelangweilt aus«, gab Damaris schulterzuckend zurück.

Grace trank ihr Glas aus. »Apropos Reise«, fragte sie. »Dürfen wir Grund zur Hoffnung haben? Hast du jemand Vielversprechenden kennengelernt?«

Damaris musste sich zwingen, ihren Blick von Julian loszureißen und Grace anzusehen. »Ich habe so viele Leute kennengelernt, dass ich schon kaum mehr weiß, wie sie alle hießen«, gab sie ausweichend zurück.

Grace hob ihr leeres Glas. »Entschuldige mich«, sagte sie. »Aber ich muss unbedingt noch etwas von diesem fantastischen Orgeat holen, bevor es nichts mehr gibt. Möchtest du auch noch etwas?«

Damaris verneinte – ihr Glas war noch halb gefüllt.

Sie überlegte gerade, ob sie sich ein Safranbrötchen holen sollte, als ihr Bein einen Schlag bekam. Der kleine Perys, jüngster Spross von Grace und Charles, war in seinem wilden Spiel mit seinem Steckenpferd gegen sie gelaufen.

»Verzeihung, Tante Maris!«

»Master Perys«, sagte Julian ganz in ihrer Nähe, »ich glaube, Ihre Mutter sucht Sie. Sie hat etwas von einer Überraschung gesagt.«

Der Kleine sah ihn einen Augenblick lang stumm an, als würde er seine Worte überdenken, dann ging ein Strahlen über sein Gesicht. »Überraschung!«, jubelte er und lief mit seinem Stecken davon.

Damaris wandte sich an Julian.

»Mr Harrington.« Sie hatte weiche Knie, und ihre Hände waren feucht. Es war nicht vorüber. Ganz und gar nicht.

»Miss Tremayne.« Er neigte den Kopf.

»Ich habe mich noch gar nicht bedankt«, sagte Damaris. »Dafür, dass Sie sich um meine Schwester gekümmert haben. Ich hoffe, Sie ist Ihnen nicht allzu sehr auf die Nerven gefallen. Aber jetzt sind Sie ja von ihr erlöst.«

»Da gibt es nichts zu erlösen. Sie ist wie eine frische Brise an einem windstillen Tag.« Er lächelte. »Zugegeben, eine Brise, die einiges durcheinanderwirbeln kann.«

»Oh ja«, seufzte Damaris, »da haben Sie recht.«

Sie hielt sich an ihrem Glas mit dem nach Marzipan und Orangen schmeckenden Orgeat fest, während sie angestrengt überlegte, was sie noch sagen könnte. Aber ihr Kopf war wie leer gefegt. In den zurückliegenden Wochen hatte sie doch oft genug an lockeren Plaudereien teilgenommen. Wieso wollte es ihr jetzt nicht gelingen? Wieso war sie in seiner Gegenwart nur so unglaublich befangen? Vermutlich suchte er schon nach einer Möglichkeit, sich so bald wie möglich dieser Situation zu entziehen.

»Wie war Ihre Reise?«, fragte er.

Damaris seufzte innerlich vor Erleichterung auf. Jetzt bewegte sie sich auf sicherem Terrain. Sie erzählte ihm von einigen Herrenhäusern, in denen sie untergekommen waren, und deren beeindruckenden Gärten mit ihren verschiedenartigen Anlagen.

»Henry kann es kaum erwarten, die vielen neuen Eindrücke umzusetzen«, schloss sie.

Julian nickte. »Ich weiß. Darüber hat er vorhin mit mir gesprochen. Der Squire hält große Stücke auf Sie. Und auf Ihre Zeichnungen. Er sagte, dass Sie – wie viel? – fünf Skizzenbücher verbraucht haben.«

»Sechs«, berichtigte Damaris. »Aber das sind bessere Stümpereien, mehr nicht.«

»Sagen Sie das nicht. Allie hat mir Ihre Zeichnung eines Leoparden gezeigt. Sehr beeindruckend.«

»Danke«, murmelte sie. Ihr wurde heiß. Würde er jetzt etwa die Tatsache erwähnen, dass sie ja auch ihn schon gezeichnet hatte?

»Wo sind eigentlich Ihre Hunde?«, stellte sie die erste Frage, die ihr in den Sinn kam.

Dann biss sie sich auf die Zunge. Was für eine dämliche Frage. Aber etwas anderes war ihr auf die Schnelle einfach nicht eingefallen. Er hob kaum merklich eine Braue. »Zu Hause. Die beiden lassen sich entschuldigen. Sie machen sich nicht so viel aus gesellschaftlichen Zusammenkünften.«

Damaris sah ihn ein wenig irritiert an, dann lächelte sie. Hatte er gerade einen Scherz gemacht? Das war ja etwas ganz Neues.

»Da bist du ja«, erklang in diesem Moment Allies Stimme neben ihr. Wie immer im unpassendsten Moment. »Ich hab dich schon überall gesucht.«

Zu Damaris' Überraschung sprach Allie nicht mit ihr, sondern mit Julian, der sich jetzt zu ihrer Schwester umdrehte und sie sofort in ein Gespräch verwickelte. Es war wirklich bemerkenswert, wie ungezwungen die beiden miteinander umgingen.

»Oh, Julian, schau«, rief Allie dann aus. »Eine Ananas!«

Auf einer silbernen Platte wurde gerade eine prächtige, frisch geerntete Ananas aufgetragen. Damaris kannte die Früchte, die Henry seit einigen Jahren im Melonenhof zu ziehen versuchte, bislang nur vom Ansehen.

Neben ihr stieß Allie einen erwartungsvollen Seufzer aus.

»Darauf habe ich mich schon seit Wochen gefreut«, sagte sie zu Damaris. »Julian und ich haben den Ananas nämlich beim Wachsen zugesehen.«

Henry nahm die allgemeine Aufmerksamkeit zum Anlass, seine Pläne für die nächsten Wochen und Monate anzukündigen. Es würde größere Veränderungen in Heligan geben. Aber jetzt wolle man erst einmal feiern und fröhlich sein – und von der Ananas kosten.

Selbst die Kinder hielten inne in ihrem Spiel und sahen zu, als Henry ein langes Messer ergriff und die exotische Frucht mit vorsichtigen Schnitten erst von ihrem üppigen Kopfputz befreite und dann der Länge nach aufschnitt.

Anders als von Damaris erwartet probierte Henry nicht sofort, sondern begann damit, die Frucht in viele kleine Stücke zu zerteilen, die von einigen Dienern auf Teller verteilt und mit kleinen, zweizinkigen Gabeln versehen wurden. Dann gingen die Diener damit herum, bis jeder Gast versorgt war.

Damaris betrachtete das kleine Stück der hellgelben, fleischigen Frucht mit den feinen Fasern auf ihrem Teller. Es roch leicht säuerlich. Nicht allzu verheißungsvoll.

Auf Henrys Aufforderung probierten alle gemeinsam.

Die Ananas war eine Enttäuschung. Sie schmeckte bei Weitem nicht so, wie Damaris erwartet hätte, sondern nur sauer und ziemlich strohig. Das war jetzt also die Königin der Früchte, die unter so schwierigen Bedingungen in einem eigenen Gewächshaus heranwuchs?

Die anderen Gäste reagierten ebenfalls mit Zurückhaltung. Manch einer lobte artig den ungewöhnlichen Geschmack, aber niemand wollte ein zweites Stück.

Auch Henry sah man die Enttäuschung an.

»Nun ja«, sagte er, nachdem er lange gekaut hatte. »Da ist wohl noch etwas Verbesserung nötig.«

24

DAMARIS

Heligan House, Juli 1785

Henry war derart inspiriert, dass er es kaum erwarten konnte, endlich anzufangen. Vor dem Winter wollte er so viele seiner Pläne wie möglich für den Garten verwirklichen oder zumindest in die Wege leiten.

Nur zwei Tage nach ihrer Rückkehr traf Thomas Gray ein, der junge Landschaftsarchitekt, der Henry bei seinem Umbau tatkräftig unterstützen würde. Mr Gray hatte sich kaum in seinem Zimmer in Heligan House eingerichtet, als er auch schon gemeinsam mit Henry zur Tat schritt.

Sie heuerten dreißig weitere Gärtner und Handwerker an, die hauptsächlich aus der Umgebung kamen, und schon bald verwandelte sich das bislang so beschauliche Heligan in eine Stätte voller Geschäftigkeit. Innerhalb weniger Tage war das Gelände voller Menschen, die umgruben und pflanzten und hämmerten und ausmaßen. Damaris fragte sich zuweilen, ob Henry auch zusätzliche Küchenkräfte eingestellt hatte, um die gestiegene Zahl von Arbeitern zu verköstigen.

Henry war selig. Er stand früh auf und ging spät zu Bett, und Damaris, die ihn gern unterstützte, hielt es ähnlich. Sie konnte ihm ansehen, wie sehr es ihn erfüllte, endlich all die vielen Ideen umzusetzen, die er zusammen mit ihr auf seiner Reise zu den Gärten gesammelt hatte. Oft sah sie ihn, wie er und Thomas Gray die Köpfe über einem Plan oder einer von Damaris' Zeichnungen zusammensteckten und sich angeregt berieten. Es erfüllte sie mit Stolz, dass sie einen kleinen Anteil an diesem großen Werk hatte, das da im Entstehen begriffen war.

Während auf den Getreidefeldern die Weizenernte voranschritt, ging es an anderer Stelle ebenso voran. Die Sägemühle auf dem südlichen Gelände Heligans arbeitete fast ununterbrochen, genau wie die Getreidemühle, die unermüdlich Mehl zur Verköstigung der vielen Beschäftigten mahlte. Fast jeden Tag trafen neue Lieferungen für den Garten ein. Erst am Vortag war ein Transport aus den Niederlanden mit kleinen rötlichen Klinkern für die Mauern des Blumengartens angekommen. Sie waren in Exeter gelandet und dann mit Lieferkutschen bis nach Heligan gebracht worden. Ebenfalls aus Exeter trafen Unmengen an Sträuchern und kleinen Bäumen aus einer neuen Baumschule in Budlake ein, die Henry von Mr Gray empfohlen worden war.

Der Melonenhof, in dem auch die Ananas wuchsen, erhielt eine hohe Ziegelmauer, und um das hufeisenförmige Feld nördlich des Hauses ließ Henry moderne, immergrüne Sträucher pflanzen und ein paar Wege im Inneren anlegen.

Der vor vier Jahren gepflanzte Schutzgürtel aus Koniferen an der Westseite Heligans war inzwischen zu einer ordentlichen Höhe herangewachsen, der den größten Teil der starken Winde abhielt. Jetzt bekam auch die Ostseite einen ähnlichen Windschutz.

Wenn Damaris aus dem Fenster ihres Zimmers im ersten Stock in Richtung Meer blickte, konnte sie einige Arbeiter sehen, die Büsche und niedrige Bäume kappten, um den Blick hinunter ins Tal freizumachen.

Neben all diesen landschaftlichen Umgestaltungen ging Henry auch zwei andere Vorhaben an, die ihm am Herzen lagen: die Errichtung eines Tempels nach antikem Vorbild und einer Kristallgrotte.

Es war so warm wie schon in den vergangenen Tagen, und Damaris hatte beschlossen, den Männern, die im Blumengarten nördlich des Hauses arbeiteten, eine kleine Erfrischung zu bringen. Allie hatte sie kurz entschlossen begleitet. Damaris trug ein leichtes Sommerkleid aus Musselin und hatte ihr dichtes kastanienbraunes Haar zu einem einfachen Knoten zusammengefasst. Ihren Strohhut, der sie vor der Sonne schützen sollte, hatte sie im Haus vergessen.

Noch immer hatte es kaum geregnet, der Boden war trocken, und die Gärtner mussten viele Kübel Wasser aus den verschiedenen Brunnen auf dem Anwesen herbeitragen, um die neu gepflanzten Bäume und Sträucher zu wässern.

Im Blumengarten arbeiteten vier Männer – zwei Gärtner und zwei Maurer –, die die angebotene Erfrischung dankbar annahmen. Danach ließen sie einer nach dem anderen die Zinnbecher sinken.

»Vielen Dank, Miss Tremayne. Das war sehr freundlich von Ihnen.«

Sie reichten ihr und Allie die geleerten Becher, in denen sich gerade noch gekühlte Zitronenlimonade befunden hatte, und wandten sich erneut ihrer Arbeit zu. Damaris konnte dabei zusehen, wie die Mauer aus Ziegelsteinen weiter emporwuchs.

Der Blumengarten zeigte sich in seiner ganzen sommerlichen Pracht. Ein Viertel davon nahmen Harriets geliebte Rosen ein, daneben erstreckten sich Beete mit den duftenden, farbenfrohen Blüten von Levkojen, Geißblatt und Duftwicken sowie Nelken in allen möglichen Formen und Farben. Hierher zog es Damaris in letzter Zeit besonders häufig. Nicht nur wegen der vielen wunderbaren blühenden Pflanzen, sondern auch, weil sich ganz in der Nähe der Mann aufhielt, von dem sie seit Jahren träumte.

Damaris schwenkte die Zinnbecher mit etwas klarem Wasser aus und legte sie zurück in den Korb auf Allies Schoß, in dem sich noch weitere Becher, zwei geleerte Flaschen und eine halb volle mit Limonade befanden.

»Gehen wir jetzt endlich zu Julian?«, fragte Allie.

Damaris nickte.

Die Räder von Allies rollendem Stuhl knirschten auf dem Kiesweg, als Damaris ihre Schwester vorwärtsschob. Hinaus aus dem Blumengarten und dann auf dem Pfad nach rechts, bis sie den Reitweg kreuzten, der hier verlief. In einem etwas versteckten Winkel hinter dem Weg sollte die Grotte entstehen. Hier war es ein wenig schattiger und damit auch etwas kühler. Und hier war auch Julian.

Als er sie hörte, richtete er sich auf.

»Miss Tremayne, Allie, was verschafft mir die Ehre?«

Er trug eine lederne Weste über seinem Hemd und hatte sein dunkelblondes Haar mit einem Band zurückgebunden, aus dem ein paar Strähnen entwichen waren.

»Wir bringen dir etwas zu trinken«, sagte Allie, während sie einen Becher mit Limonade füllte.

»Sehr aufmerksam.« Er nahm den Becher entgegen.

»Außerdem wollte ich dich sehen«, sagte Allie, sobald er getrunken hatte. »Das tue ich ja fast nur noch sonntags beim Gottesdienst, und da haben wir kaum die Möglichkeit, miteinander zu reden.«

»Das wird sich bald wieder ändern. Sobald ich den Unterbau für die Grotte fertig habe.« Julian gab ihr den geleerten Becher zurück.

Noch war nichts zu sehen außer einem Gerüst aus hölzernen Streben. Darüber würde später die künstliche kleine Höhle aus Granitsteinen errichtet werden. Damaris konnte sich jetzt schon vorstellen, dass es prächtig aussehen würde, wenn erst die Kristalle eingefügt wären.

Allie nickte fachmännisch. »Das kannst du so gut, weil dein Vater Stellmacher war, nicht wahr? Er hat Wagen und Räder gebaut, und du hast es von ihm gelernt.«

Julian wedelte eine vorwitzige Biene fort, die dicht hinter Allies Ohr flog. »Du hast gut aufgepasst.«

Während er mit Allie sprach, musterte Damaris verstohlen sein Gesicht. Er war wirklich ein ausgesprochen gut aussehender Mann.

»Alles in Ordnung, Maris?« Allie sah sie von unten her an.

»Ja, natürlich.«

»Aber du bist ganz rot im Gesicht. Als hättest du Fieber.«

Damaris' Wangen fühlten sich unangenehm heiß an. »Tatsächlich? Das … kommt sicher daher, weil ich in letzter Zeit öfter draußen bin.«

Sie fing einen Blick von Julian auf und errötete noch mehr. Amüsierte er sich über sie?

»Du hast auch eine recht gesunde Gesichtsfarbe, Alison Tremayne«, sagte er zu Damaris' Erleichterung. »Ich glaube, du hast sogar mehr Sommersprossen bekommen.«

Damaris schluckte. Auch sie selbst hatte am Morgen zu ihrem Erschrecken ein paar feine braune Pünktchen auf ihrem Nasenrücken entdeckt, was vermutlich davon herrührte, dass sie in letzter Zeit nicht immer an ihren Strohhut gedacht hatte, wenn sie im Garten unterwegs war. Und jetzt begann sich auch noch ihr Haarknoten langsam aufzulösen. Sie griff sich unauffällig in den Nacken und begann, ihn wieder festzustecken.

Allie seufzte. »Ich weiß. Harriet hat mir eine Creme gegeben, aus einer Apotheke in Truro, die ich täglich auftragen soll. Sie wird die Sommersprossen bleichen.«

Diese Creme kannte Damaris. Sie verwendete sie nur selten, denn sie brannte und juckte, sobald man sie aufgetragen hatte.

Julian griff nach einer hölzernen Strebe, die er in den Unterbau einfügen wollte. »Das würde ich mir noch mal überlegen. In manchen dieser Cremes ist Quecksilber oder Blei enthalten.«

»Aber Harriet sagt, eine Dame müsse ihren blassen Teint auf jeden Fall erhalten.«

»Was spricht denn gegen ein paar Sommersprossen?«, fragte Julian. »Und ich finde nicht, dass eine Dame unbedingt blasse

Haut haben muss.« Er sagte es in Allies Richtung, aber Damaris hatte den Eindruck, als würde er nicht nur mit ihrer Schwester sprechen.

Sie räusperte sich. »Ich glaube, wir müssen jetzt wieder gehen, Allie. Wir haben Mr Harrington lange genug gestört. Und wir sollten Henry und Mr Gray auch etwas zu trinken bringen. Ich glaube, ich habe die beiden beim Sommerhaus gesehen.«

25

DAMARIS

Heligan House, August 1785

Ein strahlender Sommermorgen dämmerte über Heligan herauf, die Sonne war gerade erst aufgegangen. Damaris war schon früh aufgestanden. Es würde wieder recht warm werden, wie schon in den vergangenen Tagen. Ein guter Tag für die Ernte, und ein guter Tag für den Garten. Aber vorher hatte Damaris noch etwas anderes vor.

Sie trug ihre Reitkleidung und saß auf ihrer Stute Bonnie, die der Stallknecht für sie gesattelt hatte. Neben ihr ritt ihre Zofe Ruby, die sich zu Damaris' Freude als recht ordentliche Reiterin erwiesen hatte.

Gemeinsam steuerten sie den Alten Wald in der Talsenke unterhalb von Heligan House an. Hier hatte Henry schon vor Jahren einige Reitwege anlegen lassen. Die Schritte der Pferde waren fast lautlos, Eichen und Buchen entlang des Weges sorgten für angenehmen Schatten.

Damaris liebte diese Stunde zwischen Traum und Tag. Seit sie Ruby hatte überzeugen können, mit ihr auszureiten, taten sie es regelmäßig. Meist am frühen Morgen, bevor die Arbeit im Garten begann und das Gras noch feucht war vom Tau. Und vielleicht auch ein kleines bisschen in der Hoffnung, Julian zu sehen.

Es war fast zwei Wochen her, seit sie ihn das letzte Mal gesprochen hatte. Zwei Wochen, in denen sich viel getan hatte:

Der Unterbau für die Kristallgrotte war schon lange fertig.

Zwei Maurer aus Mevagissey hatten darüber aus Granitsteinen eine kleine Höhle errichtet, und demnächst würden die bunten Quarzsteine und Turmaline geliefert werden, mit denen das Innere ausgekleidet werden sollte.

Die Mauer um den Blumengarten war fertig, an den Außengrenzen des Anwesens waren ausgedehnte Bereiche mit Sträuchern und jungen Bäumen bepflanzt worden, außerdem hatte man begonnen, die Reitwege noch weiter auszubauen.

Ihr Weg führte die beiden Frauen an diesem Morgen entlang des Flusslaufs mitsamt seinen Dämmen und Mühlkanälen, der weiter südlich auf die Mühle traf. Es war wunderbar ruhig hier, nur ein paar Vögel zwitscherten hoch über ihnen, dazu das leise Schnauben der Pferde und die gedämpften Geräusche ihrer Hufe. Damaris atmete tief durch, spürte der Stille und dem Frieden des Ortes nach.

Zwischen den Bäumen des Alten Waldes erspähte sie die hellen Umrisse eines halb fertigen Gebäudes. Dort ließ Henry einen kleinen Tempel errichten, ganz ähnlich wie der, den sie in Pains Hill gesehen hatten. Er hatte ihn nach Damaris' Zeichnungen entworfen, was sie immer wieder stolz machte.

»Oh, sehen Sie nur, Miss Tremayne.« Ruby deutete nach vorn. An der Stelle, wo sich ihr Weg mit einem anderen kreuzte, befanden sich zwei mit klarem Flusswasser gefüllte Steintröge. Dort war ein Pferd festgebunden. Damaris erkannte es sofort: Das war Silver, Julians Apfelschimmelstute, wie sie von Allie wusste.

Ruby wirkte sichtlich unruhig. »Kommen Sie, Miss Tremayne, lassen Sie uns weiterreiten.«

»Wovor hast du Angst, Ruby? Vor Wilderern? Das musst du nicht. Siehst du, Mr Harrington ist ganz in der Nähe.«

»Ich weiß«, murmelte Ruby und wirkte dabei kein bisschen beruhigter.

»Wir sollten die Pferde trinken lassen«, sagte Damaris.

Da es den beiden Frauen nur schwer möglich war, allein aus

dem Damensattel abzusteigen, blieben sie sitzen, während die Pferde tranken.

Die Tiere stellten die Ohren auf, als Hundegebell zu hören war. Damaris' Herz begann schneller zu schlagen, als Julian auf dem schmalen Pfad zu ihrer Linken, der auf den Reitweg stieß, näher kam.

»Oh nein!«, hörte sie Ruby aufseufzen.

Julian trug zwei tote Hasen über der Schulter, und er war nicht allein. Ein halbwüchsiger Junge, dessen Hände mit einem Strick vor dem Bauch gefesselt waren, stolperte neben ihm her. Vor den beiden liefen die Doggen, die bei Damaris' Anblick in wildes Schwanzwedeln verfielen.

»Guten Morgen, Miss Tremayne, Ruby. So früh unterwegs?«

»Guten Morgen, Mr Harrington,« brachte Damaris hervor und nickte ihm lächelnd zu. »Da sind wir offenbar nicht die Einzigen. Wer ist das?«

»Ein Wilderer«, sagte er. »Auf frischer Tat ertappt, als er gerade seine Fallen räumen wollte. Seit Henry so viel mit seinem Garten beschäftigt ist, scheinen manche Menschen zu glauben, sie könnten sich ungestraft am Eigentum des Squires bedienen. Komm her.« Er zog den Jungen etwas näher zu sich, sodass man dessen blasses, schmales Gesicht sehen konnte.

»Marty«, stieß Ruby hervor.

Der junge Wilderer hob den Blick, erwiderte aber nichts.

»Du kennst ihn, Ruby?«, fragte Damaris.

»Ja, Miss Tremayne. Er kommt aus meinem Dorf. Er ist der Sohn des Lumpensammlers, seine Familie ist sehr arm. Bitte, Mr Harrington, er ist kein schlechter Kerl. Er hat sicher nur gewildert, weil er Hunger hatte.« Das Mädchen war schreckensbleich. »Was geschieht jetzt mit ihm?«

Julian sah sie regungslos an. Eine morgendliche Brise hob das Schultercape seines langen Mantels. »Das wird der Squire entscheiden. Es ist sein Grund und Boden.«

Als Gutsherr und Friedensrichter war Henry auch für die niedere Gerichtsbarkeit zuständig und konnte kleinere Verbrechen selbst ahnden.

Julian band sein Pferd los und stieg auf, den Strick, mit dem der Junge gefesselt war, in der Hand. Die Hunde schlossen auf.

In Rubys Augen stand Furcht. »Miss Tremayne …«

»Wir kommen mit«, entschied Damaris kurz entschlossen und fing einen dankbaren Blick ihrer Zofe auf.

In zügigem Schritt ging es zurück in Richtung Heligan House. Marty sagte keinen Ton, während er neben Julians Pferd herlief, aber sein Gesichtsausdruck sprach Bände. Er hatte Angst. Damaris konnte es ihm nicht verdenken. Es war nicht selten, dass Wilderer eine lange Gefängnisstrafe zu fürchten hatten oder sogar den Tod durch den Strang.

An den Stallungen neben Heligan House angekommen, stiegen die Frauen mithilfe zweier Stallknechte ab. Auch Julian ließ sein Pferd und die beiden Hunde dort zurück. Dann traten sie alle zusammen ins Haus.

Der Squire habe gerade sein Frühstück beendet und halte sich jetzt in seinem Studierzimmer auf, erfuhren sie von Bellwood. Ihre Schritte klangen überlaut auf dem Marmorboden der Eingangshalle.

Der Junge schien noch kleiner zu werden, als Julian ihn mit sich in Henrys geräumiges Studierzimmer zog.

Henry blickte auf. Er trug keine Perücke, seine hellbraunen Haare lichteten sich an der Stirn. »Ah, Julian. Mit Damaris und Ruby. Und wer ist der junge Mann?«

Julian ließ die beiden toten Hasen, die er mitgenommen hatte, auf den Holzstapel vor den Kamin fallen und schob den Jungen nach vorn.

»Ein Wilderer. Er hat Fallen gestellt und zwei deiner Hasen gefangen. Unten, im Alten Wald.«

Damaris hob überrascht den Blick, als sie ihn so vertraut mit

Henry reden hörte. Aber natürlich: Allie hatte ja erzählt, dass er und Henry sich duzten.

Henry stand auf und kam um den Tisch herum, die Hände auf den Rücken gelegt. »Ein Wilderer. In meinem Wald. So, so.« Er sah den Jungen streng an – oder so streng, wie es ihm möglich war. »Wie ist dein Name, mein Sohn?«

»Marty, Sir. Marty Truscott«, murmelte der Junge, der offenbar seine Sprache wiedergefunden hatte.

»Er ist ein Bekannter von Ruby«, mischte Damaris sich ein. »Aus ihrem Dorf. Hat sie zumindest gesagt.«

Ruby nickte mehrfach, brachte aber kein Wort heraus. Trotz der wochenlange Reise mit Henry in der Kutsche war sie noch immer verschüchtert, wenn sie mit dem Squire zu tun hatte.

»Nun, Marty Truscott,«, sagte Henry. »Was hast du zu deiner Verteidigung vorzubringen?«

»Sir, ich ... es tut mir leid«, stammelte Marty. »Aber ... ich ... meine Familie ist arm, und wir brauchten etwas zu essen.«

»Du wolltest die Hasen nicht verkaufen?«

»Nein, Sir, natürlich nicht.«

»Ich hoffe, dir ist klar, dass du eine Sünde begangen hast.«

»Ja, Sir. Das ist es.«

Henry begann, ihm ins Gewissen zu reden und einen Vortrag zu halten über die Verwerflichkeit seines Tuns. Der Junge sah zu Boden, hörte stumm zu und nickte dann und wann.

Während Henry sprach, sah Damaris verstohlen zu Julian. Hier, im geschlossenen Raum von Henrys Arbeitszimmer, war sie sich seiner Gegenwart plötzlich überdeutlich bewusst. Sie fühlte sich, als würde sie innerlich glühen. Etwas war in ihr erwacht, eine Art Hunger oder Sehnsucht. Es genügte ihr nicht mehr, ihn nur zu sehen. Sie wollte ihm nahe sein, ihn berühren, ihn ...

Sie schreckte aus ihren Tagträumen auf, als Henry seinen Vortrag beendete. »Dann sage mir, mein Sohn: Wirst du mir versprechen, nicht mehr zu wildern?«

»Ja. Ja, natürlich, Sir. Ich verspreche es.«

»Dann sei dir vergeben.«

»Wi…Wirklich?«, stammelte Marty, der seinem Glück offenbar nicht ganz traute. Dann ging ein vorsichtiges, erleichtertes Lächeln über sein Gesicht. »Vielen, vielen Dank, Sir.«

Damaris sah, wie Julian die Stirn runzelte, und bemühte sich, weiterhin ein ernstes Gesicht zu machen. Henry war bekannt für seinen sanften und liebenswürdigen Charakter. So liebenswürdig, dass manch einer seiner Richterkollegen schon daran verzweifelt war, wenn Henry zu viel Nachsicht walten ließ, wie sie gehört hatte.

»Julian«, sagte Henry dann. »Wärst du so gut und würdest den jungen Mann von seinen Fesseln befreien?«

Julian holte ein schmales Messer aus einer Tasche seines Mantels und durchtrennte Martys Fesseln wortlos mit einem Schnitt.

Derweil öffnete Henry eine Schublade, holte eine lederne Geldbörse hervor und entnahm ihr eine silberne Münze.

»Außerdem gebe ich dir diese halbe Krone«, sagte er und reichte sie dem Jungen, der sie zögernd ergriff. »Als kleine Unterstützung. Und für dein Versprechen, nicht mehr zu wildern.«

»Du willst ihn auch noch dafür belohnen, dass er dein Wild gestohlen hat?« Julian wirkte ein wenig fassungslos.

Henry lächelte. »Nicht belohnen. Aber jeder, der wahrlich bereut, verdient eine zweite Chance. Nicht wahr, mein Sohn?«

»Ja. Oh ja, natürlich, Sir.« Marty ließ die Münze in seiner Hosentasche verschwinden. »Ich werde Sie nicht enttäuschen, Sir.«

Damaris fing Julians Blick auf und unterdrückte ein Lächeln. Ja, so war Henry – nicht nur freundlich, sondern manchmal auch zum Erschrecken nachsichtig mit seinen fehlbaren Mitmenschen.

»Und die beiden Hasen nimmst du mit, Marty. Dann habt ihr etwas zu essen im Topf.«

Damaris sah, wie Julian erneut etwas erwidern wollte, dann aber nur in stummem Protest den Kopf schüttelte.

»Ruby, würdest du Mr Truscott hinausbegleiten?« Henry wartete, bis die beiden den Raum verlassen hatten, dann wandte er sich an Julian. »Gut, dass du da bist. Ich brauche deinen Rat.«

»Bist du sicher, dass du ihn auch annehmen wirst?«

Henry sah ihn leicht verwirrt an. »Aber natürlich. Wieso denn nicht?« Er kehrte zurück hinter seinen Schreibtisch, rollte einen großen Papierbogen auf und stützte die Hände rechts und links darauf, damit der Bogen flach liegen blieb. »Sieh dir an, was der gute Thomas Gray gestern fertiggestellt hat: einen Plan für Heligan, mit all den neuen Vorschlägen, die Damaris und ich auf unserer Reise gesammelt haben. Und jetzt überlege ich, wo ich einen Obelisken aufstellen könnte.«

»Das Haus und der Garten summen und brummen ja geradezu vor Leben«, bemerkte Henrys Schwester Grace erfreut und setzte ihre Teetasse ab. »Ich kann mich gar nicht mehr erinnern, wie ruhig es noch vor wenigen Wochen hier gewesen ist.«

Ihre Schwägerin Harriet lächelte – ein wenig säuerlich, wie Damaris fand. »Da hast du wohl recht, meine Liebe. Allerdings sollten wir bei all den Umbaumaßnahmen nicht aus den Augen verlieren, dass es noch andere Sachen als Henrys Garten gibt, die von Bedeutung sind. Vor allem jetzt, da es allmählich wieder kühler wird.«

Die drei Frauen saßen im Salon und tranken Tee, zu dem auf einer Etagère Gurkensandwiches und kleine Scones mit Sahne und Marmelade gereicht wurden. Charles und Grace Rashleigh besuchten sie fast jeden Sonntag. Meist zum Tee, manchmal blieben sie auch bis zum Abendessen. An diesem Tag war Grace allein gekommen, da Charles sich mit einem Bauingenieur traf, um den Bau eines Hafens nahe seinem Wohnsitz zu planen. Allie hatte sich mit einem Buch in die Bibliothek zurückgezogen.

»Und was für Sachen wären das?«, fragte Grace und nahm sich noch ein Gurkensandwich.

»Nun, ich bin ein wenig enttäuscht.« Harriet stellte ihre Tasse ab. »Von Damaris.«

»Von mir?«, fragte Damaris. »Warum?«

»Ich hatte gehofft, dass sich auf deiner Reise mit Henry endlich ein passender Bewerber um deine Hand finden würde. Aber das war wohl zu viel gehofft.«

»Warum die Eile, Cousine? Du willst mich doch nicht etwa loswerden?« Damaris lächelte, um ihrer Antwort die Schärfe zu nehmen.

»Nein, natürlich nicht. Aber möchtest du denn keine Kinder?«

»Doch. Natürlich will ich das.« Aber nicht mit einem Mann, den ich nicht liebe, fügte Damaris in Gedanken hinzu.

»Dann erklär mir bitte«, sagte Harriet, »warum du im Februar Mr Glanvils Heiratsantrag abgelehnt hast.«

Damaris spürte, wie ihr das Blut zu Kopfe stieg. »Er … erschien mir nicht passend.«

»Aber warum denn nicht? Er hat Vermögen, ist recht ansehnlich und hätte dich gern als seine Braut heimgeführt.«

»Mr Glanvil war mehr an dem Namen Tremayne interessiert als an mir. Außerdem roch er widerlich nach Veilchenparfüm und hatte sich zu viele Schönheitspflästerchen ins Gesicht geklebt.«

»Ich hingegen fand ihn sehr angenehm.« Harriet seufzte. »Ich verstehe dich nicht. Möchtest du denn als alte Jungfer enden?«

»Ich bin noch nicht einmal einundzwanzig, Harriet. Ich glaube, ich habe noch ein wenig Zeit, bevor ich eine alte Jungfer bin.«

Harriet hob die Tasse, um sich vom Hausmädchen neuen Tee eingießen zu lassen. »Man kann nicht früh genug die Weichen für sein Leben stellen, Damaris. Ich dachte daran, am nächsten Sonntag Mrs Leverton und ihren Sohn zum Dinner einzuladen. Sie waren bereits einmal hier, im vergangenen Sommer, erinnerst du dich?«

Damaris stöhnte innerlich auf. Ja, sie erinnerte sich an die verwitwete Mrs Leverton mit ihrem gerade erwachsen gewordenen

Sprössling, der sie damals schon auf eine sehr unangenehme Art angestarrt hatte.

»Und wenn das nicht zum Erfolg führt, werden wir demnächst noch eine dritte Saison für dich ausrichten.«

Noch eine weitere Saison? Noch einmal eine endlose Abfolge von Bällen, auf denen nichtssagende junge Männer und wohlhabende Witwer ihr beim Tanz auf die Füße traten, bemüht witzige Konversation mit ihr trieben und doch nur nach einer fügsamen Gemahlin suchten, die ihre Nachkommen in die Welt setzte?

»Muss das wirklich sein? Was sagt denn Henry dazu?«

Harriet winkte ab. »Henry hat momentan nichts als seinen Garten im Kopf. Aber ich bin sicher, dass er mir zustimmen würde.«

Damaris war sich da weniger sicher.

»Lass sie doch, Harriet«, mischte Grace sich ein. »Damaris ist noch jung, sie wird schon noch ihr Glück finden. Außerdem glaube ich, dass ihr Herz schon längst vergeben ist.« Sie zwinkerte Damaris zu.

Harriets Miene verhärtete sich. »Ja, das hatte ich auch vermutet. Und ich bin nicht glücklich über diese Entwicklung.«

»Welche Entwicklung denn?«, fragte Damaris beunruhigt.

Harriet ließ ein paar Sekunden verstreichen, bevor sie antwortete. »Mir ist zu Ohren gekommen, dass du dich gut mit Henry verstehst. Sehr gut.«

»Natürlich tue ich das. Henry ist ein sehr netter und großzügiger Mann.«

»Ja, das ist er. Henry ist überaus freundlich und galant und gut zu allen Menschen«, sagte Harriet. »Aber möglicherweise …« Sie zögerte, dann gab sie sich einen Ruck und fuhr fort. »Möglicherweise könntest du diese Zugewandtheit falsch ausgelegt haben.«

»Ich verstehe nicht …«

»Kann es sein, Damaris, dass du mehr für Henry empfindest, als gut für dich wäre?«

Damaris sah sie fassungslos an. »Wie bitte?«

»Henry?« Grace lachte auf. »Liebste Schwägerin, du glaubst doch nicht wirklich, dass Damaris hinter Henry her ist! Deinem Ehemann? Meinem Bruder?«

Harriet sah Damaris an. »Bist du es?«

»Nein, natürlich nicht! Wie kommst du nur auf … auf eine solche Unterstellung?«

Jetzt war es an Harriet, betreten dreinzuschauen. »Nun, die … Leute reden.«

»Wer redet?«, fragte Grace.

»Mrs Tremalling«, rückte Harriet schließlich heraus. »Sie sagte, ich müsse aufpassen, jetzt, wo du zu einer hübschen jungen Dame herangewachsen seist. Und wo ihr beide so lange fast allein unterwegs wart …«

Grace schnaubte wenig damenhaft. »Natürlich. Mrs Tremalling, die es nicht verwinden kann, dass ihr Gemahl eine jüngere Geliebte hat. Muss sie jetzt auch noch unhaltbare Gerüchte in die Welt setzen?«

»Harriet«, sagte Damaris, »Henry ist der beste, liebste und anständigste Mensch, den ich kenne, und ich liebe ihn wie einen Vater. Niemals käme mir in den Sinn, in ihm etwas anderes zu sehen.«

Harriet war sichtbar erleichtert. »Dann bin ich ja beruhigt. Entschuldige bitte, Damaris. Auch um solche Mutmaßungen und dergleichen Gerede auszuschließen, wäre es wirklich angebracht, wenn du allmählich heiraten würdest. Was ist zum Beispiel mit dem rothaarigen jungen Mann, der hier ein und aus geht?«

»Mr Gray? Der Landschaftsarchitekt?«

Harriet nickte. »Ich hatte den Eindruck, du würdest ihn mögen.«

Ja, da hatte sie recht. Mr Gray war nett. Er war lustig, und er hatte die Fähigkeit, über sich selbst zu lachen. Doch er war eher wie ein Bruder für sie oder wie ein guter Freund. Ähnlich wie Henry.

»Soll Henry einmal mit ihm reden? Er könnte ihn ermutigen, dir einen Antrag zu machen.«

»Nun ... Nein. Ich denke nicht, dass ich das möchte.«

»Wie ich vorhin schon erwähnte«, sagte Grace mit wissendem Lächeln, »ich glaube, Damaris hat ihr Herz bereits an jemand anderen verloren. Und es ist nicht Henry«, fügte sie hinzu, als Harriet den Mund zu einer Erwiderung öffnete. »Nicht wahr, Liebes?«

Damaris spürte, wie ihr das Blut ins Gesicht schoss. »Das ... mag schon sein ...«

»Und ich bin mir ziemlich sicher«, fuhr Grace fort, »dass ich weiß, um wen es geht.«

»Wie ... wo ...« Damaris konnte plötzlich nur noch stammeln.

»Ich habe doch Augen im Kopf. Und ich habe bemerkt, wie du ihn ansiehst.«

»Wie denn?«

»Als hätte er eigenhändig den Mond an den Himmel gehängt. Und die Sterne gleich mit.«

»Meine Damen.« Harriet räusperte sich. »Wäre es zu viel verlangt, wenn man mich aufklären würde? Von wem sprecht ihr?«

»Von Julian Harrington«, gab Grace mit feinem Lächeln zurück. »Habe ich recht?«

Damaris biss sich auf die Lippen und schaute zu Boden, ihr Puls raste. Im ersten Moment wollte sie alles abstreiten und behaupten, sie würde ihn nur schätzen, weil er sich während ihrer Abwesenheit um Allie gekümmert hatte. Aber das wäre gelogen gewesen.

»Ja«, murmelte sie.

Harriet hob die Brauen. »Der Wildhüter?«

»Er war ja nicht immer Wildhüter«, gab Damaris mit leicht piepsiger Stimme zurück. »Das ist er nur, weil Henry ihm diese Stelle angeboten hat. In South Carolina hatte er eine Farm mit einigen Angestellten.«

Grace nickte wohlwollend. »Ein interessanter Mann, aber

schwer zu durchschauen. Henry scheint große Stücke auf ihn zu halten. Und Charles mittlerweile auch.« Sie lachte. »Zumindest seit er in Mr Harrington einen Gesprächspartner für seine eigenen Umbaupläne gefunden hat.«

»Ich hätte eher vermutet, dass Allie es ist, die in ihn vernarrt ist, so oft, wie sie von ihm erzählt«, sagte Harriet.

»Allie ist noch ein Kind«, erwiderte Grace. »Das ist Damaris schon lange nicht mehr.«

Harriet nickte nachdenklich, dann sah sie Damaris an. »Und beruht diese ... Anziehung auf Gegenseitigkeit?«

»Ich weiß es nicht.« Damaris seufzte. »Vermutlich nicht. Manchmal glaube ich, ihm liegt etwas an mir, und dann wieder habe ich den Eindruck, als nähme er mich gar nicht wahr.«

Es tat gut, endlich darüber reden zu können. Auch wenn es wahrscheinlich zu nichts führte.

»Oh, sag das nicht, Liebes«, widersprach Grace. »Ich habe gesehen, wie sein Blick dir folgt. Und das wirkte nicht, als würde er dich nicht wahrnehmen.«

»Wirklich?« Damaris schöpfte neue Hoffnung.

Grace nickte. »So ist es. Vielleicht müsste man dem guten Mr Harrington jetzt nur noch ein wenig auf die Sprünge helfen?«

»Grace!« Harriet sah sie empört an. »Du wirst Damaris doch nicht etwa einreden wollen, den Mann zu verführen?«

»Aber mitnichten, liebe Schwägerin, wofür hältst du mich?« Grace lächelte. »Aber das Michaelisfest ist nicht mehr fern. Ich könnte mir vorstellen, dass sich da womöglich etwas ergeben könnte.«

26

ALLIE

Heligan House, Oktober 1785

Mit ihrem rollenden Stuhl fuhr Allie rückwärts dicht neben das Fenster, bis die Lehne an die helle Tapete mit dem feinen Blumenmuster stieß. Ja, jetzt konnte der Stuhl nicht mehr weiterrollen.

Sie war allein in ihrem Zimmer von Heligan House, das direkt neben Damaris' Zimmer im ersten Stock lag und durch eine Tür mit diesem verbunden war. Eine Tür, die Damaris zu Allies Missfallen seit längerer Zeit immer abschloss. Aber diesmal war es ihr sehr recht, dass Damaris nicht unerwartet eintreten konnte.

Sie holte tief Luft, drückte die Hände fest auf die gepolsterten Lehnen und stemmte sich nach oben.

Ein Lächeln ging über ihr Gesicht. Sie konnte stehen! Das hatte früher nur ganz kurz und mit Festhalten geklappt. Aber jetzt stand sie. Ohne Hilfe. Mit einer Hand hielt sie sich noch an der Rückenlehne fest, dann löste sie auch diese.

Das hatte sie jetzt schon mehrfach gemacht, denn sie hatte den Eindruck, dass ihre Beine kräftiger geworden waren. Womöglich hing es ja damit zusammen, dass sie jetzt öfter draußen war, auch wenn Harriet nach wie vor beklagte, dass ihr Teint nicht mehr so blass war, wie er sein sollte. Dennoch hatte sie es noch niemandem erzählt. Nicht einmal Damaris, denn sie wollte erst sicher sein, dass es nichts Vorübergehendes war. Und sie wollte noch mehr schaffen. Einige Schritte laufen zum Beispiel.

Für ein paar Momente blieb sie stehen, genoss das Gefühl, ihr

Zimmer endlich nicht mehr nur aus sitzender Perspektive zu sehen. Dann hielt sie sich am Fensterbrett fest und drehte sich ganz langsam um.

Draußen sah sie eine kleine Gruppe von Herren, die sich dem Haus näherten, ein Bündel toter Vögel in der Hand. Ein Teil von Henrys Gästen, die gerade von der Jagd zurückkehrten.

Mit dem heutigen 1. Oktober, der in diesem Jahr auf einen Samstag fiel, begann die Jagdsaison für das meiste Federwild. Henry hatte etliche jagdbegeisterte Freunde und Bekannte eingeladen, denen er natürlich auch seine Fortschritte im Garten präsentieren wollte. Zwölf Herren, zum Teil mit Gemahlin, waren gekommen. Einige stammten aus der näheren Umgebung, andere kamen von weiter weg und hatten bereits die vergangene Nacht in Heligan House verbracht. Die Hausmädchen hatten sicher alle Hände voll zu tun gehabt, die Zimmer für die zusätzlichen Gäste herzurichten, und das Küchenpersonal hatte zweifellos noch mehr Arbeit als sonst. Immerhin war extra für den Jagdball weiteres Personal angeheuert worden.

Während die männlichen Gäste fast den gesamten heutigen Tag im Feld unterwegs gewesen waren, hatten sich die Frauen die Zeit mit Kartenspielen und Gesprächen vertrieben. Erst am Abend würden alle zum Ball zusammenkommen.

Allie strich über den hellblauen Stoff ihres schlichten, aber vornehmen Kleides. Am Abend würde sie beim festlichen Essen teilnehmen und danach – zum ersten Mal – beim Ball zusehen dürfen. Darauf freute sie sich schon seit Wochen.

Es wurde allmählich Zeit. Langsam drehte sie sich wieder um und ließ sich zurück in den Stuhl sinken. Dann rollte sie zur Zimmertür, öffnete sie und fuhr hinaus.

Unter sich in der Eingangshalle konnte sie einige der Gäste reden hören.

»Vier Fasanenpaare!«, sagte einer der Jagdteilnehmer. »Und Sie, Fetherington?«

»Das kann ich übertreffen, Higgins. Mir ist eine prächtige Großtrappe vor die Flinte gelaufen, und davor hatte ich das Vergnügen, zwei Schnepfen zu schießen.«

Allie hörte nicht weiter zu, die Jagderfolge von Henrys Gästen interessierten sie nur mäßig. Sie rollte zu Damaris' Zimmertür, klopfte an und öffnete sie auf das »Herein« ihrer Schwester.

Allie erkannte Damaris kaum wieder, so verändert – nein, so schön sah sie in ihrer Ballkleidung aus.

Sie trug eine Robe à l'anglaise mit einem engen Oberteil, dessen tiefer Ausschnitt von einem weißen Fichu bedeckt wurde. Die violett-weiß gestreifte Seide des weiten Rocks war vorne offen und ließ einen dazu passenden, einfarbigen Unterrock hervorscheinen, die ellenbogenlangen Ärmel waren mit Rüschen eingefasst. Damaris' Zofe Ruby hatte ihr das dichte kastanienbraune Haar mit einer Brennschere gelockt und mithilfe vieler Nadeln auf dem Kopf zusammengesteckt. Über ihrer rechten Schulter hingen zwei kunstvolle Korkenzieherlocken.

»Und jetzt noch ein oder zwei *mouches?*« Ruby klappte eine kleine Schachtel auf und zeigte ihr die Kollektion unterschiedlich geformter Schönheitspflästerchen aus schwarzem, gummiertem Samt. Manche waren rund, andere sternförmig, und es gab sogar welche in Form eines Herzens oder einer Mondsichel.

Damaris warf Allie einen fragenden Blick zu. »Was meinst du?«

»Ich würde es weglassen«, beschied Allie. »Damit siehst du höchstens aus, als hättest du die Blattern.«

Damaris nickte. »Also gut, keine Pflästerchen. Danke, Ruby, du kannst jetzt gehen. Ich komme allein zurecht.«

Ruby knickste. »Sehr wohl. Ich wünsche viel Vergnügen.« Sie blieb noch einen Augenblick stehen. »Sie sehen sehr hübsch aus, Miss Tremayne, wenn ich das sagen darf. So werden Sie sicher allen Herren den Kopf verdrehen.«

Allie bemerkte erstaunt, wie sich Damaris' blass gepuderter Teint plötzlich mit einem rötlichen Schimmer überzog.

»Einer würde mir schon reichen«, murmelte ihre Schwester so leise, dass Allie es kaum verstehen konnte.

Kaum war Ruby gegangen, griff Damaris nach dem einfachen Ring aus Zinn, der auf ihrem Frisiertisch lag, und drehte ihn zwischen ihren Fingern. Es war der Michaelisring, der sich in ihrem Kuchenstück befunden hatte.

Allie sah sie fragend an. »Überlegst du, wen du heiraten wirst?«

Zwei Tage zuvor, am 29. September, war Michaelis gewesen. Das war der Tag, an dem die Pächter ihre Pacht zahlten und neue Mägde und Knechte angeheuert werden konnten. Es hieß, dass der Teufel an diesem Tag vom Himmel gefallen und dabei in einem dornigen Brombeergebüsch gelandet sei, woraufhin er die Beeren voller Zorn verfluchte und sein Wasser darauf gelassen habe. Daher sollte man nach diesem Tag keine Brombeeren mehr pflücken. An Michaelis backte man aus den letzten Brombeeren des Jahres einen Kuchen, in dem ein Ring versteckt wurde. Wer diesen Ring in seinem Stück fand, so hieß es, würde innerhalb eines Jahres heiraten.

Damaris seufzte leise und schüttelte den Kopf. »Das ist ein alberner Aberglauben«, sagte sie und legte den Ring zurück auf ihren Frisiertisch. »Komm, es wird Zeit.«

In der Eingangshalle standen zwei hohe Vasen voller blau-violetter Bergastern, die vom Michaelisfest übrig geblieben waren. Wegen der Vorbereitungen für die Jagd und den Ball hatte es am Michaelistag nur eine sehr kleine Feier im engsten Familienkreis gegeben, an der außer den Tremaynes nur noch Grace und Charles Rashleigh teilgenommen hatten. Damaris hatte ihre Enttäuschung nur schwer verbergen können. Da tröstete es sie auch kaum, dass sie tatsächlich den Ring in ihrem Stück vom Kuchen gefunden hatte, den es nach der Gans gab. Was nutzte das, wenn der, um den es ihr ging, gar nicht anwesend war? Nicht, dass sie viel erwartet hätte. Aber sie hatte gehofft, dass es Julian vielleicht einen Stoß in die richtige Richtung geben würde.

Zumindest war das heutige festliche Dinner ein voller Erfolg. Inzwischen war es dunkel, und das Haus wurde von vielen Kerzen beleuchtet. Alle hatten sich umgezogen und waren in ihrer Abendgarderobe erschienen. Henry trug zur Feier des Tages seine weiß gepuderte Perücke, die man sonst nur in der Kirche bei ihm sah: ein altertümliches Ding mit drei Rollen an den Seiten und einem Haarbeutel im Nacken. Es verlieh ihm eine gewisse steife Würde.

Henrys Fortschritte bei der Gartengestaltung wurden immer wieder erwähnt und gebührend bewundert, und man konnte ihm ansehen, wie stolz er war. Nach dem Essen legten die Bediensteten letzte Hand an, um den Hauptsaal herzurichten, den größten Raum in Heligan House. An diesem Abend waren dort auch die Kerzen auf dem großen Kristalllüster entzündet und sämtliche Möbel und Teppiche weggeräumt worden, denn hier würde getanzt werden.

Im Speisesaal gab es Häppchen und diverse Erfrischungen, dort hielten sich auch ein paar Lakaien in Livree bereit, um die Gäste zu bedienen. Damaris unterhielt sich mit zwei Herren, die vor ihr mit ihren Erfolgen bei der heutigen Jagd prahlten.

»Delikat!«, sagte einer der beiden, nachdem er sich ein Stück Brot mit gebratener Geflügelleber in den Mund geschoben hatte, und wischte sich die Hände an der Serviette ab, die der Diener ihm reichte. »Ob das die Leber der Großtrappe war, die ich geschossen habe?«

»Zweifellos, Mr Fetherington, da bin ich ganz sicher.« Damaris sah sich unauffällig um. Ob Julian bald erscheinen würde? Er hatte zugesagt, irgendwann nach dem Essen zu kommen.

Ein Streicherquartett nahm auf einem kleinen Podest im Hauptsaal Aufstellung und begann, zum Tanz aufzuspielen. Damaris tanzte für ihr Leben gern, aber sie musste warten, bis jemand sie aufforderte. Sie bemerkte, dass Allie sich mit ihrem rollenden Stuhl in eine Ecke des Saals begeben hatte, um den Tanzenden zuzusehen.

»Drei Fasane hintereinander, haben Sie so etwas schon einmal gehört?«

»Das ist ja wirklich unglaublich, Mr Norton.«

Der Mann erzählte weiter, und Damaris lächelte mit kaum verhohlener Erleichterung, als Thomas Gray sich zu ihnen gesellte.

»Darf ich um den Tanz bitten, Miss Tremayne?«

»Aber sehr gern, Mr Gray.«

Der junge Landschaftsarchitekt wirkte ein wenig so, als wäre er in einen Farbtopf gefallen. Er trug eine burgunderfarbene Brokatjacke zu einer butterblumengelben Hose, und seine ungepuderten roten Haare waren in einen ordentlichen Zopf zurückgebunden. Ganz anders als sonst, wenn er meist in einfacherer, gedeckter Kleidung zwischen Stauden und Rabatten anzutreffen war.

»Sie sehen heute sehr fesch aus«, sagte Damaris, während sie seine Hand nahm. Sie hatte eigentlich »bunt« sagen wollen, aber das verkniff sie sich.

»Danke«, sagte er und errötete sichtbar, was seiner Farbpalette eine weitere Schattierung hinzufügte. »Ich hoffe, ich habe es nicht übertrieben. Sie sehen … aber auch wirklich hübsch aus.«

Sie tanzten einen Contredanse, wechselten dabei die Plätze zu einer neuen Figur und trafen sich wieder, und die ganze Zeit musste Damaris sich zurückhalten, dass sie nicht ständig nach Julian Ausschau hielte.

Der Abend verstrich mit Gespräch, Musik und weiteren Tänzen. Allie in ihrer Beobachtungsecke gähnte immer häufiger. Es würde vermutlich nicht mehr lange dauern, und sie würde zu Bett gehen. Damaris dagegen war noch kein bisschen müde. Als sie mit Henry tanzte, fasste sie sich ein Herz. »Hast du Mr Harrington heute Abend schon gesehen?«

»Julian?« Henry reichte ihr die Hand zu einer Tanzfigur, Damaris legte ihre Hand in seine. »Ja, ich glaube, er ist draußen und redet mit Charles und Mr Spencer.«

Damaris konnte es kaum erwarten, bis der Tanz vorüber war. Dann holte sie sich im Speisesaal etwas zu trinken und trat durch die geöffneten Flügeltüren des Hauptsaals nach draußen. Auf der gekiesten Fläche standen ein paar Bänke. An den äußeren Rändern waren einige kleine Laternen aufgestellt, die den Platz beleuchteten und die Nacht dahinter noch dunkler erscheinen ließen.

Julian stand allein neben einer Laterne und sah hinaus in den Garten.

Sie ging zu ihm. »Ich hätte nicht gedacht, dass Sie heute Abend noch erscheinen«, sagte sie so ruhig wie möglich, obwohl ihr Puls raste.

»Ich hatte es doch versprochen.«

»Ja, das hatten Sie.« Sie nahm einen Schluck von ihrem Wein, etwas zu hastig, dann stellte sie das Glas auf einer freien Bank ab.

Ein kühler Wind wehte, aber ihr war warm vom Tanzen. Ob sie es wagen konnte, ihr Fichu etwas zu lösen? Unauffällig lockerte sie das Tuch über ihrem Ausschnitt und schob den Stoff ein wenig auseinander.

»Waren Sie schon drinnen? Gefällt Ihnen das Fest?«

Sie hatte den Eindruck, als fiele es ihm schwer, den Blick von ihr zu nehmen. Mehr denn je erinnerten sie seine Augen an den Ozean – an das Meer nach einem Sturm.

»Ja, sehr«, sagte er, und sie hoffte, dass er das nicht nur auf die Feier bezog. »Allerdings ist das mein erster Ball seit mehr als fünf Jahren, und ich fürchte, ich bin etwas außer Übung.«

Hieß das etwa, er würde nicht mit ihr tanzen?

»Ich hoffe, Sie sind auch nachher noch da, wenn die Kristallgrotte eingeweiht wird«, sagte sie. »Schließlich hatten Sie ja auch einen nicht unerheblichen Anteil daran.«

»Natürlich. Das werde ich mir doch nicht entgehen lassen.«

Damaris wagte zu hoffen. Die Besichtigung der Kristallgrotte, die später von Hunderten von Kerzen erhellt werden würde, wäre vielleicht die passende Gelegenheit, um romantische Gefühle bei ihm auszulösen.

»Was ist denn da los?« Er deutete ins Hausinnere.

Hinter den geöffneten Flügeltüren des Hauptsaals herrschte plötzlich Aufregung. Die Musik war verstummt, Menschen redeten durcheinander. Damaris biss sich auf die Lippen und zog ihr Fichu wieder etwas zusammen.

Durch die Fensterscheibe konnte sie Prudence, die Kinderfrau der Tremaynes, erkennen. Was tat sie denn hier? Hätte sie nicht oben bei den Kindern sein müssen? Und war das dort Harriet, die sichtlich aufgewühlt von mehreren Frauen umringt wurde?

Dann kam auch schon Grace nach draußen geeilt, einen dünnen Schal über ihrem grünseidenen Kleid.

»Habt ihr Perys gesehen? Oder Johnny?«

Damaris schüttelte alarmiert den Kopf. »Warum? Was ist geschehen?«

Grace' rotblonde Haarpracht war zerzaust. »Harriets Kinderfrau sagt, sie sei nur für wenige Augenblicke fortgewesen, um sich etwas zu essen zu holen. Und als sie zurückkam, war der kleine Johnny verschwunden. Und unser Perys auch.«

»Vielleicht haben sie sich in einem der Zimmer versteckt.« Angst keimte in Damaris auf.

Grace schüttelte den Kopf. »Die Nanny sagt, sie hatte schon in einigen angrenzenden Zimmern nachgesehen, die Kinder aber nicht gefunden.«

»Könnten sie sich unbemerkt hinausgeschlichen haben?«, fragte Julian.

Grace sah ihn verzweifelt an. »Wie denn? Der Haupteingang ist verschlossen, und nach draußen geht es sonst nur hier entlang. Aber ja, natürlich wäre das trotzdem möglich.« Grace, die sonst immer so unbeschwert wirkte, schien ernsthaft besorgt. »O Gott, mein kleiner Perys. Wenn ihm etwas zugestoßen ist ... Und Johnny ... «

»Gibt es Leute, die im Haus suchen?«

»Ja. Sämtliche Diener und einige der Gäste.«

Jetzt hörte Damaris es auch. Stimmen, die nach den Kindern riefen.

»Ich muss wieder zurück«, sagte Grace. »Vielleicht hat man sie ja schon gefunden.« Sie eilte wieder ins Haus.

Damaris fühlte sich ein wenig zittrig. Die Jungen waren gerade einmal drei und fünf Jahre alt ...

»Wo könnten sich zwei kleine Jungen versteckt haben?«, überlegte sie laut. »Oder was könnte ihnen gefährlich werden?«

»Könnten sie nach unten gelaufen sein? Vielleicht sogar bis zum Obstgarten?«, fragte Julian.

»Ja, das wäre möglich.«

Der Obstgarten lag nur wenige hundert Yards weiter hinter der Rasenfläche, die vom Haus aus nach unten führte. Die beiden Knirpse hätten problemlos dorthin gelangen können.

»O Gott. Der Teich!« Damaris sah Julian mit schreckgeweiteten Augen an. »Hoffentlich ist keiner von ihnen hineingefallen!«

Im Obstgarten gab es einen Teich, der zur Bewässerung der Obstbäume genutzt wurde. Wie schnell konnte ein kleines Kind in dieser Dunkelheit dort hineinstürzen und ertrinken.

Oh nein. Bitte, bitte nicht!

Inzwischen wurde auch außerhalb des Hauses gesucht, von verschiedenen Stellen ertönten Rufe nach den beiden Jungen. Julian ergriff die Laterne, die ihm am nächsten stand, und warf einen kurzen Blick auf Damaris.

»Gehen Sie, ich komme nach«, sagte sie, als er zögerte. »Finden Sie die beiden!«

Und schon hatte ihn die Dunkelheit verschluckt, und sie sah nur noch das schwankende Licht der Laterne, das sich schnell entfernte. Sie folgte ihm, die leicht abschüssige Rasenfläche hinunter in Richtung Obstgarten, wo sich die dicht belaubten Zweige etlicher Apfel- und Birnbäume dunkel vor dem Nachthimmel abhoben.

»Johnny!«, rief sie, während sie aufpassen musste, in ihren Satinschuhen mit den hohen Absätzen nicht umzuknicken. »Perys!«

Es war nicht vollständig dunkel, ein halber Mond blitzte hier und da hinter den Wolken hervor. Von irgendwoher hörte sie eine Eule rufen.

Sie hatte Julian bald erreicht.

»Und?«, stieß sie atemlos hervor.

»Hier sind sie nicht«, erwiderte er. »Sehen Sie.«

Er leuchtete den Teich mit der Laterne ab. Das Wasser lag still da, fast vollständig bedeckt von einer in der Dunkelheit grau anmutenden Schicht von Wasserlinsen, die beinahe wirkte wie fester Boden. Wäre ein Kind hier hineingefallen, hätte man es sehen können. Aber die Wasserlinsenschicht lag unberührt da, und auch am unbefestigten Uferbereich war nichts zu erkennen. Keine Spuren kleiner Kinderfüße, die darauf hindeuten würden, dass hier jemand vor Kurzem hergelaufen war.

Ein kleiner Brocken Angst löste sich von Damaris' Herzen, aber nur ein winzig kleiner. »Wo können sie nur sein?«

Julian überlegte kurz. »Ich hole meine Hunde«, entschied er dann. »Vielleicht können die beiden …«

Er hielt inne, als ein paar helle Glockenschläge ertonten, die weit über das Anwesen hallten.

»Verehrte Gäste, liebe Familie,«, hörten sie jemanden klar und deutlich, wenn auch mit einem leicht blechernen Klang, sagen. »Die Kinder wurden gefunden. Unversehrt.«

Damaris' Anspannung sank in sich zusammen. »Gott sei Dank!«, murmelte sie, schwach vor Erleichterung. »Großer Gott, wie wunderbar.«

Wieder ertönte die Glocke, wieder erklang derselbe Text. War das Henry? Offenbar sprach er durch seine Sprechtrompete, die seine Stimme weithin hörbar machte. Er hatte sich erst kürzlich eines dieser trichterförmigen Sprachrohre angeschafft, um damit die Arbeiter besser anweisen zu können.

»Wir danken allen Gästen, die sich freundlicherweise an der Suche beteiligt haben, aufs Herzlichste. Bitte kehren Sie nun wieder zurück ins Haus, dort wird in Kürze ein warmer Imbiss serviert werden. Und danach wird wieder getanzt.« Henry schien Gefallen an seiner Sprechtrompete gefunden zu haben, denn er wollte gar nicht mehr aufhören zu reden. »Unser größter Dank gilt unserem hochverehrten Mr Thomas Gray, der die beiden Knaben unversehrt gefunden hat. Sie haben sich offenbar durch einen wenig bekannten Geheimgang ins Freie geschlichen.«

»Der gute Mr Gray!« Damaris atmete erleichtert auf. »Wer hätte gedacht, dass er nicht nur in Gartendingen so versiert ist.«

»Ja, er ist ein wahrer Wunderknabe.«

Ein kühler Wind wehte vom Meer und ließ sie in ihrem leichten Kleid frösteln. Warum hatte sie vorhin bloß nicht ihren Schal mit nach draußen genommen?

»Ist Ihnen kalt?«

»Nein«, log sie. »Es geht schon.«

Sie wollte noch nicht zurückgehen. Und ein bisschen Kälte würde sie schon nicht umbringen.

»Sie erlauben?« Julian zog seine Jacke aus und legte sie ihr um die Schultern. Sie konnte die Wärme spüren, die er ausstrahlte. Ihre Haut kribbelte.

»Vielen Dank«, flüsterte sie befangen. Sie zog die Jacke, die wunderbar nach ihm roch, enger um sich.

»Kommen Sie. Gehen wir zurück«, sagte er.

Sie seufzte lautlos. Er hatte ja recht. Es gab keinen Grund, noch länger hierzubleiben.

Als sie sich zum Gehen wandte, blieb sie mit dem Absatz ihres rechten Spangenschuhs an einer Ranke oder irgendetwas Ähnlichem im Gras hängen. Sie verlor das Gleichgewicht und wäre gefallen, hätte Julian sie nicht gehalten.

»Damaris.« Es war das erste Mal, dass er sie beim Vornamen nannte, und es prickelte auf ihrer Haut, als hätte er sie liebkost.

Für einen atemlosen Moment lag sie in seinen Armen, zu aufgewühlt, um etwas zu erwidern. Dann zog er sie an sich und küsste sie.

Es war ein kleiner, tastender, fast keuscher Kuss, aber Damaris war wie verzaubert. O Gott, dachte sie mit einem kleinen Teil ihres Verstandes, der losgelöst von ihrem Körper zu funktionieren schien. Danke! Das war es, wovon sie schon so lange geträumt hatte. Hier war sie, in Julians Armen, und er küsste sie!

Sie stellte sich auf die Zehenspitzen, schlang die Arme um seinen Hals und erwiderte den Kuss. Erst zaghaft, forschend, dann immer leidenschaftlicher. In ihrem Rücken konnte sie die raue Rinde des Apfelbaums spüren, gegen den Julian sie presste, trotz der abendlichen Kühle war ihr sehr warm. Hitze durchpulste sie und ein Gefühl, als würde sie fliegen. Da war ein Verlangen, das ihr den Atem raubte, ein Rausch, der noch viel mehr wollte, und sie merkte, dass es Julian genauso ging. Sie war bereit, hier und jetzt alle Vorsicht über Bord zu werfen und sich ihm hinzugeben.

»Endlich«, flüsterte sie zwischen zwei fiebrigen Küssen. »Endlich ...«

Dann ließ Julian sie los, und der magische Moment war vorüber. »Nein«, sagte er rau.

»Nein?«, wiederholte sie, lachend vor Glück. Spielte er mit ihr? »Doch!«

Sie wollte ihn erneut an sich ziehen, aber er griff nach ihren Armen und hielt sie davon ab. »Nicht.«

»Was ... was ist denn los?«

Er wich ihrem Blick aus. »Geh zurück. Das ... war ein Fehler.«

»Ein Fehler?«

»Es tut mir leid.«

»Es tut … es tut dir leid, dass du mich geküsst hast?« Damaris war schlagartig wieder bei Sinnen. »Nein, sag nichts. Was bin ich für dich? Ein leichtes Mädchen, das man küssen und dann wegstoßen kann?«

»Damaris, bitte. Ich …«

»Hör auf! Ich will nichts mehr hören!«

Wenn er nicht sofort still wäre, würde sie vor ihm in Tränen ausbrechen. Und das würde sie sich nicht erlauben.

Sie biss die Zähne zusammen und griff nach der Laterne, die neben ihnen im Gras stand. Dann wandte sie sich ab und ging mit so festen Schritten, wie ihr möglich war, in die Richtung des vom Kerzenglanz erhellten Hauses.

Erst als sie den Obstgarten hinter sich gelassen und den terrassierten Rasen erreicht hatte, der zum Haus führte, erlaubte sie sich, die Tränen strömen zu lassen.

27

ALLIE

Heligan Gardens, Oktober 1785

Ich hätte eine Laterne mitnehmen sollen, dachte Allie, aber das war ihr einfach nicht in den Sinn gekommen. »Johnny?«, rief sie. »Perys?«

Sie hätte eigentlich gar nicht hier sein dürfen, das war Allie klar. Aber sie musste einfach mithelfen. Nicht auszudenken, wenn den kleinen Jungen etwas zustoßen würde.

Es war etwas unheimlich hier unten. Nur der halbe Mond stand am Himmel und warf sein kühles Licht über Heligan. Das war doch etwas anders als oben im hell erleuchteten Haus mit den vielen Kerzen und Lüstern.

Als die Ballgäste nach draußen geeilt waren, um nach den Kindern zu suchen, hatte auch Allie nicht untätig sein wollen. Ohne lange nachzudenken, war sie losgerollt, die leicht abschüssige Straße hinab, die in einem sanften Bogen am Obstgarten entlanglief und dann zum Meer führte.

Überall hörte Allie, wie verschiedene Stimmen die Namen der beiden kleinen Jungen riefen, und erblickte den tanzenden Lichtschein von Laternen. Auch zwischen den Blättern der Obstbäume, ganz in ihrer Nähe, sah sie Licht schimmern. Sie glaubte, eine vertraute Gestalt zu sehen und rollte näher. War das Damaris? Ganz sicher war sie sich nicht, weil der Halbmond gerade von einer Wolke verdeckt wurde.

Ein hallender Glockenschlag ertönte, und noch einer, dann

erklang Henrys Stimme, leicht verzerrt, aber gut verständlich. Er sagte, dass Johnny und Perys unversehrt gefunden worden seien, und bat alle Gäste, jetzt wieder ins Haus zurückzukehren. Allie atmete auf. Gleichzeitig war sie ein kleines bisschen enttäuscht. Sie wäre gern diejenige gewesen, die die beiden Kinder gefunden hätte.

Das Licht, das sie gesehen hatte, schimmerte noch immer durch die Bäume in ihrer Nähe. Jetzt hörte sie auch leise Stimmen. Neugierig rollte Allie näher und schob ein paar Blätter, die ihr die Sicht versperrten, zur Seite.

Da war Julian. Und ja, das war Damaris bei ihm, Allie erkannte den weiten, gestreiften Rock ihrer Schwester. Es sah aus, als hätte Julian ihr seine Jacke um die Schultern gelegt. Wie nett von ihm – Damaris war sicher kalt in ihrem schönen Kleid.

Die beiden redeten miteinander. Nein, jetzt redeten sie nicht mehr. Jetzt küssten sie sich.

Allie lächelte, tiefe Zufriedenheit erfüllte sie. So war das also!

Aber was war denn jetzt los? Noch während Allie sich ausmalte, was als Nächstes passieren würde – vielleicht ein Heiratsantrag? –, griff Damaris plötzlich nach der Laterne, drehte sich um und eilte mit kleinen, schnellen Schritten über den Rasen wieder dem Haus zu.

Allie wollte rufen, um sie auf sich aufmerksam zu machen, aber dann fiel das Mondlicht auf Damaris' hübsches Gesicht, und Allie verstummte. Ihre Schwester sah aus, als würde sie nur mit Mühe die Tränen zurückhalten.

Hatte sie sich etwa mit Julian gestritten? Aber gerade hatten sie sich doch noch geküsst!

Sie rollte ein Stückchen weiter vor, bis es nicht mehr weiterging. Eines der Räder blockierte, womöglich war es an einem Stein hängen geblieben, oder der Untergrund war zu weich. War Julian noch da? Von dieser Position aus sah sie fast nichts. Sie stemmte die Hände auf die Lehnen und richtete sich ein wenig auf, um mehr erkennen zu können.

Sie sah nur Blätter und Dunkelheit.

Wo war Julian nur? War er auch schon zurück zum Haus gegangen?

Sie richtete sich noch ein Stück weiter auf, machte sich so groß, wie sie konnte.

»Julian?«

Es war jetzt so dunkel, dass sie kaum noch etwas sehen konnte. Es war eine dumme Idee gewesen, hierherzukommen, eine ganz dumme.

Dann kippte der Stuhl, und Allie fiel mit einem leisen Aufschrei vornüber.

Ins Wasser.

Für einen winzigen Moment wunderte sie sich, wo das Wasser so plötzlich herkam. Dann schwappte Kälte über sie, und sie geriet in Panik.

Kalt. Kaltkaltkaltkalt. Da ist kein Boden. Und ich kann nicht schwimmen. Ich werde ertrinken.

Damaris, war ihr letzter Gedanke, als das Wasser über ihr zusammenschlug. *Es tut mir leid …*

Damaris saß auf einer der hölzernen Bänke draußen vor der Haupthalle und sah hinaus auf den dunklen Garten, die Laterne hatte sie zurückgestellt. Die meisten Gäste waren wieder hineingegangen, von drinnen erklangen nun wieder Gelächter und Streichmusik. Auch sie war kurz im Hauptsaal gewesen, um nach Allie zu sehen, aber ihre Schwester war nicht mehr dort. Vermutlich war sie längst im Bett und hatte die ganze Aufregung um Johnny und Perys überhaupt nicht mitbekommen.

Es war kühl, trotz Julians Jacke, die noch immer um ihre Schultern lag, aber sie konnte sich nicht überwinden, sich zu den anderen zu gesellen. Sie wollte allein sein, wenigstens für ein paar

Augenblicke. Am liebsten wäre auch sie auf ihr Zimmer gegangen, aber das konnte sie sich nicht erlauben. Zumindest nicht so bald. Sie würde noch ein bisschen hier draußen sitzen bleiben, dann für eine halbe Stunde hineingehen und Konversation treiben und sich danach unter dem Vorwand, Kopfschmerzen zu haben, zurückziehen. Und dann könnte sie sich endlich ihrem Kummer hingeben.

Innerhalb weniger Sekunden war sie vom höchsten Glück in den tiefsten Abgrund geworfen worden. Gerade noch hatte sie sich im siebten Himmel gewähnt, um nur kurz darauf unsanft hinabbefördert zu werden. Was war denn nur geschehen?

Ihr fiel nur eine mögliche Erklärung ein: Es musste mit ihrer Herkunft zu tun haben.

Sie entstammte einer alten kornischen Familie, der Name Tremayne war angesehen und ehrwürdig. Womöglich sah Julian das als Hinderungsgrund an, weil jemand glauben könnte, er sei – wie manch anderer – hinter ihrem Namen oder ihrer Mitgift her.

Damaris seufzte erleichtert auf. Ja, das war es. Aber das war kein unüberwindliches Hindernis. Sie würde mit ihm reden. Am nächsten Tag, wenn sie alle wieder vernünftig denken konnten.

Die Beklemmung in ihrer Brust hatte sich ein wenig gelöst, die Welt sah gleich viel freundlicher aus. Der Garten unter ihr lag still und ruhig in der Nacht, wieder hörte sie die Eule rufen. Sie fröstelte und zog Julians Jacke fester um sich. Vielleicht sollte sie jetzt doch wieder hineingehen.

Aus der Dunkelheit löste sich jemand. Schritte erklangen auf dem Kies, ein kurzes Zögern, dann kam Julian auf Damaris zu.

Im ersten Moment wollte sie sich abwenden und so tun, als hätte sie ihn nicht gesehen. Aber dann merkte sie, dass er etwas trug. Eine kleine, kindliche Gestalt.

Sie sprang auf und eilte ihm entgegen.

Er triefte vor Nässe. Und das Kind rührte sich nicht.

»Was ist – o mein Gott! Allie?«

Ihre Schwester hing reglos in Julians Armen, ihr hellblaues Kleid war tropfnass, ihre Haut viel zu kalt.

»Sie ist in den Teich gefallen«, erklärte Julian, die Stimme heiser vor Sorge. »Im Obstgarten.«

»Im Obstgarten? Aber …« Damaris sprach nicht weiter, denn in diesem Moment regte Allie sich.

»Maris«, wimmerte sie leise.

»Ja. Ja, Allie, ich bin hier.« Damaris fiel zum zweiten Mal an diesem Abend ein Stein vom Herzen. Sie umfasste Allies Gesicht mit den Händen. »O Gott, Kleines, was machst du nur?«

Allie schluchzte. »Ich … ich wollte das nicht. Aber ich hab euch gesehen, und dann dachte ich, ich komme zu euch. Und dann war da plötzlich Wasser, und ich … ich … bin untergegangen …« Sie weinte leise.

Damaris zog es das Herz zusammen – Allie weinte sonst fast nie.

»Jetzt ist alles wieder gut, Liebes. Julian – Mr Harrington hat dich gerettet«, sagte Damaris. »So war es doch, oder?«

Sie warf ihm einen scheuen Blick zu, und er nickte.

»Mir ist kalt.« Allie klang schon etwas kräftiger, wenn auch immer noch kläglich.

»Wir sollten besser einen Arzt holen«, sagte Julian, zu dessen Füßen sich langsam eine Pfütze bildete.

»Nein«, protestierte Allie. »Keinen Arzt. Ich will nur in mein Bett und schlafen. Und vorher will ich einen Becher Posset haben. Harriet hat gesagt, ich darf heute Posset probieren.«

Damaris zögerte nur kurz. Nach all der Aufregung um Johnny und Perys wollte sie jetzt nicht auch noch einen Aufstand verursachen. Allie ging es offensichtlich gut, wenn sie schon wieder Forderungen stellen konnte. Vermutlich brauchte sie wirklich nur etwas Heißes zu trinken, Wärme und Schlaf.

»Soll ich sie nach oben bringen?«, fragte Julian.

Damaris nickte dankbar. »Das wäre sehr nett von … dir.«

Nein, sie konnte ihn jetzt nicht mehr siezen. Nicht, nachdem er sie geküsst hatte.

Als Damaris einen livrierten Diener mit einem Tablett voller Possetbecher aus der Küche kommen sah, griff sie sich eines der zweihenkligen Gefäße mit dem warmen, alkoholischen Getränk. Außerdem trug sie dem Mann auf, Henry auszurichten, dass sie und Allie sich auf ihre Zimmer zurückgezogen hätten.

Sie nahmen die Dienstbotentreppe im hinteren Teil des Hauses. Harriet und Henry hatten für diesen Abend genug Sorgen gehabt und mussten sich zudem um ihre Gäste kümmern – es reichte, wenn sie am nächsten Tag erfahren würden, was Allie in der Nacht zugestoßen war. Wenn überhaupt.

Sie gelangten ungesehen in den ersten Stock, wo die Privatgemächer und damit auch die Zimmer der Schwestern lagen. Damaris blickte sich auf dem Flur um. Niemand war zu sehen. Sämtliche erwachsenen Gäste und Familienmitglieder befanden sich unten, die Kinder waren mit der Nanny im Kinderzimmer, und Ruby und die anderen fest angestellten Dienstboten, die am Abend nicht gebraucht wurden, hatten sich sicher in ihre Kammern unter dem Dach zurückgezogen.

In Allies Zimmer setzte Julian das Mädchen auf einen Stuhl. Während er sich um das Feuer kümmerte, das im Kamin noch schwach vor sich hin glomm, zog Damaris ihrer Schwester die nasse Kleidung aus, rieb sie mit einem Tuch trocken, steckte sie in eines ihrer wollenen Nachthemden und dann unter die dicke Daunendecke des Bettes. Als sie fertig war, brannte das Feuer im Kamin hell, und wohlige Wärme erfüllte den Raum.

Julian richtete sich auf und griff nach Weste und Halstuch, die er zwischenzeitlich abgelegt hatte. »Ich muss wieder gehen. Erhol dich gut, Allie. Wir sehen uns sicher bald.«

»Nein«, protestierte Allie. »Bitte Julian, geh nicht!« Sie schob eine kleine Hand unter der Decke hervor und streckte sie ihm entgegen.

Er zögerte. »Ich kann nicht bleiben. Es ist das Zimmer einer jungen Dame, und es gehört sich nicht, dass ich hier bin.«

»Es wird doch niemand mitbekommen. Alle sind unten auf dem Ball, und Damaris ist ja auch noch da. Außerdem sind deine Sachen noch ganz nass.«

»Ich bin schon fast wieder trocken. Na ja – beinah.«

»Bitte, nur noch einen kleinen Moment. Bis ich mit dem Posset fertig bin.«

»Also gut. Aber nur, wenn deine Schwester nichts dagegen hat.«

Damaris nickte und ging für einen Augenblick hinaus, um nebenan aus ihrem eigenen Zimmer das kleine Fläschchen mit Mohnsaft zu holen, den sie manchmal benutzte, wenn sie nicht schlafen konnte. Als sie zurückkehrte, saß Allie aufrecht im Bett und löffelte den warmen, puddingähnlichen Posset, einen seligen Ausdruck im Gesicht. Der Geruch nach Wein, Muskat und Zimt erfüllte die Luft.

»Julian hat gesagt, er bleibt, bis seine Sachen trocken sind«, verkündete Allie.

»Das habe ich zwar nicht gesagt«, stellte Julian klar, der sich auf dem Stuhl vor dem Feuer niedergelassen hatte, »aber dein Wunsch sei mir Befehl.«

Damaris lächelte und sah zu, wie Allie den schaumigen Pudding aß und zwischendurch durch eine Tülle im Becher ein paar Schlucke von der alkoholischen Flüssigkeit darunter trank. Als sie fertig war, reichte sie ihrer Schwester das leere Gefäß und legte sich zufrieden seufzend im Bett zurück.

Damaris wollte ihr noch etwas von dem mitgebrachten Mohnsaft geben, dann hielt sie inne. Nach dem weinhaltigen Posset war das womöglich gar nicht mehr nötig.

»Warum warst du überhaupt im Obstgarten?«, fragte sie, während sie Allie ein paar grüne Wasserlinsen aus dem Haar zupfte. Hatte sie etwa den Kuss und alles, was danach gekommen war, beobachtet?

»Ich wollte auch nach Johnny und Perys suchen«, murmelte Allie. »Bist du jetzt böse auf mich? Bitte, Maris, sei nicht böse …«

»Nein, Kleines, ich bin doch nicht böse auf dich!«

Allie fielen allmählich die Augen zu. »Und auf Julian sollst du auch nicht mehr böse sein.«

Damaris blickte nicht auf, aber sie spürte Julians Gegenwart überdeutlich.

»Wieso sollte ich böse auf Mr Harrington sein?«

»Du musst jetzt doch nicht mehr Mr Harrington sagen«, nuschelte Allie. »Ich habe nämlich gesehen, wie ihr euch geküsst habt.« Sie schlug die Augen auf, dann kicherte sie leise.

Oh, sie hatte es also tatsächlich gesehen.

»Was ist daran denn so lustig?«, fragte Damaris peinlich berührt.

»Ihr seid plötzlich zweimal da«, sagte Allie grinsend und mit eindeutig schwerer Zunge. »Zwei Damarisse. Und zwei Ju…Julians. Das ist … lustig.«

»Alison Tremayne, du bist betrunken«, stellte Julian mit einem Kopfschütteln fest.

»Gar nicht wa…wahr«, widersprach Allie hicksend. »Ga… nich…«

Mitten im Satz war sie eingeschlafen.

»Ich glaube«, sagte Damaris leise, während sie ihre Schwester behutsam zudeckte, »den Mohnsaft brauchen wir nicht mehr.« Sie sah ihn an. »Danke, dass du sie gerettet hast. Ich wüsste nicht, was ich ohne sie tun sollte.«

»Ich war zur richtigen Zeit an der richtigen Stelle, mehr nicht.«

»Aber es hätte mir auffallen müssen, dass sie auch draußen war! Ich hätte sie doch nie allein …«

»Ich habe es doch auch nicht gemerkt«, unterbrach er sie. »Aber es ist ja noch mal gut gegangen.«

Als sie ihn ansah, mit den erst halb getrockneten Haaren, die sich um seinen geöffneten feuchten Hemdkragen wellten, musste sie an jenen Februar vor mehr als vier Jahren denken, als sie ihn in der Bucht gefunden hatten und wie sie in Henrys Lesezimmer neben ihm gewacht hatte. Und an ihre Gefühle für ihn, an denen sich seitdem nichts geändert hatte. Im Gegenteil.

Er musste die Frage in ihrem Blick gesehen haben.

»Es tut mir leid, wenn ich dir falsche Hoffnungen gemacht habe«, sagte er leise. »Du hast einen besseren Mann verdient als mich.«

»Einen besseren? Es gibt keinen besseren!«

»Ich fürchte, du siehst etwas in mir, das ich nicht bin.«

Sie erhob sich von ihrem Platz neben Allies Bett. »Ist es wegen meines Namens? Weil deine Herkunft nicht der meinen entspricht? Befürchtest du, dass man denken könnte, dass du hinter meiner Mitgift her bist? Dann kann ich dich beruhigen – die ist nicht groß. Ich bin die arme Verwandte, die von Henrys Gnade lebt.« Sie lachte leise. »Und lass dir gesagt sein, dass ich vor einiger Zeit sogar einen reichen Bewerber abgelehnt habe, der mich offenkundig nur meines Namens wegen heiraten wollte.«

»Das ehrt dich.« Ein kurzer Blick, dann senkte er die Lider wieder. »Aber es geht nicht um deinen Namen oder deine Herkunft oder darum, was die Leute denken mögen.«

Das war es also nicht? Damaris fühlte sich, als wäre sie gegen eine Wand gelaufen, während ihre ganze schöne Erklärung in sich zusammenbrach. Sie biss die Zähne zusammen, schluckte ihren Stolz hinunter und sah ihn an.

»Warum dann nicht? Bin ich dir so zuwider?«

»Was? Nein, natürlich nicht. Und das weißt du auch.«

»Nein, das weiß ich nicht. Oder wie soll ich mir sonst erklären, dass du mich erst küsst und gleich darauf zurückweist? Warum … warum willst du mich nicht?«

»Es geht nicht darum, was ich will.«

»Nicht? Dann sag mir, was du willst.«

Er schwieg für ein paar Atemzüge, dann gab er sich einen Ruck.

»Ich will dich«, sagte er leise. »Ich will deinen Körper neben meinem spüren. Ich will jeden Abend mit dir schlafen gehen und jeden Morgen neben dir aufwachen. Ich will dich lachen hören und dich halten, wenn du weinst. Ich will dir zeigen, was ich fühle.«

Bei seinen Worten hatte Damaris aufgehört zu atmen, sie fühlte sich, als bestünde ihr Inneres aus flüssigem Gold. Etwas Schöneres hatte noch nie jemand zu ihr gesagt. Es hörte sich an wie ein Gebet – das wundervollste, das sie je vernommen hatte.

»Aber das wird nie so sein«, setzte er hinzu, bevor sie irgendetwas erwidern konnte.

»Was?«, hauchte sie verständnislos.

»Es tut mir leid. Vielleicht hättest du den Antrag deines reichen Verehrers doch annehmen sollen.«

Damaris kam sich seltsam schwerelos vor. Noch immer schwindelig vor Glück über das, was er gesagt hatte, und zugleich ernüchtert.

»Ich würde lieber in Armut mit dem Mann leben, den ich liebe, als in Reichtum mit einem, den ich verachte«, brach es aus ihr heraus.

Er lächelte traurig. »Du liebst mich?«

»Ja«, flüsterte sie und trat zu ihm. »Schon sehr lange. Du bist alles, was ich immer wollte. Mein Ritter auf dem weißen Pferd. Mein Held in schimmernder Rüstung. Mein …«

»Nicht.« Er legte ihr behutsam den Finger auf den Mund, um sie am Weitersprechen zu hindern. »All das bin ich nicht.«

»Doch«, murmelte Damaris. Sie spürte, wie ihr wieder die Tränen in die Augen stiegen, und blinzelte sie fort. »Für mich bist du das.«

Er schüttelte leicht den Kopf, schwieg aber. In der plötzlichen Stille war nur Allies gleichmäßiges Atmen und das leise Knacken des Holzes im Kamin zu hören.

»Sie wollte ursprünglich gar nicht«, sagte er dann unvermittelt.

Damaris sah ihn verwirrt an. »Wer wollte was nicht?«

»Rachel. Meine Frau.« Er fuhr sich mit der Hand über das Gesicht. »Sie wollte nicht nach Europa. Auch nicht, als die Unruhen in South Carolina heftiger wurden. Sie meinte, es würde schon nicht so schlimm werden, und vertraute darauf, dass sich alles wieder zum Guten wenden würde. Ihr Vater war derselben Meinung, auch er wollte, dass wir bleiben.« Er seufzte. »Aber ich habe darauf bestanden, dass wir fuhren. Ich erzählte ihr, dass wir hier in England ein neues Leben anfangen würden. Und schließlich gab sie nach. Ich habe dann im letzten Moment noch eine Überfahrt auf einem Handelsschiff buchen können, für uns fünf – Rachel, mich und die drei Kleinen.«

Damaris verspürte ein unangenehm ziehendes Gefühl hinter dem Brustbein. Gleich darauf schämte sie sich. War sie etwa eifersüchtig? Auf Julians tote Frau?

»Du hast mir noch nie etwas von deinen Kindern erzählt«, sagte sie. Sie zog den Stuhl, auf dem sie neben Allies Bett gesessen hatte, näher zum Feuer und ließ sich langsam darauf nieder.

Julian nickte und sah in die Flammen, die den Raum in ein warmes Licht tauchten. Mit dem Schein des Feuers auf seinem Gesicht wirkte er plötzlich sehr jung. Und irgendwie verloren.

»Die Mädchen waren zwei Jahre alt, und Tristan vier. Mein kleiner großer Junge … Er liebte das Meer. Alles, was mit Schiffen oder Wasser zusammenhing, hat ihn begeistert – Flüsse, Seen, Bäche. Am liebsten hat er Steine über eine Wasseroberfläche hüpfen lassen. Manchmal schaffte er das bis zu zehnmal.« Ein winziges, kaum wahrnehmbares Lächeln huschte über sein Gesicht.

»Rachel war mit den Mädchen in der Kabine geblieben. Ich war mit Tristan an Deck, weil er unbedingt dabei sein wollte, wenn das Schiff in den Hafen einfuhr. Wir haben die Lichter an Land gesehen, von denen alle annahmen, es wären die Hafenlichter. Und dann ging alles furchtbar schnell. Es gab einen heftigen Schlag, als würde das Schiff gegen eine Wand prallen. Es war schrecklich. Alles schrie, von überallher kam Wasser. Ich habe Tristan gesagt, er solle sich gut festhalten, denn ich wollte nach unten, um die anderen zu holen, aber da kam mir Rachel mit Ena und Elzie schon entgegen. Dann brach der Hauptmast. Er fiel und … traf Rachel und die Mädchen.«

Damaris schlug in stummem Entsetzen die Hand vor den Mund.

»Sie starben ohne ein Wort, ohne einen Schrei. Kurz darauf zerbarst das ganze Schiff. Und Tristan … er wurde über Bord gespült, bevor ich etwas tun konnte.« Julians Stimme klang plötzlich ganz flach. »Ich habe gesehen, wie ihn eine große Welle von Bord fegte. Ich hörte ihn schreien, irgendwo unter mir im Wasser, und bin ihm hinterhergesprungen, ohne nachzudenken, habe versucht, nach ihm zu greifen, aber ich konnte ihn nirgends entdecken. Es war stockdunkel, und die Wellen türmten sich auf wie Berge. Überall Schiffstrümmer. Und dann habe ich etwas zu fassen bekommen, den kleinen Körper eines meiner Mädchen. Ich wusste nicht, ob es Ena war oder Elzie. Ich wusste nur, dass sie tot war.«

Damaris liefen salzige Tränen über das Gesicht. »Es … tut mir so leid«, murmelte sie. »Das muss furchtbar gewesen sein.«

Er schien mit seinen Gedanken weit weg zu sein, verloren in der Vergangenheit.

»Ich weiß noch, wie ich geschwommen bin, im eiskalten Wasser, in der Dunkelheit. Mir war klar, dass auch ich jetzt sterben würde, und in dem Moment fand ich das gar nicht schlimm. Ich dachte, so ist es gut. So wären sie nicht allein in der Ewigkeit.« Er sah an Damaris vorbei, als würde er sie gar nicht wahrnehmen. »Aber ich bin nicht ertrunken, obwohl ich es versucht habe.«

Sie rückte mit ihrem Stuhl ein Stück näher und nahm seine Rechte in ihre. Einen kurzen Moment ließ er es zu, dann entzog er ihr seine Hand wieder.

»Sie kommen zu mir, wenn ich schlafe«, flüsterte er. »Meistens sind es meine beiden Mädchen. Dann sehe ich sie, wie sie in den

Fluten treiben, ihre zarten Körper aufgedunsen vom Salzwasser.« Er schloss für einen Moment die Augen. »Und manchmal glaube ich, Tristan nach mir rufen zu hören, wie damals, als er für immer verschwand.«

Damaris' Herz krampfte sich zusammen. Die Vorstellung der drei kleinen Leichen im Wasser ließ ihre Augen erneut brennen.

»Hör auf«, flüsterte sie. »Quäl dich nicht so.«

»Doch. Das muss ich. Denn ich bin schuld an ihrem Tod. An Rachels und dem unserer Kinder. Sie sind gestorben, weil ich darauf bestanden habe, dass wir South Carolina verlassen.«

»Sie sind gestorben, weil euer Schiff von einem Verbrecher auf ein Riff gelenkt wurde!«, sagte Damaris mit Nachdruck. »Dafür bist du nicht verantwortlich. Niemand außer Ashcroft und seine Helfershelfer.«

»Ich weiß. Das hat Henry auch gesagt. Aber es ändert nichts daran: Hätte ich nicht entschieden, dass wir fahren, würden sie noch leben. Und das kann ich mir einfach nicht vergeben. Es wäre besser gewesen, wenn ich auch gestorben wäre.«

Ein dicker Kloß saß in Damaris' Kehle. »Nein. Bitte, sag das nicht. Meinst du nicht, dass es einen Sinn hat, dass du überlebt hast?«

»Doch«, murmelte er mit gesenktem Kopf. »Um mich zu bestrafen. Um mich in jeder Stunde meines Lebens daran zu erinnern, was ich verloren habe.«

Damaris kämpfte schon wieder mit den Tränen. Wegen der tiefen Hoffnungslosigkeit, die aus seinen Worten sprach. Und weil er damit jeder möglichen gemeinsamen Zukunft den Weg abschnitt.

»Nein«, widersprach sie dann. »Das kann ich einfach nicht glauben. So grausam ist Gott nicht. Er ist gnädig und gütig.«

Sie wünschte, Henry wäre hier. Henry würde wissen, was zu sagen wäre, und würde mehr als ein hilfloses Gestammel über die Gnade Gottes hervorbringen.

»Hast du denn nicht auch das Recht darauf, glücklich zu sein?«

Er sah sie lange an, und sie glaubte schon, er würde gar nicht mehr antworten. In seinen Augen glitzerte es.

»Nein«, sagte er schließlich leise. »Nein, das habe ich nicht.«

Sie schüttelte den Kopf und rückte auf dem Stuhl nach vorn, näher zu ihm. »Doch, das hast du. Das hast du!«

Langsam streckte sie ihm ihre beiden Hände entgegen. Nach kurzem Zögern nahm er sie.

Sie saß noch immer dicht vor ihm, fast auf der Stuhlkante. Am liebsten hätte sie sich vorgebeugt und ihn an sich gezogen, aber das wagte sie nicht. Stattdessen hob sie nur seine Hände an ihren Mund und küsste seine Finger.

28

ALLIE

Heligan House, Oktober 1785

Eine Mischung aus Schneeflocken und Regentropfen prasselte gegen die beiden großen Fenster der Bibliothek. Ein knisterndes Feuer brannte im Kamin und verbreitete eine angenehme Wärme.

Allie wandte den Blick ab von dem trostlosen Anblick vor dem Fenster und widmete sich wieder dem Stapel von Zeitschriften, die vor ihr auf dem Tisch lagen. Seit dem Tag des Balls vor gut drei Wochen, als sie fast ertrunken wäre, durfte sie nur noch unter Aufsicht nach draußen. Aber nach draußen wollte sie ohnehin nicht. Vor zwei Tagen war das Wetter umgeschlagen, und seit dem Morgen schneite es, durchmischt mit Regen. Der frühe Wintereinbruch enttäuschte vor allem Henry, denn dadurch lag der Garten brach, und viele der Arbeiten konnten nicht fertiggestellt werden.

Nach jener Nacht hatte sie für ein paar Tage das Bett hüten müssen, weil sie sich eine fiebrige Erkältung zugezogen hatte. Zum Glück keine Lungenentzündung, wie Harriet befürchtet hatte, der sie Allies Abenteuer am nächsten Tag gebeichtet hatten. Nun ja, sie hatten ihr nicht die ganze Wahrheit gesagt. Damaris hatte erzählt, Allie sei auf der Suche nach Johnny und Perys in den Teich gestürzt – was ja auch fast der Wahrheit entsprach. Und auch, dass Julian sie gerettet habe. Nur dass danach außer Damaris auch Julian bei ihr ihm Zimmer gewesen war, davon hatte Damaris natürlich nichts verlauten lassen.

Allie langweilte sich. Damaris war noch immer oft gemeinsam mit Henry mit den Gartenplänen beschäftigt, Thomas Gray war abgereist, und bei dem Wetter kam nicht einmal Mr Doyle, ihr Hauslehrer, von St Ewe herübergeritten. Aber zum Glück hatte sie ja noch die alten Zeitungen, die diese nette Frau aus Hestercombe für sie aufgehoben und Damaris mitgegeben hatte. Allie hatte sie sich für Tage wie diese aufgespart.

Sie schlug die nächste Ausgabe auf. Es waren mehr als zwanzig Exemplare des *Sherborne Mercury,* und sie hatte am Vormittag schon drei davon studiert. Meist ging sie dabei nach einem festen Schema vor: Anfangs überflog sie rasch die eng bedruckten Seiten, um hier und da hängen zu bleiben und ein paar erste Artikel zu lesen, die sie am meisten ansprachen. Danach las sie die Zeitung genauer, Zeile für Zeile.

Die Berichte zur nationalen und internationalen Weltlage interessierten sie dabei weniger. Viel spannender fand sie die gemischten Nachrichten und Berichte aus England und dem Ausland.

In Nottingham hatte es einen Unfall mit einer Schusswaffe gegeben. Ein Mann hatte mit Schrot auf einen hochgeworfenen Hut geschossen, dabei war ein Schrotkorn in das Auge eines Anwesenden eingedrungen, der vermutlich nicht überleben würde.

In Winchester war eine Diebesbande ausgehoben worden.

In North Yorkshire war ein Mann durch einen Blitzschlag getötet worden, als der Blitz ihn im Nacken traf und sein Hemd in Brand gesetzt hatte.

Laut eines Ratschlags aus Deutschland solle es helfen, Pferde mit Walnussblättern abzureiben, damit sie weniger von Insekten geplagt wurden.

Eine aus Grönland zurückgekehrte englische Expedition berichtete von einem Bärenangriff, bei dem glücklicherweise niemand verletzt worden war.

In einem Dickicht bei Quantock Hill hatten Frauen beim Beerenpflücken einen toten Mann gefunden, dem man die Kehle durchgeschnitten und drei abgetrennte Finger in den Mund gesteckt hatte.

Wie gruselig – Allie schüttelte sich und las schnell weiter.

Eine Apotheke bewarb ihre neuesten Tinkturen und ein Bibelverkäufer seine verschiedenen Ausgaben. Jemand verkündete seine demnächst stattfindende Hochzeit.

Allie blickte von ihrer Lektüre auf. Es wäre einfach wunderbar, wenn Damaris und Julian heiraten würden.

Es hatte ein bisschen gedauert, bis sie es endlich verstanden hatte, aber dann war es ihr wie Schuppen von den Augen gefallen. Die Blicke, mit denen Damaris Julian nachsah, wenn sie glaubte, er sehe es nicht. Julians Äußerungen über ihre Schwester. Und dann natürlich der Kuss im Obstgarten, den sie mitangesehen hatte. Die beiden waren eindeutig ineinander verliebt.

Allie hatte immer Angst davor gehabt, allein zurückzubleiben, wenn Damaris irgendwann heiraten würde. Und ihre Schwester mit jemandem zu teilen, würde ihr sicher schwerfallen. Aber mit Julian wäre das etwas anderes. Allie liebte ihn wie einen väterlichen Freund, und außerdem lebte er in Heligan. Besser ging es ja kaum.

Allerdings sah es momentan nicht danach aus, als würden die beiden zueinanderfinden.

Allie wusste nicht, wie lange Julian in jener Nacht bei ihr geblieben war. Als sie am nächsten Morgen leicht fiebrig und mit Halsschmerzen erwachte, war er jedenfalls nicht mehr da gewesen. Dafür hatte sich ihr rollender Stuhl vor der Eingangstür wiedergefunden.

Sie vermisste Julian. Weder durfte sie ihn besuchen, noch kam er vorbei, um mit ihr spazieren zu gehen oder auch nur zu reden. Es war, als hätte es die vergangenen Wochen und Monate, in denen sie so vertraut miteinander gewesen waren, nie gegeben. Und Damaris war seit jener Nacht in einer seltsamen Stimmung. Wann immer Allie das Gespräch auf Julian brachte, lenkte ihre Schwester ab. Sie wollte nicht über ihn reden, obwohl sie eindeutig unglücklich war. Allie wurde nicht schlau aus ihr.

»Ich dachte, du magst ihn?«, hatte sie Damaris gefragt.

»Das tue ich auch. Sehr sogar.«

»Und er?«

Damaris sah sie traurig an. »Er mich auch.«

»Und wo ist dann das Problem?«

Spätestens hier war es dann wieder so weit für einen »Ach, Allie«-Seufzer, gefolgt von »Wenn es doch so einfach wäre«.

Sie zog eine weitere Zeitung vom Stapel. Oktober 1784, also vor ziemlich genau einem Jahr. Gleich auf der ersten Seite war ein gezeichnetes Bild von einem großen Ballon zu sehen, an dem ein Korb mit einem Mann darin hing. Oh, das war ja interessant.

Vor Kurzem hatte jemand einen mit heißer Luft gefüllten Ballon gebaut, mit dem man fliegen konnte, und im September 1784 hatte eine Vorführung in London stattgefunden. Ein junger italienischer Luftschiffer hatte am 15. September vor einer riesigen Menge von Zuschauern mit seinem Fluggerät abgehoben, wie es hieß, *in Begleitung eines Hundes, einer Taube im Käfig und einer Katze.* Nach kurzer Zeit musste der Aeronaut in einem Maisfeld zwischenlanden, um die Katze freizulassen, die luftkrank geworden war, dann ging die Fahrt weiter bis zu einem Weiler in Hertfordshire, wo er den Ballon wieder sicher zur Erde brachte.

Was für eine spannende Geschichte. Allie wäre auch gern einmal in einem solchen Ballon gefahren, auch wenn die Vorstellung, hoch oben über der Welt zu schweben, ein wenig beängstigend war.

Gab es noch mehr solcher Nachrichten aus dem Bereich der Fliegerei? Vielleicht aus den Jahren davor? Allie griff nach dem Zeitungsstapel und zog die unterste Ausgabe hervor. Rasch überflog sie die ersten Zeilen und blieb bei den gesammelten Auslandsnachrichten hängen.

In der amerikanischen Kolonie Virginia war eine Stadt namens

Richmond von britischen Truppen niedergebrannt worden. Und in South Carolina hatte die amerikanische Kontinentalarmee nach einer heftigen Schlacht einen Sieg über die Briten errungen. Nach diesem Sieg hatte Lord Cornwallis, der Kommandeur der britischen Truppen, seine Bemühungen aufgegeben, South Carolina zu befrieden.

South Carolina? Das ließ Allie aufmerken. Rasch blätterte sie zurück, um das Datum zu prüfen. Februar 1781. Ja, das war vor mehr als vier Jahren gewesen. Davon hatte Julian doch erzählt – diese Kämpfe waren der Grund gewesen, weshalb er mit seiner Familie Amerika verlassen hatte.

Auf der nächsten Seite ging es weiter mit den Inlandsnachrichten.

In Winchester war es zu einem Kutschunfall gekommen, bei der eine Kutsche umstürzte und einen Reisenden unter sich begrub, der bald darauf verstarb.

In Somerset waren sechs Verbrecher verurteilt worden – vier zu Gefängnis, zwei waren noch am selben Tag wegen Straßenräuberei gehängt worden.

Dann stockte Allie der Atem. Erneut warf sie einen Blick auf das Datum. Sie breitete die Zeitung flach auf dem Tisch aus und rollte noch etwas näher mit ihrem Stuhl. Die Kerzenflamme flackerte leicht, als sie sich ganz nah über die aufgeschlagene Seite beugte und die kleine Meldung, nicht mehr als zehn Zeilen, abermals las.

Sie schluckte vor Aufregung. Rasch rollte sie zu dem großen, in einem hölzernen Gestell ruhenden Globus, der in einer Ecke der Bibliothek stand, und drehte ihn, bis Europa oben lagen. Sie beugte sich dicht darüber und nahm die unterste linke Ecke Großbritanniens in Augenschein. Truro, Penzance, Falmouth – mehr war nicht von Cornwall zu sehen. Nein, das war zu klein, da erkannte sie nicht genug.

Sie brauchte etwas Detailliertes. Einen Atlas. Henry hatte eines dieser wertvollen Werke hier in seiner Bibliothek, in einem oberen Regalfach. Unerreichbar für sie. Denn obwohl sich ihre Beine nicht verschlechtert hatten – in den vergangenen Wochen war sie noch mehrmals kurz aus dem rollenden Stuhl aufgestanden –, konnte sie natürlich nicht auf die Bibliotheksleiter steigen.

Sie griff nach der Glocke, die auf dem Tisch stand, und läutete nach dem Diener.

Niemand erschien. Sie läutete noch einmal. Wieder nichts. Vermutlich waren alle Bediensteten beschäftigt. Aber sie musste dringend Näheres wissen! Schließlich stieß sie sich vom Tisch ab und rollte zur Tür, die sie etwas mühsam öffnete.

»Trevor!«, rief sie nach dem Diener. »Oder wer auch immer gerade verfügbar ist.«

Gott sei Dank, da kam jemand. Sarah, die sie manchmal herumfuhr. »Miss Tremayne?«

»Sarah, du musst mir helfen. Ich brauche unbedingt den *Atlas Anglicanus*. Er steht im obersten Regal.«

»Den Atlas wie?«, fragte Sarah.

»Den *Atlas Anglicanus*. Das ist ein Buch mit Landkarten von England. Du musst nur die Leiter nehmen, hinaufsteigen und ihn aus dem Regal ziehen.«

Sarah sah aus, als hätte man ihr aufgetragen, etwas Unanständiges zu tun. »Ich soll auf eine Leiter steigen?«

»Ja, Sarah, das sollst du. Ich kann es nämlich nicht. Und es wird schon niemand unter deinen Rock sehen.« Allie setzte eine entschlossene Miene auf. »Es ist wirklich wichtig.«

Sarah sah noch immer nicht überzeugt aus, aber sie fügte sich. »Wie Sie meinen, Miss Tremayne.« Sie holte die Leiter, die an einer Regalwand lehnte, legte sie umständlich an das Fach an, das Allie ihr zeigte, und stieg dann sehr langsam Sprosse für Sprosse nach oben. Es dauerte noch etwas, bis Allie sie zum richtigen Titel dirigiert hatte, dann zog Sarah den schweren Band aus dem Regal und stieg damit vorsichtig wieder herunter.

»Vielen Dank, Sarah. Du hast mir sehr geholfen.«

Allie nahm ihr den fast quadratischen, in helles Leder gebundenen Folianten ab und entließ das Dienstmädchen. Mit dem Atlas auf dem Schoß rollte sie zum Tisch und schlug die erste Seite auf. *Atlas Anglicanus,* war in großen Lettern auf der ersten Doppelseite zu lesen. Und, etwas kleiner darunter: *Eine vollständige Sammlung von Karten der Grafschaften Südenglands.*

Sie suchte nach der Karte von Cornwall. Die große Doppelseite war fein gezeichnet und mit Informationen zu einigen Gemeinden beschriftet. Mit dem Finger fuhr Allie die südliche Küstenlinie nach. Und dann fand sie es: Millendreath. Ein kleiner Ort an der Küste Cornwalls, vermutlich kaum mehr als eine Ansammlung weniger Häuser.

Sie hob den Kopf, ihr Herz schlug schneller vor Aufregung und Entdeckerfreude.

Damaris. Sie musste unbedingt mit Damaris sprechen!

»Deswegen rufst du mich?« Damaris sah aus, als würde sie gleich wieder gehen wollen. »Weil du nach Plymouth willst? Was willst du denn da?«

»Ich habe etwas gefunden, das ich dir unbedingt zeigen muss.«

»Und was hast du gefunden?«

»Etwas, das vielleicht mit Julian zusammenhängt.«

»Mit Julian?« Damaris runzelte die Stirn. »Ich glaube nicht, dass …«

»Jetzt sieh es dir doch erst mal an.«

Gemeinsam beugten sie sich über den aufgeschlagenen *Sherborne Mercury* auf dem Tisch der Bibliothek. Allie deutete auf die kleine Mitteilung in der Mitte der zweiten Seite. Zehn Zeilen, eng gedruckt, eingequetscht zwischen einer Meldung über die gute Hopfenernte des Jahres und einen Bericht über die aktuellen Lebensmittelpreise.

12. Februar. In Millendreath, Grafschaft Cornwall, wurde zum gestrigen Tage ein Kind am Strand gefunden. Der Junge zählt vier oder fünf Jahre, trägt passable, wenn auch zerrissene Kleidung und ist bis auf ein paar kleinere Blessuren in guter körperlicher Verfassung. Zu seinem Namen, seiner Herkunft oder was ihn nach Millendreath gebracht hatte, konnte er keine Angaben machen. Es wird vermutet, dass er der Überlebende eines Schiffbruchs sein könnte. Er wurde in das Waisenhaus von Plymouth gebracht, wo man ihm den Namen Michael Doe gab. Wer Hinweise zu seiner Herkunft geben kann, melde sich bitte bei Mrs Meriel Cooper, Hausmutter der Children's Orphanage for Boys, Plymouth.

Allie sah besorgt auf, als ihre Schwester plötzlich zu zittern begann.

»O Gott«, murmelte Damaris. »O mein Gott. Du meinst, das könnte … das könnte … Tristan sein? Julians Sohn?«

»Allerdings denke ich das. Sieh dir das Datum an – es könnte stimmen.« Allie tippte auf die Kopfzeile der Zeitung. »Februar 1781. Der Monat und das Jahr, als wir Julian gefunden haben. Und der Junge war laut der Zeitungsnotiz damals ungefähr fünf Jahre alt.«

Damaris war ziemlich blass geworden.

»Aber Julian … er … seine ganze Familie ist bei dem Unglück ertrunken.« Sie war kaum fähig, ganze Sätze zu bilden. »Niemand hat den … den Schiffbruch überlebt.«

»Doch«, gab Allie trocken zurück. »Julian hat ihn überlebt. Und vielleicht ja auch sein Sohn.«

»Aber … aber Henry hat damals doch überall Leute ausgeschickt und herumgefragt, bis fast nach Polperro. Hätte man nicht schon damals etwas über diesen Jungen hören müssen?«

Allie schüttelte den Kopf. »Nein, das ist es ja. Schau, ich habe nachgesehen. Millendreath liegt östlich von Polperro.« Sie schob ihrer Schwester den aufgeschlagenen *Atlas Anglicanus* hin und deutete auf einen winzigen Punkt an der Südküste Cornwalls. »Das ist knapp außerhalb des Umkreises, in dem Henry damals hatte suchen lassen.«

Damaris nickte langsam, dann schüttelte sie den Kopf.

»Aber … das ist über vier Jahre her«, sagte sie. »Wahrscheinlich hat sich längst jemand gefunden, zu dem er gehört. Und … und selbst wenn es sich bei dem Jungen um Tristan handeln sollte, dann ist er vermutlich gar nicht mehr dort. Er könnte längst ganz woanders sein – was weiß ich, in London vielleicht, oder Schottland.«

»Und wenn nicht? Wenn er noch immer in Plymouth ist?« Allie klappte den Atlas zu und legte ihn sich auf den Schoß. »Kommst du?«

Damaris sah sie verwirrt an. »Wohin denn?«

»Zu Julian natürlich. Wir müssen es ihm sofort erzählen. Stell dir nur sein Gesicht vor, wenn er das hört.«

»Nein!« Damaris war aufgesprungen und hielt den rollenden Stuhl an der Lehne fest. »Nein, Allie, nicht. Er darf nichts davon erfahren! Nicht, solange wir nicht sicher sein können, dass es sich bei dem Jungen wirklich um Tristan handelt.«

»Aber willst du denn nicht, dass er weiß, dass sein Sohn vielleicht noch lebt?«

»Natürlich will ich das. O Gott, es würde ihn – es würde alles ändern. Aber es wäre grausam, ihm Hoffnung zu geben, die dann womöglich wieder zerstört würde.«

Allie ließ die Hände auf den Atlas in ihrem Schoß sinken und nickte zögerlich. Damaris hatte zweifellos recht.

»Ja. Das hatte ich nicht bedacht.«

»Wir werden kein Sterbenswörtchen davon erwähnen. Zumindest nicht Julian gegenüber. Nicht die kleinste Andeutung, hörst du, Allie?«

»Ja, natürlich.« Sie nickte erneut. »Was schlägst du vor?«

Damaris überlegte kurz. »Hast du schon alle Zeitungen durchgesehen?«

»Nein, noch nicht.«

»Dann sollten wir das zuerst tun. Wir schauen nach, ob es irgendwo noch weitere Meldungen gibt, die diesen Jungen betreffen. Vielleicht hat sich ja doch jemand gefunden, der ihn kannte oder zumindest wusste, wohin er gehörte, und die ganze Aufregung war umsonst.«

»Und wenn wir nichts finden?«

Damaris holte tief Luft. Allie sah, wie sie ihre Hände zu Fäusten ballte und wieder öffnete.

»In diesem Fall sollten wir mit Henry sprechen. Er wird wissen, was zu tun ist. Vermutlich wird er einen Brief schreiben, an diese ...«, sie warf einen Blick auf den Artikel, »an diese Mrs Cooper vom Waisenhaus in Plymouth. Vielleicht hat er auch noch weitere Ideen.«

»In Ordnung.« Allie klatschte in die Hände. »Dann lass uns jetzt die Zeitungen durchforsten.«

29

LEXI

Heligan Gardens, Anfang April

An Ostern war der Garten voller Besucher. Vor allem für die Kinder wurden etliche Aktivitäten angeboten, unter anderem gab es einen Pfad durch die Gärten, an dem entlang sie versteckte Dinge suchen konnten. In den unteren Zweigen der Bäume hingen bunt bemalte Holzeier, und im Gras zwischen den Blumen fanden sich kleine, mit Schokoladeneiern gefüllte Osternester, die die Kinder mitnehmen durften.

Lexi stand am Rand der Wiese unterhalb des Steward's House und sah zu, wie Kinder und auch ein paar Erwachsene mit einem hölzernen Steckenpferd zwischen den Beinen durch einen Hindernisparcours rannten. Auf dem Rasen war ein großes Festzelt errichtet worden, in dem man Eier bemalen und kleine Windräder aus Papier basteln konnte.

Sie beobachtete das bunte Treiben, unschlüssig, was sie tun sollte. Fast jeder der Kollegen und Kolleginnen, die sie inzwischen etwas näher kannte, war fort oder beschäftigt. Cait und Orlando mussten arbeiten, und Eliza und Ben waren zu ihren Familien gefahren. Am besten wäre wohl, wenn sie sich wieder ins Archiv begeben würde.

»Guten Morgen, schöne Frau. Lust auf einen Kaffee?«

Sie drehte sich um. Vor ihr stand Orlando, zwei Becher in der Hand und ein Strahlen in seinem hübschen Gesicht.

»Gerne.« Sie nahm ihm einen der Becher ab. »Woher wusstest

du, dass ich hier bin? Und dass ich jetzt einen Kaffee gebrauchen kann?«

Er grinste. »Gutes Timing. Ich stand gerade vor der Ausgabe, als ich dich hier so allein stehen gesehen habe. Und da habe ich mir gesagt, ich erlöse dich mal von deiner Einsamkeit.«

Sie lächelte ihm zu. »Gut gemacht.«

»Ich dachte, du hättest an Ostern frei«, sagte er, während sie sich auf einer der Bänke mit Tischen niederließen, die noch nicht besetzt war.

»Hab ich eigentlich auch. Aber ich wusste nicht, was ich allein in der Wohnung anfangen sollte. Also bin ich mitgekommen. Genug zu tun habe ich nämlich.«

»Ich auch«, seufzte Orlando und deutete auf die allmählich anwachsende Gruppe von Kindern, die sich offenbar in Erwartung eines weiteren Spiels an einer Ecke des Rasens versammelt hatten. »Ich darf gleich beim Eierlaufen mitmachen. Und danach geht's rüber zu den neugeborenen Lämmern und Ferkeln in der Scheune. Und dann habe ich eine Führung. Und danach wieder zu den Spielen. Das wird anstrengend.«

»Du schaffst das schon«, sagte Lexi. »Ich bin sicher, die Kinder werden dich lieben. Ach ja, was kriegst du für den Kaffee?«

»Nichts. Ist mein Geschenk an dich.«

»Danke. Das ist sehr nett von dir.«

»Finde ich auch.« Er stellte den Kaffeebecher auf dem Tisch ab und griff in seine Jackentasche. »Und weil Ostern ist, habe ich noch ein Geschenk für dich.«

Er reichte ihr ein großes, in buntes Stanniol verpacktes Schokoladenei.

Lexi sah ihn überrascht an. »Oh, ein Creme Egg! Weißt du, wie lange ich so was nicht mehr gegessen habe?«

Sie erinnerte sich noch gut an die süßen Schokoladeneier, die in Anlehnung an ein echtes Ei mit flüssigem weißem und dunkelgelbem Fondant gefüllt waren.

»Und – zu welcher Fraktion gehörst du?«, wollte Orlando wissen. »Aufbeißen oder in einem Happs?«

»Aufbeißen. Alles andere wäre tödlich bei diesen Monsterdingern.«

»Sehe ich genauso.« Er nahm einen Schluck Kaffee. »Über diese Frage haben sich ja bekanntermaßen schon Generationen gestritten.«

Sie lachte. »Ja, ich kann mich noch gut an den Spruch aus der Fernsehwerbung erinnern: ›Wie isst du deins?‹ Mein Vater hat es sich immer ganz in den Mund geschoben, aber meine Mutter und ich haben es immer aufgebissen.«

Sie musste aufpassen. Nicht, dass sie sich noch dazu hinreißen ließ, zu viel über ihre Vergangenheit zu erzählen. Langsam begann sie, das Schokoladenei aus seiner bunten Umhüllung zu befreien, dann biss sie vorsichtig hinein und schloss selig die Augen, als der vertraute, süß-cremige Geschmack ihren Mund füllte.

»So hab ich dich noch nie gesehen«, sagte Orlando.

Sie öffnete die Augen. »Wie denn?«

»So … glücklich.« Er räusperte sich. »Du weißt, was es bedeutet, wenn ein Mann einer Frau an Ostern ein Ei schenkt?«

»Nein«, nuschelte Lexi amüsiert, den Mund voll süßer Creme, »das weiß ich nicht.«

»Es bedeutet«, sagte Orlando recht feierlich, »dass sie ihm wichtig ist. Sehr wichtig sogar. Ich glaube nämlich, ich habe mich ein bisschen in dich verliebt.«

Oh nein.

Er sah sie erwartungsvoll an. »Du darfst jetzt gern etwas antworten.«

Lexi schluckte den Rest Schokoladencreme hinunter. »Orlando«, sagte sie. »Ich mag dich. Sogar sehr.« Sie zögerte.

»Und jetzt kommt das große Aber …«

»Aber ich fürchte, das wird nichts mit uns.« Sie legte kurz ihre Hand auf seine, dann zog sie sie wieder zurück. »Es liegt nicht an dir, ganz und gar nicht. Ich … ich habe ein paar ziemlich schlechte Erfahrungen gemacht, und ich möchte momentan keine neue Beziehung.«

Er nickte mit einem traurigen kleinen Lächeln. »Ja, das hatte ich schon befürchtet. Ehrlich gesagt, hab ich es auch nicht anders erwartet. Aber ich wollte dich wenigstens gefragt haben. Nicht, dass du später behauptest, du hättest von nichts gewusst. Keine Sorge, ich werd's schon überleben. Auch wenn du mir mein armes Herz gebrochen hast.« Er schaute dabei so treuherzig, dass Lexi lachen musste. »Und jetzt sag nicht, dass du gar nicht wusstest, dass ich eins habe.«

Sie atmete auf. »Dann bist du nicht sauer auf mich?«

Er sah sie erstaunt an. »Warum sollte ich? Das ist schließlich nicht die erste Abfuhr, die ich bekomme. Aber wir bleiben doch Freunde?«

»Natürlich«, gab Lexi zurück, erleichtert, dass er es so locker nahm. Rob dagegen … Nein, sie wollte jetzt nicht an Rob denken.

»Wie spät ist es?« Orlando deutete auf ihre Armbanduhr. Er selbst trug keine.

»Kurz vor elf.«

»Mist, schon so spät.« Er kippte seinen Rest Kaffee hinunter und stand auf. »Sorry, die Pflicht ruft. Ich muss jetzt dringend meinen Championtitel im Eierlaufen verteidigen.«

Die Pommes frites hinterließen Fettspuren auf den Fingern, aber Lexi musste Cait recht geben: Sie waren wirklich sehr gut. Sie träufelte noch etwas mehr Essig darüber und nahm sich ein weiteres der goldgelben Stäbchen aus der Tüte, die sie sich an einem Fish-and-Chips-Stand am Hafen geholt hatten.

»Wann wollten sie kommen?«, fragte Cait nun schon zum dritten Mal. Sie knüllte ihre leere Tüte zusammen und warf sie mit einem geschickten Schlenker in den Papierkorb neben sich.

»Am frühen Nachmittag«, sagte Lexi. »Ich hoffe, sie haben keinen Vierzigtonner dafür genommen. Damit wären sie in diesen engen Gassen hoffnungslos verloren.«

Sie saßen auf einer niedrigen Mauer bei einem kleinen Parkplatz in der Nähe ihrer Wohnung und schauten auf Mevagissey hinab. Neben ihnen wand sich eine schmale Straße hinunter zum inneren Hafen. Da Ebbe war, lagen etliche Boote auf dem Trockenen, und man konnte den grünen Bewuchs des Hafenbodens erkennen. Ein paar wenige Touristen flanierten vor den Läden und Kneipen. Auf dem gegenüberliegenden Hang standen weiße und pastellfarbene Häuser. Einige Möwen schrien, es roch nach Meer und Fisch.

Lexi hatte ein paar Tage gezögert, bevor sie die Londoner Umzugs- und Lagerfirma kontaktiert hatte, bei der sie ihre in aller Hast zusammengepackten Sachen eingelagert hatte. Zu tief saß die Angst, dass Rob sie finden würde, sobald sie ihre neue Adresse preisgäbe. Aber dazu hätte er erst einmal wissen müssen, welche der vielen Dutzend Londoner Firmen sie überhaupt beauftragt hatte. Und sie benutzte jetzt schließlich einen anderen Namen als den, unter dem er sie kannte – die Gefahr war so gering, dass sie es gewagt und dort angerufen hatte.

Als sie aufgegessen hatte und die leere Tüte in den Papierkorb warf, hörte sie das Brummen eines Kleinlasters, und ein weißer Lieferwagen mit Londoner Kennzeichen bog um die Ecke.

»Na endlich!« Cait sprang von der Mauer.

Es waren nur vier große Umzugskisten, die Lexis gesamte Habe enthielten. Schnell waren sie ausgeladen und mithilfe der beiden polnischen Umzugshelfer in die Wohnung getragen. Nachdem Lexi bar bezahlt und den beiden noch ein ordentliches Trinkgeld gegeben hatte, waren die Männer auch schon wieder weg.

Etwas ratlos betrachtete Lexi die im Badezimmer versammelten Utensilien . Um ihre Schultern lag ein altes Handtuch, auf dem Badewannenrand hatte sie Färbetuben, Pinsel, Haarklammern und

-kämme sowie ein Paar Einweghandschuhe aufgereiht. Dennoch hatte sie keine Ahnung, wie sie ihren Ansatz nachfärben sollte. Auf der Packung hörte es sich so einfach an: alles zusammenkippen, schütteln und dann die Paste auf den Haaransatz auftragen.

»Probleme?« Cait lugte durch die angelehnte Badezimmertür.

»Irgendwie schon.« Lexi seufzte. »Ich weiß nicht, wie ich anfangen soll. Und wo.«

»Ich dachte, du hast dir deine Haare schon selbst gefärbt.«

»Hab ich auch, beim ersten Mal. Aber da habe ich einfach alles zusammengemixt und mir auf die Haare geschmiert. Und jetzt habe ich keine Ahnung, wie ich meinen Ansatz nachfärben soll.«

»Aber ich«, erklärte Cait, öffnete die Tür ganz und schob sich herein. »Oder glaubst du, meine superduper-rote Haarfarbe wäre natürlich? Ich muss auch jeden Monat nachfärben. Und jetzt setz dich und überlass mir den Rest.« Sie drückte Lexi auf den Hocker, der im Bad stand, und streifte sich das Paar Einweghandschuhe über. »Du hast von Natur aus braune Haare, also müssen wir den Ansatz zuerst bleichen, bevor wir ihn färben können.«

Lexi nickte gehorsam.

»Und?«, fragte Cait, während sie begann, Lexis lange Haare zu scheiteln. »Wie kam es dazu?«

»Wozu?«

»Zu deinem Entschluss, deine Haarfarbe zu ändern. Kann ja noch nicht so lange her sein, wenn du deinen Ansatz noch nie nachgefärbt hast.«

Lexi hob die Schultern. »Mir war einfach nach einer Typveränderung.«

Cait tauchte den Pinsel in die Paste und bestrich einen Teil von Lexis Haaransatz mit der stechend riechenden Blondiercreme.

»Typveränderung, aha«, sagte sie. »Das zieht ja nun weitere Fragen nach sich. Ich weiß sowieso noch viel zu wenig über dich. Wo hast du früher gewohnt, und warum bist du jetzt hier? Und das Wichtigste: Gibt es einen Mann in deinem Leben?«

»Ja«, gab Lexi mit unbewegter Miene zurück. »Henry Hawkins Tremayne.«

Im Spiegel konnte sie sehen, wie Cait die Augen verdrehte. »Du dumme Nuss! Abgesehen von deiner neuen großen Liebe natürlich.«

»Da gibt es nicht viel zu wissen.« Natürlich hatte Lexi schon länger überlegt, was und wie viel sie Cait über sich erzählen würde. Am besten so nah wie möglich an der Wahrheit bleiben, ohne größer ins Detail zu gehen. »Ich habe in London in einem Architekturbüro gearbeitet, aber irgendwann hatte ich Lust, mal was Neues auszuprobieren. Als kleines Kind war ich mal in Heligan und fand es wunderbar. Und da bin ich eben hierhergekommen.«

Cait schien ein bisschen enttäuscht. »Das ist alles?«

»Das ist alles. Ich führe ein langweiliges Leben.«

»Und es gibt keinen Mann in diesem langweiligen Leben?«

Lexi zögerte nur kurz. »Nein. Das heißt, nicht mehr. Ich habe mich getrennt, ganz ähnlich wie du.«

»Ah!«, machte Cait. »Jetzt kommen wir der Sache näher. Ich dachte mir schon, dass es um einen Mann geht. Möchtest du mir von ihm erzählen?«

Lexi verschränkte die Finger und schaute auf ihre Hände. Auch wenn es sie inzwischen immer öfter drängte, sich endlich einmal alles von der Seele zu reden – es war zu gefährlich. Sie musste alles tun, um zu verhindern, dass Rob sie hier aufspürte. Und so schüttelte sie nur den Kopf und murmelte etwas von »Ist noch zu frisch«.

»Okay, also bist du momentan solo.« Cait teilte eine weitere Strähne von Lexis Haaren ab. »Wie du sicher schon gemerkt hast, bin ich schrecklich neugierig. Wie sieht es aus, dein Beuteschema?«

»Mein Beuteschema?« Lexi war sich nicht sicher, ob sie das Wort bei Caits irischen Akzent richtig verstanden hatte.

»Ja, wie sollte dein Mr Right aussehen?«, fragte Cait, während sie den nächsten Ansatz mit Blondierpaste bestrich. »Lass mich raten. Ich nehme mal an, klassischer Fall von groß, dunkelhaarig und gut aussehend?«

»Yep.« Lexi nickte – und erntete sofort einen leisen Protest von Cait. »Nicht bewegen!«

»Sorry.«

»Hm, für welchen unserer ledigen heißen Kerle könntest du dich wohl erwärmen?« Cait überlegte kurz. »Orlando?«

»Ja, Orlando ist sehr nett.«

»Er steht auf dich, das sieht ein Blinder.«

»Das hat er mir neulich sogar gesagt. Aber leider habe ich ihm einen Korb geben müssen.« Kurz erzählte Lexi von ihrem Gespräch im Steward's Garden. »Ich hoffe, er nimmt mir das nicht übel.«

»Orlando? Ach was. Unser Sonnenschein ist kein Kind von Traurigkeit. Er wird sich sicher schnell mit der Nächsten trösten. Okay, also Orlando fällt schon mal weg. Dann vielleicht George?«

»Der an der Kasse? Nein, nicht mein Fall.«

»Tim vom Pflanzenshop?«

»Auch nicht wirklich.«

Cait grinste sie im Spiegel an, dass ihr kleines silbernes Piercing aufblitzte. »Was ist mit Ben? Der ist doch ein Hottie.«

Lexi grinste zurück. »Allerdings. Aber leider vergeben.«

Cait hob die Augenbrauen. »Ben Pascoe? Ist mir da was entgangen? Ich kenne ihn ziemlich gut, wir haben zusammen in Heligan angefangen.«

»Sein Tattoo«, erklärte Lexi. »Auf seinem Unterarm ist der Name seiner Freundin oder Frau tätowiert.«

»Ach so. Du meinst Rebecca?« Cait hielt für einen Moment inne, dann pinselte sie weiter Paste auf. »Nein, das ist nicht seine Freundin.«

»Sondern?«

»Seine Schwester.«

Lexi runzelte die Stirn. »Welcher Kerl lässt sich denn den Namen seiner Schwester tätowieren?«

Cait ließ die Hand mit dem Färbepinsel sinken. »Ach Mann. Keine Ahnung, ob ich dir das erzählen darf – andererseits, es ist ja kein Geheimnis.«

»Was denn? Was ist mit seiner Schwester?« Dann begriff sie. »Oh. Du meinst – sie ist tot?«

Cait nickte. »Rebecca war seine jüngere Schwester, und sie ist vor ziemlich genau zwei Jahren gestorben.«

»O Gott, wie furchtbar. Ein Unfall?«

»Nein, sie war krank. Traurige Geschichte.« Cait spülte den Pinsel aus. »So, fertig fürs Erste. Jetzt lassen wir das eine Weile einwirken, und dann …«

Aus dem Wohnzimmer erklang plötzlich ein lautes, forderndes Miauen. Cait lugte durch die angelehnte Badezimmertür, dann schüttelte sie lachend den Kopf. »Oje, ich fürchte, Nelson hat eine tote Maus mitgebracht. Ich muss ihn jetzt erst mal überschwänglich loben, sonst ist er beleidigt, und dann das tote Vieh unauffällig entsorgen.«

30

LEXI

Heligan Gardens, April

Lexi faltete die Kopie des alten Plans von Thomas Gray auf und studierte ihn erneut. Auf dem im Original handgezeichneten Heligan-Plan brauchte es manchmal etwas Fantasie, um die einzelnen Strukturen und Elemente zu erkennen. Aber Lexi hatte inzwischen ein gutes Auge dafür entwickelt. Im Vergleich zu einer früheren Zeichnung war für sie klar zu erkennen, wie viele Veränderungen Thomas Gray vorgenommen hatte: Manche Wege verliefen anders als früher, einige Blickachsen waren freigemacht und die Bepflanzung gezielter und durchdachter eingesetzt worden. In der Mitte des großen Anwesens befand sich das verwinkelte Heligan House, das noch nicht ganz dem heutigen Grundriss entsprach, mit einigen Nebengebäuden. Nördlich des Hauses lagen der Blumengarten und der Melonenhof mit der Ananasgrube und darüber das birnenförmige Gelände, das damals noch mit Bäumen bepflanzt war. Inzwischen hieß es Flora's Green und war eine große Rasenfläche, die von riesigen rot blühenden Rhododendren umgeben war, die einst aus dem Himalaja mitgebracht worden waren und die inzwischen zu den größten Exemplaren ihrer Art gehörten. Weiter im Süden erstreckte sich das Lost Valley, damals noch Alter Wald genannt. Ein kleines Gewässer, der oberste Teich im Dschungel. Das Sommerhaus im Nordosten. Und weiter südlich, nah an einem der alten Reitwege, die Kristallgrotte.

Sie faltete den Plan zusammen und steckte ihn ein.

Seit zwei Tagen war Eliza wieder da, und eigentlich hatte Lexi mit ihr besprechen wollen, wie sie die Vergangenheit in ihrer Ausstellung noch lebendiger darstellen könnten – Lexi schwebte da eine Art Vergleich von jetzt und früher vor. Aber Eliza hatte seit ihrer Rückkehr denkbar schlechte Laune. Auf behutsames Nachfragen von Lexi gab sie nur einsilbige und ausweichende Antworten und ging nicht weiter darauf ein. Was war der denn für eine Laus über die Leber gelaufen? Lexi bekam den Anflug eines schlechten Gewissens. Hatte sie Eliza womöglich unabsichtlich ausgebootet? Hatte Eliza mehr von Lexis Aufgaben übernehmen wollen? Aber es war doch ihre Kollegin selbst gewesen, die von Anfang an klargestellt hatte, dass sie keine Zeit für Mehrarbeit hatte.

Nach einer Weile hatte Lexi es aufgegeben und beschlossen, sich nicht von Elizas Laune anstecken zu lassen und sich allein um ihr Projekt zu kümmern.

Über dem Weg lag feiner Nebel, den die Morgensonne noch nicht aufgelöst hatte. Es war noch früh am Tag, und sie wollte die Zeit nutzen, um ein paar Inspirationen zu sammeln, bevor die ersten Besucher Zutritt hatten und es wieder voll werden würde.

Sie stieg die wenigen steinernen Stufen hinab bis zur Kristallgrotte, die dort in einem versteckten Winkel neben dem Weg lag. Die felsige Mulde, in der die Höhle erbaut worden war, wurde von Baumfarnen und großen Rhododendren überragt. Hier war es schattig und feucht, und Fingerhut, Farne und Bambuspflanzen wuchsen in winzigen Erdtaschen zwischen den Steinen. Dunkelgrünes Moos und helle Flechten bedeckten die massiven Felsblöcke, die die Grotte umgaben, aus der darüberliegenden Baumkrone tröpfelte es leise. Trotz des Tageslichts fiel es Lexi nicht schwer, sich ein paar geisterhafte Gestalten vorzustellen, die hier umherstreiften.

Sie trat hinein und legte die Hand an die Wand der mehr als mannshohen künstlichen Höhle, fühlte den kühlen, rauen Stein.

Die Grotte war zu Henrys Lebzeiten entstanden, kurz nachdem er von seiner Grand Tour zurückgekehrt war. Damals, so hatte Lexi gelesen, war das Innere der Grotte mit Hunderten von kleinen Kristallsplittern ausgekleidet gewesen. Es war sicher sehr romantisch gewesen, wenn die Höhle in einer warmen Sommernacht von Kerzen erleuchtet worden war.

Ob Henry sich auch daran erfreut hatte? Oder jemand von seiner Familie oder Freunden? Welche Liebesschwüre und -dramen sich hier wohl abgespielt hatten?

»Hi«, sagte jemand hinter ihr.

Sie fuhr herum, für einen Moment erschreckt, und blinzelte ins morgendliche Sonnenlicht, das durch eine Lücke im Grün fiel. Da draußen stand Ben, ein Klemmbrett in der Hand.

»Du bist früh auf den Beinen«, sagte er, als sie aus der Grotte getreten war.

»Du aber auch.«

»Ist mein Job. Täglicher Kontrollgang, zumindest in den einzelnen Teilen von Zier- und Nutzgarten. Ich schaue, ob alles intakt ist und ob keiner der Besucher irgendetwas hat mitgehen lassen.« Er warf einen flüchtigen Blick in die Grotte. »Scheint mir alles okay zu sein. Ich hab gehört, man kann dir gratulieren? Du hast jetzt einen Projektvertrag für ein Jahr?«

Lexi nickte glücklich. »Ja, danke. Das spricht sich ja schnell rum.«

»Gute Nachrichten verbreiten sich eben schnell.«

»Freut mich, wenn du das so siehst. Wohin geht's jetzt?«

»Melonenhof und Italian Garden. Willst du mitkommen?«

»Sehr gern.«

Kurz vor dem Melonenhof warf er ihr einen prüfenden Blick zu. »Und sonst? Alles klar bei dir?«

»Ja, danke, alles bestens. Wie war's bei deiner Familie?«

»Ganz okay.« Er sah sie erneut an. »Warst du auch zu Hause?«

Sie schüttelte den Kopf. »Meine Eltern leben auf den Malediven, das wäre ein bisschen zu weit.«

»Auf den Malediven? Und da bist du hier und nicht am Strand unter Palmen?«

Sie zuckte mit den Schultern. »Lange Geschichte. Und Palmen habe ich ja auch hier. Aber ich bin umgezogen, nach Mevagissey. Ich wohne jetzt mit Cait zusammen. Caitriona Murphy. Sie sagt, ihr kennt euch, recht gut sogar.«

Er hob überrascht die Brauen. »Mit Cait? Ja, wir haben vor Jahren zusammen hier angefangen. Damals noch beide als Aushilfen – sie im Café, ich im Garten.«

Vielleicht fiel es ihr nur auf, weil er gerade über Cait sprach, aber sein kornisch gefärbtes Englisch erinnerte sie ein wenig an Caits Redeweise. Auch wenn sie nicht direkt identisch war, gab es doch eine große Ähnlichkeit zum weichen, irischen Akzent ihrer Mitbewohnerin. Derselbe Klang bei den Vokalen, dieselbe starke Betonung der Rs.

Lexi sah ihm zu, wie er ein paar Sachen auf seiner Liste abhakte, dann gingen sie gemeinsam in den angrenzenden italienischen Garten. In der Mitte des rechteckigen Seerosenteichs stand ein bronzener Cupido, eine kleine geflügelte Gestalt mit einem Delfin im Arm. Ein Rabe krächzte, ein paar Amseln zwitscherten, aber sonst herrschte eine wunderbare Stille. Zarte Nebelschleier schwebten wie ein hauchfeines Gespinst über dem Wasser. Auf dem Grund des niedrigen Beckens konnte Lexi schimmernde Münzen sehen, die Besucher dort hineingeworfen hatten. Im Wasser schwammen einige rote Goldfische.

»Willst du mir helfen?«, fragte Ben. »Du könntest die Fische zählen.«

Lexi lachte. »Dein Ernst?«

Er nickte. »Hört sich lustig an, ist aber so. Es ist nämlich noch gar nicht lange her, da verschwanden auf unerklärliche Weise jede Nacht ein paar Fische aus dem Teich. Und jeden Morgen fanden wir ein paar verstreute Gräten am Rand des Beckens.«

»Und dann? Was habt ihr gemacht?«

»Eine Kamera mit Nachtsichtfunktion installiert. Da drüben am Stamm der Kohlpalme, dicht über dem Boden.« Er deutete auf eine Palme, die in der Nähe des Beckens stand. »Und dann hieß es warten. Bis wir nach etlichen Nächten den Übeltäter endlich entdeckten.«

»Und, was war es?«

»Ein Fischotter. Er hat die Goldfische aus dem Becken gefangen. Einen hat er sogar direkt vor der Kamera verspeist. Du kannst dir das heute noch im Internet ansehen.«

»Herrlich.« Lexi grinste. »Wenn auch vermutlich weniger angenehm für die Fische.« Sie trat nah an den Rand des Beckens und zählte. »Ich kann acht Goldfische sehen.«

»Sehr gut.« Ben trug die Zahl in seine Liste ein, dann ließ er das Klemmbrett sinken. »Und sonst? Wie kommst du weiter mit deinem Projekt?«

»Oh, recht gut. Für den ersten Teil bin ich so gut wie fertig. Kennst du den Plan von Thomas Gray aus dem späten achtzehnten Jahrhundert? Da kann man sehen, was Henry alles verändert hat.« Sie trat vom Beckenrand zurück, zog die zusammengefaltete Kopie aus der Hosentasche und zeigte sie ihm.

Als er sich dicht neben ihr über den Plan beugte, hatte seine Nähe etwas unerwartet Intimes.

»Man braucht ein bisschen Fantasie dafür«, sagte sie, ein wenig entschuldigend, »aber wenn man sich länger damit befasst, ist es richtig spannend.«

Ben nickte anerkennend. »Ich glaube, Heligan hat mit dir einen echten Glücksgriff getan. Du brennst wirklich für diese Sache.«

»Danke.« Sein Kompliment machte sie unerwartet verlegen. »Demnächst will ich auch mal auf den alten Friedhof von St Ewe, da ist die Familiengruft der Tremaynes. Aber das habe ich bislang vermieden. Friedhöfe machen mich immer etwas melancholisch.«

»Kann ich verstehen. Geht mir genauso.«

Sie zögerte, aber es drängte sie, etwas zu sagen. »Tut mir sehr leid, das mit deiner Schwester«, murmelte sie schließlich. »Cait hat es mir erzählt.«

Er nickte wortlos.

»Falls du mal jemanden zum Reden brauchst – ich bin da.«

Er sah auf, ein wenig überrascht, wie sie fand. Natürlich, sie kannten sich ja kaum.

»Danke«, sagte er. »Gilt aber genauso für dich.«

Jetzt war es an ihr zu nicken.

»Warst du schon in Charlestown?«, fragte er. »Liegt nur knapp zwanzig Meilen von hier, auch an der Küste. Da gibt's ein Museum mit lauter altem Zeug, das man aus etlichen Wracks geborgen hat. Könnte mir vorstellen, dass du da noch ein paar gute Anregungen für deine historische Ausstellung findest.«

»Danke, das hört sich gut an.«

Als er sich von ihr verabschiedete, um seinen Rundgang in Richtung Felsenschlucht und Gemüsegärten fortzusetzen, sah Lexi ihm nach, bis er hinter der Hecke, die den kleinen Garten umgab, verschwunden war. Dann richtete sie den Blick noch einmal auf den Teich. Der Nebel hatte sich aufgelöst, die Sonne schien. Am Grund des flachen Beckens glitzerten die Münzen wie Edelsteine.

Das kleine rote Vorhängeschloss glänzte in der Sonne, die über der Millennium Bridge schien und glitzernde Reflexe auf das Wasser der Themse warf.

»Du bist ja verrückt«, sagte Lexi, als sie die eingravierten Zeilen darin sah. Eingraviert, nicht etwa nur draufgeschrieben. »Rob & Emilia – für immer«, stand da in kantigen, silbernen Lettern auf dem karmesinroten Lack.

Rob und sie waren gerade einmal wenige Wochen zusammen, und da sprach er schon von »für immer«? Das war typisch Rob. Er hatte es nicht so mit der Romantik, aber wenn er etwas wollte, dann komplett. Und das hier war wohl seine Art, ihr seine Liebe zu zeigen.

»Das ist so süß von dir«, sagte sie gerührt.

Mit einem leisen Klack rastete der Schließmechanismus ein, der das kleine Vorhängeschloss am Geländer der Brücke hielt. Rob zog den winzigen Schlüssel ab und machte etliche Fotos mit seinem iPhone – vom Schloss, von Lexi, von ihnen beiden vor dem Geländer, mit der Kuppel der St Paul's Cathedral im Hintergrund.

»Bereit, Em?«, fragte er. Em, so nannte er sie, von Emilia, wie Lexis Taufname lautete.

Sie nickte.

Als der kleine Schlüssel einen glitzernden Bogen beschrieb und dann, etliche Fuß unter ihnen, ins Wasser der Themse tauchte, hatte sie für einen Moment ein komisches Gefühl. Aber das hing vermutlich nur mit der leichten Eigenschwingung der Brücke zusammen, die ihr den Spitznamen wobbly bridge, *Wackelbrücke, eingebracht hatte.*

Drei Monate später war Lexi wieder dort gewesen, hatte das Schloss mithilfe zweier Schraubenschlüssel geknackt und es in die Themse geworfen, ohne es noch einmal anzusehen.

31

LEXI

Mevagissey, Cornwall, April

Am Freitag nach Feierabend ging Lexi mit Cait und einigen anderen Kollegen in einen angesagten Pub am Hafen von Mevagissey. Sie hatte sich eine ganze Weile gesträubt mitzukommen. Aber Cait hatte sie so lange bearbeitet (»Du musst auch mal unter Leute. Du kannst nicht nur arbeiten und zu Hause rumsitzen.«), bis sie schließlich zugestimmt hatte. Rob war weit weg, und vielleicht wäre es wirklich mal ganz nett, wieder rauszukommen.

Sie waren zu sechst: Außer ihnen beiden hatten sich noch Orlando und Eliza sowie Daniel und Lauren, zwei weitere Heligan-Kollegen, angeschlossen. Obwohl das Wochenende bevorstand, war es weniger voll, als Lexi erwartet hatte. Aber wann war sie eigentlich das letzte Mal mit Freunden ausgegangen? Sie konnte sich kaum mehr daran erinnern.

In dem traditionellen kornischen Gasthaus, das über die Grenzen des Landes hinaus berühmt war, wurden lokales Bier und hausgemachtes Essen serviert. Es gab eine Bar und eine übersichtliche, aber abwechslungsreiche Speisekarte. Lexi wählte ein Glas kornisches Bier und eine Lasagne mit Salat aus.

»Gute Wahl!«, sagte der freundliche Kellner, als er ihre Bestellungen aufgenommen hatte, dann verschwand er in der Küche.

Lexis anfängliche Anspannung legte sich allmählich. In den ersten Minuten hatte sie immer wieder nervös nach Rob Ausschau gehalten, aber natürlich war er nicht hier. Der Pub war gemütlich, das bernsteinfarbene Pale Ale erstaunlich süffig und die Lasagne, die kurz darauf kam, ebenfalls wirklich gut. Das Einzige, das ein bisschen nervte, war der Gast an der Theke, der mit jedem sprach, der auch nur das kleinste Entgegenkommen zeigte. Erst belegte er den Barkeeper mit Beschlag – einen großen, sehr schlanken, fast hageren Glatzkopf mit kurzem Bart und Brille, der gelassen ein paar Gläser polierte und dann irgendwo im hinteren Bereich verschwand. Als er fort war, wurde eine der weiblichen Bedienungen das nächste Opfer des aufdringlichen Mannes, und da diese weitere Bestellungen aufnehmen musste, wandte er sich einem älteren Gast im Rollstuhl zu, der gerade mit seiner Begleitung in den Pub gekommen war.

Der Rollstuhl brachte Lexi auf einen Gedanken. Hatte Henry nicht Geld ausgegeben für einen »rollenden Stuhl«?

»Woran denkst du?«, fragte Orlando neben ihr, der ihrem Blick gefolgt war.

Lexi war erleichtert, dass er ihr die Abfuhr vor ein paar Tagen tatsächlich nicht krummnahm. »Daran, dass es in Henry Tremaynes Haushalt offenbar auch jemanden mit einem Rollstuhl gegeben hat. Und wer das wohl gewesen sein könnte.«

Er schüttelte verständnislos den Kopf. »Du denkst selbst jetzt noch an die Arbeit? Wir haben Feierabend!«

Sie grinste. »Ich kann nichts dafür. Es begegnet mir überall.«

Und so war es. Sie beschäftigte sich wirklich gern mit Henry, dem Garten und allem, was damit zusammenhing. Nicht nur, weil es sie davon abhielt, sich zu viele Gedanken über Rob zu machen, sondern auch, weil es sie gepackt hatte. Es kam ihr vor, als wäre sie allmählich angekommen – nicht nur in Cornwall und in Heligan, sondern auch bei sich selbst. Sie hatte seit längerer Zeit keine Panikattacke mehr gehabt, und bis auf gelegentliche kurze Unterbrechungen war ihr Schlaf sehr viel besser geworden.

Sie schob sich einen weiteren Bissen Lasagne in den Mund und sah sich um. Es war gemütlich hier. An den holzvertäfelten Wänden hingen verzierte Zinnteller, hölzerne Fische und ein großes Steuerrad. Einen Raum weiter verbreitete ein holzbefeuerter Kamin angenehme Wärme, auf dem alten, speckigen Ledersofa davor rekelten sich zwei Hunde.

Lexis Blick wanderte zurück zu Eliza, der Orlando gerade erzählte, welche Spiele er an Ostern mit den Kindern veranstaltet hatte. Eliza hing an seinen Lippen, als hätte sie noch nie etwas Spannenderes gehört. Sie strich ihr Haar zurück und lachte, dann nahm sie sich in aller Selbstverständlichkeit einen der frittierten Zwiebelringe, die in einem Schälchen neben Orlandos Burger standen.

Lexi schmunzelte.

Es war kaum zu übersehen, dass Eliza ganz vernarrt in ihn war. War sie deswegen so schlecht auf Lexi zu sprechen gewesen? Weil sie mitbekommen hatte, dass Orlando auf Lexi stand? Das wäre zumindest eine Erklärung – noch dazu eine, die Lexi erleichterte, wenn sie jetzt sah, wie die beiden miteinander turtelten.

»Und?« Cait, die neben ihr saß, stieß sie leicht in die Seite. »War kein Fehler, herzukommen, oder?«

Lexi schüttelte lächelnd den Kopf. Mit dem halb gefüllten Bierglas in der Hand deutete sie auf den Spruch, der auf einem hölzernen Brett über der Theke prangte, und las ihn vor: »Am Meer werden alle Sorgen weggespült.«

»So ist es«, bestätigte Cait und hob ebenfalls ihr Glas. »Darauf trinken wir. Auf das Meer!«

Am Wochenende fuhr Lexi mit dem Bus nach Charlestown. Der Hafen des kleinen Orts an der Küste war im frühen neunzehnten Jahrhundert von Henry Tremaynes Schwager Charles Rashleigh erbaut worden. Zum Dank dafür hatte die Bevölkerung das schon bald florierende Fischerdorf nach ihrem Gönner Charlestown genannt. Heutzutage wurde der alte Hafen, der mittlerweile zum UNESCO-Weltkulturerbe gehörte, für Aufnahmen historischer Filme und Serien genutzt.

Aber Lexi war vor allem wegen des kleinen Marinemuseums hier, das Ben ihr empfohlen hatte. Angeblich waren es über dreitausend Schiffe, die vor der zerklüfteten Küste Cornwalls durch die tückischen Gewässer und nicht zuletzt das raue, unbeständige Wetter an den Felsen und Riffen zerschellt waren. In diesem Museum waren viele Objekte versammelt, die aus diesen Schiffswracks stammten – vom sechzehnten Jahrhundert bis in die Gegenwart.

Außer ihr gab es nur wenige Besucher. Lexi musste grinsen, als sie den alten Taucheranzug im Eingangsbereich sah, der mit seinem kupfernen Helm wie ein verschrecktes Wesen aus einer anderen Welt wirkte. Auf einer Fotowand waren Aufnahmen vom Dreh der Serie *Poldark* zu sehen, die im späten achtzehnten Jahrhundert in Cornwall spielte. Also auch um die Zeit, zu der Henry gelebt hatte, fiel Lexi auf. Hochinteressant.

Sie sah sich die Bilder und Gegenstände an, die aus den Wracks geborgen worden waren, darunter auch einige aus der *Titanic*. In einem Schaukasten waren eine Replik der Diamantkette »Herz des Ozeans« aus dem Film ausgestellt sowie weitere echte Gegenstände von dem Luxusdampfer, vor allem Geschirr, Besteck und Briefe.

In den anderen Vitrinen betrachtete Lexi Gold- und Kupferbarren, ein mit Muscheln überzogenes, fein bemaltes Teegeschirr, angelaufenes Besteck, etliche Kanonenkugeln und Munition für Vorderlader. Ein angelaufenes goldglänzendes Messingschild mit einer französischen Inschrift. Ein Uniformgürtel aus Leder, komplett mit Messingschnalle und Beschlägen. Steuerräder, weiteres Geschirr, Kerzenleuchter, ein verrostetes Kanonenrohr und kleine gemalte Porträts. Außerdem die gesamte Ausstattung eines Schiffschirurgen samt Skalpellen und Knochensäge. Lexi schüttelte sich innerlich. Sosehr sie sich inzwischen auch in der Vergangenheit wohlfühlte – beim Anblick der schauerlichen Instrumente war sie heilfroh, im einundzwanzigsten Jahrhundert zu leben.

In einer flachen, lang gezogenen Glasvitrine fand sich das einzige vollständig geborgene Münzfass der Welt, malerisch präsentiert mit vielen Kupfermünzen, die sich daraus ergossen. Es stammte aus dem Wrack eines englischen Ostindien-Fahrers, der im frühen neunzehnten Jahrhundert vor Kent auf Grund gelaufen und in den Achtzigerjahren des letzten Jahrhunderts gehoben worden war.

Ein altes Plakat aus dem achtzehnten Jahrhundert bewarb eine öffentliche Auktion, bei der etliche aus einem Schiffswrack geborgene Gegenstände verkauft werden sollten, ein anderes drohte jedem, der beim Schmuggeln erwischt wurde, mit einer empfindlichen Strafe.

Lexi hätte gern noch mehr Zeit hier verbracht, aber es war schon kurz vor fünf, und das Museum würde bald schließen. Seufzend wandte sie sich in Richtung Ausgang.

Dort stand noch eine letzte Vitrine mit Alltagsgegenständen vergangener Jahrhunderte, alle ebenfalls in gesunkenen Schiffen gefunden. Auf einer Seite Dinge, die Frauen gehört hatten: Bürsten, Hornkämme, Haarnadeln und die Reste eines Fachers. Auf der anderen Seite Rasiermesser, Gürtelschnallen und eine blank polierte, silberne Schnupftabakdose, wie die Herren sie früher oft verwendet hatten. Lexi stellte sich vor, dass auch Henry so eine Dose bei sich hatte, wenn er auf Bälle oder sonstige Veranstaltungen ging. Er war schließlich ein Mann von Welt.

32

DAMARIS

Auf dem Weg nach Plymouth, November 1785

Henry griff in die Reisetasche, die zu seinen Füßen stand, und holte seine silberne Schnupftabakdose hervor. Er öffnete den fein ziselierten Deckel, nahm eine kräftige Prise und schnupfte den Tabak in ein Nasenloch. Für ein paar Sekunden verharrte er erwartungsvoll, dann nieste er leise in sein Taschentuch.

»Ich nehme an, du möchtest nicht versuchen?«, fragte er Damaris, die ihm gegenübersaß, mit leisem Lächeln.

Damaris lächelte zurück. »Nein, lieber nicht.«

Sie fuhren allein, nur in Begleitung von Mr Fisher, dem Kutscher. Der Klang der Hufe und eisenbeschlagenen Räder verschmolz zu einem einzigen monotonen Geräusch. An den Straßenrändern standen moosbewachsene, knorrige Ebereschen mit dichten Büscheln kleiner roter Beeren.

Es war kalt. Damaris wickelte sich fester in ihren pelzbesetzten Umhang und stellte ihre Füße auf den heißen Stein im Fußraum, der in einen kleinen Teppich eingewickelt war. Sie war angespannt wie schon lange nicht mehr. Endlich waren sie unterwegs nach Plymouth – eine Strecke, die bei gutem Wetter an einem Tag zu bewältigen war.

Weder sie noch Allie hatten irgendeinen weiteren Hinweis in den anderen Ausgaben des *Sherborne Mercury* zum Verbleib des Jungen entdecken können, der vor mehr als vier Jahren an einem Strand im Osten Cornwalls gefunden und in ein Waisenhaus nach

Plymouth gebracht worden war. Daraufhin hatten sie beide Cousin Henry eingeweiht. Henry hatte sofort an das Waisenhaus geschrieben und um Auskunft zu dem Jungen gebeten, dem man nach Angaben der Zeitung den Namen Michael Doe gegeben hatte.

Die Antwort kam wenige Tage später. Mrs Cooper, die offenbar immer noch Leiterin der Einrichtung war, bestätigte, dass ein Junge dieses Namens damals bei ihnen abgegeben worden sei, äußerte sich aber nicht weiter zu dessen Verbleib. Sofern er weitere Fragen habe, möge Henry doch bitte persönlich vorstellig werden.

»Ob er noch immer dort ist?«, fragte Damaris jetzt bestimmt zum dritten Mal.

»Das weiß ich nicht, meine Liebe«, antwortete Henry, geduldig wie stets. Die Kälte hatte seine Wangen rosig gefärbt. »Aber ich hoffe es sehr. Warum sonst sollte Mrs Cooper vorgeschlagen haben, dass ich sie aufsuche?«

»Aber warum konnte sie nicht konkreter werden? Warum diese Geheimnistuerei?«

Wenn sie mehr gewusst hätten, hätten sie zusammen mit Julian hinfahren können. Aber so mussten sie natürlich zuerst herausfinden, ob der Junge wirklich derjenige war, für den sie ihn hielten.

Es hatte ein paar Tage gedauert, bis sie aufbrechen konnten. Im November waren die Straßen durch den vielen Regen oft unpassierbar. Aber am Morgen hatte Frost eingesetzt und den Schlamm auf den Straßen gefroren, sodass sie fahren konnten.

Den Kopf an die samtbezogene Polsterung der Kutsche gelehnt, sah Damaris ihren älteren Cousin an.

»Ich weiß nicht, was ich noch tun soll, Henry.«

»In Bezug auf was?«

»Julian.« Sie seufzte. Es war nicht das erste Mal, dass sie mit ihrem Cousin über ihre Gefühle für Julian sprach.

»Du liebst ihn, nicht wahr?« Henry sah sie mitfühlend an.

Sie spürte, wie ihr die Röte in die Wangen stieg. »Ja, das tue ich. Und ich glaube, er liebt mich auch. Aber was nützt das, wenn er sich jedes Glück versagt ...« Sie schüttelte den Kopf. »Er ist erst neunundzwanzig. Er kann doch nicht den Rest seines Lebens mit Selbstvorwürfen verbringen.«

»Meinst du nicht, dass er mit der Zeit womöglich anders darüber denken wird?«

»Nein, das glaube ich nicht. Es klang so endgültig.« Sie drängte die Tränen zurück, als sie an jenes Gespräch in der Nacht des Jagdballs dachte. »Aber er hat doch nichts Schlimmes getan. Er hat niemanden umgebracht oder irgendwem geschadet. Im Gegenteil, er wollte seine Familie beschützen! Aber davon will er nichts hören. Er sagt, er habe es nicht verdient, glücklich zu sein.«

Henry sah sie nachdenklich an. »Ich weiß. Darüber habe ich auch schon mit ihm gesprochen. Aber ich fürchte, weder du noch ich können ihn da überzeugen. Er muss sich zuallererst selbst vergeben.«

Damaris biss sich auf die Lippe. »Ich glaube nicht, dass er das jemals tun wird.«

Das Licht des späten Nachmittags begann bereits zu schwinden, als sie in Plymouth ankamen, und bis sie endlich das Waisenhaus für Jungen erreicht hatten, war es vollständig dunkel. Dennoch wollte Damaris unbedingt noch an diesem Tag mit Mrs Cooper sprechen – sie hätte es nicht ertragen, noch mehr Zeit verstreichen zu lassen.

Das Haus war ein trostloser Backsteinbau im Herzen der Stadt. Henry und Damaris mussten eine ganze Weile in einem düsteren, ungeheizten Vorraum warten, bis Mrs Cooper Zeit für sie hatte. Die hier untergebrachten Jungen waren nirgends zu sehen, aber Damaris glaubte, hinter den dicken Mauern etwas wie Tellerklappern zu hören, und von irgendwoher wehte der schwache Geruch nach Eintopf zu ihr. Ihr Magen knurrte – sie hatte seit dem Morgen kaum etwas gegessen, und auch das Abendessen war bislang ausgefallen – aber das war jetzt alles unwichtig. Essen konnte sie später.

Endlich näherten sich Schritte, und die Tür zum Warteraum wurde geöffnet. Mrs Cooper, die Leiterin des Waisenhauses, sah fast genauso aus, wie Damaris sie sich vorgestellt hatte. Sie war groß und hager und trug ein schlichtes dunkles Kleid, ihre grauen Haare waren zu einem strengen Knoten zusammengefasst. In der Hand hielt sie einen zweiarmigen Kerzenleuchter, der ein trübes, flackerndes Licht verbreitete.

»Mr Tremayne«, sagte sie statt einer Begrüßung. Damaris schien sie vollkommen zu ignorieren. »Es ist schon reichlich spät.«

»Guten Abend, Mrs Cooper.« Henry ließ sich von ihrer Schroffheit nicht beirren. »Es freut mich, Sie endlich persönlich kennenzulernen. Meine Cousine, Miss Damaris Tremayne, und ich haben nur eine Frage bezüglich des Jungen, über den wir bereits korrespondiert haben. Es dauert sicher nicht lange.«

Mrs Cooper nickte knapp und bat sie in ihr Bureau am Ende des Ganges. Dort entzündete sie eine einzelne Kerze in einer Messinghalterung, löschte die mitgebrachte Leuchte und setzte sich hinter den breiten Mahagonitisch, auf dem bis auf ein Tintenfass mit Feder nichts stand.

»Nun, Mr Tremayne«, sagte sie. »Um welchen Jungen geht es?«

»Um Tristan Harrington«, erklärte Damaris. »Aber bei Ihnen wurde er wohl als Michael Doe geführt.«

Mrs Cooper warf ihr einen eisigen Blick zu. »Das mag wohl sein. Bei uns erhält jeder Junge unbekannter Herkunft einen neuen Namen. Der Name John Doe war vermutlich schon besetzt, also haben wir ihn Richard Doe genannt.«

»Richard?«, wiederholte Damaris bestürzt. »Ich dachte, es ginge um einen Michael.«

»Michael, Richard – wie auch immer, das ist doch alles das Gleiche.« Mrs Cooper machte eine wegwerfende Handbewegung.

»Sie werden sich sicher an ihn erinnern«, sagte Henry. »Er

wurde an einem Strand gefunden, womöglich als Überlebender eines Schiffbruchs.«

»Ja, ich erinnere mich«, sagte Mrs Cooper kühl. »Ein kleiner schmutziger Bursche mit zerrissenen Kleidern. Sagte kein Wort, starrte mich immer nur stumm an.«

Damaris konnte ihre Ungeduld nicht länger zügeln. »Können wir ihn sehen?«

Mrs Cooper stieß ein unfreundliches Schnauben aus. »Nein, ich fürchte, das geht nicht. Zum einen ist es gleich Schlafenszeit für unsere Jungen.« Sie verrückte das Tintenfass auf ihrem Tisch um einen Zoll.

»Und zum anderen?«, fragte Henry freundlich, als sie eine ganze Weile lang nicht weitersprach.

Sie sah ihn strafend an. »Zum anderen, Mr Tremayne, bin ich mir gar nicht sicher, ob dieser Junge, dieser ...«

»Michael Doe«, half Damaris aus.

»... ob dieser Michael Doe noch hier ist.«

»Vielleicht wären Sie so freundlich, das nachzuprüfen?«, bat Henry sie in seiner verbindlichsten Art.

Mrs Cooper seufzte laut, öffnete aber eine der vielen Schubladen ihres Schreibtisches, suchte eine Weile und holte dann eine dünne Akte aus braunem Karton heraus, die sie aufschlug.

»Ich bedaure«, sagte sie dann langsam.

Damaris sank das Herz. War etwa alles umsonst gewesen?

»Ist er tot?«

»Nein, das nicht. Aber er ist nicht mehr hier. Er hat uns vor einem guten Jahr verlassen.«

»Dann hat ihn also jemand adoptiert?«, fragte Henry.

»Nein, keine Adoption.« Mrs Cooper warf einen letzten Blick in ihre Unterlagen, dann klappte sie die Akte zu und legte sie zurück in die Schublade. »Er kam in die Dienste eines Kaminkehrers.«

»Eines Kaminkehrers?«, wiederholte Damaris betroffen.

Henry war schon weiter. »Könnten Sie uns bitte den Namen dieses Kaminkehrers nennen?«

Mrs Cooper legte die Hände zusammen. »Ich bedaure, Mr Tremayne, aber das kann ich nicht. Es gibt so viele Kaminkehrer in Plymouth, und alle brauchen sie kleine, gelenkige Burschen, die zum Reinigen in die Kaminschächte klettern können, da kann ich mir nicht jeden einzelnen merken. Die Kinder kosten uns nur Geld, und wir nehmen wenig genug Spenden ein. Wenn dann jemand kommt und bereit ist, etwas für einen Jungen zu zahlen und ihn mitzunehmen – nun, wer wäre ich, wenn ich ihm das verwehrte? Wir haben schon öfter unsere Jungen dorthin vermittelt. So können wir sicher sein, dass sich jemand um sie kümmert.«

Sie erhob sich.

»Und nun, Mr Tremayne, Miss Tremayne, muss ich Sie bitten, wieder zu gehen. Ich habe noch viel zu erledigen, und meine Zeit ist knapp.«

Das war doch nicht zu fassen! Damaris wollte etwas erwidern, aber Henry, der sitzen geblieben war, legte ihr unauffällig die Hand auf den Arm.

»Ich bin mir sicher, Mrs Cooper«, sagte er mit seiner salbungsvollsten Pastorenstimme, »dass Sie Ihre schwierige Aufgabe hier mit größtem Fleiß und mit Gottesfurcht erfüllen. Es ist sicher nicht leicht, all das zu überblicken, und da ist es umso wichtiger, dass eine solche Institution von einer Person geführt wird, die wirklich dazu befähigt ist.«

Etwas wie ein schmales Lächeln erschien auf dem verkniffenen Gesicht. »Danke, Mr Tremayne. Es freut mich zu hören, dass jemand meine Arbeit zu schätzen weiß.«

Henry lächelte sie an. »Das tue ich. Daher könnte ich mir vorstellen«, er räusperte sich, »das Waisenhaus mit einer größeren Summe zu unterstützen.«

Er nannte einen Betrag, und Mrs Cooper war auf einmal wie

verwandelt. »Das ... wäre allerdings sehr freundlich von Ihnen.« Sie setzte sich wieder.

»Und wäre es in diesem Fall wohl möglich, den Namen des Kaminkehrers zu erfahren, zu dem der fragliche Junge gekommen ist?«

Mrs Cooper lächelte. »In der Tat, verehrter Mr Tremayne, das wäre es.«

Es war kalt an diesem frühen Novembermorgen. Kalt und dunkel – vermutlich war es noch nicht einmal fünf Uhr, der Sonnenaufgang war noch fern. Dennoch spürte Damaris die Kälte kaum, während sie neben Henry auf dem Bürgersteig stand und vorsichtig ihre Zehen in den gefütterten Stiefeln bewegte.

Sie waren beide schon früh auf den Beinen, ausgestattet mit einer Öllaterne, die ihnen der Wirt des Gasthauses überlassen hatte, in dem sie übernachtet hatten. Er war es auch, der ihnen geraten hatte, es in dieser Gegend von Plymouth zu versuchen, und tatsächlich: Es dauerte nicht lange, und sie waren auf den fraglichen Kaminkehrer und seinen Trupp von jungen Burschen gestoßen. Henry hatte den Mann mit ein paar Münzen überzeugen können, ihm einige Fragen zu beantworten.

»Mr Beecher«, sagte Henry gerade, »Sie haben vor ungefähr einem Jahr einen Jungen aus dem Waisenhaus zu sich genommen.«

»Kann schon sein. Ich hole mir öfter neue Jungs. Hauptsächlich dann, wenn die bisherigen zu groß werden, um in die Kaminschächte zu klettern. Das ist kein schlechtes Leben. Bei mir bekommen sie Unterkunft, Kleidung und was zu essen. Und«, der Kaminkehrer zählte es an den Fingern ab, »dreimal im Jahr ein Bad: zu Weihnachten, an Pfingsten und Michaelis.«

»Dreimal im Jahr?« Henry hob die Augenbrauen. »Ich bin beeindruckt.«

Damaris sah erstaunt auf. Henry war für gewöhnlich nicht so sarkastisch. Das war er nur, wenn ihn etwas aufwühlte.

Der Mann nickte. Im gelblichen Licht der Öllaterne sah er fahl und ungesund aus. »Das können Sie auch. Werden nicht viele finden, die so gut mit ihren Jungs umgehen.«

»Nun, Mr Beecher, konkret geht es uns um einen gewissen Michael. Michael Doe.«

»Michael? Ich kenne keinen Michael.« Der Mann hob die Schultern.

»Vielleicht nennt er sich mittlerweile wieder Tristan. Tristan Harrington. Ein Junge von acht oder neun Jahren. Vermutlich blond.«

»Meine Kletterjungen brauchen keine Namen. Ich gebe ihnen Nummern, das kann ich mir leichter merken. Die wechseln ja häufiger als ich mein Unterzeug.«

Er gab ihnen Nummern? Das war herzlos. Genauso wie das alles hier. Damaris hatte sich bislang nie Gedanken darüber gemacht, wie die Kamine gesäubert wurden. Aber jetzt machte sie die Vorstellung ganz krank, dass ein kleiner Junge in den engen Schacht steigen musste, um dort mit einem Schaber oder gar mit bloßen Händen die Innenwände vom festgesetzten Ruß und Schmutz zu befreien.

Sie warf einen Blick auf die vier in Lumpen gekleideten, schmutzstarrenden Kindergestalten, die sich hinter Mr Beechers massiger Gestalt zusammendrängten, zitternd in der morgendlichen Kälte. Sie ähnelten einander, was aber vermutlich mehr mit ihrer Magerkeit und dem Dreck auf ihren Gesichtern und in ihrem Haar zusammenhing als mit wirklicher Verwandtschaft. Damaris hätte am liebsten jedem von ihnen eine warme Decke gegeben, und sie bedauerte, nichts dergleichen bei sich zu haben.

So kamen sie nicht weiter. Kurz entschlossen griff sie nach der Öllaterne und ging zu dem Jungen, der am weitesten außen stand. Er mochte um die sechs Jahre alt sein.

»Wie ist dein Name?«, fragte sie ihn.

Der Junge sah sie nur verschreckt an und antwortete nicht.

»Gib Antwort, Nummer fünf, wenn eine Dame mit dir redet!«, schnauzte sein Meister ihn an.

»Callum«, flüsterte der Junge so leise, dass er kaum zu verstehen war.

»Das ist ein sehr schöner Name«, sagte Damaris. »Callum, kennst du einen Tristan? Tristan Harrington?«

Der Junge schüttelte den Kopf, die Augen zu Boden gerichtet.

Damaris ließ nicht locker. »Dann vielleicht einen Michael? Michael Doe?«

Abermaliges Kopfschütteln.

»Tut mir leid, aber ich hab meine Zeit nicht gestohlen«, sagte der Kaminkehrer. »Sind Sie jetzt fertig mit Ihren Fragen?«

»Nein, noch nicht ganz.« Henry deutete auf die Kinder. »Sind das alle Jungen, die für Sie arbeiten, Mr Beecher?«

»Ja, das sind sie.« Der Kaminkehrer kratzte sich hinter einem Ohr, dann wandte er den Blick nach oben. »Ach nee, da fehlt ja noch einer. Nummer drei. Ist noch im Schacht.« Er legte den Kopf in den Nacken. »He, Nummer drei, bist du bald fertig?«, rief er in die Dunkelheit.

Damaris hörte mehr, als sie es sah, dass jemand aus dem Kaminschacht auf dem Dach kroch und sich dann an den Abstieg machte.

»Komm her, Nummer drei. Die Herrschaften hier wollen dich was fragen.« Der Kaminkehrer lachte auf unangenehme Art. »Allerdings ist Nummer drei stumm wie ein Fisch. Glaub nicht, dass Sie aus dem was rausbekommen.«

Der Junge kam zögernd näher. Im Licht der Öllaterne erblickte Damaris unter der Ruß- und Staubschicht kurz seine aufgeschürften und vernarbten Ellbogen, bevor er sich hastig ein zerschlissenes Hemd über den Kopf streifte. Er sah genauso aus wie die anderen Jungen: mit einem löchrigen Hemd und einer ebensolchen Kniebundhose angetan und vor Schmutz starrend. Mit gesenktem Kopf stand er vor ihr.

Damaris trat einen Schritt näher und ging vor ihm in die Hocke. Ihr Herz klopfte plötzlich schneller.

»Guten Morgen«, sagte sie so sanft wie möglich. »Ich bin Damaris Tremayne. Und ich bin auf der Suche nach einem Jungen. Einem ganz bestimmten Jungen. Er heißt Tristan. Tristan Harrington. Weißt du, wo ich ihn finden könnte?«

Bei ihrer Frage blickte der Junge auf. Leuchtende, grünblaue Augen in einem Gesicht voller Ruß und Dreck sahen sie an.

Julians Augen.

33

ALLIE

Heligan House, November 1785

Allie saß am Fenster in der Bibliothek und sah nach draußen. Der Regen hatte endlich aufgehört, aber auf dem gekiesten Vorplatz hatten Pferdehufe und Kutschräder an einzelnen Stellen Pfützen und Schlamm hinterlassen. Auf einem Baum gegenüber saßen ein paar Tauben. Kurz warf sie einen Blick zurück auf den großen Tisch in der Mitte des Raums, auf dem sonst Bücher lagen, dessen eine Seite jetzt aber mit Tellern und Tassen für zwei Personen eingedeckt war. Daneben standen eine Kanne mit dampfendem Tee und eine Etagère mit Rosinenbrötchen und diesen modernen dreieckigen Sandwiches. Ja, das sah alles sehr schön aus.

Ihr Herz klopfte schneller, als sie den Reiter erblickte, der sich dem Haus näherte. Für eine Weile verschwand er aus ihrem Blickfeld, dann hörte sie ihn mit Bellwood, dem Butler, in der Eingangshalle sprechen. Sie drehte ihren rollenden Stuhl. Gleich darauf wurde die Tür zur Bibliothek geöffnet.

»Alison Tremayne«, sagte Julian beim Eintreten, während sein Blick das Teegeschirr streifte. »Du bist allein? Ich dachte, Mrs Tremayne würde auch anwesend sein.«

»Harriet wird leider nicht kommen können«, sagte Allie, was nur ein kleines bisschen geflunkert war. »Aber setz dich doch.«

Er nahm Platz. »Kann es sein, dass Mrs Tremayne überhaupt nichts von dieser Einladung weiß?«

Oh, vor ihm konnte man ja nichts verbergen. Hitze schoss ihr ins Gesicht. »Das … mag wohl sein. Aber ich wusste nicht, wie ich dich sonst hätte bewegen können zu kommen. Und allein darf ich nicht zu dir.« Sie rollte ans Kopfende des Tisches.

»Weiß deine Schwester, dass du mich von der Arbeit abhältst?«

Sie schüttelte den Kopf. »Nein, Damaris ist noch mit Henry unterwegs. Sie waren in Plymouth, aber sie werden bald zurück sein.«

Eigentlich hätten die beiden schon am Vortag in Heligan ankommen sollen, doch das Wetter war umgeschlagen, und Regen hatte die Straßen überflutet, wie Damaris in dem Brief schrieb, den Allie am Mittag durch einen berittenen Boten erhalten hatte. Jetzt würden sie irgendwann am heutigen Tag eintreffen.

Aber sie vergaß ja völlig ihre guten Manieren. »Eine Tasse Tee?«

»Gerne. Ist die Kanne nicht zu schwer für dich?«

Sie zuckte mit den Schultern. »Vermutlich schon.«

Er übernahm es, ihnen einzugießen. Dann reichte Allie ihm die Etagère mit dem Gebäck.

»Warum bin ich hier?«, fragte er und nahm sich eines der kleinen Sandwiches mit Gurke.

»Kann ich nicht einfach mit dir Tee trinken wollen?«

»Es würde mich sehr wundern, wenn das dein einziges Anliegen wäre.«

Sie legte den Rosinen-Scone, den sie sich gerade genommen hatte, auf ihren Teller. Ein schmaler Streifen Sonnenlicht fiel auf die Tischdecke.

»Du hast recht. Ich muss dir nämlich etwas sagen.«

Sein Gesicht zeigte keine Regung. »Hast du einen Welpen bekommen? Oder eine neue Rose gezüchtet?«

»Im November? Doch nicht so was. Nein, etwas viel, viel Besseres.« Sie wischte sich die Hände an einer Serviette ab. »Ich nehme an, du weißt nicht, warum Henry mit Damaris in Plymouth war?«

»Nein, und es geht mich auch nichts an. Vermutlich hatte er geschäftlich dort zu tun. Und Damaris hat ihn begleitet.«

Allies Herz klopfte plötzlich so laut, dass sie es in ihren Ohren widerhallen hörte. Wahrscheinlich wäre es besser gewesen, zu warten, bis Damaris zurück war. Aber sie konnte sich nicht länger gedulden. Unmöglich!

»Nun ja«, begann sie. »Sie waren nicht wegen Henrys Geschäften dort.«

Julian hob die Schultern. »Er ist mir keine Rechenschaft schuldig.«

»Doch, in diesem Fall schon.« Allie schluckte. »Sie waren dort, weil … es hatte mit dir zu tun.«

»Mit mir? Ich habe keine Verbindungen nach Plymouth.«

»Doch, ich denke schon.«

Sein Blick wurde wachsam. »Tatsächlich? Hat Damaris womöglich einen Verehrer in Plymouth?«

»Nein, nein, es geht um etwas ganz anderes.« Allie holte tief Luft. Jetzt kam es auf jedes Wort an. »Was würdest du tun, wenn eines deiner Kinder noch leben würde?«

Langsam ließ er das Sandwich sinken. »Niemand von ihnen hat überlebt«, stieß er gepresst hervor. »Ich habe gesehen, wie sie starben.«

»Wirklich? Hast du alle sterben sehen?«

Er schüttelte den Kopf. »Was soll das, Allie? Warum tust du mir das an?«

»Weil«, sagte sie und kam sich plötzlich sehr erwachsen vor, »ich etwas gefunden habe. Leider kann ich es dir nicht zeigen, denn Damaris hat es mitgenommen. Aber es ist sehr wichtig.«

Seine Augen wurden schmal. »Was hast du gefunden?«

»Einen Zeitungsartikel. Im *Sherborne Mercury* von einundachtzig. Damaris hatte mir doch ganz viele Zeitschriften von ihrer Grand Tour mitgebracht. Und da war in einem Artikel die Rede davon, dass ein junger Schiffbrüchiger entdeckt worden sei.«

Julian reagierte nicht, aber er war blass geworden.

»Ein Kind«, sprach Allie weiter. »Ein Junge von ungefähr vier oder fünf Jahren. Man hat ihn an einem Strand im östlichen Cornwall gefunden. Lebend. Hörst du, Julian? Einen Jungen, kurz nach dem Schiffsunglück. Das könnte Tristan gewesen sein. Du hast nicht gesehen, wie er starb. Du hast nur gesehen, wie er von Bord gespült wurde.«

»Tu das nicht«, murmelte er kaum verständlich.

»Was denn?«

»Mir Hoffnung machen.« Er sah aus, als hätte er plötzlich starke Schmerzen. »Was denkst du, wie oft ich in den ersten Wochen an so etwas glauben wollte? Dass wenigstens einer von meiner Familie es auch geschafft hätte, sich zu retten? Aber es gibt keine Hoffnung. Er ist tot, genau wie seine Mutter und seine kleinen Schwestern. Sie sind alle tot. Sie kommen nicht wieder.«

Von draußen war das Geräusch von Hufen und Rädern im Schlamm zu hören. Allie blickte auf. Das war Henrys Kutsche, die da vorfuhr. O mein Gott, sie waren schon zurück!

Jetzt würde sie es ihm sagen.

Sie beugte sich ein wenig vor, um ihm in die Augen zu sehen. »Doch, Julian. Manchmal tun sie das.«

»Hör auf damit, Allie! Ich will nichts mehr davon hören!«

Er sprang so heftig auf, dass seine Teetasse umkippte und ihren Inhalt auf dem blütenweißen Tischtuch verteilte.

»Aber er lebt, Julian. Dein Sohn lebt!«

»Ich werde mir das nicht länger anhören.«

Er drehte sich um, riss die Tür auf und stürmte aus der Bibliothek.

»Damaris und Henry haben ihn mitgebracht«, rief sie ihm nach. Aber das hörte er vermutlich nicht mehr.

Damaris hätte nicht sagen können, wann sie das letzte Mal so aufgeregt gewesen war. Die Rückfahrt hatte sich um einen Tag verzögert, weil es nach dem strengen Frost angefangen hatte zu regnen und die Straßen kaum noch passierbar waren. Aber jetzt wären sie bald zu Hause.

Ihr Blick ging immer wieder hinüber zu dem schmächtigen Jungen auf der gepolsterten Sitzbank neben ihr. Während der Fahrt nach Heligan hatte er fast ununterbrochen aus dem Fenster gesehen und kein Wort gesprochen. Nicht einmal, als Henry ihm einen Apfel gab, den er verschlang, ohne den kleinsten Rest übrig zu lassen.

Tristan. Julians Sohn. Es kam Damaris noch immer wie ein Wunder vor, dass er lebte. Und dass sie ihn gefunden hatten.

Henry hatte Mr Beecher, dem Kaminkehrer, einen angemessenen Betrag gezahlt und den ehemaligen Michael Doe mit sich genommen – nicht ohne die Zusicherung an die anderen Kletterjungen, dass demnächst auch für sie gesorgt werden würde, was Mr Beecher mit einem lauten, spöttischen Lachen quittiert hatte.

In ihrem Gasthaus hatten sie dem Jungen dann ein üppiges Frühstück vorgesetzt, das er hungrig verputzt hatte, eine Wanne mit heißem Wasser und Seife geordert und ihm neue Kleidung besorgt. Als er schließlich frisch gebadet und neu eingekleidet vor ihnen stand, hatte Henry ihn gefragt, ob er sich an seinen Vater erinnere.

Der Junge hatte ihn aus diesen irritierend vertrauten Augen angesehen und schließlich zögernd genickt.

»Oh, gut«, sagte Henry erfreut. »Sehr gut. Weißt du, wir werden dich nämlich zu ihm bringen.«

Wieder das zögerliche Nicken. Damaris war sich plötzlich nicht sicher, ob der Junge sich wirklich erinnerte oder ob er einfach nur tat, was man von ihm erwartete, aus Angst, wieder zu Mr Beecher zurückgeschickt zu werden. Möglicherweise hatte ja auch sein Gehirn oder seine Seele Schaden genommen, und er hatte mehr als nur seine Sprache verloren.

Kurz bevor sie Heligan erreichten, brachen Sonnenstrahlen durch die Wolken und fielen fächerförmig zur Erde. Ein gutes Zeichen, hoffte Damaris. Sie atmete auf, als sie vor dem Herrenhaus zum Stehen kamen.

Als ein Lakai die Kutschentür von außen öffnete, spürte sie plötzlich eine kleine Hand, die sich in ihre schmiegte. Sie schluckte die aufsteigende Rührung hinunter und drückte die kindlichen Finger sanft.

Henry stieg zuerst aus und blieb neben der Kutsche stehen.

»Komm, Tristan«, sagte er aufmunternd. »Das ist jetzt dein neues Zuhause.«

Damaris nickte dem Jungen zu. Kaum war er an ihrer Hand aus der Kutsche geklettert, ging sein Blick an der weiß gestrichenen Fassade von Heligan House nach oben, und ein leiser Schrecken zeichnete sich auf seinen Zügen ab, als er die zahlreichen Schornsteine hoch oben auf dem Dach erblickte.

»Nein, keine Sorge, mein Junge.« Henry legte ihm die Hand auf die schmale Schulter. »Du musst nicht in die Kamine klettern. Hier nicht, und woanders auch nicht. Das musst du nie wieder.«

Damaris lächelte dem Jungen zu und nickte zur Bestätigung. Henry und sie waren sich einig, dass das erste Zusammentreffen von Vater und Sohn so behutsam wie möglich vorbereitet werden sollte. Daher würden sie Tristan jetzt erst einmal in ein Zimmer im Haus bringen, ihm dort etwas zu essen geben und anschließend einen Diener zu Julian schicken mit der Bitte, doch einmal vorbeizukommen. Dann würde Henry ihn vorsichtig mit der Tatsache vertraut machen, dass …

Sie hörte ein Geräusch und blickte auf.

Die Haustür stand offen, und Julian stürzte heraus, sichtlich aufgewühlt. Oh nein, was machte er denn hier? Das war nicht gut, gar nicht gut …

Ein paar Schritte, dann fiel sein Blick auf den Jungen, und er blieb wie erstarrt stehen.

»Nun, das war eigentlich anders geplant«, sagte Henry irgendwo am Rande von Damaris' Wahrnehmung, so weit entfernt, dass er gut und gern noch in Plymouth hätte sein können.

Julian kam näher, so unsicher, als hätte er eben erst laufen gelernt. Damaris sah ungläubige Fassungslosigkeit in seinem Gesicht.

»Julian«, sagte sie leise. »Ich glaube, wir haben deinen Sohn gefunden.«

Er sah sie nicht. Er sah nur den Jungen. Seine Augen weiteten sich.

Er schüttelte den Kopf, einmal, zweimal, dann nahm er das Gesicht des Kindes in seine Hände und drehte es, strich eine blonde Haarsträhne beiseite und sah hinter sein rechtes Ohr. Kaum hatte er das getan, griff er nach dem linken Arm des Jungen, streifte ihm mit zitternden Händen Hemd und Jacke über das Handgelenk nach oben, wie um dort etwas nachzusehen. Dann ließ er ihn los.

»Tristan«, flüsterte er mit einer Stimme, die zu brechen drohte.

Langsam sank er auf die Knie, mitten hinein in den von den Kutschenrädern aufgewühlten, kiesdurchsetzten Schlamm, und zog den Jungen an sich.

Es kümmerte Damaris nicht, dass die Nässe durch ihre Stiefel drang und der Saum ihres Kleides schmutzig wurde. Sie sah nur den Mann, der da vor ihr im Schlamm kniete und seinen Sohn an sich presste, als hinge sein Leben davon ab, während der Junge stocksteif stehen blieb.

Tränen verschleierten ihr die Sicht. Nur schemenhaft sah sie, dass Allie mit ihrem rollenden Stuhl aus dem Haus gekommen war und neben ihr anhielt.

»Du musst nicht weinen«, hörte sie Allie sagen, und sie wusste nicht, ob ihre Schwester mit Julian sprach oder mit ihr. »Jetzt ist er ja wieder da.«

34

DAMARIS

Heligan House, November 1785

Im kleinsten Familienkreis nahmen sie ein einfaches Dinner ein, bestehend aus Hasenpastete, Brot und Gemüse, und Tristan stopfte nach anfänglicher Scheu so viel in sich hinein, als befürchte er, nie wieder etwas zu essen zu bekommen. Ganz im Gegensatz zu Julian, der fast nichts zu sich nahm, weil er viel zu sehr damit beschäftigt war, seinen Sohn anzusehen.

Für die heutige Nacht würden Vater und Sohn gemeinsam in einem der vielen Gästezimmer im ersten Stock von Heligan House bleiben.

»Der Junge muss erst einmal zur Ruhe kommen«, sagte Henry sanft. »Er muss Vertrauen schöpfen. Wissen, dass er jetzt zu Hause und in Sicherheit ist.«

Als Damaris an diesem Abend in ihr Zimmer gehen wollte, sah sie Sarah, eines der Hausmädchen, gerade die Dienstbotentreppe mit einem Tablett voller Gebäck heraufkommen.

»Ist das für unseren kleinen Gast?«, fragte sie.

»Ja, Miss Tremayne. Der Squire hat gesagt, ich soll ein paar Kekse hochbringen zu Mr Harrington und seinem Sohn.«

»Du kannst zu Bett gehen, Sarah, ich übernehme das. Der Junge hat einen aufregenden Tag hinter sich. Er sollte nicht zu viele neue Gesichter auf einmal sehen.«

»Sehr wohl, Miss Tremayne.« Sarah knickste und überließ ihr das Tablett.

Damaris wartete, bis das Mädchen außer Sicht war, dann klopfte sie vorsichtig und leicht zittrig an.

Ein leises »Herein« erklang, und Damaris öffnete die Tür.

Das Zimmer war durch ein Kaminfeuer nur schwach erleuchtet. Julian saß auf einem Stuhl neben dem großen Bett, eine Hand auf der Schulter seines Sohnes.

»Er ist gerade erst eingeschlafen«, sagte er leise.

Damaris setzte das Tablett auf dem Nachttisch ab. »Ich bringe euch etwas Gebäck«, erklärte sie flüsternd. »Für deine Hunde wird übrigens auch gesorgt. Henry hat jemanden geschickt, um sie zu füttern.«

»Das ist sehr aufmerksam von ihm.« Julian sah kurz auf und nickte gedankenverloren, dann ging sein Blick wieder zu Tristan. »Er ist so groß geworden. Und so dünn.« Vorsichtig strich er seinem Sohn übers Haar.

In der Tat: Der Junge war zwar schmächtig, aber groß für sein Alter von gerade mal neun Jahren. Das hatte ihnen in die Karten gespielt, als Henry ihn aus Mr Beechers Diensten losgekauft hatte. So schnell, wie er wuchs, hätte er ohnehin nicht mehr lange in die Schornsteine steigen können.

»Es ist ein Wunder. Nichts weniger als ein Wunder.«

»Ja, das ist es.« Damaris hätte weinen können vor lauter Glück. »Es ist schon spät. Willst du dich nicht auch schlafen legen?«

Er schüttelte den Kopf. »Ich habe Angst, dass er verschwunden ist, wenn ich die Augen zumache. Dass es nur ein Traum war und ich mir das alles nur eingebildet habe.« Er hob den Kopf, und zum ersten Mal an diesem Abend sah er sie richtig an. »Damaris?«

»Ja?«

»Ich weiß nicht, was ich sagen soll. Wie ich dir – euch – jemals danken kann.«

Sie musste erst den großen Klumpen Rührung und Liebe herunterschlucken, der sich in ihrer Kehle ballte, bevor sie antworten konnte. »Nun ja, es war Allie, die das alles ins Rollen gebracht hat. Sie hat den Artikel in der Zeitung entdeckt und die richtigen Schlüsse gezogen.«

»Ich weiß. Ihr alle habt dazu beigetragen, und Allie werde ich deswegen auf ewig verbunden sein. Aber du und Henry – ihr habt ihn mir zurückgebracht.«

Damaris hatte Julian noch nie so glücklich gesehen wie in den vergangenen Tagen, und auch sie selbst schwebte wie auf Wolken.

Nach der ersten Nacht im Herrenhaus hatten sie den Jungen wählen lassen, wo er künftig wohnen wollte – weiterhin in Heligan House oder im Alten Wald bei seinem Vater. Nach kurzem Zögern hatte Tristan zaghaft nach Julians Hand gegriffen, und damit war es entschieden. Schon am nächsten Tag zog er zu Julian in dessen Hütte, wo sein Vater ihm ein einfaches Bett gezimmert hatte, das nun neben seinem in der Schlafstube stand. Damaris war dabei, als Tristan zum ersten Mal sein neues Zuhause sah. Erstaunlicherweise machten ihm Julians riesige Doggen keine Angst. Im Gegenteil: Kaum hatte er die Hunde erblickt, erschien ein vorsichtiges Lächeln auf seinem Gesicht, und als Ares ihm kurz darauf schwanzwedelnd die Hände leckte, war das Eis endgültig gebrochen.

Nach und nach legte Tristan auch die extreme Schüchternheit ab. Nur eine Sache beunruhigte Damaris ein wenig: dass er nicht sprach. Oder zumindest so gut wie nicht. Wenn ihm eine Frage gestellt wurde, antwortete er lediglich mit einem einsilbigen Ja oder Nein, aber etwas anderes kam nicht aus seiner Kehle. Ganz so, als hätte er verlernt, mehr zu sagen.

»Gib ihm Zeit«, sagte Henry zu ihren diesbezüglichen Befürchtungen. »Das wird schon noch.«

Henry hielt sein Wort. Vor wenigen Tagen war er noch einmal nach Plymouth gefahren, diesmal allein, um die restlichen Kletterjungen von Mr Beecher freizukaufen. Als er kurz darauf zurückkam, hatte er drei Jungen im Alter von fünf bis acht Jahren bei sich, die, sichtlich verschüchtert, ihr Glück offenbar noch nicht fassen konnten. Lediglich einen hatte er nicht mitgebracht: den Ältesten, der noch in Plymouth verschwunden war, um auf einem Schiff anzuheuern, wie er behauptete.

Die Kinder kamen bei drei Pächterfamilien unter, was für beide Seiten von Vorteil war. Für die Jungen war gesorgt, und die Familien hatten eine weitere Arbeitskraft – und vielleicht auch einen Sohn – hinzugewonnen. Zudem zahlte Henry ihnen dafür eine großzügige Summe.

Natürlich war das nur ein Tropfen auf den heißen Stein. Mr Beecher und all die anderen Kaminkehrer würden sich weitere kleine Jungen aus den Waisenhäusern oder von armen Familien holen, die dann zum Reinigen in die Schächte klettern mussten. Aber so hatten sie wenigstens ein paar Kindern helfen können.

Der Winter hielt allmählich Einzug in Heligan. Das Weißdorndickicht verlor seine Blätter, und zwischen den kahlen dunklen Zweigen, an denen noch immer die kleinen roten Beeren hingen, versteckten sich nun Scharen von Wacholderdrosseln. Die letzten Rosen waren verblüht, die letzten Äpfel geerntet, die Felder gepflügt. Im Obstgarten standen die Bienenkörbe nun dicht gedrängt zusammen, zum Schutz vor der Kälte mit mehreren Lagen von Sackleinen verhüllt, unter das man trockenes Farnkraut gestopft hatte.

Damaris überprüfte, ob wirklich genügend Farnkraut unter dem Leinen war, dann hob sie den Blick, in Gedanken versunken. Hier, in diesem Obstgarten, nur wenige Schritte von dort entfernt, wo sie jetzt stand, hatten sie und Julian sich in der Nacht des Jagdballs geküsst. Wie lange das jetzt schon zurückzuliegen schien, dabei waren es erst gut zwei Monate.

Sie schlug gerade eine Lage Tuch über den letzten Bienenkorb, als sie zwei Elstern erblickte, die lautstark zeternd in einem Baum herumturnten. Sie lächelte. Nach altem Brauch brachten zwei Elstern Glück, eine allein dagegen Unglück. Daher musste man, sobald man eine einzelne Elster sah, den Vogel grüßen und nach seiner Frau Gemahlin fragen.

Ein weiteres Geräusch erweckte ihre Aufmerksamkeit: ein leises, nasses Schnalzen. Es kam vom Teich im Obstgarten. Neugierig ging sie dorthin.

Julian und sein Sohn standen am Rand des Teiches und ließen Steine über das Wasser hüpfen. Gerade hielt Tristan einen Stein in der Hand, zielte kurz und warf den Kiesel dann fast waagerecht. Drei-, vier-, fünfmal schnellte der flache Stein über die wie poliert daliegende Wasseroberfläche, bevor er mit einem fast lautlosen Ton unterging. Das stolze Strahlen im Gesicht des Kindes war Gold wert.

Julian sah auf. »Schau«, sagte er zu Tristan. »Da ist Damaris.«

Er sah so glücklich aus, dass ihr Herz wild zu klopfen begann.

»Fünfmal? Das ist ja fabelhaft.« Sie kam näher.

»Willst du es auch probieren?« Julian hielt ihr einen flachen Stein hin.

Sie nahm den Stein, der noch warm war von seiner Hand. »Ich hab das noch nie gemacht«, bekannte sie.

»Es ist nicht schwierig«, sagte Julian. »Du musst nur darauf achten, dass du den richtigen Winkel triffst.«

Sie warf den Stein, und das reichlich ungeschickt, wie ihr in dem Moment aufging, als er mit einem satten Plopp sofort im Wasser versank. Tristan lachte – ein Geräusch, das sie so noch nie gehört hatte und das sie mit Freude erfüllte.

»Versuch es noch mal«, sagte Julian und reichte ihr einen weiteren Stein. »Diesmal noch tiefer unten, siehst du?«

Er stellte sich dicht hinter sie und umfasste ihr Handgelenk, und sie hätte sich liebend gern zurückgelehnt und in diese halbe Umarmung fallenlassen, so sehr berauschte sie seine Nähe. Aber das wagte sie dann doch nicht, und mit seiner Hilfe gelang es ihr, den Stein mit zwei recht ordentlichen Hüpfern über die Wasseroberfläche springen zu lassen.

Eine Elster flog heran, setzte sich mit lautem Geschnatter auf einen der kahlen Obstbäume und begann, ihr schwarz-weißes Gefieder zu putzen.

Julian blickte auf. »Sieh nur, Tristan, eine einzelne Elster. Weißt du, was wir früher immer dazu gesagt haben?«

»Guten Morgen, Mr Elster«, murmelte der Junge plötzlich leise, aber verständlich den gängigen Spruch. »Wie geht es Ihrer Frau und den Kindern heute?«

Damaris war wie vom Donner gerührt. Zum ersten Mal hatte er mehr als nur ein oder zwei Silben von sich gegeben.

Auch Julian sah seinen Sohn in freudiger Überraschung an. »Das ... daran erinnerst du dich?«

Tristan nickte und zeigte ein leicht verschämtes Lächeln, so als sei er selbst nicht sicher, ob er etwas richtig gemacht hatte.

»Du hast ... das immer gesagt«, erwiderte er stockend, aber klar, als hätte er endlich wieder verstanden, wie man Worte aneinanderreihte. »Wenn eine Elster allein ist. Sonst ... bringt es Unglück.«

»Genauso ... ist es.« Julian brauchte einen Augenblick, um sich wieder zu fassen. »Ich hätte nur nie gedacht, dass es ausgerechnet das ist, woran du dich erinnerst.« Er sah Damaris an. »Ich habe ihm das beigebracht, genau wie mein Vater es mir und meinen Brüdern beigebracht hat. Und dabei gibt es in South Carolina viel weniger Elstern als hier.« Er wandte sich wieder an seinen Sohn. »Eine für den Kummer, zwei für die Freude ... weißt du noch, wie es weitergeht?«

Tristan sah ihn an. »Drei für eine Hochzeit, vier für eine Geburt«, murmelte er. »Fünf für ... für ...«

»Fünf für Silber, sechs ...«

»Sechs für Gold. Sieben für eine Geschichte, die ... die noch erzählt werden muss.« Tristan stockte. »Mr Elster, wie geht es Ihrer Frau …«, wiederholte er dann seinen Spruch von vorhin. Damaris sah, wie sich seine großen, grünblauen Augen mit Tränen füllten. »Mum«, flüsterte er. »Wo ist Mummy?«

»Bei den Engeln«, sagte Julian, hörbar um Fassung ringend. »Mummy ist jetzt bei den Engeln. Und sie wird …«

»Da war Wasser«, unterbrach Tristan ihn. »Ganz viel Wasser. Und … und … meine Schwestern.« Er sah mit schreckgeweiteten Augen zu Julian auf. »Wie heißen sie? Ich hab ihre Namen vergessen!« Seine Stimme schraubte sich höher, wurde panischer. »Ich weiß nicht mehr, wie sie hießen! Ich hab die Namen von meinen Schwestern vergessen!« Er fing an zu weinen, laut und verzweifelt.

»Das macht nichts.« Julian setzte sich neben ihn, direkt in das feuchte, kalte Gras. »Deine kleinen Schwestern hießen Ena und Elzie. Und sind jetzt zusammen mit Mum bei den Engeln und werden immer auf dich aufpassen.«

Damaris schmeckte plötzlich salzige Tränen auf ihren Lippen.

»Warum bist du nicht gekommen?«, stieß Tristan hervor. »Warum warst du nicht da? Ich hab gedacht, du hast mich vergessen. Ihr alle habt mich vergessen …« Seine Worte gingen in einem lauten Schluchzen unter, als Julian ihn in seine Arme zog und ihn festhielt.

»Es tut mir leid«, hörte Damaris ihn flüstern. »Es tut mir so leid. Ich wusste nicht, dass du dieses schreckliche Unglück auch überlebt hast.«

Sie stahl sich leise davon. Es war besser, die beiden jetzt allein zu lassen.

Allie war seit einigen Wochen nicht mehr Mr Doyles einzige Schülerin. Für den fünfjährigen Johnny Tremayne hatte vor wenigen Wochen ebenfalls der Hausunterricht angefangen, und nun bot Henry an, dass auch Tristan daran teilnehmen könne.

Und Tristan war ein guter Schüler, wie Allie bald feststellte. Es schien, als würde er alles, was er in den vergangenen Jahren verpasst hatte, wie ein Schwamm in sich aufsaugen. Kaum hatte er verstanden, wie man einen Graphitstift hielt, versuchte er sich am Schreiben. Und sobald er die ersten krakeligen Buchstaben malen konnte, wollte er gleich mehr davon kennenlernen. Schreiben, Lesen, Erdkunde – alles interessierte ihn. Nur mit dem Rechnen tat er sich etwas schwer, aber mit dem Fach stand auch Allie auf dem Kriegsfuß.

Allie hatte noch nie jemanden wie Tristan gekannt. Sie genoss es, endlich jemanden zu haben, der annähernd in ihrem Alter war – und noch dazu jemanden, der versuchte, ihr jeden Wunsch von den Lippen abzulesen. Tristan war stets zur Stelle, wenn es darum ging, ihr einen Gefallen zu tun. Für seine neun Jahre war er schon recht groß, und es machte ihm nichts aus, die elfjährige zarte Allie irgendwohin zu tragen, wo sie mit ihrem rollenden Stuhl nicht hinkam.

Die beiden waren bald unzertrennlich. Nicht nur im Unterricht, sondern auch danach. Und so dauerte es nicht lange, bis Allie es wagte, ihm ihr Geheimnis anzuvertrauen.

Es war an einem ungewöhnlich sonnigen Dezembertag, als sie sich in der Nähe der Ställe aufhielten, um zuzuschauen, wie einige der Pferde neu beschlagen wurden.

»Kannst du eigentlich reiten?«, fragte Tristan unvermittelt, während ein großer Wallach mit heller Mähne an ihnen vorbeigeführt wurde.

»Nein, kann ich nicht. Würde ich sonst in einem rollenden Stuhl sitzen, statt durch die Gegend zu reiten?« Allie wusste selbst nicht, warum sie plötzlich so schnippisch war. Aber dieses Thema war ihr wunder Punkt. Sie hätte so gern reiten können.

»Tut mir leid«, murmelte er, sichtlich betroffen. »Das hab ich ganz vergessen.«

Sie sah ihn überrascht an. Niemand hatte bislang vergessen, dass sie nicht laufen konnte. Nur Tristan. Tristan, der sie manchmal behandelte, als wäre sie eine kleine Göttin.

»Ich will dir was zeigen«, sagte sie kurz entschlossen.

»Was denn?«

»Das wirst du gleich sehen. Aber dafür müssen wir wohin, wo niemand uns beobachtet.«

Tristan deutete nach vorn. »Vielleicht dahin, hinter die Ställe?«

Allie war einverstanden. »Und jetzt musst du meinen rollenden Stuhl festhalten«, wies sie ihn an, als sie ein Stück hinter den Ställen waren, wo der Boden trocken und fest war.

Das tat er. Und Allie stützte die Hände fest auf die Lehnen und erhob sich langsam. Dann ließ sie los.

Tristan sah sie fassungslos an. »Du kannst ja stehen!«

»Ich kann sogar auch laufen«, sagte Allie stolz. »Zwar nur ein paar Schritte, aber es wird immer besser. Wenn du meine Hände hältst, beweise ich es dir.«

Mit seiner Hilfe tat sie ein paar kleine, wackelige Schritte, dann drehte sie um und ging, schon ein winziges bisschen sicherer, wieder zurück und ließ sich erschöpft, aber glücklich in den rollenden Stuhl fallen.

Tristans Gesicht leuchtete vor Bewunderung. »Das müssen wir unbedingt Damaris erzählen. Und Daddy! Und Onkel Henry.«

»Nein, nein, noch nicht«, winkte Allie ab.

»Aber warum denn nicht? Sie werden sich so darüber freuen!«

»Ich will erst noch ein bisschen üben. Dann will ich sie damit überraschen. Am liebsten an Weihnachten.«

Tristan nickte eifrig. »Und ich werde dir helfen … Wenn du das willst«, setzte er hinzu.

35

DAMARIS

Heligan House, Dezember 1785

»Bist du fertig, Damaris?«, erklang Henrys Stimme.

»Ich komme!« Damaris stürzte ihren letzten Schluck Tee hinunter, stellte die Tasse zurück und trat aus dem Frühstückszimmer. Henry stand bereits fertig angezogen in der Eingangshalle.

»Hübsch siehst du aus, Liebes. Sehr hübsch«, sagte er lächelnd und zwinkerte ihr zu. »Dann kann es ja losgehen. Die Körbe stehen schon in der Kutsche.«

Am Vortag hatte sie gemeinsam mit einigen Bediensteten Körbe mit Essen und kleinen Aufmerksamkeiten für ihre Pächter zusammengestellt. Jetzt, zwei Tage vor Weihnachten, wollten sie diese verteilen. Normalerweise hätte Harriet als Hausherrin diese Aufgabe gemeinsam mit Damaris erledigt, aber Harriet kränkelte seit einigen Tagen, und so hatte Henry sich dafür angeboten.

Als sie aus dem Haus traten, stand die Kutsche noch nicht bereit. Aber Henry schien darüber nicht sonderlich verärgert. »Sie kommt sicher gleich. Vermutlich muss der Kutscher noch etwas erledigen.« Er bot ihr den Arm. »Wollen wir die Zeit nutzen und nach meiner Kristallgrotte sehen?«

»Gerne.«

Sie hakte sich bei ihm unter, als sie gemeinsam in Richtung Grotte gingen, vorbei am Blumengarten und den Gewächshäusern. Es war recht kalt, die Sonne ging eben erst auf, ein zarter blauer Schimmer lag über dem Morgennebel. Auf einem Zaunpfahl saß eine Amsel und schimpfte mit den Wacholderdrosseln, die sich in die kahlen Hecken zurückgezogen hatten.

»Oh, wie dumm.« Henry blieb stehen und stützte sich mit der Hand an einem Felsen ab. »Ich habe ein Steinchen im Schuh. Geh schon mal vor, Damaris, ich komme gleich nach.«

Weiter vorn fiel ein schwacher Glanz auf den Weg. Aber das Licht stammte nicht von der aufgehenden Sonne, sondern kam von der Grotte. Als Damaris um die Ecke bog, blieb sie überrascht stehen: Das Innere der kleinen Höhle glitzerte und funkelte im Licht der vielen Kerzen, die überall auf den schmalen Vorsprüngen standen. Es roch nach Bienenwachs.

Sie trat hinein, voller Staunen.

»Das ist wunderschön!«, murmelte sie und drehte sich um. »Henry, du hast ja …« Sie verstummte. Ihr Cousin hatte noch nicht zu ihr aufgeschlossen. »Henry?«

»Er ist nicht mehr hier«, sagte eine bekannte Stimme, und Damaris blieb fast das Herz stehen vor lauter Entzücken.

Sie drehte sich um, und da war er. Julian.

»Ich hoffe, du verzeihst uns diese kleine Täuschung. Aber ich wollte dich unbedingt allein sprechen, und Henry hat eingewilligt, dich hierher zu locken.«

Er wollte sie allein sprechen? Hier? In Damaris' Kopf war plötzlich nur noch Leere. »Dann gibt es keine Geschenkkörbe für die Pächter?«

»Doch. Aber erst am Nachmittag.«

Sie schüttelte den Kopf und lachte nervös. »Ich hätte nicht erwartet, dass Henry so überzeugend schwindeln kann.«

»Ich auch nicht«, gab Julian zurück. Er kam ein paar Schritte näher, herein zu ihr in die Grotte. »Und auch nicht, dass ich so aufgeregt sein würde.«

Er war aufgeregt? Julian? Der sonst immer so abgeklärt wirkte? Dann musste es ernst sein.

»Warum wolltest du mich sprechen?«, fragte sie leise.

»Erinnerst du dich an den Abend, als wir an Allies Bett gewacht haben?« Sein Gesicht wurde vom Widerschein der vielen kleinen Flammen beleuchtet, und in seinen Augen war ein Ausdruck, der einen warmen Schauer über ihren Rücken laufen ließ. »Du hast gesagt, du liebst mich.«

»Ja«, flüsterte sie. »Das tue ich. Und das wird auch nie aufhören, egal, was du tust oder sagst.«

»Und du weißt auch noch, was ich darauf erwidert habe?«

Sie schluckte den Kloß in ihrer Kehle hinunter. »Du hast ein paar wunderschöne Sachen über mich gesagt. Aber auch, dass du kein Recht auf Glück hättest und dass wir nie zusammen sein könnten.«

Er sah ein wenig schuldbewusst aus. »Nun, möglicherweise … sehe ich das jetzt etwas anders.«

Sie fühlte sich plötzlich auf seltsame Weise zerbrechlich, als wäre sie aus hauchdünnem Glas gefertigt und der nächste Windstoß könnte sie zerspringen lassen.

»Dann glaubst du nicht mehr, dass du verantwortlich bist für den … den Tod deiner Familie?«

»Doch. Mit dieser Schuld werde ich leben müssen.« Er senkte den Kopf. »Ich hatte das Gefühl, mein Leben sei stehen geblieben. Ich dachte, ich wäre dazu verdammt, den Rest meiner Jahre voller Trauer, Reue und Leere zu verbringen. Aber dann ist ein Wunder geschehen, und mein Sohn ist zurückgekehrt. Und auf einmal war es, als wäre ich aus einem langen Schlaf erwacht und würde langsam wieder lernen, nach vorn zu schauen. Und ich habe nachgedacht.«

»Worüber?« Damaris' Herz schlug so laut, dass sie ihr eigenes Flüstern kaum hörte.

»Über dich. Und uns.« Er nahm ihre Hände in seine und trat einen kleinen Schritt zurück. »Du hättest alles Recht, mich zurückzuweisen, aber ich frage dich dennoch: Damaris Elinor Tremayne, willst du meine Frau werden?«

Ihre Augen brannten plötzlich, sie fühlte, wie sich eine Träne aus ihrem Augenwinkel löste und über ihre Wange glitt.

»Ja«, brachte sie erstickt hervor. »Ja, das will ich. Mehr als alles auf der Welt.«

Er stieß einen tiefen Seufzer aus und zog sie an sich. »Ich liebe dich«, flüsterte er.

Das war alles so unglaublich, so – unwirklich. Der frühe Morgen, der Kerzenglanz, all die glitzernden Kristalle um sie herum, und Julian so nah bei ihr. Sie kam sich vor wie in einem der Märchen, die sie als Kind so gern gelesen hatte.

»Aber ich muss dich warnen«, sagte er, ganz dicht an ihrem Ohr. »Ich habe keinen großen Namen, ich habe nur eine einfache Hütte in Henrys Wald und kaum Besitz. Ich bin kein guter Unterhalter und neige zum Einsiedlertum. Und ich kann ziemlich sturköpfig sein.«

»Als wüsste ich das nicht längst«, lachte Damaris, trunken vor Glück. Dann wurde sie für einen Augenblick wieder ernst. »Und ich weiß auch, dass ich deinem Sohn die Mutter nicht ersetzen kann. Aber ich werde es zumindest versuchen.«

»Ich bin mir sicher, du wirst eine wundervolle Mutter sein.«

Er vergrub die Hände in ihren Haaren und küsste sie, und als sie sich schließlich atemlos und glühend vor Liebe und Leidenschaft von ihm löste, fühlte sich ihr Haar seltsam leicht an. Ihre Hand fuhr nach oben.

»Meine Haarklammer«, murmelte sie. »Ich muss sie gerade verloren haben. Sie war ein Geschenk meiner Mutter.«

Julian griff nach einer der vielen fast heruntergebrannten Kerzen und leuchtete ihr, während sie den unebenen Boden der kleinen Grotte absuchte. Die Klammer fand sich unbeschädigt in einer Ecke am Höhlenrand. Damaris schaute auf und sah ihn, dicht über sie gebeugt, in seinem Blick ein Begehren, das einen Hitzestrom durch ihren Körper jagte.

Bis sie bemerkte, dass die Kerze leckte und Julian heißes Wachs über die Finger lief. »Oh nein«, sagte sie erschrocken. »Deine Hand!«

Er schüttelte den Kopf. »Das macht nichts.«

»Natürlich macht das was.« Sie blies die Kerze vorsichtig aus und stellte sie in eine freie Nische. »Deine arme Hand.« Sie hob seine Finger an ihre Lippen. »Das sollte schnell versorgt werden.«

»Es ist nichts«, beteuerte er. »Wirklich nicht.«

»Oh doch. Vielleicht sollten wir ja zu dir gehen.«

»In meine Hütte?«

Sie nickte. »Da hast du doch sicher etwas zum Verbinden. Ist Tristan nicht gerade beim Unterricht?«

»Ja, das ist er«, erwiderte Julian, während sich ein Lächeln auf seinem Gesicht ausbreitete. »Du willst wirklich allein mit in meine Hütte kommen? Weißt du nicht, dass es sich als junge Dame nicht gehört, allein mit einem Mann zu sein, mit dem man nicht verwandt oder verheiratet ist?«

»Dieser Mann ist mein Verlobter«, ging Damaris auf seinen neckenden Ton ein und hielt dann kurz die Luft an. Verlobt. Sie war wirklich verlobt. Mit Julian! Sie würde ihn heiraten! Ihr Herz jubelte noch immer. »Und ich bin mir sicher, dass er meine hilflose Lage nicht ausnutzen würde.«

Damaris konnte sich nachher kaum noch daran erinnern, wie sie bis in den Alten Wald und in Julians Hütte gekommen waren. Aber dann war seine Hand nicht mehr wichtig und auch nicht die Hunde, die sich nach einer kurzen, freudigen Begrüßung wieder auf ihren Platz vor dem Kamin verzogen, sondern nur noch sie beide.

Ein paar Holzscheite glommen in der Feuerstelle, es war nur mäßig warm, aber Damaris glühte von innen und fühlte sich gleichzeitig leicht benommen, fast so, als hätte sie einen kleinen Schwips.

»Bist du glücklich?«, fragte sie.

»Du glaubst gar nicht, wie sehr.«

Mit beiden Händen umfasste er ihr Gesicht und küsste sie erneut. Erst sanft und eher zögernd, dann mit wachsender Leidenschaft.

Eine Woge der Begierde stieg in ihr auf. Sie ließ ihren Umhang fallen und entblößte ihr Dekolleté. Er zog sie näher an sich. Sie spürte die Wärme seines Körpers, den schnellen Schlag seines Herzens, ein Herzschlag, der sich ihretwegen beschleunigt hatte. Und noch etwas anderes von ihm reagierte auf sie.

Aber zu ihrer Enttäuschung ließ er sie los und trat einen Schritt zurück. »Ich ... sollte jetzt lieber mal nach dem Feuer sehen«, sagte er.

»Warum denn? Hast du schon genug von mir?«

Er lachte – tatsächlich, er lachte! »Ich könnte nie genug von dir bekommen. Aber ich fürchte, ich kann nicht dafür garantieren, was geschieht, wenn ich dich noch länger küsse.«

Ein warmes Gefühl breitete sich in ihr aus. Sein weißes Halstuch war nur noch locker gewickelt, und der Anblick seines geöffneten Hemdkragens stellte für sie plötzlich eine unwiderstehliche Versuchung dar.

»Dann lass es uns doch herausfinden.« Sie hob die Hand und begann, das Tuch zu lösen.

»Was tust du?«

»Ich will dich ansehen«, flüsterte sie.

Kaum war das Tuch fort, nahm sie seine Hand und zog ihn in den hinteren Raum, wo zwei einfache Betten standen – eines für ihn, eines für Tristan. Sie wusste selbst nicht, warum sie plötzlich so kühn war. Aber sie war einfach so glücklich, so erfüllt und erhitzt vor Liebe und Begehren – sie konnte jetzt nicht länger warten.

Ein Kleidungsstück nach dem anderen landete auf dem Boden, nicht nur von ihm, sondern auch von ihr, und dann sanken sie eng umschlungen auf sein Bett.

Sie hatte gehört, dass es wehtun würde, sehr sogar, wenn der Mann die Frau zum ersten Mal in Besitz nahm. Aber sie hatte keine Angst. Nicht bei Julian, unter dessen Händen sie immer weiter dahinschmolz. Und als sie sich ihm schließlich öffnete und er in sie eindrang, war es ein ganz und gar köstliches Gefühl.

Sie stieß einen kleinen, erschrockenen Laut aus, als etwas wie ein Nadelstich durch ihren Unterleib zuckte, dann war der Schmerz auch schon vorüber. Sie klammerte sich fester an Julian, spürte, wie sich eine warme Welle der Lust in ihr aufbaute, höher und immer höher ...

»O Gott«, keuchte sie, als ihre Welt in tausend schillernde Funken zerstob. »Julian ... «

Am ersten Weihnachtsfeiertag fuhren sie nach dem Frühstück mit drei Kutschen zur Kirche von St Ewe – die Tremaynes mit den Schwestern in der einen, die Rashleighs, Julian und Tristan in den beiden anderen. Bei ihrer Rückkehr nach Heligan war es kalt und klar und der Himmel von einem strahlenden Blau. Als sie alle ausgestiegen waren, bat Allie sämtliche Anwesenden, noch nicht ins Haus zu gehen, sondern ihr einen Moment den Rücken zuzukehren.

»Jetzt könnt ihr euch wieder umdrehen«, erklang nach kurzer Zeit ihre Stimme.

Damaris traute ihren Augen kaum: Ihre kleine Schwester konnte stehen! Sie hatte sich aus ihrem rollenden Stuhl erhoben, beide Arme weit von sich gestreckt, und ein kleiner Schwarm von Tauben umflatterte sie, um die Körner von ihren geöffneten Handflächen zu picken. Dicht neben ihr stand Tristan, der die Augen nicht von ihr ließ, bereit, ihr jederzeit beizuspringen.

Allie lachte vor Freude. »Fröhliche Weihnachten euch allen!«, rief sie.

»Fröhliche Weihnachten, Allie!«, kam es gerührt aus etlichen Kehlen zurück.

»Ich bin noch nicht fertig«, sagte Allie mit vor Aufregung und Kälte gerötetem Gesicht, als die Körner und die Tauben fort waren.

Sie reichte Tristan die Hände, und Damaris bekam feuchte Augen, als sie sah, wie Allie mit langsamen Schritten auf sie zukam. Sie konnte gehen!

Als sie Damaris erreicht hatten, ließ Tristan sie los, und Allie streckte die Hände ihrer Schwester entgegen, die sie eilig ergriff. Auch wenn Allie ihr nur bis zur Schulter reichte – sie wirkte trotzdem so viel größer als bislang.

»Allie, Kleines«, sagte sie mit belegter Stimme. »Das ist … einfach wunderbar! Warum hast du mir denn nichts davon gesagt?«

»Dann wäre es ja keine Überraschung gewesen«, gab Allie zurück, die sich jetzt wieder in ihren rollenden Stuhl sinken ließ. Tristan trat hinter sie. »Und jetzt«, verkündete sie, »habe ich Hunger.«

Nach und nach sammelte man sich in der Eingangshalle, wo Bellwood und ein Lakai sich beeilten, ihnen Mäntel, Hüte und Umhänge abzunehmen. Julian war vor dem Durchgang zum Salon stehen geblieben und wartete, bis Damaris zu ihm aufschloss.

»Du weißt, wo du dich gerade befindest?«, fragte er mit einem eigenartig lauernden Ausdruck in den Augen.

»Ja«, gab Damaris ein wenig verwirrt zurück. »In der Eingangshalle von Heligan House.«

»Und unter einem Mistelzweig«, sagte er und deutete nach oben auf den buschigen Zweig, der mit verschiedenen farbigen Bändern geschmückt war. »Was mir das Recht gibt, dich an diesem Tag in aller Öffentlichkeit zu küssen.«

Und das tat er dann auch.

»Damaris!«, ertönte gleich darauf Harriets empörte Stimme. »Was tust du da? Das ist … unmoralisch!«

»Nicht an diesem Tag, Schwägerin«, rief Grace lachend, während Damaris sich hochrot, aber glücklich aus Julians Armen löste. »Ich glaube, wir haben nicht nur Allies Fortschritt zu feiern, sondern auch eine Verlobung.«

36

DAMARIS

Heligan House, April 1786

Der Ostermorgen versprach genauso schön zu werden wie schon die vergangenen Tage. Während Ruby Damaris' kunstvoll aufgesteckte Haare noch mit ein paar Frühlingsblumen schmückte, musste Damaris sich zwingen, still zu sitzen. Vor Aufregung war ihr ein wenig flau im Magen, aber das würde sich schon noch geben.

Wenn es nach ihr gegangen wäre, hätte sie am liebsten schon im Winter geheiratet, aber es mussten gewisse Fristen eingehalten werden, und dann kam erst noch die Fastenzeit. Und so hatten sie sich auf den Ostersonntag geeinigt, den frühestmöglichen Zeitpunkt. Damaris war es wie eine halbe Ewigkeit erschienen. Aber jetzt war es endlich so weit. An diesem Tag würde sie Julian das Jawort geben.

Anfangs hatte sie ein wenig Sorge gehabt, wie Allie mit alledem umgehen würde. Nicht nur damit, dass ihre große Schwester heiraten würde, sondern auch, dass Damaris ausziehen und nicht mehr in Heligan House wohnen würde. Aber Allie hatte ihr versichert, wie sehr sie sich freue, dass sie und Julian endlich zueinandergefunden hätten. Und dass sie ja nicht wegziehen würde, schließlich werde sie in Heligan bleiben, wo sie sich jeden Tag sehen könnten. Auch die Tatsache, dass Damaris jetzt mit Tristan einen Stiefsohn hatte, konnte sie nicht erschüttern. Im Gegenteil.

»Der Junge braucht eine Mutter«, hatte sie ein wenig altklug erklärt. »Außerdem bin ich ja gewissermaßen dafür verantwortlich, dass er und Julian sich wiedergefunden haben. Da muss ich auch gutheißen, dass man sich um ihn kümmert.«

Ein Klopfen an ihrer Zimmertür brachte Damaris zurück in die Gegenwart. Das war sicher ihre Schwester.

»Komm rein, Allie.«

Aber es war nicht Allie, die den wohlfrisierten Kopf durch die Tür steckte, sondern Cousine Harriet.

»Du siehst wirklich wunderschön aus, meine Liebe«, sagte sie.

Damaris spürte, wie sie errötete. Harriet hielt sich normalerweise sehr zurück mit Komplimenten. »Danke.«

»Ich nehme an, du bist so weit fertig?«

»Ja, ich warte nur noch auf die Kutsche.«

»Dann lass uns jetzt allein«, wandte sich Harriet an die Zofe.

»Sehr wohl, Madam.« Ruby knickste. »Ich wünsche Ihnen alles Gute, Miss Tremayne«, sagte sie noch, dann verließ sie das Zimmer und schloss die Tür hinter sich.

Harriet zog einen Stuhl heran und setzte sich Damaris gegenüber. »Wie fühlst du dich?«

»Aufgeregt und ein bisschen, als würde ich träumen – und sehr, sehr glücklich.«

Harriet nickte und zupfte einen nicht vorhandenen Fussel von ihrem Kleid. Sie wirkte ein wenig nervös. Nein, nicht nur ein wenig.

»Muss ich mir über irgendetwas Sorgen machen?«, fragte Damaris.

»Sorgen?« Harriet blickte auf. »Nun, vielleicht nicht direkt Sorgen, aber …« Sie unterbrach sich. »Bist du dir sicher, dass es das ist, was du willst? In diese Hütte im Wald ziehen?«

Damaris lächelte. »Deine Sorge ehrt mich, Cousine, aber ja, ich bin mir sicher, schließlich werde ich den Mann heiraten, den ich liebe. Und ich habe die ersten sechzehn Jahre meines Lebens in einem Haus gelebt, das kaum größer war.«

»Da hast du wohl recht.« Harriet nickte nachdenklich. »Und

bald wirst du nicht nur verheiratet sein, sondern auch einen Stiefsohn haben.«

»So ist es. Einen bezaubernden neunjährigen Stiefsohn, der hoffentlich bald Geschwister bekommt.« Damaris spürte, wie Wärme in ihre Wangen stieg.

»Gut, dass du es ansprichst. Das ist es, worüber ich mit dir reden wollte.« Harriet räusperte sich. »Es ist eigentlich die Aufgabe der Brautmutter, diese Unterhaltung zu führen. Aber da deine Mutter leider nicht mehr unter uns weilt, kommt mir diese Aufgabe zu. Die Aufgabe, dir gewisse ... Dinge zu erklären.«

»Dinge?«

»Ja. Dinge, die ... die Mann und Frau miteinander tun, sobald sie verheiratet sind.« Es war interessant zu sehen, wie die sonst so spröde Harriet plötzlich zartrosa anlief.

Damaris bemühte sich, ein ernstes Gesicht zu machen, und nickte.

Harriet räusperte sich noch einmal. »Nun, du musst wissen, Kind, dass der Mann ...«

»Julian«, half Damaris aus.

»Julian«, wiederholte Harriet, »aber auch jeder andere Mann. Nun, also der Mann hat gewisse ... Bedürfnisse, von denen die Frau in der Hochzeitsnacht erfährt.«

»Bedürfnisse?« Damaris kam sich ein kleines bisschen gemein vor, die arme Harriet so zu quälen. Aber sie konnte ja schlecht zugeben, dass sie all diese Dinge bereits wusste. Den ganzen Winter über hatten sie und Julian sich getroffen, meist in seiner Hütte, immer dann, wenn Tristan mit den anderen Kindern Unterricht hatte. Und was war denn schon dabei – sie waren verlobt, und nicht mehr lange, und sie wären verheiratet.

»Und diese Bedürfnisse ...«, fuhr Harriet fort. »Jedenfalls ist die Frau dazu da, diese Bedürfnisse zu befriedigen.«

Damaris nickte stumm und sah ihre Cousine erwartungsvoll an. Am besten, sie ließ Harriet einfach reden.

»Du hast sicher schon einmal gesehen, wie sich Kühe oder Schafe oder Pferde …«, Harriet kam kurz ins Stocken, »wie diese Tiere sich … vereinigen. Nun, beim Menschen ist es prinzipiell ähnlich, aber doch irgendwie … anders. Du weißt vielleicht, dass Männer an bestimmten Stellen eine andere Anatomie aufweisen als Frauen?«

Damaris unterdrückte ein wissendes Lächeln. »Ja, davon habe ich schon gehört«, sagte sie so ausdruckslos wie möglich. Wobei »gehört« nicht ganz das richtige Wort dafür war, so vertraut, wie ihr diese »andere Anatomie« inzwischen war.

»Weißt du«, sagte Harriet, ergriff Damaris' Hand und hielt sie fest, »wenn der Mann zu dir kommt, ist es nicht sonderlich angenehm, und beim ersten Mal ist es sogar sehr schmerzhaft. Aber das geht vorbei, und bei den nächsten Malen tut es nicht mehr so weh. Am besten ist es, du liegst reglos da, denkst an irgendetwas Schönes und lässt es über dich ergehen, dann ist es gar nicht so schlimm.«

Damaris biss sich auf die Lippen. Die arme Harriet – das hörte sich an, als hätte sie nicht viel Spaß an den ehelichen Freuden. Und armer Henry …

»Einfach reglos daliegen«, wiederholte sie. »Dann nimmt Henry also keine Rücksicht auf dich?«

Harriet schüttelte den Kopf, während ihre Wangen sich noch etwas tiefer röteten. »Oh doch. Doch! Henry ist eine Seele von Mensch, und er versucht immer, es mir so angenehm wie möglich zu machen. Aber er verkennt, dass eine Frau nun einmal nicht dafür gemacht ist, dieselbe Freude dabei zu empfinden wie ein Mann.«

Damaris musste sich stark zurückhalten, um nicht zu widersprechen, aber sie konnte Harriet ja kaum erzählen, wie viel Freude sie bereits empfunden hatte.

Harriet tätschelte ihre Hand. »Du bist jung und gesund – vermutlich kannst du schon im nächsten Jahr ein Kind in deinen Armen halten. Das ist all die Mühsal wert.« Sie lächelte. »Du wirst wissen, dass du guter Hoffnung bist, wenn deine Monatsblutung ausbleibt. Womöglich ist dir dann in der ersten Zeit morgens manchmal übel.«

Oh. Das war es also. Und sie hatte schon befürchtet, krank zu sein. In Damaris breitete sich ein ganz neues Glücksgefühl aus. Es war gut möglich, dass sie jetzt schon ein Kind unter ihrem Herzen trug.

»Ich danke dir sehr, Cousine«, sagte sie mit einer Stimme, die plötzlich leicht zitterte. »Eine Mutter hätte mir keine bessere Ratgeberin sein können.«

»Das freut mich, Liebes.« Harriet erhob sich, offenbar erleichtert, dieses unangenehme Thema erfolgreich hinter sich gebracht zu haben. »Ich glaube, die Kutsche fährt gerade vor.«

Die Kirche von St Ewe war mit weißen Bändern und kleinen Sträußchen aus Frühlingsblumen geschmückt, als Damaris an Charles Rashleighs Arm zum Altar schritt, wo Henry sie trauen würde. Und als sie eine gute Stunde später an Julians Arm wieder aus der Kirche trat, kam sie sich vor wie der glücklichste Mensch auf Erden.

Und mindestens genauso glücklich war sie, als wenige Wochen später feststand, dass sie wirklich ein Kind erwartete.

Natürlich war nicht alles so einfach, wie sie es sich vorgestellt hatte, und doch hätte sie es nicht anders haben wollen. Sie hatte mehr zu tun als früher, aber es erschien ihr sinnvoller als viele ihrer bisherigen Tätigkeiten. Nachdem sie jahrelang an Henrys Tafel gespeist hatte, kochte sie nun wieder selbst – ganz so, wie sie es einst von ihrer Mutter gelernt hatte. Sie kümmerte sich um Tristans schulische Fortschritte und übte mit ihm Lesen, Schreiben und Rechnen, sie versorgte den kleinen Blumen- und Kräutergarten, den sie vor der Hütte angelegt hatte, sie nähte Gardinen und flickte zerschlissene Kleidung. Und sie genoss das Eheleben.

Julian war zugänglicher, als sie erwartet hatte, und wirkte jünger und fröhlicher als jemals zuvor. Gemeinsam mit Allie, Tristan und den Tremaynes besuchten sie manchmal den Markt in St Austell, und danach ließen sie gemeinsam Steine über den Teich in Heligan hüpfen. Nur wenig erinnerte noch an den schweigsamen, düsteren Einsiedler der ersten Jahre. Womöglich stimmte es wirklich, was sie so sehr gehofft hatte: dass Julians Seele allmählich heilte.

Damaris mochte vor allem die ruhigen Stunden am Abend, wenn Tristan schlief und sie beide sich über die vielen Dinge des Tages unterhielten, während sie nähte oder stopfte, bis sie sich zur Nacht zurückzogen.

Sie hatten ein wenig umgebaut. Die Schlafkammer war für sie beide, und Tristans Bett stand jetzt im Hauptraum, wo die Hunde vor dem Kamin lagen und sich über seine Gegenwart freuten.

Eines Nachts wachte Damaris auf und bemerkte, dass sie allein war. Sie lauschte – und hörte Julian am Bett seines Sohnes, der leise in seinen Armen weinte.

»Geht es ihm gut?«, fragte sie flüsternd, als Julian wieder neben ihr lag.

»Ja, alles in Ordnung. Er hatte einen Albtraum, aber jetzt schläft er wieder.«

Das einzige Licht kam vom Mond, der durch das Fenster schien, da sie die Gardinen zurückgezogen hatten.

»Hörst du ihn immer noch?«, fragte Damaris nach einer kleinen Weile. »Tristan, meine ich. Du hast mal gesagt, du würdest ihn nachts hören, wie er nach dir ruft. Als du noch nicht wusstest, dass er überlebt hat.«

»Nein. Nicht mehr, seit er hier ist.« Julian wandte ihr das Gesicht zu. Im bleichen Mondlicht sah er seltsam fremd aus, fast wie ein Wesen aus der Feenwelt. »Irgendwie muss ich es geahnt haben … dass er noch lebt.«

Dieser Gedanke war Damaris auch schon gekommen. »Und …

die anderen?«, fragte sie vorsichtig. »Rachel? Oder die Mädchen? Hast du sie je gehört?«

Er schüttelte den Kopf. »Nein. Noch nie.«

Damaris legte den Kopf an seine Schulter und schmiegte sich an ihn. In den ersten Tagen und Wochen nach ihrer Hochzeit war sie öfter aus Angstträumen hochgeschreckt, in denen Rachel plötzlich quicklebendig vor ihr stand und ihren Mann zurückforderte, doch diese Träume quälten sie mittlerweile nicht mehr.

»Weißt du«, fragte Julian leise, »was ich Tristan immer sage? Dass es seiner Mum und seinen Schwestern gut geht und sie vom Himmel aus auf uns aufpassen?«

Damaris nickte stumm.

»Das war anfangs nur für Tristan gedacht, um ihn zu trösten. Aber inzwischen halte ich das selbst für eine sehr schöne Vorstellung.«

»Ja«, murmelte Damaris schläfrig. »Das ist es wirklich.«

Den ganzen Frühling und einen Großteil des Sommers über waren Arbeiter und Gärtner damit beschäftigt, den Garten von Heligan weiter umzugestalten, Wege neu anzulegen, Bäume zu fällen, Unterholz zu roden und neue Sträucher und Blumen zu pflanzen. Und als alles endlich fertig war, lud Henry zu einem großen Fest, um das Ganze gebührend zu feiern.

An diesem Samstag im August hätte Damaris am liebsten wieder zum Zeichenstift gegriffen, um die Schönheit und die Farbenpracht des Gartens festzuhalten, wie sie es in den letzten Wochen schon so oft getan hatte. Aber dazu bot sich an diesem Tag keine Gelegenheit. Henry hatte viele Dutzende seiner Freunde und Bekannten eingeladen, und fast alle waren sie gekommen. Natürlich jeder, der in Heligan House wohnte, sowie die Rashleighs und der junge Landschaftsarchitekt Thomas Gray, der sichtlich stolz jedem Rede und Antwort stand. Fast alle Pächter mit ihren Familien, aber auch einige Leute aus den umliegenden Ortschaften. Etliche von

Henrys Jagdfreunden nebst weiteren Freunden und Bekannten, von denen manche über Nacht bleiben würden. Die Bampfyldes, die Henry zur Feier des Tages mehrere kleine Orangenbäume für sein Treibhaus mitgebracht hatten, waren sogar aus Hestercombe angereist.

Als die meisten seiner Gäste auf dem Rasen vor dem Haus versammelt waren, hielt Henry eine kleine Rede, in der er sich für das zahlreiche Erscheinen bedankte, Thomas Grays Verdienste hervorhob und ein paar launige Anekdoten über seine und Damaris' Grand Tour im vorigen Jahr erzählte.

»Ein klügerer Mann als ich«, erklärte er im Plauderton, »ich glaube, es war Cicero – hat einst gesagt: ›Wenn du einen Garten und eine Bibliothek hast, wird es dir an nichts fehlen.‹ Nun, eine Bibliothek habe ich schon, und jetzt habe ich auch einen Garten nach meinen Vorstellungen. Und ich muss dem alten Cicero recht geben: Viel mehr braucht es nicht. Abgesehen natürlich von meiner Familie und meinen vielen lieben Freunden.«

Allgemeiner Applaus folgte.

»Wenn ich einen Wunsch freihätte«, sprach Henry weiter, »dann der, dass dieser Garten noch lange fortbesteht. Jahrzehntelang. Ach, was sage ich – Jahrhunderte!«

Alles lachte und klatschte.

»Was bedeutet«, fuhr er lächelnd fort und wandte sich an seinen Sohn, »wenn ich einmal nicht mehr bin, dann wirst du es sein, John Hearle Tremayne, der diesen Garten dereinst weiter hegen und pflegen und weiter wachsen lassen wird. Mit neuen Pflanzen und neuen Ideen. Wirst du das tun?«

Der kleine Johnny stand mucksmäuschenstill da und sah seinen Vater ernst an, als sei er sich der Bedeutung dieser Worte vollkommen bewusst. Dann nickte er. Seine Mutter neben ihm schien vor Stolz auf ihren Sohn schier zu platzen.

Wieder applaudierten alle.

»Wunderbar«, sagte Henry. »Und jetzt erkläre ich Heligans

neues Schmuckstück für eröffnet. Genießen Sie das Fest, sehen Sie sich um und amüsieren Sie sich.«

Damaris spazierte ein wenig herum – Bewegung war gut gegen die Rückenschmerzen, die sie seit einigen Wochen plagten –, dann stellte sie sich an ein ruhiges Fleckchen, um das Treiben zu beobachten.

»Haben Sie die blühenden Sonnenhüte gesehen?«, hörte sie eine Frau sagen, die in einer Gruppe von Gästen stand. »Wirklich ganz außerordentlich.«

»So leuchtend gelb wie die Sonne selbst. Ganz formidabel!«

»Auch die neu gestalteten Blickachsen sind wirklich famos. Das ergibt noch einmal ganz andere Eindrücke.«

»Und dieser neue Blumengarten! Ich wusste gar nicht, dass es so viele verschiedene Farben und Formen von Pelargonien gibt.«

»Haben Sie schon den griechischen Tempel unten im Wald entdeckt? Es wirkt geradewegs so, als käme gleich Apoll um die Ecke.«

So voll war es in Heligan noch nie gewesen. Es waren bestimmt mehr als hundert Gäste, die sich im Garten und im Haus tummelten, über die neu angelegten Wege flanierten und die Blumenpracht im ummauerten Garten und im Rosengarten bewunderten. Und mittendrin war Henry. Er sprach mal mit diesem, mal mit jenem und glühte aus jedem Knopfloch vor Stolz und Freude. Seine Ananasgrube wurde natürlich auch gebührend bewundert, und so mancher Besucher wollte genau wissen, wie es sich damit verhielte und wie die Treibhäuser für Pfirsiche und Zitronen geheizt würden.

Etwa hundertfünfzig Yards vom Haupthaus entfernt entstand außerdem ein neues Gebäude. Dort würde demnächst der neue Gutsverwalter mit seiner Familie einziehen. Harriet und die Rashleighs hatten Henry endlich davon überzeugen können, dass er jemanden brauchte, der ihm einen Teil der vielen, vielen Aufgaben abnahm, die bei der Verwaltung eines so großen Gutes anfielen.

Damaris suchte eine Weile nach Allie und fand sie schließlich im Gespräch mit einem aus Truro angereisten Zeitungsschreiber vom *Sherborne Mercury*, dem sie gerade erzählte, dass es nicht zuletzt Mrs Bampfylde aus Hestercombe zu verdanken gewesen sei, dass Tristan gefunden worden war. Schließlich stammte von ihr die Sammlung von Zeitungen, in denen Allie den Artikel über das Auffinden eines kleinen Schiffbrüchigen entdeckt hatte.

Damaris blieb stehen, als sie Grace erblickte, die einen leeren Teller auf einer niedrigen Mauer abstellte und dann auf sie zukam.

»Komm«, sagte Henrys Schwester, »lass uns ein wenig herumspazieren.« Sie hakte sich bei ihr ein. »Und?«, fragte sie, kaum dass sie ein paar Schritte gegangen waren. »Wie schmeckt dir das Eheleben?«

Damaris lächelte. »Noch viel besser, als ich es mir vorgestellt habe.«

»Ja, den Eindruck habe ich auch. Er tut dir gut, und du tust ihm gut. Ich habe Mr Harrington – nein, Julian, er gehört ja jetzt zur Familie – noch nie so gelöst gesehen.« Grace deutete unauffällig auf Damaris' schon merklich gerundeten Bauch. »Wann ist es so weit?«

Damaris zögerte nur kurz. »Offiziell im neuen Jahr.«

»Offiziell?«

»In Wirklichkeit vermutlich schon im Dezember.«

»Ein Achtmonatskind also?«

Damaris spürte, wie ihr die Röte in die Wangen stieg, nickte aber.

Grace grinste. »Lass das bloß nicht Harriet hören, sie wäre außer sich.«

»Ja, das fürchte ich auch. Dabei hat sie sich so angestrengt, mir die eheliche Vereinigung zu verleiden.«

»Ach, vergiss Harriet.« Grace kicherte leise. »Charles und ich haben auch nicht bis zur Hochzeit gewartet.«

Sie waren an dem Bereich vor den Ställen angekommen, wo

sich eine kleine Traube von Kindern um Julian, seinen Sohn und sein Pferd gebildet hatte.

»Ich hätte nicht gedacht, dass er sich dazu bereitfindet«, sagte Grace.

»Ich auch nicht«, gab Damaris zu. »Tristan hat ihn dazu überredet. Aber ich glaube, er selbst hat auch Spaß dabei.«

Mehrere kleine und größere Jungen umringten die beiden, und jeder wollte der Nächste sein, der auf Julians Pferd ein paar Runden drehen durfte. Gerade war der kleine Callum, einer der ehemaligen Kaminkehrerjungen, an der Reihe, der stolz wie ein Pfau auf der Apfelschimmelstute saß und von Julian in einem kleinen Kreis herumgeführt wurde.

Als es Abend wurde und alle ein festliches Mahl eingenommen hatten, bat Henry seine Gäste erneut nach draußen. Damaris wusste bereits, wo es hinging: entlang des mit Fackeln und Laternen beleuchteten Pfades zur Grotte. Ein paar Diener hatten die vielen Kerzen entzündet, die die kleine Höhle beleuchteten, und Damaris freute sich an den vielen bewundernden Ausrufen von Henrys Gästen, die zum ersten Mal dieses Schauspiel bestaunen konnten.

Aber Henry hatte noch eine weitere Überraschung vorbereitet. Aus Truro hatte er mehrere Feuerwerker kommen lassen, und jetzt sausten leuchtende Raketen in den Nachthimmel, drehten sich feurige Räder auf hölzernen Gestellen rasend schnell und schossen dabei einen wirbelnden Funkenregen in die Luft. Vielstimmige »Ahs« und »Ohs« ertönten, Klatschen und Jubeln, und die Kinder und auch ein paar vereinzelte Damen stießen kleine Freudenschreie aus.

Damaris wusste ebenfalls vor Begeisterung gar nicht, wohin sie zuerst schauen sollte. Als sie sich in Julians Armen zurücklehnte, spürte sie überrascht ein paar zarte Tritte in ihrem Leib. Und während über ihr die Raketen den Himmel erleuchteten, fasste sie nach Julians Hand und legte sie unauffällig auf ihren Bauch.

37

DAMARIS

Heligan Gardens, September 1786

Sie hatten Glück gehabt mit dem Gartenfest. Bald darauf schlug das Wetter um, und es wurde kalt, windig und regnerisch. Mitte September fegte ein schwerer Sturm durch das südliche England, zerstörte etliche Häuser und tötete einige Menschen. Bäume wurden aus den Wurzeln gerissen, Schiffe liefen auf Grund oder wurden von den Wellen auf die Klippen geworfen. Auch in Heligan fielen einige Bäume dem Unwetter zum Opfer. Aber sobald der Sturm vorüber war, machten sich die Gärtner wieder an die Arbeit. Bei den umgestürzten Bäumen wurden die Wurzeln ausgegraben und die Stämme fortgeschafft, dann wurden neue gesetzt.

Der Michaelistag kam und ging. Damaris sah Julian in diesen Wochen tagsüber nur selten, denn für ihn begann jetzt die arbeitsreichste Zeit des Jahres. Er unterstützte Henry dabei, die Arbeiter auszubezahlen und auch bei dem ein oder anderen Disput mit Pächtern, die mit der Pacht im Rückstand waren. Außerdem musste er die Wildbestände überprüfen und war für die bevorstehenden Jagdveranstaltungen zuständig. Umso mehr genoss sie es, wenn er bei Einbruch der Dunkelheit nach Hause kam.

Es war ein kalter Oktobervormittag mit tief hängenden Wolken, die Regen ankündigten, kurz nach Damaris' zweiundzwanzigstem Geburtstag. Während Julian Holz für den Winter hackte, zupfte sie Unkraut in ihrem neu angelegten kleinen Garten.

Sie blickte auf, als die Hunde die Ohren spitzten und sich knurrend erhoben. Auch Julian ließ die Axt sinken und griff nach seiner Jagdflinte, die er neben sich liegen hatte. Wenige Augenblicke später trat ein junger Mann auf die Lichtung, den Damaris schon einmal gesehen hatte. Ihr fiel nur nicht gleich ein, wo.

»Marty Truscott.« Julian ließ das Gewehr sinken, und Damaris erinnerte sich wieder: Das war doch der junge Wilderer, den Julian im vorigen Sommer auf frischer Tat ertappt und zu Henry gebracht hatte, als sie mit Ruby morgens ausreiten gewesen war.

»Sir ... Mr Harrington.« Marty verharrte einige Schritte vor der Hütte und knetete eine rote Mütze in der Hand. »Oh, und guten Tag, Miss Tremayne – Entschuldigung, ich meinte natürlich, Mrs Harrington.«

»Bist du sicher, dass du hier richtig bist?«, fragte Julian.

Marty sah aus wie ein verschrecktes Kaninchen, aber er nickte. »Ja, Sir, bin ich. Der Squire hat mich zu Ihnen geschickt. Er ... er sagt, ich soll mich bei Ihnen melden.«

Oje, der Ärmste. Julian würde ihm vermutlich gleich den Kopf abreißen.

»Komm rein, dann reden wir«, sagte Julian zu Damaris' Erstaunen, und Marty stieß einen hörbaren Seufzer der Erleichterung aus.

Damaris hätte zu gern gewusst, was die Männer zu besprechen hatten, aber sie bezwang ihre Neugier und kümmerte sich weiter um das Unkraut.

Es dauerte nicht lange, und sie kamen wieder nach draußen. Marty verabschiedete sich von ihnen, weitaus zuversichtlicher blickend, und verschwand mit hastigen Schritten zwischen den Bäumen.

»Was wollte er von dir?«, konnte Damaris endlich die Frage stellen, die ihr unter den Nägeln brannte.

»Er wird bei mir in die Lehre gehen. Er hat ein Mädchen, das er heiraten will, und will sein Geld auf ehrliche Art verdienen. Und da der Posten des Wildhüters demnächst frei wird, brauche ich einen Nachfolger.«

»Was soll das heißen, der Posten des Wildhüters wird demnächst frei?«, fragte Damaris beunruhigt. »Willst du nicht mehr für Henry arbeiten?«

»Das heißt«, sagte Julian und legte seine Arme um sie, »dass ich bald einer anderen Tätigkeit nachgehen werde. Und dass wir in Kürze umziehen werden.«

»Umziehen?« Sie befreite sich aus seiner Umarmung und sah ihn erbost an. »Aber ich will hier nicht weg! Ich will Heligan nicht verlassen! Und Allie! Was ist mit Allie? Wenn wir …«

»Wir werden Heligan nicht verlassen«, unterbrach er ihre Tirade.

»Aber …«

»Ich werde Henrys Gutsverwalter. Damit liegt er mir schon seit Langem in den Ohren. Und jetzt habe ich ihn erhört und zugesagt.«

»Du hast was?« Fast hätte sie ihn mit offenem Mund angestarrt. Dann fiel ihr etwas ein. »Das neue Haus! Das, was gerade entsteht – es hieß, dass dort der neue Verwalter mit seiner Familie einziehen würde. Damit sind *wir* gemeint?«

Er hob in gespielter Gleichgültigkeit die Schultern.

»Sieht ganz so aus. Wir brauchen sowieso mehr Platz. Die Hütte wird langsam zu klein, wenn wir demnächst zu viert sein werden.« Er nahm ein neues Holzscheit auf, als bräuchten seine Hände etwas zu tun, dann legte er es wieder zurück. »Du glaubst ja nicht, wie schwer es mir gefallen ist, nichts zu verraten. Allie durfte auch nichts davon erfahren, sonst hätte sie es sofort ausgeplappert, und Tristan auch nicht. Nur Henry und Harriet wissen davon. Und die Rashleighs.«

Damaris schüttelte sprachlos den Kopf.

»Es hat nur Vorteile für uns«, sagte Julian, der ihr Schweigen offenbar als Ablehnung auffasste.

»Ich weiß. Mich musst du nicht überzeugen – abgesehen davon, dass du ein Schuft bist, mich so zu hintergehen. Aber was ist mit dir? Willst du das auch?«

»Na ja.« Er zuckte mit den Schultern. »Es wäre schon eine ziemliche Umstellung. Wir hätten mehr Geld, ein größeres Haus mit mehr Zimmern, vermutlich auch eine oder mehrere Bedienstete, und wir würden näher am Haupthaus und damit näher bei Allie leben. Also alles ganz schreckliche Dinge.« Auf seinem Gesicht erschien ein geradezu spitzbübisches Grinsen, wie sie es fast noch nie bei ihm gesehen hatte. »Aber ja, ich denke, ich könnte mich damit abfinden.«

Ein kalter Herbst ging über in einen noch kälteren Winter. Der Garten lag brach, und auch die Bauarbeiten für das neue Haus waren ins Stocken geraten. Dafür war es in dem Zimmer mit dem brennenden Kamin gemütlich warm.

»In der Zeitung steht überhaupt nichts über die Kletterjungen«, beschwerte sich Allie. Die neueste Ausgabe des *Sherborne Mercury* erwähnte zwar Henrys großes Gartenfest und auch die Geschichte von Tristans wundersamer Rettung, verlor aber kein Wort über das harte Los der Kaminkehrerjungen, über das Allie ebenfalls mit dem Zeitungsschreiber gesprochen hatte. »Ob ich ihnen schreiben sollte? Was meinst du, Maris?«

»Ehrlich gesagt, ist mir das gerade … ziemlich egal«, keuchte Damaris. Im nächsten Moment stieß sie ein tiefes, kehliges Stöhnen aus, das Allie noch nie von ihr gehört hatte, und bohrte ihre Finger ins Laken, als eine weitere Wehe sie schüttelte.

Das ging jetzt schon seit Stunden so. Alle paar Minuten versteifte sich ihr Körper, dann wurde sie ganz blass und begann kurz darauf mit zusammengebissenen Zähnen gegen den Schmerz anzukämpfen.

Die Wehen hatten am Nachmittag angefangen, gleich nach dem gemeinsamen Sonntagsessen, das sie alle wie immer zusammen nach dem Kirchgang in Heligan House eingenommen hatten. Daraufhin hatte man für Damaris eilig eines der Zimmer im Obergeschoss herrichten lassen und nach der Hebamme geschickt, die nicht weit entfernt in Pentewan wohnte. Inzwischen war es dunkel und vermutlich schon spät in der Nacht.

»Alles in Ordnung«, hatte die Hebamme vorhin gesagt, nachdem sie Damaris untersucht hatte. »Und nun heißt es warten. Erstgeburten dauern meistens lange.«

Eigentlich wurde die Geburt erst zum Anfang des neuen Jahres erwartet, aber manchmal hielten sich die Kinder nicht daran. Allie hatte einmal – verbotenerweise, aber das Buch hatte in der Bibliothek in einem der untersten Regalfächer gelegen – etwas über das Kinderkriegen gelesen. Nach der Zeugung, wie auch immer die funktionierte, dauerte es normalerweise neun Monate, bis ein Kind geboren wurde. Da Damaris' und Julians Hochzeit weniger als acht Monate zurücklag, kam das Kind offenbar zu früh auf die Welt. Oder – so hatte die Hebamme angedeutet – die Zeugung hatte früher als die Hochzeit stattgefunden.

Jetzt saß die füllige Frau in einem Sessel in der Ecke und schnarchte leise, während Harriet und Grace abwechselnd Damaris' Hand hielten, mit ihr redeten und sie abzulenken versuchten.

Damaris dämmerte immer wieder für kurze Zeit weg, bis eine erneute Wehe sie aus dem Halbschlaf riss. Allie tat es weh, sie so leiden zu sehen. Auch Harriet sah ganz krank aus, Damaris' Qualen nahmen sie sichtlich mit. Vielleicht erinnerte sie sich daran, wie sie vor sechs Jahren Johnny zur Welt gebracht hatte.

Die Männer – Julian, Henry und Charles – waren unten im Salon geblieben, wo sie sich vermutlich bei Portwein und Zigarren die Nacht um die Ohren schlugen. Ob Tristan bei ihnen war? Vermutlich, denn wo sollte er sonst hin? Höchstens noch zu Johnny ins Kinderzimmer, aber dafür war er eigentlich schon zu alt.

Allie fuhr mit dem rollenden Stuhl ans Fenster. Eisblumen hatten sich auf der Scheibe gebildet, sie konnte die Kälte spüren, die von draußen eindringen wollte. Es war Anfang Dezember, ein fast voller Mond schien, und Heligan lag unter einer dichten Schneedecke. Auf dem Fensterbrett türmte sich ein dicker weißer Wulst, Schnee bedeckte Rasen und Wege und hüllte die Bäume und Sträucher in einen weißen Umhang. Ein friedliches Bild, das jetzt von Damaris' erneutem, lang gezogenen Stöhnen unterbrochen wurde.

Die Hebamme schreckte auf, kämpfte sich aus ihrem Sessel hoch und untersuchte Damaris erneut.

»Das wird noch etwas dauern«, sagte sie dann. »Aber ich denke, die junge Dame sollte nun besser zu Bett gehen. Was jetzt kommt, ist nichts für sie.«

Allie protestierte, aber es half nichts: Auch Harriet bestand darauf, dass sie das Zimmer verließ.

Damaris lag blass und verschwitzt in den Kissen. »Geh nur, Allie. Alles wird gut.«

»Wirklich?«

Ihre Schwester versuchte sich an einem angestrengten Lächeln. »Natürlich. Kümmere dich ein bisschen um Julian, ja?«

Allie versprach es und verließ widerstrebend den Raum.

Vor dem Salon traf sie auf Julian, der aussah, als hätte er schon seit Tagen nicht mehr geschlafen.

»Wie geht es ihr?«, fragte er.

»Vermutlich so, wie es jeder Frau geht, die ein Kind zur Welt bringt«, gab sie zurück. »Aber sie hat gesagt, es wird alles gut. Und dass ich auf dich aufpassen soll.«

Zu ihrer Erleichterung war Tristan auch noch da, und so blieb Allie mit ihm und den Männern im Salon. Eigentlich gehörte sich das nicht, aber an einem Abend wie diesem konnte man die gesellschaftlichen Regeln auch einmal außer Acht lassen.

»Ich weiß noch, wie es bei Johnnys Geburt war«, sagte Henry

irgendwann, während er Julian ein weiteres Glas Portwein eingoss. »Ich war wie von Sinnen vor Sorge und Aufregung. Und als ich meinen neugeborenen Sohn dann zum ersten Mal in den Armen halten durfte, hat er mich nassgemacht.«

Julian lächelte etwas gequält und kippte seinen Port in einem Zug hinunter.

Irgendwann in dieser endlosen Nacht nickte Allie ein. Jemand musste sie in ihr Zimmer getragen haben, denn als sie die Augen aufschlug, schien die Sonne in ihr Zimmer, und sie lag zugedeckt in ihrem Bett. Tristan schlief auf ihrer neuen kleinen Couch daneben.

Sie lugte unter die Decke und sah, dass sie bis auf ihre Schuhe noch immer die Kleidung vom gestrigen Tag trug.

»Damaris!«, stieß sie hervor, und bei diesem Wort erwachte auch Tristan. »O Gott, ich muss zu ihr!«

Niemand war gekommen, um sie zu wecken. Das konnte doch nur bedeuten, dass etwas Schlimmes geschehen war. Damaris war gestorben, oder das Kind, oder beide. Oh nein, oh nein, oh nein! Hastig ließ sie sich von Tristan in den rollenden Stuhl helfen, den ebenfalls jemand in ihr Zimmer gebracht hatte, dann hatte sie es eilig hinauszukommen.

Als sie vor der Tür des Zimmers angelangt waren, in dem Damaris gelegen hatte, zitterten Allies Hände. Dennoch klopfte sie leise an. Nach einer Weile öffnete Julian ihnen die Tür.

Allie sah zu ihm auf, ängstlich und auf das Schlimmste gefasst. Er wirkte übermüdet, aber nicht wie jemand in Trauer. Nein, ganz und gar nicht. Eher – glücklich. Und hinter ihm sah sie Damaris im Bett sitzen, und zwar nicht als Leiche, sondern strahlend wie der junge Morgen, ein in Tücher gewickeltes Bündel im Arm.

Allie fiel ein ganzes Gebirge vom Herzen.

»Geht es dir gut?«, fragte sie, und ihre Stimme klang belegt.

Damaris nickte. Jetzt merkte Allie ihr die Erschöpfung hinter dem strahlenden Lächeln an.

»Aber ja doch. Es ist alles in bester Ordnung.« Sie schlug das Tuch in ihren Armen ein Stück zurück, sodass ein dunkler Schopf zum Vorschein kam. »Tristan, Allie, darf ich euch Avery vorstellen?«

Dann durfte Allie ihn halten. Und als sie das kleine Bündel Mensch in ihre Arme nahm, spürte sie eine tiefe, bisher nicht gekannte Liebe für dieses winzige, zerknitterte Wesen in sich aufsteigen.

Avery Harrington. Ihren Neffen.

38

LEXI

Mevagissey, Cornwall, April

Lexi hatte ausgesprochen gute Laune, auch wenn Cait noch nicht da war, um mit ihr zu feiern. Der Sekt, den sie nach der Arbeit gekauft hatte, lag im Kühlschrank, und am Abend würden sie sich etwas Indisches bestellen, hatte sie beschlossen. Auf ihre Kosten. Nelson, Caits dreibeiniger schwarzer Kater, hatte es sich in einem Sessel vor der Heizung gemütlich gemacht und schnurrte leise.

Allmählich stand der Plan für die erste Ausstellung. Über Henry Tremaynes Gartenumgestaltung hatte sie alles gelesen, was sie in die Finger bekommen konnte. Den alten Entwurf von Thomas Gray aus dem späten achtzehnten Jahrhundert wollte sie groß ausdrucken und auf einen Karton aufziehen lassen, genau wie einen Plan des heutigen Gartens. Dasselbe hatte sie mit einem Auszug aus Henrys Tagebuch vor. Dazu würde sie dann noch einen erklärenden Text verfassen, der auf die vermuteten Zusammenhänge einging.

Allerdings fehlte ihr immer noch einiges an Hintergrund. Viel mehr, als dass eine Frau namens Damaris Henry auf seiner Grand Tour begleitet hatte und dass sie eine talentierte Zeichnerin gewesen war, hatte Lexi noch nicht herausbekommen können. Außerdem hätte sie zu gern gewusst, wer das Herz und den kaum noch lesbaren Namen in die Buche geritzt hatte. Und für wen.

Cait würde erst in einer Stunde heimkehren. So lange würde sie versuchen, mehr herauszufinden.

Sie fuhr ihren Laptop hoch, von dessen Bildschirm ihr gleich darauf Henry Tremaynes vertrautes Konterfei entgegenschaute. Schade, dass nur dieses eine Bild von ihm existierte. Lexi fragte sich, ob Henry in Wirklichkeit auch immer so ernst geschaut hatte.

Aber egal, jetzt ging es um jemand anderen. Sie startete eine neue Suche. Eine Damaris Tremayne war nicht zu finden – oder zumindest niemand dieses Namens, der zeitlich passte. Unter der Stichwortsuche »Damaris Tremayne« hatte sie bislang nur die vor ein paar Jahren verstorbene Tante eines früheren Eigentümers von Heligan entdeckt. Nicht »ihre« Damaris.

Als Nächstes rief sie die Online-Ausgabe des *Sherborne Mercury* auf, einer wöchentlichen Zeitschrift, die zu Henrys Zeit in Südwestengland verbreitet gewesen und die jetzt im Internet zu finden war. Leider nur mit wenigen Ausgaben. Hier hatte sie ebenfalls schon gesucht und nichts gefunden, und auch diesmal führte ihre Stichwortsuche – Tremayne, Damaris, Heligan – zu keinem Treffer.

Dann musste sie es eben anders versuchen.

Gleich darauf fiel es ihr wie Schuppen von den Augen: Womöglich suchte sie falsch. Vermutlich hatte Damaris irgendwann geheiratet, und dann hatte sie natürlich den Namen ihres Mannes angenommen.

Warum war sie nicht bloß früher darauf gekommen? Wenn es etwas über Damaris zu finden gab, dann sicher in alten Kirchenregistern. Und dafür musste sie nicht einmal persönlich dort erscheinen: Eine kurze Recherche führte sie zu einem Internet-Portal, wo man nach Verwandtschaftsbeziehungen aus früheren Jahrhunderten suchen konnte, sofern man ein paar Eckdaten angab.

Sie tippte *England* im Suchfeld ein und klickte dann auf das Register von *Cornwall*. Hier wählte sie *Eheschließungen 1754 – 1806* aus, woraufhin eine lange Liste erschien. Sie begann, sich Eintrag für Eintrag durchzuarbeiten.

Aber bald gab sie wieder auf. Nein, das war zu langwierig und zu unübersichtlich, hier würde sie nicht fündig werden. Sie ging auf das dazugehörige Forum und suchte nach Benutzerhinweisen. Ein Nutzer riet dazu, statt in einem Heirats- in einem Taufregister zu suchen.

Gute Idee! Nach kurzer Recherche hatte sie eine Seite gefunden, die die für Cornwall zuständigen Taufregister auflistete.

Damaris gab sie im Suchfeld für den Vornamen ein, *St Ewe* bei der zugehörigen Kirchengemeinde, und *Tremayne* beim Mädchennamen.

Und das Jahr der Eheschließung? 1785 war Henry mit Damaris auf seiner Grand Tour gewesen. Damals war sie vermutlich noch nicht verheiratet gewesen, aber nach ihrer Rückkehr hätte sie sich theoretisch jederzeit vermählen können. Und dann auch Kinder haben können.

Lexi gab *1785* ein und drückte auf »Suchen«.

Nichts.

Der nächste Versuch. Dieselben Namen, diesmal aber mit *1786*. Sie würde jetzt einfach die Jahre hochzählen, bis sich vielleicht ein Treffer ergab. Natürlich könnte es auch sein, dass eine Kindstaufe in einer anderen Kirchengemeinde stattgefunden hatte. Oder dass Damaris nie geheiratet hatte. Oder keine Kinder bekommen hatte. Oder dass sie jung gestorben war, bevor …

Treffer!

Ein Eintrag über eine Taufe vom Dezember 1786. Als Lexi den beigefügten Link anklickte, öffnete sich ein neues Fenster, in dem eine fotografierte Seite aus einem handgeschriebenen Verzeichnis, vermutlich einem Kirchenbuch, zu sehen war. Sie vergrößerte die Seite am Bildschirm, bis sie die Einträge besser erkennen konnte.

Die geschwungene, ordentliche Schrift des Pastors war recht gut zu lesen. Jede Taufe war dort säuberlich mit Datum, Namen und weiteren Informationen verzeichnet, und es dauerte nicht lange, bis sie fand, was sie suchte.

Feierliche Taufe in der Allerheiligenkirche in der Pfarrei St Ewe.

Datum der Taufe: 10. Dezember 1786. Name des Täuflings: Avery. Name des Vaters: Julian Harrington. Name der Mutter: Damaris Elinor Harrington, geb. Tremayne.

Tremayne! Damaris Tremayne – da war sie! Fast hätte Lexi einen Freudenschrei ausgestoßen.

Und sie hatte recht gehabt: Damaris hatte geheiratet.

Einen Mann namens Julian Harrington. Der Name kam Lexi bekannt vor. Hatte so nicht der ehemalige Schiffbrüchige geheißen? Der, den Henry später als Wildhüter angestellt hatte?

Sie suchte kurz in ihren Notizen, dann hatte sie es gefunden: Ja, da stand es: *Julian Harrington.*

Sie hob den Kopf, als die Wohnungstür aufgeschlossen wurde und Cait hereinkam. Auch Nelson schreckte aus seinem Halbschlaf auf und maunzte einen Willkommensgruß.

»Sieh mal, Nelson«, sagte Lexi. »Da kommt unsere liebste Mitbewohnerin.«

»Na, du hast ja gute Laune.« Cait warf Schlüssel und Post auf die Küchenablage und öffnete den Kühlschrank, um den mitgebrachten Einkauf hineinzulegen. »Sekt?«, fragte sie erstaunt. »Haben wir was zu feiern?«

»Na ja«, sagte Lexi. »Ich bin mit den Sachen für die erste Ausstellung so gut wie durch. Außerdem habe ich gemerkt, wie gut es mir hier geht, und das wollte ich einfach mal feiern.« Sie zögerte kurz. »Ach ja, und außerdem habe ich heute Geburtstag.«

»Oh, Shit«, kam es von Cait. »Sorry, aber das wusste ich nicht. Sonst hätte ich doch was besorgt oder ...«

»Nein, nein!«, unterbrach Lexi sie. »Wenn ich gewollt hätte, dass du es weißt, hätte ich ja was sagen können. Ich möchte jetzt einfach nur mit dir anstoßen.«

Sie stand auf und holte zwei Gläser aus dem Schrank und die Sektflasche aus dem Kühlschrank. Vorsichtig öffnete sie die Flasche, bis der Korken mit einem leisen »Plopp« heraussprang, dann goss sie ihnen beiden ein.

»Na dann, herzlichen Glückwunsch.« Cait stieß mit ihr an. »Auf dich und Heligan und überhaupt.« Sie grinste, als sie hinzufügte: »Und auf dass alle verflossenen Scheißkerle sich hoffentlich in den Hintern beißen, dass sie zwei so großartige Frauen wie uns verloren haben.«

Lexi zuckte kurz zusammen, dann zwang sie sich, jeden Gedanken an Rob zu verdrängen. Er hatte keinen Platz mehr in ihrem Leben. Nie mehr.

Nach den ersten Schlucken setzte sie ihr Glas ab. »Ich muss dir unbedingt zeigen, was ich gerade gefunden habe.«

Cait nahm ihr Glas mit zu Lexis Laptop. »Wieder was über deinen Henry-Liebling?«

»Nein, über Damaris. Hier, schau es dir an.« Lexis zeigte ihr den vergrößerten Eintrag aus dem Taufregister.

Cait las, dann runzelte sie die Stirn. »Oje. Hast du das gesehen?« Sie deutete auf eine Zeile. »Beim Eintrag zur Mutter. Da steht *late spinster Tremayne,* also verstorbene Jungfer Tremayne. Soll das etwa heißen, dass Damaris bald nach der Geburt verstorben ist?«

Lexi lächelte. »Nein, zum Glück nicht. Wenn du weiterliest, erkennst du, dass so etwas bei jeder Frau steht. Siehst du: *late spinster Smithens, late spinster Anderson* und so weiter. *Late* bedeutet in diesem Fall nicht ›verstorbene‹, sondern ›ehemalige‹ oder ›geborene‹. Das ist nichts anderes als der Mädchenname der Frau.«

»Dann bin ich ja beruhigt.« Cait nickte anerkennend, trank ihren Sekt aus und stellte das Glas ab. »Und ich hab wieder was gelernt. Dann können wir wohl davon ausgehen, dass deine Damaris noch länger gelebt hat.«

Im Archiv war es angenehm ruhig. Jetzt, da sie ein wenig mehr über Damaris wusste, hoffte Lexi, hier noch weiteres Material für die Ausstellung zu finden.

Sie hatte erstaunlich gut geschlafen. Was vermutlich an der

nicht unerheblichen Menge an Alkohol lag, die sie und Cait sich am Abend des gestrigen Tages genehmigt hatten. Erst den Sekt, den Lexi gekauft hatte, und dann hatte Cait von irgendwoher noch eine Flasche Rotwein gezaubert, die sie auch noch zur Hälfte geleert hatten, bevor jede in ihrem Zimmer verschwunden war. Und die Kopfschmerzen vom heutigen Morgen hatte Lexi bereits erfolgreich mit zwei Ibuprofen bekämpft.

Sie zog verschiedene Bücher und Ordner aus den Regalen, ohne zu wissen, was sie eigentlich genau suchte, und räumte ein wenig im Archiv herum. Dabei fiel ihr eine niedrige Kiste mit der Aufschrift *Rashleigh* in die Hände. Die Rashleighs? Henrys Schwester Grace und sein Schwager Charles hießen so. Diese Kiste hatte Lexi früher schon einmal gesehen, aber vorerst als nicht relevant zur Seite gepackt. Jetzt setzte sie sich damit an den kleinen Tisch, der in der Mitte des Archivs stand, zog sich ein Paar der weichen weißen Baumwollhandschuhe über und öffnete die Kiste vorsichtig.

Irgendwo hatte Lexi gelesen, dass Grace Tagebuch geführt hatte, dass diese Aufzeichnungen aber nicht mehr auffindbar seien. Vorsichtig blätterte sie durch den Stapel. Leider waren sie auch nicht hier in dieser Kiste. Dafür entdeckte sie eine dunkelgraue Mappe mit vielen ehemals gefalteten, jetzt aufgeschlagenen, beschriebenen Blättern Papier. Grace' Korrespondenz, die sie über einen längeren Zeitraum erhalten hatte.

Vorsichtig sah Lexi die alten Dokumente durch. Manche Briefe waren von Henry, wie sie erkannte, ohne auf die Unterschrift sehen zu müssen. Seine Schrift war ihr inzwischen so vertraut wie die eines guten Freundes. Sie überflog die Zeilen, las von kleineren familiären Begebenheiten, von der Gesundheit von Mensch und Tier und von der Anpflanzung neuer Gewächse. Sie legte Henrys Schreiben zur Seite und widmete sich den anderen Schriftstücken. Weitere Briefe von Freunden und Bekannten, die sich für eine Einladung bedankten, von ihren Unternehmungen oder ihrem Nachwuchs berichteten. Briefe von Grace' Kindern – eine ihrer Töchter berichtete seitenlang von einem Ball, an dem sie in London teilgenommen hatte, eine andere erzählte von ihrem Leben als frischgebackene Ehefrau und Mutter.

Ganz unten, am Boden der Mappe, lag eine kurze Mitteilung. Die Schrift war groß und geschwungen, die Unterlängen rund – die Schrift einer Frau.

Datiert war das Schreiben auf den 12. April 1815, und unterzeichnet war es mit *Damaris Harrington.*

Lexi stockte der Atem. Damaris! Noch ein Lebenszeichen – fast drei Jahrzehnte nach ihrer Hochzeit!

Liebste Grace, ich kann nicht ausdrücken, wie sehr ich bedaure, was vorgefallen ist. Obwohl Avery mein Sohn ist und ich ihn immer lieben werde, ist es unverzeihlich, was er getan hat. Dennoch hoffe ich, dass dieses verhängnisvolle Duell es nicht vermag, einen Keil zwischen unsere tiefe Freundschaft zu treiben, und dass Du mir und meiner Familie weiterhin gewogen bleibst. Ich bete für euch und vor allem für Perys. In innigster Verbundenheit und in der Hoffnung auf Deine Vergebung, Deine Freundin Damaris Harrington.

Ein kurzes Postskriptum war noch beigefugt, aber das überflog Lexi nur noch.

Sie ließ den Brief sinken, ihre Hand zitterte leicht vor Aufregung. Ein verhängnisvolles Duell? Und Damaris' Sohn war darin verwickelt? Was für eine dramatische Geschichte!

Damaris' Sohn. Sie warf einen erneuten Blick auf das Datum. April 1815. Wenn es um denselben Avery ging, über dessen Taufe sie erst am Vortag etwas gefunden hatte, dann musste er zu diesem Zeitpunkt ein Mann von achtundzwanzig Jahren gewesen sein. Was hatte sich da bloß abgespielt? Wer war Perys? Wie war die Sache ausgegangen? Und warum hatte Damaris sich nicht etwas deutlicher ausdrücken können?

Sie blätterte rasch durch den kleinen Stapel der restlichen Briefe, aber es war keiner mehr von Damaris darunter.

39

LEXI

Heligan Gardens, April

Es war kühl und regnerisch, als Lexi am nächsten Tag in Heligan ankam, der Himmel schiefergrau mit tief hängenden Wolken. Ein passendes Wetter, um an einem warmen, geschützten Platz zu arbeiten.

Eliza war noch nicht da. Lexi blieb ein paar Minuten vor dem Dienstgebäude stehen, als Ben neben ihr auftauchte.

»Wartest du auf jemanden?«

Lexi nickte. »Auf Eliza. Aber ich glaube, die verspätet sich heute.«

»Und, wie kommst du mit eurer Ausstellung voran?«

»Willst du die kurze oder die lange Version?«

Er hob die Schultern. »Ich muss erst in einer halben Stunde im Nutzgarten sein. Bis dahin hast du Zeit für die lange Version.«

Sie sah ihn ein wenig skeptisch an. »Sagst du das nur aus Freundlichkeit, oder interessiert dich das wirklich?«

»Letzteres. Ich finde die Geschichte von Heligan wirklich spannend. Könnte damit zusammenhängen, dass einer meiner Vorfahren schon hier gearbeitet hat.«

»Ehrlich? Das wusste ich ja gar nicht.«

»Ich gehe damit auch nicht gerade hausieren. Aber ja, der Großvater meines Großvaters war auch hier beschäftigt. Ich bin quasi in seine Fußstapfen getreten. Und ich finde es ziemlich cool, jetzt an demselben Ort zu arbeiten wie er.«

»Allerdings«, sagte Lexi. »Wer weiß, vielleicht interviewe ich dich ja mal. Für die Ausstellung.«

»Das kannst du gern tun«, sagte er, und für einen Moment war ihr, als wollte er noch mehr sagen. Sie fühlte ein leichtes Prickeln am ganzen Körper, ganz ähnlich wie am Vorabend, als sie den Sekt getrunken hatte. Nicht unangenehm. Ganz und gar nicht.

»Nun gut, du hast es nicht anders gewollt. Willst du mit reinkommen, und ich zeige dir, was wir bislang haben?«

Er nickte. »Guter Plan.«

Sie schloss auf und ging mit ihm zu ihrem Arbeitsplatz, wo sie den Computer startete. Sobald der Rechner hochgefahren war, präsentierte sie Ben ihre allgemeine Planung für die verschiedenen Teile der Ausstellung und danach die Schaubilder, die sie in den letzten Tagen gemeinsam mit Eliza vorbereitet hatte. Er zeigte sich angemessen beeindruckt.

»Ich habe aber noch ganz andere Sachen herausgefunden.«

»Schieß los.«

»Also: Du erinnerst dich an die Hütte, deren Überreste du mir mal im Lost Valley gezeigt hat? Der Wildhüter, der dort zu Henry Tremaynes Zeiten lebte, war offenbar ein ehemaliger Schiffbrüchiger, den es an eine Bucht ganz in der Nähe gespült hatte.«

»Wow«, machte Ben.

»Und das ist noch nicht alles. Ich kenne jetzt sogar seinen Namen: Julian Harrington.«

»Wie bist du denn da drauf gekommen?«

»Durch einen Brief, den Henry an seine Schwester geschrieben hat. Da hat er ihr von seinem neuen Wildhüter erzählt.« Sie sah ihn an und zwirbelte gedankenverloren eine Haarsträhne. »Kennst du die alte Buche oben am Eastern Ride? Auf der vom Weg abgewandten Seite hat jemand einen Namen in die Rinde geschnitten, direkt neben einem geschnitzten Herzen.«

»Ja, kenne ich. Ist aber kaum noch zu lesen. Vermutlich ziemlich alt.«

Lexi nickte und ließ die Haarsträhne wieder los. »Ich habe mir das mal näher angesehen und meine, die Buchstaben L-I-A-N erkennen zu können. Siehst du?«

Sie rief die passende Datei auf und zeigte ihm das vergrößerte Bild auf dem Monitor.

»Aha.«

»Verstehst du nicht? Das könnte Julian heißen!«

Er runzelte die Stirn. »Du meinst, das liegt schon so lange zurück? Na ja, möglich wäre es, Buchen können recht alt werden. Aber selbst wenn du recht hättest: Meinst du wirklich, damit ist der damalige Wildhüter gemeint? Und wer sollte seinen Namen in einen Baum geritzt haben?«

»Das können wir natürlich nicht wissen«, gab Lexi zu. »Allerdings kam der Name Julian damals nicht gerade häufig vor. Die meisten Männer dieser Epoche trugen Namen wie Robert, William, Henry oder Thomas.« Sie lächelte vielsagend. »Aber warte es ab, es geht noch weiter. Ich habe herausgefunden, dass Henry Tremayne auf seiner großen Tour durch Englands Gärten eine Begleitung hatte, eine Frau – vermutlich eine junge Verwandte, womöglich eine Cousine – namens Damaris Tremayne. Diese Damaris hat im Jahr nach ihrer Rückkehr geheiratet. Und zwar niemand anderen als …«, sie machte eine kleine Kunstpause, »Julian Harrington.«

»Verstehe«, sagte Ben. »Spannende Geschichte.«

»Und deswegen«, sagte Lexi, »gehe ich ziemlich fest davon aus, dass es ›Julian‹ heißen soll, was da in der alten Buche steht. Und dass …«

»Und dass es Damaris war, die den Namen dort hineingeschnitzt hat«, ergänzte Ben.

Lexi nickte beglückt. »Sie muss sehr verliebt in ihn gewesen sein. Das war vor über zweihundert Jahren, und jetzt entdecken wir ihre Geschichte. Ist das nicht unglaublich romantisch?«

»Ja«, sagte Ben, ohne eine Miene zu verziehen. »Zuckersüß.«

Sie sah ihn irritiert an. »Ach, ihr Männer habt doch keine Ahnung von Romantik.«

Er grinste, und Lexi hatte für einen Moment das vollkommen verrückte Bedürfnis, sich an ihn zu lehnen und seine Arme um sich zu spüren.

Sie hörte, wie die Türklinke heruntergedrückt wurde, dann war Eliza da.

»Oh, hoher Besuch. Hallo, Ben. Hi, Lexi.« Eliza klang unerwartet freundlich – und ein klein wenig atemlos. »Sorry, dass ich so spät bin. Aber ich wurde … aufgehalten.« Sie ließ sich auf einen Bürostuhl sinken.

»Kein Problem«, sagte Lexi. »Ich hatte einen geduldigen Zuhörer. Auch wenn Ben den eingeritzten Namen in der alten Buche nicht ganz so romantisch findet wie wir.«

»Männer«, gab Eliza bedeutungsvoll zurück und sah dabei aus wie eine Katze, die einen Sahnetopf gefunden hat. »Oh, ich habe auch noch etwas Interessantes«, sagte sie dann. Sie wühlte in ihrer Tasche, dann zog sie ein schmales Heft heraus und schlug es an einer mit einem Klebereiter markierten Seite auf. »Nicht, dass ihr glaubt, ich würde nicht auch etwas beitragen. Hier. Heute Nacht gelesen: Auf dem Heligan-Gelände hat man während der Restaurierung einen sogenannten Wagenrad-Penny aus dem Jahr 1797 gefunden.«

»Was ist ein Wagenrad-Penny?«, fragte Ben.

»Eine Münze aus dem späten achtzehnten Jahrhundert«, erklärte Eliza, die sich offenbar informiert hatte.

Sie zeigte ihnen ein Bild, auf dem die fragliche Münze zu sehen war. Zum Größenvergleich war ein heutiges Ein-Penny-Stück neben der alten Kupfermünze abgebildet, die fast viermal so groß war wie der moderne Penny.

»Das ist ja eine Riesenmünze«, stellte Lexi fest.

»Deswegen nannte man sie ja auch Wagenrad-Penny – weil sie fast so groß wie ein Wagenrad war«, erläuterte Eliza. »Angeblich war das die schwerste und größte Münze, die jemals geprägt wurde, sie wog eine ganze Unze. Dürfte ziemlich unhandlich im Geldbeutel gewesen sein, denke ich. Man vermutet, dass diese Münze Thomas Gray aus der Tasche gefallen ist, als er auf dem Gelände unterwegs war. Aber vielleicht war es auch Henry Tremayne selbst. Oder einer seiner Pächter.«

»Oder Damaris«, sagte Ben.

»Oder Damaris«, wiederholte Lexi. Sie wandte sich an ihre Kollegin. »Ach, Eliza, ich hab dir ja noch gar nichts von meiner neuesten Entdeckung erzählt.«

Sie berichtete ihr kurz von den Zusammenhängen, die sie bei ihrer abendlichen Online-Recherche herausgefunden hatte – dass sie Henrys Reisebegleitung Damaris in einem Taufregister gefunden hatte, aus dem hervorging, dass sie geheiratet und einen Sohn hatte. Eliza war entzückt.

»Und dann war ich gestern noch mal im Archiv«, sagte Lexi, »und habe einen äußerst interessanten Brief von Damaris an Grace Rashleigh entdeckt. Offenbar ist etwas vorgefallen, was das Verhältnis zwischen den Frauen ziemlich strapaziert hat. Ein Duell zwischen Avery und einem Mann namens Perys, möglicherweise Grace' Sohn.«

»Ein Duell?«, wiederholte Eliza. »Zwischen den Söhnen von Damaris und Grace? Wie aufregend! Und, wie ging es weiter? Ist jemand dabei gestorben?«

»Keine Ahnung. Damaris hat nur geschrieben, dass sie für Perys betet, aber das kann ja alles bedeuten. Natürlich habe ich versucht, noch mehr darüber herauszufinden. Aber leider: nichts, *nada, niente.*«

»Hast du es schon in Kresen Kernow versucht?«, fragte Ben.

»Dem neuen Cornwall-Archiv? Ja, zumindest online.« Lexi öffnete ihre Tasche und zog ein Blatt heraus, das sie auf Caits Drucker ausgedruckt hatte. »Das ist alles, was ich gefunden habe. Eine Auflistung sämtlicher Dokumente aus der fraglichen Zeit zur

Tremayne-Familie.« Auf dem eng bedruckten Papier reihte sich Bezirk an Bezirk, die offenbar alle in Henrys Besitz oder Zuständigkeitsbereich fielen. Außerdem eine Übersicht über Eheschließungen, Nachlassverwaltungen, Bürgschaften, Mietverträge sowie persönliche Unterlagen wie Tagebücher, Rezepte und geschäftliche und private Korrespondenz, darunter mit den Familien Hoblyn, Kirkham, Moyle, Dart, Williams und Harrington.

»Harrington«, wiederholte Lexi mit Nachdruck. »Ich gehe davon aus, dass es da um Damaris und Julian und ihre Familie geht.«

»Mehr hast du nicht gefunden?«, fragte Eliza.

»Nein, nicht mehr als diese Übersicht. Nichts zu Avery Harrington oder anderen Kindern.«

»Kann man sich die fraglichen Dokumente nicht schicken lassen?«

Lexi schüttelte den Kopf. »Leider nicht. Kresen Kernow ist ein Archiv, keine Bibliothek. Man muss persönlich hinfahren, um sich die Sachen anzuschauen.«

»Tja, sieht ganz so aus, als müsste eine von euch demnächst mal dorthin«, sagte Ben. »Sonst werdet ihr wohl nie erfahren, um welche geheimnisvolle Geschichte es da ging.«

»Wo liegt Kresen Kernow eigentlich?«, fragte Eliza.

»In Redruth, im Westen Cornwalls. Ungefähr dreißig Meilen von hier«, gab Ben zurück, bevor Lexi antworten konnte.

»So weit?«, sagte Eliza schnell und hob beide Hände. »Sorry, dann bin ich raus. Für so was habe ich erst mal keine Zeit.«

»Okay«, sagte Lexi, die nichts anderes erwartet hatte. »Dann werde ich das übernehmen. Auch wenn es etwas kompliziert werden dürfte, so ohne Auto.«

Sie hatte bereits recherchiert, wie man ohne fahrbaren Untersatz zu dem Cornwall-Archiv kam. Schon die einfache Strecke würde mit dem Bus mit mehrmaligem Umsteigen um die zweieinhalb Stunden dauern. Vielleicht bestand ja die Möglichkeit, sich von irgendwem ein Auto zu leihen. Nicht offiziell, denn dafür hätte sie sich schließlich ausweisen müssen – was sie wegen Rob unbedingt vermeiden wollte –, aber vielleicht konnte sie die Woods fragen, ob Edwin ihr für einen Tag seinen alten Ford lieh. Allerdings war sie jahrelang nicht mehr gefahren – womöglich wusste sie gar nicht mehr, wo die Bremse saß. Vermutlich war es doch besser, den Bus zu nehmen.

»Kein Problem«, unterbrach Ben ihre Gedanken. »Ich kann dich hinfahren. Meine Familie wohnt in der Nähe, und ich wollte demnächst sowieso mal wieder vorbeischauen.«

»Oh, das ist – wirklich nett. Aber das kann ich nicht annehmen.«

»Natürlich kannst du das. So weit ist es ja nun auch nicht.« Er erhob sich. »Die Arbeit ruft.« Und, mit Blick zu Lexi. »Wir können ja noch mal drüber sprechen. Aber das Angebot steht.«

»Hoppla«, sagte Eliza, kaum dass Ben verschwunden war. »Hab ich da irgendwas nicht mitbekommen?«

»Keine Ahnung, was du meinst.«

»Na hör mal, der Typ bietet dir an, dich mal eben quer durch Cornwall zu fahren!«

»Er ist eben hilfsbereit.«

Auf Elizas hübschem Gesicht erschien ein wissendes Grinsen. »Natürlich. Und das würde er sicher für jeden machen.«

»Ich habe noch nicht gesagt, dass ich sein Angebot auch annehme.«

»Natürlich tust du das. Ist ja für einen höheren Zweck. Für unsere Ausstellung.« Sie rückte ein wenig näher. »Aber mehr läuft da nicht?«

»Neugierig bist du ja gar nicht.«

»Nein, nur interessiert. Und ich wollte sichergehen. Denn …«, Elizas Wangen färbten sich leicht rötlich, »von Orlando willst du nichts, oder?«

»Von Orlando?« Lexi schüttelte den Kopf. »Ich mag ihn, er ist ein wirklich netter Kerl. Aber nein, ich will nichts von ihm.«

Mehr sagte sie nicht. Besser, sie vermied es, Eliza über ihr Gespräch mit ihm an Ostern aufzuklären, als sie ihm einen Korb geben musste.

Eliza nickte, sichtlich erleichtert. »So, womit machen wir jetzt weiter?«

Sie strotzte geradezu vor Tatendrang, ganz anders als in den vergangenen Tagen, als sie meist nur das Nötigste geredet hatte. »Ich kann heute aber nur bis drei. Dann habe ich nämlich ein Date.«

»Aha«, machte Lexi vieldeutig. »Womöglich mit einem sehr gut aussehenden jungen Mann mit langen Rastalocken?«

Elizas Röte kehrte zurück. »Womöglich.«

Lexi unterdrückte das Grinsen, das sich auf ihrem Gesicht ausbreiten wollte, und wandte sich wieder dem Monitor zu. Eliza hatte recht: Sie hatten noch viel zu tun. Es wurde allmählich Zeit, sich mit der zweiten Epoche der Ausstellung zu befassen, in die Lexi sich schon in der Planungsphase etwas eingelesen hatte: das Zeitalter der Pflanzenjäger. So nannte man die Forschungsreisenden, die Anfang und Mitte des neunzehnten Jahrhunderts in alle Himmelsrichtungen der Welt unterwegs gewesen waren, um neue und exotische Pflanzen zu sammeln und in die europäische Heimat zu bringen.

»Ich hätte eigentlich ganz gern was über Joseph Hooker gemacht«, sagte Lexi.

Hooker war einer der berühmtesten Pflanzenjäger seiner Zeit gewesen. Er hatte die halbe Welt bereist und war für viele Jahre Direktor des botanischen Gartens in den Kew Gardens in London gewesen. Neben vielen anderen Pflanzen hatte er den Rhododendron in England eingeführt – unter anderem den, der jetzt am Rand von Flora's Green wuchs.

»Aber ich fürchte«, fuhr sie fort, »die meisten Geschichten über ihn sind schon hinlänglich bekannt.«

»Stimmt.« Eliza nickte. »Wenn mich nicht alles täuscht, dann gab es in Heligan früher sogar schon mal eine ganze Ausstellung über Hooker.«

»Ich weiß«, sagte Lexi enttäuscht. »Das habe ich dann auch recht bald herausgefunden. Aber vielleicht ist es sowieso besser, sich mehr mit Heligan zu befassen. Es gab doch bestimmt noch andere Pflanzenjäger, die infrage kommen. Und Theo sagte ja, sie will die weniger bekannten Geschichten haben.«

»Ganz sicher gibt es die, wir müssen sie nur finden.« Auch Eliza startete jetzt ihren Rechner. »Dann lass uns mal ein bisschen weiter nachforschen.«

Für eine Weile arbeitete jede still vor sich hin. Lexi wurde bald fündig. Unter den Forschungsreisenden, die neue Pflanzen, Zwiebeln oder Samen nach Heligan gebracht hatten, fand sich auch ein Anthony Buller, der Anfang des neunzehnten Jahrhunderts etliche Jahre als Richter im indischen Bengalen gelebt hatte.

Interessant. Da könnte womöglich eine Geschichte liegen.

Sie tauchte etwas tiefer in die Recherche und suchte nach weiteren Informationen zu dem botanisch bewanderten Richter.

»Oh, das ist ja spannend«, murmelte sie, als ihr ein vertrauter Name ins Auge fiel.

Eliza hob den Kopf. »Was denn?«

»Sagt dir der Name John Hearle Tremayne etwas?«

»Natürlich. Das war der Sohn von Henry Hawkins Tremayne, dem Gründer der Gärten.«

»Genau. Und dieser Buller war offenbar ein Schwager von John Tremayne«, sagte Lexi.

»Tatsächlich? Wie hast du das denn rausgefunden?« Eliza stand auf und kam zu ihr.

»Hier, lies mal.« Lexi rückte ein Stück beiseite.

John Hearle Tremayne setzte den von seinem Vater entwickelten Gartenplan weiter um. Er begann auch mit der Rodung des als Dschungel bekannten Bereichs, einem subtropischen Talgarten südöstlich des Hauses. Neben der langen Auffahrt zum Haus ließ er viele Zierbäume und eine Allee mit goldblühenden Himalaja-Hartriegeln pflanzen, von denen nur wenige erhalten geblieben sind. Die Samen wurden in Nepal gesammelt und von seinem Schwager, Sir Anthony Buller, geliefert, der ab 1815 als Richter in Indien diente.

Ein schneller Blick in ein Online-Lexikon verriet ihnen außerdem, dass Buller eine gewisse Isabella Lemon geheiratet hatte, eine Schwester von John Tremaynes Frau, und mit ihr elf gemeinsame Kinder hatte.

»Elf Kinder?«, wiederholte Eliza, leicht fassungslos. »Die arme Frau!«

In Lexi formte sich ein ganz anderer Gedanke. »Isabella«, murmelte sie halblaut vor sich hin. »Und Anthony. Das habe ich doch gerade erst irgendwo gelesen.«

Eliza sah sie fragend an.

Dann fiel es Lexi wieder ein. »Natürlich!« Sie zückte ihr Handy und suchte nach dem Foto, das sie von dem Brief im Archiv gemacht hatte. Das kurze Schreiben von Damaris an Grace, in dem diese etwas von einem Duell erwähnt hatte.

Sie vergrößerte das Bild, kontrollierte das Datum des Briefs und scrollte dann bis zum Ende.

»Ja, hier, das Postskriptum!« Sie reichte Eliza das Handy.

Auch wenn ich erleichtert bin, Avery in Sicherheit zu wissen, so wird er sich doch eines Tages für seine Tat verantworten müssen. Bis dahin hoffe ich, dass Anthony und Isabella ihn unter ihre Fittiche nehmen und ein Auge auf ihn haben.

Lexis Herz klopfte, als wäre sie gerannt. Diese Geschichte hatte sicher noch niemand ausgegraben.

»Wie auch immer das alles ausgegangen ist: Zumindest weiß ich jetzt, wohin Avery danach verschwunden ist.« Sie lächelte triumphierend. »Er ist mit den Bullers nach Indien gereist.«

Eliza tat, was sie angekündigt hatte: Um kurz vor drei fuhr sie ihren Computer herunter und schaltete ihn aus.

»Ich nehme an, du bleibst noch?« Lexi sah auf, als die Kollegin neben sie trat.

»Ja, noch ein bisschen. Ich will schauen, ob ich noch mehr rausfinden kann.«

»Mach nicht zu lange. Heute ist schließlich Pizza-Tag.«

»Pizza-Tag?«

»Du kriegst auch gar nichts mit, oder? Beim Steward's House haben sie heute Mittag den Outdoor-Pizzaofen angeheizt. Und wenn der große Besucherandrang vorbei ist, sind die Mitarbeiter dran.«

»Hört sich super an.«

»Okay, bis später dann.«

»Bis dann. Und viel Spaß!«

Eliza warf ihr einen Luftkuss zu. »Danke!«, flötete sie, bevor sie den Raum verließ.

Lexi arbeitete noch eine Weile weiter, bis auch sie aufgab und den Rechner ausschaltete. Seit Eliza die Pizza erwähnt hatte, knurrte ihr Magen. Kein Wunder, sie hatte außer dem Frühstück noch nichts gegessen.

Sie griff nach ihrer Tasche, schloss ab und trat nach draußen.

Der Himmel war von einem strahlenden Blau, eine leichte, kaum wahrnehmbare Brise wehte und trug den schwachen Geruch von geschmolzenem Käse zu ihr herüber. Lexi lief das Wasser im Mund zusammen. Gleich darauf fiel ihr Blick auf eine mit Kreide beschriebene Tafel, die die Outdoor-Pizza bewarb.

Sie schlug den Weg zum Steward's House ein. Zahlreiche Wildblumen blühten auf den Wiesen, und überall waren Vögel emsig auf der Suche nach Nahrung und Nistmaterial.

Fast alle Tische waren besetzt – mit Besuchern, aber auch mit einigen der Heligan-Angestellten. Und es roch wunderbar nach Pizza. Lexi stellte sich in die Reihe vor dem Ofen und hatte das Glück, eine der letzten Pizzen zu ergattern, bevor es nichts mehr gab.

Kaum hatte sie den heißen Teigfladen in Empfang genommen, hörte sie, wie ihr Name gerufen wurde.

»He, Lexi! Komm zu uns.« Eliza winkte von einem der Tische, und Lexi steuerte darauf zu.

»Störe ich auch nicht?«, fragte sie.

»Natürlich nicht«, gab Orlando zurück, der Eliza gegenübersaß. Auf der Tischplatte zwischen den beiden lagen ein paar Pizzakrümel.

Lexi nahm neben Eliza Platz. Die Pizza schmeckte fantastisch, auch wenn Lexi sich an dem ersten Bissen die Zunge verbrannte. Als sie zum zweiten Mal einen – diesmal vorsichtigeren – Bissen nahm, sah sie Ben kommen.

»Zu spät«, feixte Orlando mit leichter Schadenfreude. »Jetzt ist der Ofen aus.«

Ben bedachte ihn mit einem gespielt missbilligenden Blick, während er sich neben ihn auf den letzten freien Platz auf der Bank setzte und seine Arbeitshandschuhe neben sich legte. »Ich dachte, ich schaffe es früher, aber dann ist doch noch was dazwischengekommen.«

»Hier«, sagte Lexi großzügig und schob ihm ihren Rest Pizza hin. »Du kannst was von mir abhaben.«

»Vorsicht, ich nehme das ernst.«

»Nur zu. Ist mir sowieso zu viel.« Das war zwar nicht ganz richtig, aber das war es ihr wert.

Ben ließ sich nicht lange bitten und griff zu.

Neben ihrem Tisch erschien ein vorwitziges Rotkehlchen und hüpfte vorsichtig näher. Lexi warf ihm einen Teigkrümel hin, den der Vogel aufpickte und dann noch etwas näher hüpfte.

»Du kleiner Gierhals«, lachte Lexi und warf ihm noch ein paar Krümel hin.

Orlando grinste. »Ob groß oder klein, Lexi kümmert sich um alle.«

»Ja, das war sehr fürsorglich von dir«, sagte Ben zu ihr und wischte sich die Finger an einer Serviette ab. Von der Pizza war nichts mehr übrig. »Und sonst«, fragte er, »hast du noch mehr über diesen geheimnisvollen Avery und das Duell rausfinden können?«

»Nicht über das Duell. Aber ich glaube, er ist danach nach Indien gereist. Zumindest legt das ein Nachsatz in einem Brief von Damaris nahe. Dann verliert sich leider seine Spur.«

»Indien? Wow, das hört sich spannend an.« Ben warf die Serviette mit einem gezielten Wurf in einen Abfallbehälter. »Weißt du schon, wann du nach Kresen Kernow willst?«

»Am liebsten so bald wie möglich.«

»Wie wäre es mit Mittwoch nächster Woche? Da hab ich frei, und du hättest genügend Zeit, die Bücher zu bestellen, die du dir ansehen willst.«

Sie sah ihn an. »Du meinst das wirklich ernst? Du würdest mit mir dahin fahren?«

»Natürlich, ich will ja sowieso in die Gegend. Ich könnte dich dann in Kresen Kernow absetzen, meine Familie besuchen und dich nachher wieder abholen. Guter Plan?«

»Das ist wirklich sehr nett von dir.«

Er schüttelte den Kopf. »Ich bin nur neugierig, und dafür bist du verantwortlich. Ich will jetzt nämlich auch wissen, wie es weiterging mit all deinen historischen Leuten.«

»Tut mir furchtbar leid«, gab Lexi grinsend zurück.

»Glaub ich dir aufs Wort. Sagen wir, Mittwoch um neun?«

Das Rotkehlchen hatte genug und flatterte davon. Lexi sah dem kleinen Vogel nach, bis er in einem Dickicht verschwand. Alles passte zusammen an diesem sonnigen Frühlingsnachmittag: das Wetter, die Menschen, das Haus, die Wiese – und das Gefühl, angekommen zu sein. Angenommen. Fast kam es ihr vor, als würde die Zeit für einen Moment stillstehen.

Ihr Blick kehrte zurück zu Ben, der sie aufmerksam ansah und noch immer auf eine Antwort wartete.

»Ja«, erwiderte sie lächelnd. »Sehr gern.«

Epilog

JULIAN

Heligan Gardens, August 1797

Hoch über dem Garten kreiste ein Turmfalke vor einem strahlend blauen Himmel. Julian verfolgte seinen Flug, beobachtete, wie der Greifvogel über dem schon halb gemähten Weizenfeld nach Beute suchte und für ein paar Augenblicke mit schnellem Flügelschlag in der Luft stehen blieb, um dann im Sturzflug herunterzustoßen.

Es war Spätsommer, Erntezeit. Im Weizenfeld bewegte sich eine unregelmäßige Linie von Männern mit hochgerollten Hemdsärmeln langsam vorwärts. Die Luft über ihnen war erfüllt von feinem, goldgelbem Staub, während sie mit jeder neuen Bewegung ihrer Sensen eine weitere Reihe Weizen mähten. Hinter ihnen kamen die Frauen, die die Halme zu dicken Garben banden und diese aufstellten. Julian konnte das Zischen der Sensen hören, die Rufe der Arbeiter, das Lachen der Frauen. Wie jeden Freitagnachmittag waren er und Henry auf dem Anwesen unterwegs gewesen, um mit den Pächtern zu sprechen und nach dem Rechten zu sehen. Jetzt waren sie am Weizenfeld und damit am Ende ihres wöchentlichen Rundgangs angekommen. Ein paar der Männer hoben den Kopf und grüßten, als sie den Squire und seinen Verwalter sahen, dann wandten sie sich wieder ihrer Arbeit zu.

»Und du bist sicher, dass du dich und deine Familie nicht auch von Mr Bone malen lassen willst?«, fragte Henry, während er einen vom Wind zu ihm getragenen Strohhalm von seinem Rockschoß strich. Sein Haar, das er jetzt ohne Perücke trug, war grau geworden, aber trotz seiner Mitte fünfzig war er immer noch sehr agil. »Am Geld soll es nicht scheitern. Und Mr Bone ist ein wirklich angesehener Maler.«

Mr Bone hatte Henry bereits vor zwei Jahren gemalt – mit ernstem Blick, wie es sich für einen Squire gehörte, und dunkler, hochgeschlossener Kleidung. Jetzt war er noch einmal für ein paar Tage zurückgekehrt, um auch Harriet zu porträtieren.

»Danke, Henry, aber nein, wirklich nicht.« Julian lächelte. »Außerdem glaube ich kaum, dass ich Damaris dazu bringen könnte, so lange stillzuhalten.«

»Ja, da hast du wohl recht. Aber einen Versuch war es wert. Nun denn, Harriet erwartet mich. Auf Wiedersehen, Julian. Wir sehen uns am Sonntag.«

»Auf Wiedersehen, Henry.«

Henry war kaum in Richtung Heligan House davonmarschiert, als ein aufgeschrecktes Blesshuhn in Julians Nähe kreischte und gleich darauf mit lautem Flügelschlag aufflog.

»Rascal, hierher!«

Es raschelte im Unterholz, und ein mittelgroßer, braun-weißer Hund – eine nicht zu bestimmende Mischung, an der vermutlich ein Spaniel und ein Foxhound beteiligt gewesen waren – stürmte schwanzwedelnd auf ihn zu und drückte ihm seine kalte, feuchte Schnauze in die Hand. Julian strich ihm über die seidigen Schlappohren. Nach dem Tod der beiden Doggen war es nun Rascal, der ihn auf seinen Wegen begleitete.

Eine sanfte Brise, die den Duft von Heu, warmer Erde und Spätsommer in sich trug, wehte zu ihm herüber, und er ließ seinen Blick über den Garten schweifen, der sich vor ihm ausbreitete. Dieser Ort war jetzt seit über einem Jahrzehnt sein Zuhause. Jeder Baum, jede Hecke, jeder schmale Pfad durch das Gelände waren ihm vertraut.

Die zum Meer hin abfallenden Felder, der Weg hinunter in den Alten Wald, die Schafweide, die Getreidefelder, die Ränder gesprenkelt mit rotem Klatschmohn und blauen Kornblumen. Dort der Obstgarten, in dem etwas Damaris einst zum Stolpern gebracht und in seine Arme hatte sinken lassen, kurz vor ihrem ersten Kuss. Da der kleine Weiher, in dem Allie kurz darauf fast ertrunken wäre. Dahinten das kleine Wäldchen, in dem – vermutlich – Lowenna gezeugt worden war.

Heligan, das waren die Rufe der Fasane im Dickicht, das Geschnatter der Elstern und Dohlen in den Baumkronen, die Gesänge von Amseln und Hänflingen und Rotkehlchen. Heligan, das waren der schmale Bach, der sich murmelnd seinen Weg durch den Wald bahnte, und die schattigen Plätze unter den Bäumen. Das waren die mit dunklen, saftigen Früchten beladenen Brombeersträucher und die vielen fruchttragenden Apfelbäume. Das war der Geruch von sonnengewärmtem Stein, von Blumen und Gras und frisch gemähtem Heu.

Der Falke kreiste erneut.

»Na los, Rascal, ab nach Hause.«

Der Hund lief vor, bis er jemanden entdeckte, dem er schwanzwedelnd entgegenlief: Julians zehnjährigem Sohn, der neben dem Weg eine kleine Brücke aus Zweigen und Steinen gebaut hatte und dort einen Spielzeugkarren hinüberfahren ließ.

»Daddy!«

»Was machst du denn hier, Avery? Solltest du nicht deiner Mutter helfen?«

»Das hab ich schon. Sie hat gesagt, ich kann spielen gehen. Und ich habe auf dich gewartet.« Der Junge deutete auf seinen Spielzeugkarren. »Weißt du, warum die Ladefläche leer ist?«

»Nein, das weiß ich nicht. Warum ist sie denn leer?«

Avery sah ihn bedeutungsvoll an. »Weil der Kaufmann, dem der Wagen gehört, auf dem Heimweg von Straßenräubern überfallen wurde, die ihm seine gesamte Ladung gestohlen haben. Und all sein Geld. Jetzt hat er gar nichts mehr. Daddy, hast du etwas Geld für meinen armen Kaufmann?«

»Du bist ein raffinierter kleiner Kerl«, sagte Julian, während er in seine Tasche griff. Liebe für seinen hübschen, wilden, eigensinnigen Sohn erfüllte ihn. Mit den dunklen Augen und den ungezähmten schwarzen Locken sah Avery fast aus wie ein kleiner Pirat – ganz anders als sein blonder großer Bruder Tristan, der gerade volljährig geworden war.

»Was wird dein Kaufmann denn mit dem Geld machen?«

»Ich glaube«, sagte der Junge nach kurzem Überlegen, »er wird an den Spieltisch gehen. Und da wird er seinen Einsatz verdoppeln. Nein, vervierfachen.«

Julian lachte. »Dein Kaufmann ist also ein Spieler.« Er öffnete seinen Geldbeutel und entnahm ihm eine der neuartigen großen Münzen, die in diesem Jahr herausgekommen waren. Das Geldstück war trotz seiner Größe und seines Gewichts nur einen Penny wert und eher unhandlich. Wagenrad-Penny nannte man es. Er bezweifelte, dass es lange in Umlauf sein würde.

»Hier«, sagte er und drückte seinem Sohn die Münze in die Hand. »Das dürfte einen ordentlichen Einsatz für deinen Kaufmann darstellen.«

»Danke, Daddy!«

»Und jetzt lauf nach Hause, damit du nachher beim Erntefest ordentlich aussiehst.«

Bei der Erwähnung des Festes, das später mit allen Pächtern und Landarbeitern in der großen Scheune gefeiert werden würde, leuchtete Averys Gesicht auf.

»Wird auch ein Geigenspieler kommen?«

»Natürlich. Was wäre so eine Feier ohne Musik?«

»Das ist gut. Weißt du, Maisie Truscott hat mich nämlich gefragt, ob ich mit ihr tanze.«

»Maisie Truscott? Die Tochter unseres Wildhüters?«

Avery nickte ernst. »Sie hat gesagt, du hast früher da gewohnt, wo sie jetzt wohnen. Und dass ihre Mutter früher mal Mums Zofe gewesen ist.«

»Genauso war es.«

Kurz nach Marty Truscotts Ernennung zum Wildhüter hatte dieser um die Hand von Damaris' Zofe Ruby angehalten und sie bald darauf geheiratet.

»Aber«, sagte Avery, »ich habe auch schon Bessie Bryant versprochen, mit ihr zu tanzen. Sie ist die Schwester von Tom Bryant, dem Stallburschen.«

»Dann musst du eben mit beiden tanzen.« Julian strich ihm über die dunklen Locken. Obwohl Avery erst zehn Jahre alt war, entwickelte er sich offenbar schon jetzt zu einem Herzensbrecher.

»Das mach ich. Kann ich Rascal mitnehmen?«

Julian nickte und gab dem Hund einen Wink.

»Komm, Rascal!« Avery rannte los, den Spielzeugkarren in der einen, die Münze in der anderen Hand. Ein kleiner Vogelschwarm flatterte auf, als der Junge und der Hund vorbeistürmten.

Julian sah den beiden nach, wie sie den Weg entlangliefen, hin zu ihrem aus grauen Granitsteinen gebauten Haus, das sie seit einem Jahrzehnt bewohnten. Vor dem Eingang hatte Damaris einen kleinen Garten angelegt. Ringelblumen und Margeriten bildeten einen weiß-goldenen Teppich, daneben wuchsen Bartnelken und Sonnenblumen. Ein Rosenbusch voller dunkelroter Blüten rankte sich an einer Ecke der Hauswand empor.

Schon von Weitem erkannte er Damaris' rotbraune Haarpracht. Sie stand im Garten und schnitt verblühte Blumen ab, einen kleinen Korb in der Hand. Als er näher kam, sah er die sechsjährige Lowenna im Gras sitzen, die einen Kranz flocht. Neben ihr war ihre kleine Schwester Florrie damit beschäftigt, in der Erde zu wühlen. Sie lachte, als Lowenna ihr den Kranz aufs Haar setzte. Gleich darauf kam Avery herangestürmt, Rascal im Schlepptau. Julian hörte seine beiden Töchter vor Begeisterung kreischen, als der Hund mit freudigem Schwanzwedeln zwischen ihnen umhersprang, und musste lächeln.

Von irgendwoher löste sich ein Blatt und segelte langsam trudelnd nach unten. Julian hob den Blick. Der Falke war verschwunden.

Nachwort und Dank

Falls Sie wissen möchten, was wirklich real und was der Fantasie der Autorin entsprungen ist – vielleicht finden Sie hier die Antwort. Aber zuerst: Dies hier ist ein Roman, und auch wenn ich viele reale Vorkommnisse und Hintergründe verwendet habe, haben der Verlag und ich entschieden, nicht auf die Corona-Pandemie einzugehen.

Die Lost Gardens of Heligan gelten als eine der beliebtesten Gartenanlagen Großbritanniens. Der Name Heligan leitet sich vom kornischen Wort *helygen* für Weidenbaum ab.

Heligans Gutsherr Henry Hawkins Tremayne war wirklich so nett, wie ich ihn dargestellt habe, und bekannt für seinen freundlichen, wenn auch naiven Charakter und seine Nachsicht mit Kleinkriminellen. Ein Zeitgenosse schrieb über ihn: *Personen, die wegen kleiner Diebstähle zu ihm gebracht wurden, kamen sicher davon, wenn sie den Scharfsinn hatten, große Armut zu bekennen, und nach einer Belehrung über die begangene Sünde wurde ihnen vergeben, und sie wurden mit einer halben Krone belohnt, als Ansporn, es nicht mehr zu tun.*

Henry Tremaynes Grand Tour durch etliche Gärten Südenglands hat wirklich so oder so ähnlich stattgefunden, und er hat darüber auch ein Reisetagebuch geführt (das leider nicht einsehbar ist). Ob er dabei eine weibliche Begleitung hatte, ist allerdings nicht überliefert. Den angeheuerten Eremiten von Pains Hill (heute: Painshill), von dem Allie vorliest, gab es dagegen wirklich. Auch die Spukgeschichte, die Damaris in Park Place zu hören bekommt, soll sich angeblich so zugetragen haben. Ebenfalls echt sind manche der erwähnten historischen Dokumente. So hat Henry Tremayne tatsächlich Geld ausgegeben für Haarpulver,

Spazierstock, Schokolade und den Friseur. Aufwendungen für einen rollenden Stuhl oder ein Pärchen Doggenwelpen sind dagegen meine Erfindung.

Über den Landschaftsarchitekten Thomas Gray, der den Plan zur Umgestaltung der Gärten entwarf, war wenig herauszufinden. Bekannt ist nur, dass er in späteren Jahren lange in Russland lebte und für Zar Alexander I. einen Garten anlegen ließ. (Ich hoffe, er verzeiht mir, dass ich ihm eine gewisse Ungeschicklichkeit und ein Faible für bunte Kleidung angedichtet habe.)

Damaris' eigenwillige kleine Schwester Allie leidet an der »Englischen Krankheit«, wie man Rachitis früher nannte, eine durch Vitamin-D-Mangel erzeugte Knochenerkrankung, die häufig auch die englische Oberschicht traf. Sonnenlicht und Aufenthalt im Freien konnten eine gewisse Besserung bewirken.

Im achtzehnten und noch weit bis ins neunzehnte Jahrhundert mussten kleine Jungen in Diensten von Schornsteinfegern in die Kaminschächte steigen und kamen dabei zum Teil qualvoll ums Leben.

Dass eine einzelne Elster Unglück bringen soll, ist ein auf den britischen Inseln weit verbreiteter Aberglaube (möglicherweise, weil Elstern sich oft für das ganze Leben verbinden und eine einsame Elster daher bedeuten mag, dass sie ihren Partner verloren hat). Um dieses mögliche Leid abzuwehren, werden der Elster Grußformeln zugerufen wie »*Good morning, Mr Magpie, how is your wife today?*« (Guten Morgen, Mr Elster, wie geht es Ihrer Frau heute?)

Der Kinderreim, den Tristan und Julian zitieren, lautet im englischen Original (es gibt verschiedene Fassungen, ich habe hier eine ausgewählt): »*One for sorrow, two for joy, three for a wedding, four for a birth, five for silver, six for gold, seven for a story yet to be told.*«

In Heligan wurde schon im achtzehnten Jahrhundert Ananas angebaut. Die Vorrichtung dafür, ein mit Pferdemist betriebener Ananasgraben, wurde bei der Renovierung so originalgetreu wie möglich wieder hergerichtet, und 1997 wurde in Heligan die wohl teuerste Frucht der Welt der Öffentlichkeit präsentiert. Einschließlich der Arbeitsstunden, der Transportkosten für Dünger, der Wartung der Gruben und anderer Kleinigkeiten hätte jede Ananas mehr als eintausend britische Pfund gekostet. Anlässlich ihres fünfzigsten Hochzeitstages bekam die britische Königin Elizabeth II. die zweite Ananas geschenkt, die in Heligan geerntet wurde. Die erste durften die Gärtner und Arbeiter von Heligan probieren, um sicherzugehen, dass sie nicht nach Dung schmeckte – was nicht der Fall war. (Laut Aussage des Heligan-Teams schmeckte sie köstlich.)

In Cornwall werden seit einigen Jahren bestimmte Magnolienbäume aus sechs großen Gärten Cornwalls, darunter Heligan, als Frühlingsbarometer genutzt. Dieses *Bloomometer* kann man jedes Jahr live im Internet mitverfolgen unter:

www.narehotel.co.uk/location/cornwall/bloomometer.

Die Geschichte über den Otter im Italian Garden und der Scherz mit den Shigs sind beide wahr (und noch jetzt im Internet zu finden), ebenso die Tatsache, dass ein Wagenrad-Penny bei den Restaurierungsarbeiten auf dem Heligan-Gelände entdeckt wurde. Allerdings gibt es im Lost Valley keine Überreste einer Hütte und auch keinen in eine alte Buche eingeritzten Namen.

Sehr geholfen bei meinen Recherchen haben mir folgende Bücher:

Tim Smit: Lost Gardens of Heligan: Die Wiederentdeckung eines Gartenparadieses in Cornwall. Verlag Eugen Ulmer 2016.

Philip McMillan Browse: Heligan Survivors: An Introduction to Some of the Historic Plantstock Discovered in the Lost Gardens of Heligan. Alison Hodge Publishers 2007.

Candy Smit: Heligan Centenary Guide: Including Four Tours of the Gardens and Estate as They Were and a Brief History of Their Creation. Heligan Gardens Ltd. 2014.

Colin Howlett: Heligan Wild: A Year of Nature in the Lost Garden. Orion 1999.

Tom Petherick: Heligan: A Portrait of the Lost Gardens. Weidenfeld & Nicholson 2004.

Für die Unterstützung bedanke ich mich herzlich bei:

meinen Lektorinnen Julia Abrahams, Gerke Haffner und Dr. Ulrike Brandt-Schwarze sowie den vielen anderen Mitarbeitern und Mitarbeiterinnen bei Lübbe, die dieses Buch möglich gemacht haben.

Katja Tuschy und Ingrid Corbi

und – natürlich und immer wieder – Stefan. Du bist der Beste.

Inez Corbi
im Februar 2021